Bernadette Pécassou-Camebrac

Le Bel Italien

Flammarion

ISBN 2-08-068269-5

... à la ville de Lourdes que j'aime tant !

I

1903

L'insouciance

L'Italien arriva un jour de décembre, on ne l'attendait pas.

Ce n'était pas celui que l'on croyait, ce n'était pas le chanteur d'Yvonne. C'était un autre. Un inconnu élégant que personne n'avait jamais vu.

La vieille Anaïs Lacrampe qui le regarda passer sur la place ce soir-là depuis sa boutique pressentit qu'avec lui il se passerait des choses :

— Son long manteau noir sans doute, devait-elle dire plus tard, et sa chemise blanche. Par ici on n'en avait jamais vu des comme ça.

Mais avant que n'arrive ce jour-là, avant l'Italien, il se passa du temps, des années.

Nous étions à Lourdes, en 1903, les sœurs Lacrampe avaient à peine vingt ans et Mme Pailhé, celle qui fut autrefois la Belle Chocolatière de Lourdes était encore en vie.

— Et alors ! Elle n'entend rien ou quoi ?

Capricieuse, la fillette tapa du pied.

— Grand-mère ! Grand-mère ! Je suis là... !

Elle avait hurlé car le brouhaha de la ville entrait à flots dans le petit boudoir. Debout face à la haute croisée entrouverte, une vieille dame très élégante se retourna brusquement. Son visage ridé était extrêmement pâle, mais à la vue de l'enfant il s'éclaira aussitôt.

— Sophie ! Mon trésor ! Je ne t'avais pas entendue entrer. Tu es prête ! Mon dieu ! Que tu es belle !

Ravie, la fillette s'avança au milieu de la pièce en minaudant et tournoyant pour bien mettre en valeur les volants et rubans qui ornaient sa toilette. Elle se dandinait, penchant son délicat visage de gauche à droite, faisant des sourires, ramenant d'un geste déjà assuré les anglaises de ses beaux cheveux bruns sur le devant de sa robe de dentelle blanche. La vieille dame la regardait faire, subjuguée, et dans ses yeux passa une étrange lumière. Sophie Pailhé se revit à cet âge. Petite fille unique et gâtée à qui la vie promettait tout. Elle revit la table de famille avec ses parents émerveillés qui écoutaient ses babillages, elle revit sa chère Louisette, la jeune bonne qui lissait ses cheveux, elle sentit l'odeur des gâteaux de l'enfance dans la douce maison, l'odeur d'herbe sèche des draps que l'on étendait dans les prés et dans lesquels elle s'endormait le soir, protégée par la certitude d'un bonheur éternel. « Mon Dieu ! se dit-elle, si j'avais su ! »

— À quoi tu penses ?

La fillette avait cessé de s'admirer et s'était plantée devant sa grand-mère, l'observant avec inquiétude. Son petit minois relevé s'était fripé d'une grimace interrogative. À sa vue et malgré la force des sentiments où l'avaient plongée ses souvenirs, la vieille dame ne put retenir un sourire. Elle embrassa l'enfant et referma la haute croisée des fenêtres. Le vacarme de la rue s'éteignit et le boudoir retrouva son intimité habituelle et son silence. Aidée d'une canne noire au pommeau d'argent délicatement ciselé, la vieille dame alla s'allonger sur une méridienne fleurie au charme désuet, recouverte d'un vieux chintz marine usé, imprimé de lourds bouquets rose et bleu aux couleurs fanées. Elle fit venir l'enfant près d'elle et lui dit à l'oreille :

— Tu ne vois rien ?

Surprise, la petite regarda autour d'elle, puis haussa les épaules. La vieille dame insista et tourna l'enfant de manière à ce qu'elle se retrouve face à un petit fauteuil crapaud tendu du même tissu passé que la méridienne.

— Ah !

Saisie, la fillette avait porté ses deux mains à sa bouche et regardait, éberluée, une merveilleuse poupée aux longs cheveux bruns, vêtue d'une somptueuse robe mauve, assise dans le fauteuil et qui la fixait d'un regard intense et fascinant. Un instant déstabilisée, la fillette retrouva sa vivacité habituelle et s'approcha de sa découverte. Mais alors qu'elle s'apprêtait à la soulever, elle frissonna. Dans le regard de la poupée vibrait une interrogation d'autant plus forte que la bouche rose était close. Il se dégageait du jouet quelque chose de grave. Ses yeux étaient trop immenses, sa chevelure trop sombre, sa toilette trop luxueuse. L'enfant eut un léger recul. La vieille dame le remarqua et attira tendrement sa petite-fille près d'elle. Bien droite dans son fauteuil la poupée les regardait fixement, elle semblait écouter les paroles qui sortirent alors de la bouche de la vieille dame.

— Mon amour, écoute-moi bien. Je sais des choses, je les sens. J'ai tellement attendu quelqu'un, dans la solitude, dans le silence de ce boudoir, pendant tant d'années... qu'aujourd'hui, même un papillon qui volerait sur cette place et qui viendrait de la route de Tarbes, je l'entendrais au milieu du bruit. (Elle prit l'enfant par les épaules.) Peut-être qu'un jour, quand tu seras devenue une jeune fille, tu rencontreras un jeune homme inconnu que tu aimeras passionnément. Je devrais te dire : « Fais attention », « Protège-toi », mais je te dis au contraire : « Aime-le, crois en lui et en votre amour... »

Puis elle réfléchit et ajouta comme pour elle-même :

— Qui sait ? Peut-être que ce sera lui. Il sera enfin revenu. On se retrouvera, on revivra...

À sept ans, la petite était loin de pouvoir comprendre, mais elle voulait faire plaisir à sa grand-mère et elle répondit d'un ton ferme :

— Je te le promets, mamie. Je te le jure !

La clarté de la réponse atténua l'inquiétude de la vieille dame. Mais elle avait autre chose à dire et, visiblement, elle était pressée de le faire :

— J'ai acheté cette poupée pour toi il y a longtemps déjà... Tu n'étais encore qu'un bébé. Je ne voulais pas te la donner encore mais je ne sais pas pourquoi, aujourd'hui je me suis décidée. Un mauvais pressentiment. Pense à moi quand tu la regarderas et n'oublie pas ce que je viens de te dire.

Puis soudain, comme égarée, prise d'une affreuse inquiétude, elle serra l'enfant contre elle avec ferveur :

— Mon trésor, ma chérie, si je te confie quelque chose, tu ne diras rien, n'est-ce pas, tu sauras le garder pour toi, pour plus tard.

— Tu veux dire si je sais garder un secret, c'est ça ?

— Oui, c'est ça. Une sorte de secret, juste quelque chose que je ne veux pas laisser mourir avec moi...

Mais la porte du boudoir s'ouvrit à ce moment précis, interrompant la confidence :

— Qui parle de mourir ici ? Maman ! Qu'est-ce que tu vas encore lui mettre dans la tête ! Sophie n'est qu'une enfant, voyons, on ne parle pas de ces sujets aux enfants. Tu ne m'en as jamais autant raconté à moi, tiens !

La jeune femme qui venait d'entrer souriait. Sa démarche était légèrement claudicante et pourtant, avec elle, l'air devint immédiatement plus léger. Son parfum fleuri se dispersa dans le boudoir et d'un geste large elle ouvrit les fenêtres.

— Quelle idée de fermer en plein mois d'août quand il fait si beau et que les Italiens ont envahi la ville. Écoutez-les ! Quand ils parlent on dirait qu'ils chantent. Si on allait dire un petit bonjour à Benoîte Soubirous au *Moderne*, on profiterait un peu de la rue, l'ambiance est si extraordinaire !

Anne était la fille de la vieille dame et la mère de l'enfant, mais autant la grand-mère et la petite-fille se ressemblaient comme deux gouttes d'eau en dépit de la différence d'âge, autant Anne avec son teint clair semblait n'avoir rien en commun. Son souci de la simplicité contrastait avec la recherche sophistiquée de la grand-mère et de la petite-fille et sa gentillesse était connue dans toute la ville de Lourdes où on l'aimait beaucoup. Anne avait été très malade enfant et longtemps on avait cru qu'elle ne marcherait jamais. Et puis, miracle de la médecine pour son père, pharmacien réputé qui s'était battu pour lui faire rencontrer les meilleurs professeurs, ou miracle de la grotte de Lourdes pour sa mère qui la baignait tous les jours dans l'eau de la source découverte par Bernadette Soubirous, petit à petit avec les années elle s'était mise à marcher et il ne lui restait qu'un très léger déhanchement.

Un instant contrariée par cette arrivée impromptue qui avait interrompu sa confidence, la vieille dame regarda sa fille avec tendresse. Anne avait introduit une telle fraîcheur que l'inquiétude qui l'avait gagnée et amenée à parler à l'enfant se dissipa.

— Tu as raison, dit-elle, un peu d'air nous fera du bien. Et puis, j'ai entendu dire que les plus grandes familles de la péninsule sont descendues chez Benoîte, à l'*Hôtel Moderne*.

Elle se pencha alors vers l'enfant et lui glissa à l'oreille :

— Allons voir les Italiens, ils ont de belles toilettes, c'est toujours un plaisir. Et on aura bien le temps de finir notre histoire ce soir.

Mais la petite qui n'avait d'yeux que pour la poupée la désigna du doigt.

— Et la poupée, mamie ?

— Chuuuuut ! Ce soir je t'ai dit !

Imitant sa grand-mère, consciente du rôle important que cette dernière lui faisait jouer, la petite Sophie ouvrit des yeux ronds, mit un doigt sur ses lèvres et murmura :

— Chuuuutttt !

La vieille dame et l'enfant quittèrent le boudoir à la suite d'Anne, tellement absorbée par l'arrivée des Italiens qu'elle ne vit même pas la poupée. Cette dernière les regardait fixement, son regard intense semblait vouloir dire quelque chose et la fillette tira sa grand-mère par le bras. Mais celle-ci lui fit de gros yeux et, juste au moment de sortir, Sophie n'eut que le temps de faire au jouet un petit signe de la main en chuchotant un imperceptible : « À ce soir. »

Puis la porte se referma.

Maintenant, dans le boudoir bleu, la poupée était seule.

Ses yeux de verre absorbaient le décor tout entier comme pour s'en imprégner. Un décor désuet venu d'une autre époque. Il y avait là un meuble d'appui en bois noir à légers décors peints à l'or, égayé de plaques de porcelaine sur les portes, et une bibliothèque Boulle en écaille rouge. Sur une fine table rococo aux trois plateaux de bois noir rehaussé d'écailles de nacre trônait un perroquet en porcelaine de Limoges. Il n'avait aucune valeur marchande mais on sentait qu'il était là depuis longtemps et sa longévité dans le lieu le rendait précieux. Oubliée dans un coin, une table à ouvrage en bambou et panneaux de laque paraissait fermée depuis bien longtemps. Le boudoir était visiblement très entretenu, aucune trace de poussière, aucun désordre. Mais les couleurs étaient délavées et on sentait sur toutes choses le passage du temps. Il y avait là comme un mystère dont on avait tout de suite envie de connaître la clef. Que s'était-il passé ici de si grave ou de si douloureux pour qu'on n'ait rien changé, pour que rien n'ait bougé ? Et qu'attendait donc depuis si longtemps, jour après jour, la vieille dame devant ses hautes fenêtres ouvertes ?

Un air léger souleva les voiles du rideau.

La voix chantante des Italiens montait de la rue et la poupée aux yeux démesurément ouverts écoutait leur chant.

Nous étions au cœur du mois d'août 1903, à Lourdes, au pied des Pyrénées et, à cette saison, la ville grouillait déjà de pèlerins venus non seulement de toutes les régions de France mais de l'Europe entière prier la « dame blanche ». La Sainte Vierge qu'une enfant des bas-quartiers, Bernadette Soubirous, avait vue apparaître un jour de février un demi-siècle plus tôt. Anglais, Irlandais, Belges, Espagnols, ils étaient tous là. Mais ce mois d'août 1903 était particulier : pour la première fois, les Italiens, présents à Lourdes dès le début, étaient venus en nombre impressionnant, regroupés autour d'une association dont le nom allait prendre dans les années futures une importance considérable dans les affaires de la ville : Unitalsi.

Au plus secret du cœur de la vieille dame les Italiens tenaient une place à part. Sa fille Anne l'avait deviné quand, encore enfant, chaque fois qu'un train arrivait en provenance d'Italie, sa mère l'emmenait en courant vers la gare. Elles assistaient à la descente des voyageurs et la Belle Chocolatière allait d'un wagon à l'autre dans une folle espérance. Puis, quand la gare s'était vidée, elles restaient là, seules, à regarder le train. Anne n'aimait pas ces moments où elle sentait sa mère échapper au monde du réel. Heureusement, les années passant et le nombre des trains augmentant, la Belle Chocolatière avait renoncé à se rendre à la gare. Mais son attirance pour les Italiens était restée intacte et c'est pour lui faire plaisir qu'Anne avait décidé d'aller faire cette promenade car du haut de la ville, place Marcadal, jusque tout en bas près des sanctuaires de la grotte, les Italiens étaient partout.

Quel changement en quelques années ! Comme chaque fois qu'elle descendait en ville, la vieille dame ne pouvait s'empêcher d'être étourdie de l'agitation qui y régnait. Finies les ruelles vides et sombres du passé, finies les places vides et silencieuses. Il y avait toujours une construction nouvelle en cours, des démolitions de vieilles maisons par quartiers entiers, des élargissements. Depuis des années, Lourdes était une fourmilière sans cesse en transformation, la ville enflait, enflait et cela semblait ne jamais devoir s'arrêter. Calèches et tramways, voitures de livraison, charrues transportant des gravats, des pierres pour les hôtels qui poussaient un peu partout à une vitesse étonnante. Cris et interpellations des livreurs qui encombraient les ruelles étroites, cochers exaspérés qui ne pouvaient passer et se faisaient insulter par leurs clients pressés d'arriver à leur hôtel. Après des heures voire des journées de train ou de diligence, couverts de poussière, ces derniers n'avaient qu'une hâte, se changer et se restaurer pour enfin courir à la grotte miraculeuse.

Tout était allé si vite !

La vieille dame, Anne et la petite Sophie avançaient dans l'ancien chemin du Baous qui filait autrefois vers le bas de la ville et qui, une fois passé le Pont-Vieux, avait été un sentier rude et boueux, la Carrérète, le long duquel il y a bien longtemps Bernadette courait vers la grotte. Depuis, par souci de commodité, on avait élargi la rue, le sentier, le pont, et l'ensemble rebaptisé était devenu la rue de la Grotte. Tout le long de son tracé, les constructions avaient poussé. Au début clairsemées puis, au fur et à mesure des années, plus denses et aujourd'hui, il ne restait quasiment plus aucune place vacante. La Belle Chocolatière aimait voir les noms gravés sur les portes des commerces et des hôtels. Maisongrosse, Cazenave, Lacaze, Abadie, Lafourcade, Labourie, Prat, Bordenave, Crauste, Casterot, Davezac, Barrère, Borde, Claverie, Védère, Armary, Cénac, aucun ne lui était inconnu. Tous ceux-là étaient nés ici et leurs familles avaient vécu dans cette ville bien avant qu'elle ne connaisse une telle affluence de voyageurs, du temps où le vent soufflait dur et où les eaux gelées du gave crevassaient les mains des mères qui lavaient les draps et comptaient le moindre sou pour le pain du soir. Du temps où beaucoup d'hommes étaient au chômage et où les enfants du bas de Lourdes traînaient dans la boue de Massabielle juste pour un bout d'os.

Chacun reconnaissait l'allure élégante de Mme Pailhé.

— Tu vois, dit à son passage une commerçante à l'intention de sa vendeuse qui était en train d'enfiler une série de chapelets sur un grand anneau de fer, même les riches Italiennes qui sont arrivées chez Benoîte Soubirous à l'*Hôtel Moderne*, eh bien elles ont pas le « chic » de la Belle Chocolatière ! Et pourtant, il faut voir !

— Mais pourquoi vous l'appelez comme ça ? C'est Mme Pailhé qu'elle s'appelle, non ?

— Oui, mais moi j'ai toujours entendu ma mère dire la Belle Chocolatière. Alors, j'ai gardé l'habitude. Il paraît qu'on l'a toujours surnommée comme ça.

— Et la petite ! Vous avez vu comme elle lui ressemble ?

— Oh ! Celle-là, fit la commerçante d'un air pincé, c'est une petite merdeuse. Faut voir à l'école quand je vais chercher ma petite Lise, elle joue les princesses et prend de grands airs. Et toutes les autres la badent comme si c'était je ne sais qui. J'ai grondé Lise, elle parle d'elle sans arrêt et veut toujours ce qu'a cette petite mademoiselle. Des colifichets, des rubans, des petits jouets, elle emporte toujours quelque chose à l'école. Je ne comprends pas comment les sœurs l'acceptent. Aux Enfants de Marie on n'avait pas été habituées. Mais de cette pimbêche il semble qu'on accepte tout. Même la sœur Jésus semble en extase quand elle la raccompagne à sortie ! Un comble !

— Pourtant, fit la vendeuse, sa mère est si douce, si gentille.

— Ah ! Mais ! Rien à voir, vous avez raison, Anne Claverie est un amour de femme, délicate, discrète, toujours prête à aider les autres, s'exclama la commerçante. Non, je dirais plutôt que ça doit venir de sa grand-mère. J'ai entendu mon beau-père dire que dans sa jeunesse elle aussi avait de grands airs... Et puis un jour, patatras ! (La commerçante prit un air satisfait.) La vie c'est pareil pour tout le monde, hein ! Personne sort de la cuisse de Jupiter ! Et la Belle Chocolatière, toute belle qu'elle était, eh bien, elle a dû déchanter.

— On a dit que c'est elle que Bernadette avait surprise en chemise dans la grotte, c'est ça ? Avec son amant le hussard, et après il est parti, c'est ça ? fit la vendeuse soudain avide de renseignements.

La commerçante se redressa et prit un air désapprobateur. Elle ne voulait pas faire la cancanière :

— Le hussard de la grotte ! Le hussard de la grotte ! Ça, ce sont des âneries faites pour ridiculiser la belle histoire de Lourdes. Bernadette a vu la Vierge dans la grotte, pas Mme Pailhé. Les vieux disaient qu'elle était en couches à ce moment-là et le hussard en campagne. Alors ! C'est les francs-maçons qui continuent à colporter ces ragots ! Ils bouffent du curé toute la journée, ça les arrange. Ne redites plus jamais de telles âneries devant moi ! Mme Pailhé est une femme très honorable !

Pincée de s'être fait rappeler à l'ordre, la vendeuse se remit à l'ouvrage.

La Belle Chocolatière marchait tout en humant l'air léger de sa ville, mais elle n'était pas dupe. Très tôt elle avait vécu avec ce sentiment d'être épiée et elle savait pertinemment qu'elle alimentait toujours des fantasmes contradictoires où la réalité de son histoire se mêlait à la légende de ce qui en avait été colporté. Au fond, dans sa vie, et sans qu'elle l'ait jamais particulièrement souhaité, rien n'avait été ordinaire. Longtemps elle avait été consciente de l'effet qu'elle produisait mais, contrairement au temps de sa jeunesse où elle en jouait, elle se contentait désormais de tenir son rôle de « femme élégante » car elle avait constaté que cela donnait du plaisir à tous. Il y avait bien longtemps, parce qu'elle avait trop souffert, elle avait cessé toute coquetterie. Sa lingère de l'époque, Marie Abadie, le lui avait gentiment reproché :

— Vous vous laissez aller, madame, vous étiez si soignée, si parfumée, de vous voir cela nous donnait du courage, l'envie à nous aussi de nous faire un peu plus belles. Vos toilettes nous manquent.

Ces mots avaient profondément surpris Sophie, mais ils avaient fait leur chemin dans sa tête et c'est donc avant tout pour Marie qu'elle avait recommencé à s'habiller, à se faire belle. Et puis, au fil du temps, ce qui était un effort consenti était redevenu un plaisir et l'âge n'y avait rien changé. Simplement les couleurs claires avaient laissé toute la place au noir. Mais pas n'importe quel noir. Un noir sombre et brillant, velouté, un noir mystérieux et sensuel. Soutenue par un corset qui affinait sa taille, vêtue d'une robe étroite de satin broché s'épanouissant en corolle à l'ourlet, les manches resserrées dans leur ampleur par des poignets longs et ajustés comme des gants de peau, Mme Pailhé avait ce qu'il est convenu d'appeler l'allure d'une grande dame. Elle marchait d'un pas lent, bien droite, aidée d'une ombrelle noire bordée d'un frou-frou délicat sur laquelle elle s'appuyait parfois comme on le ferait avec une canne. Sur le haut de ses cheveux argent soigneusement relevés était piqué un magnifique chapeau de paille noire aux larges bords, empanaché de deux plumes d'autruche.

Elle avançait, l'œil à tout : « Quel changement continuel ! » se disait-elle. Anne observait sa mère avec inquiétude. La foule grouillait sur les trottoirs et la chaussée était encombrée de calèches et de cabriolets.

— Nous aurions dû prendre le tramway, il y a trop de monde, tu vas être épuisée !

— Ça, c'est bien vrai, fit l'enfant agacée par la foule, on y serait déjà.

La vieille dame eut un sursaut :

— Le tramway ! Avec la foule qui s'y presse, mais vous n'y pensez pas ! Pour arriver chez Benoîte toutes fripées ! Allons, allons ! Un peu de marche fait toujours du bien, c'est une saine fatigue, dit-elle en souriant, tout entière au plaisir de la vie colorée et bruyante qui avait envahi le cœur de sa ville.

Anne avait raison, les Italiens étaient là et ils s'interpellaient, chantaient d'un hôtel à l'autre. Du trottoir au tramway, dans les voitures, leur gaieté colorait Lourdes d'un dynamisme étourdissant et merveilleux.

— Nous sommes complets ! dit Benoîte. Partout ! J'ai les deux hôtels pleins ! Que des Italiens ! Et... ici j'ai la meilleure société, vous voyez ce que je veux dire...

Dans le grand hall où elles venaient de pénétrer et où Benoîte les avait accueillies, l'ambiance était totalement différente. Le son assourdissant de la rue était devenu feutré à peine la lourde porte tournante de verre franchie, et la cacophonie bruyante de la langue italienne se faisait ici musique légère. Le tout sur fond d'un concerto de Schubert qu'un musicien appliqué tirait d'un magnifique piano à queue noir, brillant comme seules peuvent l'être les choses neuves que l'on vient juste d'installer et que l'on touche pour la première fois.

— Oui, continua Benoîte Soubirous, en voyant le regard de Sophie Pailhé, le piano c'est une surprise. Je n'en avais parlé à personne car je craignais de ne pas le recevoir à temps pour l'ouverture. Il est arrivé hier. Je vous dis pas le mal qu'on a eu à l'installer, il prend de la place et j'ai dû sacrifier quelques tables et fauteuils. Ce n'était pas prévu mais bon... la clientèle apprécie. Et dans le luxe, ils s'y connaissent, croyez-moi. C'est pour ça... j'ai pas lésiné.

Effectivement Benoîte Soubirous n'avait lésiné sur rien. Lustres de cristal, acajou, bronzes, nappes blanches brodées, services d'argent, porcelaine blanche à filets d'or, grandes baies vitrées, voilages immaculés et bouquets somptueux. Jamais la ville de Lourdes n'aurait imaginé posséder un jour une telle merveille sur son territoire ni accueillir pareille clientèle. Et qui aurait pu penser qu'à l'origine de cette construction de pierre richement sculptée, type Second

Empire, meublée et garnie sur ses trois étages de tout ce qui se faisait de plus moderne et de plus avant-gardiste pour l'époque, il y aurait Benoîte.

Paysanne aux sabots pleins de boue, née au fond du bois de Lourdes dans une chaumière des plus misérable, Benoîte était aujourd'hui, à peine trente ans plus tard, à la tête des deux plus beaux hôtels de la ville dont celui-ci, l'*Hôtel Moderne-Soubirous*, inauguré en ce début du mois de juillet 1903, juste à temps pour accueillir le premier grand pèlerinage italien. Portée par la destinée fulgurante de sa ville et par son mariage avec un frère de Bernadette, Benoîte, avant tout le monde, avait compris une notion capitale. Son mari n'avait rien sauf... un nom : Soubirous. Le nom de Bernadette qui circulait déjà dans l'Europe entière et faisait accourir les foules. Un nom qui résonnait comme un sésame et lui ouvrit toutes grandes les portes des banquiers. Et leurs coffres. Benoîte était vaillante et courageuse. Elle n'avait pas hésité à emprunter beaucoup. Elle avait époustouflé toute la ville par sa promptitude, son sens des affaires et du risque. Petite, les cheveux tirés en arrière en un chignon bas, une face large et ronde, Benoîte était toujours vêtue de noir. Mais contrairement au noir raffiné et très féminin de Mme Pailhé, le noir de Benoîte était un noir rêche et strict de paysanne soucieuse d'efficacité et de sens pratique. Seul un médaillon d'or ourlé de perles fines encadrant le visage d'une madone ornait sa robe droite et signifiait l'aisance nouvellement acquise. En revanche elle n'avait jamais pu se résoudre à quitter son large tablier.

— C'est simple si je ne l'ai pas je ne peux rien faire, disait-elle à tout bout de champ.

Même la venue des plus grandes familles aristocratiques de la péninsule n'y avait rien changé. Ils étaient tous arrivés en calèches ou voitures privées, luxueusement vêtus, costumes de soie clairs, lins impeccables et moustaches sensuelles pour les messieurs, longues robes légères, voiles et chapeaux richement fleuris pour les dames, enfants parés comme des princes, et elle les avait tous reçus telle que, tablier rural fermement noué autour de sa taille lourde.

Il existait pourtant une personne qui l'impressionnait suffisamment pour qu'elle déroge à sa règle : la Belle Chocolatière, Mme Sophie Pailhé. À peine l'avait-elle entrevue qui arrivait avec Anne et la petite Sophie que, dans un geste d'affolement, elle avait prestement dénoué et glissé son tablier derrière le comptoir, à la grande surprise du personnel présent. C'est que les visites de celle qui avait été la femme la plus belle et la plus riche de la ville étaient rares et représentaient toujours un honneur. Mais pour Benoîte c'était bien autre chose. Les souvenirs de son enfance meurtrie resurgissaient, les puanteurs des fumiers, l'humidité de la boue et la conscience de son néant. Elle se remémorait les jours de marché lorsqu'elle voyait passer sur la place Marcadal la longue silhouette d'une femme splendide qui avançait, telle une reine, vêtue de larges crinolines.

La seule vue de ces couleurs légères et lointaines qu'elle ne connaissait pas avait déclenché en elle le rêve de les posséder un jour.

Et voilà qu'aujourd'hui elle s'avançait en souriant vers la Belle Chocolatière, la recevait chez elle, la faisait asseoir dans ses fauteuils de velours rouge sombre, dans ce salon Art nouveau conçu spécialement à Nancy pour l'hôtel par Majorelle, un des plus brillants créateurs du moment. Voilà qu'elle lui faisait servir par son maître d'hôtel aux manières impeccables un thé parfumé, cultivé dans les grandes propriétés de l'Inde. Et voilà que la Belle Chocolatière lui souriait comme à une amie, visiblement impressionnée par le luxe et la beauté des lieux.

Benoîte en avait tant rêvé du luxe et de la beauté ! Elle les avait tant et tant voulus ! Elle s'était acharnée, rien ne l'avait arrêtée. Car lorsqu'on part d'où elle était partie, on n'a plus peur de rien sauf d'une chose : revenir en arrière. C'est pourquoi, depuis qu'elle avait commencé, la petite paysanne ne s'arrêtait plus. Elle allait toujours de l'avant.

« Y a-t-il un destin de roi, même pour les plus misérables ? » se demandait-elle souvent. De bonheur et d'inquiétude mêlés, les larmes lui montaient alors parfois aux yeux. Car son combat était quotidien. Elle était à la tête de tout ici, et pourtant rien ne lui appartenait. Tout était aux banques et elle en avait pour toute une vie avant d'escompter posséder à peine la moitié de cet hôtel. Régulièrement elle avait des soucis énormes à la mesure de ses ambitions.

Le pianiste se mit à jouer la sonate pour piano n° 17 en ré majeur de Schubert, et le ballet des serveurs et des clients italiens qui entraient, sortaient et bavardaient dans le grand hall sembla à Benoîte comme irréel, suspendu. Jamais elle ne l'avait regardé ainsi, détachée des contraintes du service et des réalités des cuisines. Pour la première fois Benoîte se sentait comme invitée chez elle. Elle voyait son hôtel de l'intérieur même de ces fauteuils de velours rouge où elles s'étaient assises pour prendre le thé, dans le petit salon jouxtant le grand hall. Vu de là, comme tout était beau, facile... Même la foule de la rue qui s'agitait derrière les grandes baies vitrées participait à la magnificence du décor et à la plénitude de l'instant. Face à Benoîte et près de la Belle Chocolatière, bien droite dans le beau fauteuil de velours, la petite Sophie dégustait des gâteaux en minaudant, avec des airs de grande dame :

« Mon Dieu ! se dit Benoîte, presque effrayée de la ressemblance. On dirait sa grand-mère ! Mais... quel orgueil chez cette petite ! Quelle assurance pour son âge ! »

Un hurlement interrompit net ses pensées. La Belle Chocolatière venait de se lever d'un coup, bousculant la table, renversant le service à thé : « L'ITALIEN LÀ-BAS, L'ITALIEN ! » criait-elle. Ses yeux, son corps, ses bras, tout en elle était tendu vers quelque chose ou quelqu'un qu'elle seule voyait.

« L'ITALIEN ! L'ITALIEN ! » cria-t-elle à nouveau, puis sa voix se brisa soudain, ses forces l'abandonnèrent et elle tomba aux pieds de sa petite-fille. L'enfant lâcha le gâteau qu'elle dégustait et resta figée, les yeux grands ouverts. Son teint d'ordinaire si mat devint livide comme du marbre.

Anne, stupéfaite dans un premier temps, fut la première à réagir. Elle se jeta contre sa mère :

— Maman ! Maman ! Qu'est-ce que tu as ? Réponds ! Réponds !

Dans un souffle, la Belle Chocolatière redit alors ces mots étranges :

— L'Italien... L'Italien, là-bas... C'est lui...

Là-bas ? Anne se retourna et ne vit autour d'elle que des visages figés. Les gens qui se trouvaient dans le salon et le grand hall semblaient frappés de stupeur. Il y avait deux messieurs âgés assis avec leurs épouses, trois couples qui venaient d'entrer, et un jeune adolescent près d'une vieille dame très élégante.

— Mais quel Italien ? Que dis-tu ? Qui as-tu vu ?

C'était trop tard. La Belle Chocolatière était inconsciente, elle n'entendait plus.

Le docteur Lacaze arriva immédiatement. Il fit transporter Mme Pailhé chez elle et tenta tout ce qui était possible. En vain. La Belle Chocolatière mourut sans avoir repris connaissance. C'était la tombée du soir, une heure entre chien et loup.

Sa chambre était plongée dans le noir, mais la petite Sophie ne dormait pas. Assise dans son lit, les yeux grands ouverts, elle fixait le rai de lumière qui éclairait le plancher de chêne doré. Elle ne se souvenait pas comment elle était venue là. Une seule chose lui restait en mémoire : le cri de sa chère grand-mère et le choc sourd de sa chute sur le tapis du grand hôtel. Après, elle avait hurlé, elle avait trépigné, elle voulait réveiller sa grand-mère. On l'avait emportée hors du salon et puis plus rien... jusqu'à cet instant où elle s'était réveillée dans son lit. Il faisait nuit et dans la maison, sur le palier de l'étage, dans l'escalier, dans la chambre d'à côté elle entendait maintenant un va-et-vient, des voix inconnues et des pleurs.

— Mamie est morte, articula-t-elle.

Et bien que ces mots fussent encore un peu abstraits pour elle car elle n'avait jamais eu affaire à la mort, cette certitude la glaça. Bien sûr elle allait au cimetière tous les dimanches à la sortie de la messe avec sa mère Anne et sa chère mamie sur la tombe du grand-père Louis Pailhé. Mais elle ne l'avait pas connu et n'éprouvait aucune émotion. Elle était encore un bébé quand il était parti.

« Mamie est morte ! » Les mots et les images envahissaient sa tête. Elle voyait les tombes, le cimetière gris et mouillé de l'hiver. Elle pensait à ces retours de la messe vers la maison quand elle remontait la rue de la Grotte, sa petite main dans celle de mamie. Elle sentait la texture sensuelle des gants de chevreau fin que la vieille dame portait par tous les temps et son parfum de violette. Elle l'entendait encore qui lui disait à l'oreille en pressant le pas : « Ma petite chérie, devine ce que j'ai demandé à Catherine de nous préparer de bon. » Et elles claironnaient en chœur : « Un bon poulet de Loubajac, et... et... » Là, l'enfant cherchait : « Une tarte aux pommes ? des beignets ? des petits cannelés ? des crêpes ? de la crème ? » Selon que l'on était en hiver ou en été, le dessert variait mais pas le rituel des devinettes. Sophie adorait ce moment, surtout en hiver, quand après avoir eu bien froid dans cet horrible cimetière venteux, elle imaginait la douceur des desserts à venir.

Une ombre s'approcha et vint cacher le rai de lumière sous la porte. Instinctivement la petite se blottit entre les grands draps blancs et fit semblant de dormir. La porte s'ouvrit et elle entendit la voix de Catherine, sa nounou, la cuisinière de la maison.

— Non, ne vous inquiétez pas, elle dort. Elle a tant pleuré cet après-midi qu'elle est épuisée.

— C'est mieux comme ça, fit une autre voix, on lui dira demain avant l'enterrement, il sera bien temps !

— Mon Dieu ! fit Catherine, elle aimait tant sa mamie, elle était toujours fourrée dans son boudoir.

L'enfant retint un cri, c'était bien ça ! Mamie était morte, la voix avait parlé d'enterrement. Sa mamie ! Si belle, si douce, si parfumée ! Elle irait là-bas dans ce cimetière gris et humide ?

La porte se referma sans bruit et les deux voix s'éloignèrent. Le silence s'installa et avec lui, pour l'enfant, la peur. Elle pleura longtemps, étouffant le bruit de ses larmes entre ses draps serrés.

C'est un cauchemar qui la réveilla en sursaut vers quatre heures du matin. On enterrait la poupée. La poupée ! Où était-elle ? Vite, il fallait à tout prix aller la chercher avant qu'on ne l'emporte comme on allait emporter mamie !

Forte des paroles de sa grand-mère qui lui avait demandé de ne jamais « faiblir », la petite Sophie écarta les draps, se leva sans bruit puis alla ouvrir tout doucement la porte de sa chambre. Sur le palier, la lune blanche de l'aube à peine naissante dessinait les contours des rideaux épais et jetait sur le parquet une couleur de cendre. La fillette s'approcha des vitres et regarda dehors. La place Marcadal était vide, juste un chien qui passait. Elle tendit l'oreille. Aucun bruit dans la maison. Avec une délicatesse infinie, tel un chat, elle ouvrit la porte de la chambre face à la sienne.

Quatre grandes chandelles étaient disposées dans de lourds chandeliers noir et doré autour du lit où un corps immobile reposait. Elle sut que c'était celui de sa grand-mère. Trois femmes s'étaient assoupies dans des fauteuils. Les chandelles éclairaient à peine leurs profils. L'une avait la tête baissée sur son menton, l'autre, bouche ouverte, avait glissé sur le côté, et, retenue par le montant du fauteuil, se tenait toute de travers. La troisième était de dos mais on entendait sa respiration ronflante. Surmontant l'angoisse que faisait monter en elle cette vision, elle traversa silencieusement la chambre et disparut dans le boudoir.

Dans la pièce préférée de sa grand-mère, là où elle avait vécu de si beaux moments près du feu à l'écouter lui raconter des histoires, la petite Sophie sentit la peur l'étreindre. Comme sur le palier une lumière de cendre dessinait les reliefs de la pièce, ombrant le moindre objet. Sur son perchoir de porcelaine le perroquet avait un air inquiétant. Sophie s'avança. La poupée était là, au creux du petit fauteuil de chintz bleu et rose, la fixant du regard sombre de ses yeux de verre démesurément ouverts :

— Tu sais garder un secret ?

C'était comme dans un rêve. Venue de la bouche close de la poupée, la voix de mamie, précise et vivante, résonnait dans le silence du boudoir.

— Un secret ? dit-elle dans un léger souffle.

— Oui, reprit la voix, juste quelque chose que je ne veux pas laisser mourir avec moi...

— Quel secret, mamie ? dit l'enfant tremblante.

Mais cette fois la voix ne répondit pas et la poupée resta silencieuse.

Alors Sophie la prit dans ses bras, la serra fort et l'étreignit longtemps.

— Tu es avec moi, ma mamie, et tu resteras toujours avec moi. N'aie pas peur, je ne te laisserai pas aller dans ce cimetière si froid. Tu dormiras au chaud, avec moi, tous les soirs. Je te protégerai toujours.

Puis, la poupée bien serrée contre elle, elle s'approcha de la haute fenêtre devant laquelle elle avait toujours vu sa grand-mère se tenir, fixant les lointains en direction de Tarbes. Sur la place Marcadal l'aube de cendre disparut et le soleil d'été se leva derrière les montagnes. La journée serait belle. La petite Sophie sortit alors du boudoir sa poupée dans les bras, et, tête droite, fière, sans un regard pour le cadavre étendu sur le lit ni pour les femmes effarées qui veillaient la morte et qui la virent passer tel un fantôme, elle regagna sa chambre.

« Quelle étrange petite fille ! » se dit Lucile Davezac.

Longtemps il n'y avait eu qu'un seul café à Lourdes, le *Café Français*. Haut lieu de rencontre des notables de la ville, situé en haut sur la plus belle place de la ville, la place Marcadal, ce café avait vécu de grandes heures lors des événements qui avaient suivi les apparitions. Les plus grands journalistes de l'époque étaient passés là, Veuillot, Zola et tant d'autres. L'endroit jouissait donc toujours d'un très grand prestige. Mais depuis quelques années il avait un concurrent qui s'était installé juste à côté et qui s'appelait le *Café de la Poste*.

Les deux cafés étaient séparés par la très ancienne chapellerie fondée par les sœurs Tardivail, alors tenue par les deux sœurs Lacrampe, aussi cancanières que l'étaient les précédentes propriétaires, mais moins revêches. Curieusement, alors qu'elles avaient à peine plus de vingt ans, on les appelait déjà « les vieilles filles ». D'aussi longtemps que les Lourdais puissent se souvenir, même gamines, elles avaient eu l'air de deux vieilles filles. Cela leur était resté.

— C'est curieux, disait le maire qu'elles allaient toujours embêter pour un oui ou pour un non, on dirait qu'il y a des endroits prédestinés. Eh bien cette boutique, elle est destinée aux emmerdeuses. Ça a commencé avec les Tardivail, après y a eu leur nièce, vieille fille elle aussi, et maintenant ça continue avec les Lacrampe !

De leur côté, coincées entre les deux cafés, les sœurs trouvaient toujours de quoi maugréer. Surtout, l'été venu, quand les cafetiers installaient de part et d'autre les terrasses pour déjeuner ou prendre un verre à l'extérieur. Ces terrasses étaient l'objet de requêtes et de conflits incessants car les sœurs estimaient qu'elles étaient lésées du fait que les clients se trouvaient éloignés de leur vitrine et qu'ainsi elles perdaient des ventes. Ce qui, en l'occurrence, était faux car, bien au contraire, les jeunes filles et les femmes, trouvant là prétexte à s'approcher du monde des messieurs qui fréquentaient les cafés, venaient se faire admirer en allant à la chapellerie. Les sœurs n'étaient pas dupes mais elles rouspétaient quand même pour la forme. Pourtant, elles n'auraient changé de place pour rien au monde car elles pouvaient observer à loisir les allées et venues de tous. Sans compter que, de temps à autre, elles étaient témoin de quelques échauffourées car les cafés accueillaient deux clientèles bien distinctes.

À leur gauche, le *Café de la Poste.* S'y retrouvait une jeunesse dorée et sportive éprise de grand air. On y parlait d'escalade, de courses en montagne, de ski et de ce sport nouveau importé par les Anglais à Pau, le rugby.

À leur droite le *Café Français,* le plus luxueux, le plus ancien. De tout temps le *Français* avait été le rendez-vous des notables. Richement décoré au milieu du siècle précédent par ses patrons, Pierre et Hortense Cazaux, il était maintenant tenu par leur petit-fils, Georges Cazaux, et sa femme. En un demi-siècle rien n'avait changé. On y jouait toujours au billard dans une magnifique salle aux boiseries de frêne et on y parlait politique en buvant les meilleurs whiskies secs du fin fond de l'Écosse. Le tout confortablement enfoncé dans les clubs de cuir fauve patinés par le temps surmontés de gravures anciennes où des lords anglais sur de beaux destriers forçaient des biches et où des dames enrubannées se promenaient aux bras des romantiques dans les sauvages et mystérieuses Pyrénées. Le soir venu, les suspensions de cuivre et boules de verre gravé continuaient à éclairer au pétrole comme dans le temps. Georges Cazaux ne voulait pas entendre parler de l'électricité, trop agressive à son goût :

— C'est bon pour le *Café de la Poste* ! disait-il, méprisant, en désignant les ampoules qui éclairaient si fort la salle dudit café qu'on pouvait observer tout ce qui se passait à l'intérieur.

On voyait qui était accoudé au bar, qui était aux différentes tables. Bref, au *Français* on ne comprenait pas du tout cet étalage d'intimité.

Ceux du *Café de la Poste*, eux, trouvaient au contraire que le *Café Français* était complètement démodé avec son éclairage au gaz :

— Leurs lampes, disait l'un, elles font plus d'ombre que de lumière et elles leur mettent autant de fumée sur les costumes que sur les verres.

— Il y a qu'à voir la couleur de leur plafond, disait en riant le jeune patron Jean Cantet, content de la polémique qui valorisait la modernité de son établissement. Il est aussi enfumé que leurs idées !

— Et c'est pas peu dire ! renchérissait l'autre aussitôt.

Les rires fusaient et chacun y allait de son bon mot pour fustiger les cerveaux « fumeux » des « intellectuels » du *Français*.

De leur côté, au *Français*, les anciens n'étaient pas en reste de tendresse et ils ne se gênaient pas pour parler des cervelles « d'oiseaux » de ces jeunes sportifs :

— Tout dans les mollets et rien dans le cigare ! disaient-ils en les voyant passer, envieux de leurs silhouettes musclées et de leurs visages bronzés par les courses au grand air pyrénéen.

Mais ce samedi matin n'était pas à la querelle. Du moins pas encore. Nous étions au cœur de ce splendide mois d'août 1908 et la ville grouillait de pèlerins venus de l'Europe entière. À cette heure matinale les vitrines de la place Marcadal avaient encore leurs panneaux de bois et seule la place voisine s'animait de paysans qui arrivaient pour le marché quotidien. Au premier étage de leur appartement, situé juste au-dessus de la boutique, l'aînée des sœurs

Lacrampe, Anaïs, observait le va-et-vient d'un gamin d'une douzaine d'années qui, sous leurs fenêtres, installait la terrasse du *Café de la Poste*.

— Dis donc ! cria-t-elle à sa sœur Victorine qui finissait de boire son café à la cuisine de l'autre côté du couloir, le petit Belge... puis elle laissa sa question en suspens tout en continuant de regarder dehors.

La cadette, agacée car sa sœur avait la fâcheuse manie de ne jamais finir ses phrases, leva le nez de son bol.

— Oui, quoi le petit Belge ? cria-t-elle à son tour.

— Tu l'as vu ce matin à la grotte ?

— Non, pourquoi ? dit Victorine intriguée.

— Je m'en doutais, fit Anaïs. Tu te souviens ? Hier soir les jeunes ont fait la noce. Je dormais pas à cause du boucan et j'ai allumé la lampe pour voir la pendule, il était presque minuit quand le petit a rentré la terrasse avec Cantet.

— Et alors ! dit Victorine qui s'était rapprochée, son bol fumant à la main, et regardait en contrebas le jeune garçon qui dépliait des chaises en lattes de bois rouge et ouvrait de magnifiques parasols de même couleur. Un ensemble dernier cri que Cantet venait de s'offrir et dont il n'était pas peu fier.

— Alors, à mon avis, continua Anaïs, puisque d'habitude tu le vois vers cinq heures tous les matins après la première messe, c'est qu'il a dû aller à la grotte après toi. Ça fait une semaine qu'il se couche à des heures pas possibles. Comment veux-tu qu'il se lève aux aurores après ça ! Il tient le coup pendant trois mois et après à ce rythme, pffftttt, il est cuit. Maintenant, il est en retard et je suis sûre qu'il s'est fait engueuler par cet inconscient de Cantet. Au *Français* tout est déjà en place.

Victorine tourna la tête de gauche à droite et vit qu'effectivement, de l'autre côté, les chaises claires en rotin tressé et les élégants parasols blancs étaient prêts à accueillir les clients. Une table était même déjà occupée par un groupe de notables d'âge mûr qui bavardait. Il y avait là les anciens, l'avocat Jean Davezac, le mari de Lucile, M. Cazaux-Moutou, le maire, et le docteur Meillon. À leur table également les membres de la génération suivante, qui passaient systématiquement avant de se rendre à leur travail. M. Abadie-Malloy, premier adjoint, M. Seyrès, l'architecte de la ville, et le journaliste Antoine Dembarrère, rédacteur en chef du journal local le plus lu : *Le Mémorial des Pyrénées*. Tous, sans exception aucune, portaient la moustache et étaient vêtus à l'identique : costume sombre trois-pièces à simple boutonnage et chemise blanche à col cassé. Comme d'habitude ils étaient en grande conversation.

— Je me demande bien ce qu'ils se racontent tous les matins ! fit Anaïs.

— Rien, va, la coupa sa sœur, en tout cas le petit Belge il s'est fait engueuler par Cantet mais c'est pas fini pour lui. D'ici peu il va aussi se faire engueuler par Cazaux, tu vas voir. Il va mettre les tables plus loin que celles du *Français* et l'autre va pas le supporter.

La longueur des terrasses était effectivement un sujet de discorde récurrent entre les deux cafés et Cantet s'arrangeait toujours pour dépasser celle de Cazaux en disant que le gamin ne comprenait rien à rien et que c'était pas sa faute.

— T'as qu'à la mettre toi-même, alors, ta terrasse ! fulminait Cazaux pas dupe.

Mais comme il pouvait difficilement s'engueuler avec Cantet tous les jours, il engueulait le gamin.

— Pauvret, fit Anaïs apitoyée en regardant le petit Belge. Ils le font tourner en bourrique avec leurs histoires. Toujours à le houspiller et à régler leurs comptes sur son dos. Ça les arrange bien, tiens, qu'il entende rien et qu'il parle pas. Mais il comprend, va, le petit, et il pleure des fois. Hier je l'ai dit à Cantet qui venait encore de le secouer. Et tu sais ce qu'il m'a répondu ?

Victorine fit signe que non.

— Il m'a dit que ça pouvait pas lui faire de mal puisque de toute façon il entendait rien. Tu te rends compte !

Victorine soupira, avala une dernière gorgée de café et alla laver son bol dans la cuisine.

— Tu crois que la Sainte Vierge le guérira un jour ? lui cria Anaïs.

— Elle en a bien guéri d'autres, cria Victorine en retour. Qui sait ? Mais toi, arrête de t'inquiéter pour ce gosse. À quoi ça te sert de te faire tout ce mouron ? Dépêche-toi plutôt, c'est l'heure !

Puis elle descendit à la boutique, agacée. Sa sœur s'était attachée à ce gamin et maintenant il venait de temps à autre se réfugier à la chapellerie pour cacher ses larmes. Le petit Belge, comme tout le monde l'appelait à Lourdes, était sourd et muet. Son véritable prénom était Frantz. Issu d'une famille de mineurs des Flandres, à peine sorti des langes, sa mère l'avait emmené chaque saison à la grotte de Lourdes, espérant un miracle. Son fils retrouverait l'ouïe et la parole grâce à la Vierge. Elle en était sûre et elle se saignait aux quatre veines chaque année pour faire ce voyage qui durait deux jours à peine. Juste le temps d'une prière, de toucher le rocher et de remplir une bonbonne en verre de trois litres d'eau venue de la source miraculeuse avec laquelle ensuite, tout au long de l'année, elle lavait les oreilles, la bouche et la gorge de l'enfant, persuadée qu'un jour le miracle aurait lieu. Mais les années étaient passées, le bébé avait grandi et comme le garçonnet allait sur ses huit ans et que cela devenait de plus en plus dur pour les siens de payer le voyage, la mère avait demandé à sa logeuse qu'elle emploie son fils à la saison.

— Il doit continuer, avait-elle imploré. Moi je ne peux plus payer mais lui, il doit venir. Je suis sûre que la Sainte Vierge le guérira un jour. J'ai confiance. Il saura travailler, vous verrez, à la maison il m'aide, je lui ai appris...

Émue, la logeuse s'était arrangée avec Cantet et le petit Belge donnait un coup de main au café. Ça n'avait pas été facile car le gamin n'entendait rien et ne disait pas un mot. On lui parlait par signes, comme on pouvait. Heureusement la mère n'avait pas menti. Il était très habile et il avait rapidement pris tout seul des habitudes efficaces. Cantet s'y était attaché. Au début le gamin dérangea ses habitudes de célibataire, mais, après quelques jours d'adaptation, il aurait difficilement pu se passer de sa présence. Pour bien montrer qu'il avait de l'autorité, Cantet le traitait de manière bourrue devant ses copains du café, ce qui donnait à l'extérieur une image fausse de leurs vrais rapports. Car dès que tout le monde avait le dos tourné, Cantet n'était pas loin d'être une sorte de papa gâteau. Il faisait dormir l'enfant dans une petite pièce derrière la cuisine car il n'avait que deux chambres, la sienne et une autre qu'il louait aux pèlerins et aux voyageurs. Mais il lui avait installé du mieux possible un lit avec de bonnes couvertures et un gros édredon. L'endroit était minuscule mais le petit Belge qui n'avait jamais eu de coin à lui se l'était immédiatement approprié et quand, après quelques jours, Cantet avait voulu l'installer en haut dans la chambre des voyageurs pour qu'il soit mieux, l'enfant n'avait pas voulu quitter sa souillarde. Plus intime, plus secrète, c'était devenu son coin de paradis.

À la terrasse du *Français*, Cazaux fulminait comme l'avait prévu Victorine. Il s'approcha du gosse qui le regardait avec de gros yeux ronds

— Et surtout ! lui cria-t-il, méfie-toi de pas mettre les tables trop loin, sinon... un jour je vais m'énerver pour de bon !

Il regagna sa terrasse tout en l'observant.

— À quoi bon, lui fit le journaliste, il n'entend rien !

— Je sais, mais l'autre dedans il entend tout, et c'est à lui que je parle !

Le vieil avocat regardait l'enfant. Un instant perplexe, le petit continuait son travail.

— Pauvre gosse ! fit-il.

Mais, à sa table, l'architecte de la ville avait d'autres sujets d'inquiétude que la situation du petit sourd-muet. Il montrait du doigt l'agitation qui régnait sur la place voisine :

— Vous devez trancher, monsieur le maire, dit-il à l'adresse du premier magistrat de la ville, sinon on y sera encore dans cent ans ! Ce n'est plus raisonnable de laisser ce marché en pleine ville, à l'endroit le plus central. Nous avons construit une magnifique halle moderne sur la place du Champ commun, elle doit servir !

Le marché qui se tenait quotidiennement place du Porche, juste à côté de la place Marcadal, faisait depuis quelques années l'objet d'un conflit persistant. Les anciens l'avaient toujours connu à cet endroit et donc ils y étaient habitués, alors que les plus jeunes, comme l'architecte, trouvaient que l'étalage des denrées de tous « ces paysans plus ou moins sales » qui descendaient des vallées environnantes faisait mauvais effet, puait et dégradait le bel ensemble urbain du haut de la ville.

— Ne soyez pas impatient, répondit le maire, un homme rond et paisible qui entamait son dernier mandat et n'avait guère envie de remuer cette histoire. Faisons les choses les unes après les autres. Déjà quand nous allons annoncer à la population que nous comptons démolir l'église paroissiale nous allons avoir un soulèvement général, alors pour le déplacement du marché, nous attendrons, si vous voulez bien.

— À propos, monsieur le maire, intervint le journaliste, vous savez que l'information de la démolition de l'église passe à la une demain dans notre journal ?

— En première page ! sursauta le maire effrayé. Comme vous y allez, mon cher Dembarrère, vous voulez la révolution ou quoi ?

— Et pourquoi pas ? intervint l'architecte. De toute façon vous savez bien que, quoi que nous décidions, nos administrés sont rarement d'accord. Il faut imposer ses vues, sinon rien ne bouge ! Vous croyez qu'en 1892 quand M. Lavigne, le premier magistrat de l'époque, a tapé du poing sur la table en disant qu'il ferait la halle, il n'y a pas eu la révolution ! Certains parlaient même de lui « faire la peau ». Rien de moins ! Personne n'en voulait ! Et pourtant, aujourd'hui, on n'entend que des louanges sur cette halle.

— Ils ne vont quand même pas nous faire des histoires pour la démolition d'une église ! renchérit le premier adjoint qui piaffait de donner son avis. Avec toutes celles que nous avons il ne manquerait plus que ça ! Ces messieurs les curés en ont construit trois en vingt ans dans les sanctuaires ! (Il se mit à compter sur ses doigts.) Un, la crypte en 1866, deux, la basilique de l'Immaculée en 1871 et trois la basilique du Rosaire en 1889. Et ici, dans la ville du haut nous avons celle construite par le malheureux curé Peyramale et qui a fait tant d'histoires. (Il montra sa main où quatre doigts étaient largement ouverts en éventail.) Quatre ! Ça nous en fait quatre ! Bon sang mais nous allons être envahis ! Je ne dis pas, la Vierge est apparue à Bernadette ici, on ne pouvait faire moins. Mais de là à en garder cinq avec la plus vieille, c'est de la folie ! Les curés n'ont déjà que trop mis le doigt dans nos affaires. Ils redessinent la ville à leur profit. Nous avons notre mot à dire et nous le dirons ! Sinon à quoi ça sert d'avoir fait la République ! Moi je le dis haut et fort : il faut démolir la vieille église et faire le square ! Notre ville doit être un exemple de modernité. Seyrès a raison, avec tous ces étrangers qu'on reçoit on ne peut pas laisser perdurer ces vieilleries !

Modernité ! Le mot clef était lâché. Régulièrement le premier adjoint enfourchait son cheval de bataille préféré. Il guettait la succession du maire, M. Cazaux-Moutou, et il misait sur un changement radical. Il fallait « foncer », disait-il, prenant le contre-pied du maire qui n'avait que deux mots à la bouche : « Attendre et réfléchir. »

Cigare aux lèvres, chapeau rond sur le crâne, le vieil avocat, impassible, regardait avec un sourire amusé le premier adjoint s'agiter sur sa chaise. Jean Davezac était l'un des plus anciens clients du *Café Français*. C'était un vieux monsieur très respecté, issu de la meilleure société lourdaise. S'il prenait rarement la parole, il écoutait beaucoup. Il en avait tant entendu des querelles, ici et dans son cabinet d'avocat, du temps où il exerçait, qu'il était devenu philosophe. Maintenant il avait transmis l'affaire à son fils Charles et n'allait plus à l'étude que de temps à autre. Il passait la plus grande partie de son temps au café où il observait avec agrément la vie des autres. Il avait vu défiler trois générations d'hommes, cinq maires, il avait vécu les changements de régime, de l'Empire à la Restauration et à la République, il avait assisté à tous les débats possibles et imaginables et successivement eu à régler des affaires de permis de construire, de trottoirs, de halle et tant d'autres encore du même acabit qu'il avait acquis une réelle distance en la matière.

Aujourd'hui il donnait rarement son avis sur ce genre de sujet. Mais quand il avait appris la décision concernant la démolition de la vieille église, son sang n'avait fait qu'un tour. L'idée était venue des francs-maçons radicaux qui bouffaient du curé chaque fois que c'était possible et bien souvent à tort et à travers.

Jean Davezac trouvait l'architecte inconscient. Visiblement il n'avait qu'un but, faire parler de lui.

— Dites-moi, mon cher Seyrès, lui dit l'avocat de sa voix posée, ça ne vous fait rien de détruire cette fort belle église de type roman qui, je vous le rappelle, date quand même de l'an 1003...

— Si nous avions dû garder toutes les constructions sous prétexte qu'elles avaient de l'âge, nous serions ensevelis, cher maître. Le patrimoine, il ne faut pas en abuser !

— Sauf à bon escient, continua tranquillement le vieil homme. Car depuis cette époque très ancienne toutes les générations de Lourdais sont passées dans cette église, y ont été baptisées, mariées, enterrées. Savez-vous seulement que nos familles y sont très attachées ?

L'architecte qui tenait à rester respectueux mais ne souffrait pas d'entendre des arguments qui contrariaient ses projets attaqua du côté politique. Ce qui, en cette période où l'Église et l'État ne savaient plus trop où étaient leurs parts respectives, était un sujet très sensible dans la ville. Le pouvoir de la municipalité était en prise directe avec celui du clergé qui, la plupart du temps, avait réussi à imposer ses vues sur nombre d'aménagements dans Lourdes.

— Je ne vous comprends pas, maître, vous êtes un homme de progrès, un républicain, vous avez vous-même protesté maintes fois en disant que nous nous laissions trop souvent manipuler par les sanctuaires et pourtant chaque fois qu'on parle de cette église vous tenez un discours des plus conservateur. Enfin ! dites-moi, à part faire plaisir à vos familles, à quoi sert-elle maintenant puisque nous en avons quatre autres ? Hein ! Et ce marché puant sur la place alors que notre ville prend un si bel essor et que nous recevons tant de visiteurs, vous en dites quoi ? Ce n'est pas vous qui êtes sous la pluie ou dans le froid en plein hiver pour vendre vos légumes ! Dans votre cabinet confortable il y a le chauffage si je ne m'abuse. Sous la halle les marchands seront à l'abri. Nous ne pouvons pas vivre avec le passé juste pour satisfaire la nostalgie de quelques privilégiés.

Jean Davezac fronça les sourcils, contrarié. Les arguments de l'architecte étaient tout à fait valables. Sous la halle, les gens seraient plus à l'abri. Tant pis pour cette animation quotidienne où il voyait défiler les petites gens des vallées, les femmes avec leurs légumes de couleurs, les volailles, les hommes avec leurs costumes et les cigarettes qu'ils roulaient entre leurs doigts, appuyés sur des bâtons de buis qui les suivaient partout. En revanche pour ce qui était de l'église, il estimait que non seulement sa démolition était loin de s'imposer mais, pire, que c'était une grave faute pour l'avenir. Il pesa ses mots.

— Vous êtes arrivé ici après les apparitions à la grotte de Lourdes, dit-il à l'architecte d'un ton grave. Sans doute ne mesurez-vous pas ce que cela a représenté dans cette ville, du moins vous semblez n'en percevoir que l'aspect technique. Or, à l'origine de tout cela, figurez-vous qu'il y avait une petite fille que l'on a un peu tendance à oublier. Elle s'appelait Bernadette et elle priait ici, dans cette église même où elle a été baptisée. Écartons toute nostalgie puisque cela vous choque et même toute sensibilité bien qu'à mon sens l'essentiel soit là. Mais puisque vous êtes un homme épris de modernité, pensez-vous raisonnablement (et il se tourna vers le premier adjoint) et vous-même, monsieur Abadie-Malloy, que d'autre part, même du simple point de vue touristique, la décision de faire disparaître ce monument central de notre histoire soit une bonne chose ? Pensez-vous sérieusement que ces basiliques bâties rapidement remplaceront dans le cœur des Lourdais l'âme qui vit en ces pierres patiemment assemblées il y a plusieurs siècles ?

Le premier adjoint, qui avant de devenir un fervent radical avait été lui aussi baptisé dans cette petite église, marqua une grande perplexité. Il n'avait pas pensé à cet aspect de la situation. Emporté par le raisonnement limpide de l'architecte qui démolissait pour un oui pour un non, il n'avait pensé qu'au square flambant neuf avec des statues et des bancs sur lesquels les pèlerins et les touristes viendraient se reposer. Square comme il en avait vu dans les riches stations pyrénéennes, à Cauterets par exemple et à Biarritz, la reine des plages. Cela l'avait ébloui. Maintenant il n'était plus aussi certain.

L'architecte Seyrès, lui, n'en démordait pas. Les paroles de Jean Davezac n'éveillèrent en lui qu'une grande contrariété.

— Il y a les hommes du passé et ceux de l'avenir, maître, répliqua-t-il d'un ton autoritaire. Je comprends vos sentiments pour cette église mais je ne les ressens pas. Les gens en ont assez des vieilles pierres ! Demain ces bâtisses n'intéresseront plus personne. Nous devons être à la hauteur de ce qui est arrivé dans notre ville. Je n'ai pas d'état d'âme.

— Je vois, mon cher, répondit l'avocat outré. Et permettez-moi d'ajouter : hélas pour nous ! hélas pour Lourdes et pour tous ceux à qui, un jour lointain, cette petite église paroissiale fera cruellement défaut. Si du moins vous arrivez à vos fins.

— Mais j'y arriverai, maître, trancha l'architecte, comptez sur moi, j'y arriverai.

Ce soir-là, après être passé à son cabinet et avant de regagner sa maison, Jean Davezac ne put s'empêcher d'aller jusqu'à la vieille église.

Arrivé sous le porche il souleva le vieux loquet de fer forgé, poussa la lourde porte cloutée, puis entra. Son pas s'inscrivit sur les grandes dalles de pierre dans la trace usée des pas des milliers de fidèles qui avaient suivi depuis des siècles le même chemin. De la porte au bénitier, et du bénitier vers l'allée centrale avant de rejoindre la chaise familiale ou les bancs dans les dernières rangées.

Une odeur de cire et d'encens mêlés flottait dans l'air.

Jean Davezac plissa les yeux, le temps que son regard s'habitue à la pénombre qui régnait. Dans les deux petites chapelles latérales qui jouxtaient l'autel central, les flammes des cierges se reflétaient sur les plâtres des fresques anciennes, et on voyait dans les vases de jolis bouquets de fleurs des champs, fraîchement cueillies. L'atmosphère était intime et douce. On n'entendait dans le silence que le bruit régulier des chiffons de laine avec lesquels, consciencieusement, deux femmes frottaient le bois de la chaire sculptée. Une troisième, à genoux sur son prie-dieu ouvert, implorait la Sainte Vierge que le vieil avocat avait toujours vue à la même place dans sa niche de pierre, et qui tenait dans ses bras un Jésus au sourire enfantin.

Jean Davezac se signa et alla se placer, debout, devant le prie-dieu qui avait été celui de son père avant d'être le sien, et qui, bien avant encore, avait été celui de son grand-père.

L'aieul en avait passé commande au siècle dernier auprès du meilleur ébéniste de Lourdes. Il avait pour cela donné des planches épaisses de chêne plus que centenaire et qui n'avaient pas le plus infime défaut. Le prie-dieu portait la plaque de cuivre gravée du nom des Davezac, elle brillait comme brillait le bois du chêne. Avec douceur, à force de soins réguliers. Jean Davezac aimait les lieux, les meubles et les objets qui traversaient le temps. Il aimait que les choses durent et se transmettent. Il estimait que ces liens du passé permettaient aux hommes du présent de bâtir l'avenir.

Il disait souvent :

— Sans racines, un homme est perdu.

Pour cette même raison le vieil homme tenait à cette église, même si finalement il y venait peu.

L'une des femmes avait cessé de passer le chiffon, étonnée de le voir là.

Mal à l'aise, il se signa et partit rapidement.

Tout en marchant pour rejoindre sa maison, il réfléchissait. Il se disait que l'église était le monde des femmes plus que celui des hommes car, en dehors de la traditionnelle messe dominicale, ces derniers n'y venaient jamais. Pour la première fois il eut le sentiment d'avoir compris ce que les femmes éprouvaient en y allant et ce pour quoi elles aimaient tant y passer ne serait-ce qu'un court moment. L'église, en dehors des cérémonies, était un lieu d'humilité, d'abandon. On avait un sentiment de protection et de confiance absolues. On s'apaisait du chaos du monde. Il suffisait de pousser la lourde porte et de poser ses pas dans la trace de ceux qui vous avaient précédé sur le dallage de pierre, pour avoir le sentiment d'appartenir à l'éternité.

Peut-être parce qu'elles étaient plus proches de leurs enfants et qu'elles mesuraient la fragilité des choses, les femmes étaient très sensibles à ce sentiment de continuité et elles aimaient le retrouver dans un lieu commun à tous qu'elles entretenaient patiemment et fleurissaient.

Que serait demain ?

Que serait un monde où l'on démolirait les vieilles églises

pour en faire des squares et que deviendraient ceux qui ne poseraient plus jamais leurs pas sur les dalles de pierre usées par leurs ancêtres ?

À ces questions, Jean Davezac n'avait pas de réponse.

Il pensa aux femmes de sa ville qui avaient été si courageuses et si passionnées du temps de Bernadette. On les voyait moins qu'autrefois dans la ville. Aujourd'hui, entre les murs des hôtels et des commerces que leurs mères avaient commencé à construire au siècle dernier et qu'elles solidifiaient jour après jour, elles tissaient inlassablement dans l'ombre le fil délicat qui liait les générations. Elles enseignaient à leurs enfants les gestes du quotidien et la manière de bien se comporter dans une ville où rien n'était tout à fait comme ailleurs. Elles menaient tout de front. Famille et travail. Parmi les rares sorties de ces bâtisseuses qui avaient peu l'occasion de se divertir, l'église tenait un rôle essentiel. C'était un lieu de rencontres et d'échanges.

Pourquoi Jean Davezac pensait-il à tout ça ?

Il n'aurait su le dire.

Peut-être enviait-il parfois le rôle intime de ces mères ?

Il soupira, cessa un moment de marcher et prit une longue inspiration tout en s'appuyant sur sa canne. La ville était en pleine activité. Jamais on n'avait tant construit. Il y avait du travail pour tous et tous mangeaient à leur faim. Il y avait même quelques solides patrimoines familiaux qui commençaient à se constituer, à force de travail et de gestion rigoureuse. Jamais la jeunesse n'avait été aussi insouciante et aussi gâtée. Ils faisaient des balades, des sports de toutes sortes et ils portaient des vêtements de plus en légers et de plus en plus beaux.

Tout allait merveilleusement bien. Trop bien.

Le vieil avocat était inquiet.

— C'est trop beau, disait-il à l'occasion. Ça ne peut pas durer. Il faut se préparer au pire.

Mais on ne l'entendait pas.

À Lourdes, en ce début de siècle, la vie était belle. Personne ne pouvait imaginer un seul instant qu'un basculement allait se produire et que celui-là n'aurait rien à voir avec celui provoqué par les apparitions de la Vierge dans cette ville, un demi-siècle auparavant.

Mme Davezac comprit ce soir-là en voyant rentrer son mari qu'il ne fallait rien lui demander. Son visage était sombre et un pli d'inquiétude barrait son front.

La cloche frappa cinq coups lentement et à intervalles égaux.

Toutes de noir vêtues comme à l'ordinaire, chignon noué bas, les sœurs Lacrampe se posèrent sur le seuil de leur boutique et regardèrent de l'autre côté de la place en direction des fenêtres de la maison Pailhé.

— On dira ce qu'on voudra mais je ne m'y ferai jamais, dit Anaïs, l'aînée, d'une voix haut perchée. Pourquoi ils font pas les six coups. Tiens, la semaine dernière quand ils ont enterré le vieux, ils ont donné les six coups, pas cinq.

— Je te l'ai répété mille fois, siffla sa sœur agacée. Quand la grosse cloche sonne six coups c'est pour un homme. Pour une femme c'est cinq coups. Pas un de plus. C'est comme ça depuis toujours, je vois pas pourquoi ça changerait !

— Justement, insista Anaïs, c'est pas normal. Pourquoi un coup de moins quand c'est une femme ? Tu crois pas que Mme Pailhé méritait plus que ce vieux grincheux de Toulet toi ?

— Tu es une têtue de première, les coups de la cloche, c'est rien. Le vieux Toulet, on l'a enterré en quatrième classe, il y avait juste un prêtre et un vicaire. M. le curé ne s'est pas déplacé. Tandis que là, pour Mme Pailhé, M. le curé va sortir le grand jeu... Ça sera de la première classe. (Elle se rengorgea d'un air satisfait.) Comme nous. Nous aussi on aura un enterrement de première classe.

— Ça, c'est pas si sûr, fit Anaïs.

— Décidément, quand tu t'y mets, ragea Victorine. On a été élèves aux Enfants de Marie, non ? Comme Mme Pailhé, comme toutes les jeunes filles de la bonne société. Eh bien, toutes les élèves des Enfants de Marie ont droit à la première classe. C'est comme ça ! Marthe Larrouy a déjà organisé la messe d'honneur que fera donner notre confrérie dimanche prochain.

— Tu crois qu'il y aura le cortège des orphelines ?

— Bien sûr ! Il manquerait plus qu'elle n'y ait pas droit avec tout ce qu'elle a fait pour l'hospice.

— Non ! fit Anaïs éblouie, quel bonheur ! Ils feront jouer l'orgue sans aucun doute et les hommes chanteront le *De Profundis* ! Et le *Miserere* !

Elle joignit les mains en signe de bonheur intense.

À cette évocation des voix d'hommes chantant le *De Profundis*, Anaïs éprouvait une intense émotion et les larmes lui montèrent aux yeux. Anaïs n'avait jamais eu le bonheur d'avoir un amour dans sa vie, cela lui avait été comme interdit dès l'enfance par le décès prématuré d'une mère qui la laissait, auprès d'un père rigide, « petite mère » de sa jeune sœur. Elles avaient grandi ensemble dans la solitude étriquée d'une boutique où les plus belles dames et jeunes filles de Lourdes venaient se fournir en chapeaux de plus en plus sophistiqués. Leur élégance et leur beauté paraissaient inaccessibles aux deux sœurs car elles n'avaient auprès d'elles aucune mère pour leur révéler la leur. Les années passèrent sans que jamais, à aucun moment, Anaïs et Victorine ne puissent imaginer qu'elles aussi étaient belles et qu'un homme pourrait les aimer un jour.

Tous ces mots de l'amour, tous les mondes qu'ils évoquaient avaient été rayés de leur vie. Anaïs avait parfois de profondes mélancolies mais Victorine était peu sujette aux états d'âme. Gâtée et protégée depuis l'enfance par Anaïs qui avait trois ans de plus qu'elle, elle se trouvait fort bien dans sa condition et avait développé une assurance et une autorité très utiles dans leur commerce. Car ces dames et demoiselles étaient parfois bien exigeantes.

L'une d'elles justement, une commerçante de la rue de la Grotte, arrivait, en courant presque, malgré son âge et sa corpulence.

— Ah ! fit-elle tout essoufflée. J'étais avec ces dames, après la messe de 5 heures, nous avons préparé les bannières et les cierges. Vous devriez voir ça ! Ils sont de toute beauté, décorés, magnifiques.

Elle avait parlé d'une seule traite.

— Votre voilette est prête, venez, madame Larrouy, allons l'essayer.

Elles entrèrent dans la boutique. Ajustée sur un chapeau de paille noire, la voilette était parfaite et Marthe Larrouy, en reprenant son souffle, admirait l'effet produit.

— Parfait, parfait. Ah ! Heureusement. Ces dames ont toutes de beaux chapeaux, je n'aurais pas aimé être en reste.

Victorine qui se penchait de gauche à droite pour regarder la coiffe sous toutes ses coutures, se redressa d'un coup :

— Et les gerbes ! Quelqu'un a pensé aux gerbes ?

— Bien sûr ! se récria la commerçante. Elles ont toutes été déposées chez Claverie mais Anne nous a fait porter les plus belles pour qu'on les mette près de l'autel. C'est fait.

— Avez-vous vu la nôtre ? questionna Anaïs. C'est moi qui ai été la commander, nous avons voulu des lys. Rien que des lys blancs.

— Mais bien sûr ! s'exclama Marthe Larrouy. Nous l'avons posée au pied de l'autel de Notre-Dame, à côté des cierges. Comme ça on la voit bien dès qu'on entre dans l'église. C'est une des plus belles, incontestablement.

Anaïs et Victorine se regardèrent, émues du compliment. D'un commun accord elles avaient décidé de ne pas regarder à la dépense et d'offrir ce qu'il y avait de mieux à l'une de leurs plus anciennes clientes. Au prix qu'elle leur avait coûté elles espéraient que la gerbe tiendrait au moins une quinzaine. Corbères, le fleuriste, le leur avait promis. Il fallait que pour la messe de neuvaine les fleurs soient en parfait état.

— Et la messe de neuvaine ? fit Anaïs. Qui s'occupe de la messe de neuvaine ?

— Tout est déjà prévu, répondit Marthe Larrouy. J'irai avec Sidonie vérifier les gerbes et les arroser. On enlèvera les fleurs fanées et on refera les bouquets. Benoîte Soubirous et Lucile Dastarac organisent les veillées avec les voisins. Tiens, à propos, Benoîte nous a dit ce matin qu'une cliente italienne lui avait demandé l'heure de l'enterrement.

— Une Italienne ! s'exclamèrent en chœur les deux sœurs.

— Oui, une Italienne. Benoîte a été surprise mais l'Italienne lui a expliqué que ce décès subit dans le hall l'avait bouleversée.

— Et alors ? firent les sœurs.

— Alors rien, fit Marthe Larrouy. Mais on a toutes repensé à ce cri de Mme Pailhé, vous savez : « L'Italien ! »

— Oui, c'est curieux tout ça, fit Anaïs pensive.

— Oh mais ! Vous avez vu l'heure, s'exclama soudain Marthe Larrouy. Faudrait pas être en retard, je file. À tout à l'heure, le corbillard est déjà prêt.

Fébriles, les deux sœurs décidèrent de fermer la boutique, pressées d'assister à une cérémonie où toute la ville se presserait et qui serait certainement hors du commun.

Pour elles, c'était un grand jour et la promesse de plaisirs à venir : un beau mois d'août durant lequel se succéderaient les messes d'hommage de toutes les confréries. Les autels seraient fleuris, décorés et toutes les messes, même les plus matinales, chantées.

Ah ! Ces chants ! À l'avance Anaïs en était toute retournée.

Six croix, vingt-quatre torches, des draps mortuaires finement brodés de fils d'or et d'argent, et un clergé omniprésent. Pour un enterrement de première classe, le curé officiait entouré de tous ses vicaires et des aumôniers. De plus, il était accompagné de six prêtres, et même quelques pères de la grotte s'étaient déplacés. En raison de sa personnalité et de ce qu'elle représentait dans l'imaginaire de la ville, la Belle Chocolatière eut droit à tout. À l'annonce des préparatifs, un sacristain surpris de tant de mise en place pour « une simple femme », selon ses propres termes, se vit remettre en place par le prêtre :

— On voit bien que vous êtes nouveau ici. Vous irez donc là-haut surveiller les cloches pendant la cérémonie. Et veillez à ce que le glas soit respecté !

— Là-haut ! Mais... monsieur le curé ! Je vais avoir les oreilles...

— Vous vous les boucherez, trancha le curé. Mais attention, surtout gardez les yeux ouverts. Cela vous évitera la prochaine fois de dire des bêtises !

Penaud, le sacristain ne se le fit pas dire deux fois. Il arrivait de Paris et voulait faire carrière aux sanctuaires de la grotte, dans la ville natale de son père et de sa tante. Ce n'était pas le moment de se mettre à mal avec le curé, fût-il de la paroisse. L'heure venue il s'empressa donc de monter au clocher. Ce qu'il vit le laissa stupéfait. De toutes les rues de la ville une foule noire, en grand deuil, convergeait vers la petite église paroissiale et le roulement sourd de leurs pas et de leurs paroles montait jusqu'au sacristain.

Crêpes ou voilettes au chapeau, certaines avaient même sorti le grand voile qui les recouvrait de la tête aux pieds, longs manteaux souples pour les bourgeoises, drap plus rustique pour les femmes du pays qui portaient le traditionnel capulet blanc. Le sacristain, qui avait tenté la prêtrise puis renoncé, avait eu l'occasion, lors de ses études de théologie, de voir les magnifiques illustrations faites par Gustave Doré sur la descente de Dante aux enfers. Il eut un frisson. Il repéra tout de suite dans la foule ces formes sans visages si bien croquées par l'artiste et qui semblaient ici droit sorties de ses gravures. De vieilles paysannes de Bigorre, ensevelies sous leurs voiles noirs, êtres archaïques venus du fond des temps, passagers fantomatiques de l'imaginaire mythologique qui accompagnaient les vivants vers la mort.

C'est alors que le sacristain crut sa dernière heure arrivée. La grosse cloche venait de se mettre en branle. Le bruit était effrayant. Son visage se tordit de douleur. Il pensa que ses tympans étaient crevés tant il eut mal. Il appuya très fort les paumes de ses deux mains tout contre ses oreilles et laissa passer les cinq battements. Ce n'est que petit à petit, quand les vibrations de la grosse cloche eurent cessé, qu'il put à nouveau regarder en contrebas. La place du Porche et la place Marcadal étaient noires de monde. Toute la ville était là, de bas en haut : il ne manquait personne et nombre de fidèles durent rester dehors car l'église était trop petite pour les contenir tous. Finalement le sacristain était très content de son sort. Il avait une vue imprenable sur cette ville où il venait d'arriver. Il laissa son regard se perdre dans les rues, traîner sur les toitures d'ardoise grise, se cogner aux Pyrénées côté nord et s'évader côté sud dans les lointains bleutés où l'horizon est immense et lisse comme une mer.

« Cette ville est comme son paysage, pensa-t-il. Fermée d'un côté sur un monde qui n'appartient qu'à elle, et ouverte de l'autre à tous les étrangers d'où qu'ils viennent. Curieux ! »

Il leva la tête et regarda vers le ciel cependant qu'en bas les cérémonies continuaient sur fond de chants grégoriens et de litanies. Et c'est alors qu'il vit vraiment le château. Monumentale sur son bloc de pierre, la forteresse de Lourdes avait quelque chose de lugubre. Même le soleil d'été, même la franche lumière d'août ne réchauffaient pas ses remparts de pierre grise. Un lierre noir s'agrippait aux murailles et des lichens pendaient çà et là aux créneaux de la tour carrée. Alors que la ville alentour bruissait de vie et d'animation, le roc de pierre semblait à l'abandon.

« On dirait pourtant que ce château a eu de belles heures », se dit le sacristain.

Le glas funèbre vint pour la deuxième fois déchirer ses tympans. Il se recroquevilla contre les murs, et cette fois la douleur fut si forte qu'il se jura de ne plus jamais se laisser impressionner par le curé.

En bas, tous avaient suivi dans le silence et le recueillement la cérémonie qui avait duré plus de deux heures dans un rituel de cantiques et de prières. Derrière le cortège, une foule de plus d'un millier de personnes suivait le corbillard vers le cimetière.

Un choc sourd et l'assemblée tout entière frissonna.

La lourde dalle de marbre venait de retomber sur le tombeau noir. Il restait encore un étroit triangle de lumière. Les fossoyeurs tirèrent sur une grosse corde de chanvre, on entendit le bruit mat que fit l'encastrage et la dalle se réajusta parfaitement.

Plus jamais la Belle Chocolatière ne verrait la lumière.

— Tout passe ! dit Lucile Davezac.

Elle tira un mouchoir de lin blanc du petit sac pendu à son poignet et essuya son visage trempé de larmes. Près d'elle, Benoîte Soubirous s'épongea le front. Sous son capulet les gouttes perlaient et la rude paysanne en profita pour essuyer aussi ses yeux humides. L'émotion l'avait gagnée sans qu'elle comprenne trop pourquoi car elle n'avait jamais éprouvé pour Mme Pailhé autre chose qu'une sorte d'admiration mêlée de respect, sans jamais partager avec elle une quelconque intimité. Plus loin, sous leurs voilettes, les sœurs Lacrampe se soutenaient mutuellement. Anaïs avait le visage inondé. Elle s'était effondrée au moment où le chœur avait entonné le *De Profundis* et son émotion avait gagné Victorine.

La chaleur en cet après-midi d'août était suffocante, mais tous et toutes restaient là, debout sous un soleil de plomb. Ce cimetière de pierre grise plein d'une foule énorme et silencieuse avait quelque chose d'effrayant et de fascinant. Curieusement cette foule était homogène. On sentait que ceux qui étaient là avaient quelque chose en commun. Ils constituaient une grande famille dont les origines se lisaient sur des visages pour la plupart rugueux, marqués. Si tous ici étaient bien mis et affichaient des visages bien nourris, dans quelques attitudes courbées, dans quelques formes encore massives, on devinait malgré tout l'austérité ancienne derrière l'aisance acquise.

On ne pouvait s'y tromper. Ce peuple-là était un peuple de la terre.

Du haut de son clocher, le sacristain se demandait qui pouvait bien être cette femme qu'on enterrait pour que la ville se presse, et semble s'étreindre là dans une douleur commune. Ce que le sacristain ne savait pas, c'est ce qu'instinctivement le cœur de cette foule entière venait de comprendre.

La disparition de la Belle Chocolatière marquait la fin d'une aventure exceptionnelle. Celle d'un tout petit peuple de bourgeois et de misérables auxquels le ciel avait confié un destin commun. La Vierge était apparue chez eux et toutes et tous, croyants ou pas, ils avaient été emportés par le fleuve humain qui s'était déversé dans leur ville. Bien portants en quête d'espérance, estropiés, désespérés, malades de toutes sortes, voilà plus de cinquante ans que les étrangers accouraient de l'Europe entière.

Désormais pour tous ces Lourdais de souche, plus rien ne serait jamais comme avant.

Les cantiques étaient finis, le curé avait jeté l'encens, mais ils ne partaient pas. Comme s'il leur manquait quelque chose. Alors dans le silence du cimetière, une voix s'éleva, entonnant le chant du pays, « Bona Mair deu Bona Diu ». Çà et là d'autres voix se joignirent et bientôt ce fut toute la foule qui chanta d'une même voix. Les mystérieuses paroles de la langue occitane montèrent vers le ciel, troublantes dans leur magie pour le sacristain qui n'en comprenait pas le sens. Mais pour les Lourdais tout était dit, l'émotion était intense et beaucoup pleuraient. Lucile Davezac et Benoîte vibraient comme cela ne leur était que rarement arrivé et Anaïs crut même en mourir. Quand le chant fut terminé, sans rien ajouter ils se dispersèrent.

Qu'ils le veuillent ou non, ils savaient tous qu'il leur fallait quitter maintenant le cocon d'une mémoire commune, qu'ils devaient inventer l'histoire à venir et s'ouvrir avant tous les autres à un monde nouveau fait de langues multiples et d'étrangers aux coutumes diverses. Il leur fallait apprendre la différence et s'y adapter sans s'y perdre.

Au même instant, du haut de son clocher, gagné lui aussi par l'émotion de ce chant unique qui était parvenu jusqu'à lui, le sacristain s'interrogeait :

« Quelle drôle de ville, se disait-il. Plus mystérieuse que je n'aurais cru. » En même temps, il regardait la foule se disperser petit à petit. Il restait là, fasciné par la beauté si particulière des lieux. Il ne pouvait s'empêcher de ressasser le lien étrange qui unissait ce peuple à son paysage.

« Ils sont tellement ancrés et accrochés à leurs traditions communes qu'ils semblent aussi antiques que ces montagnes, et en même temps ils ont l'esprit assez ouvert pour accueillir des pèlerins de tous horizons. Curieux ! Comment peut-on être tout à la fois aussi enraciné et universel ? »

Le sacristain méditait sur ce qu'il voyait comme un paradoxe quand il aperçut une longue silhouette noire entrer dans le cimetière. Il aurait pu ne pas y prêter attention, croire que c'était quelque parente, quelque voisine qui revenait pour un dernier adieu. Mais, même de loin, il devina aux mouvements légers du tissu de la robe et à la magnificence du volumineux chapeau aux plumes d'autruche qu'il ne s'agissait pas là de quelqu'un de banal. Sans trop savoir pourquoi il dévala les escaliers de bois du clocher, passa à toute vitesse devant le curé éberlué qui finissait de ranger l'église et fila vers le cimetière.

Juste quand il y arrivait la dame en sortait. Tout essoufflé, il l'aborda et lui demanda si la cérémonie était terminée et s'il restait des prêtres dans le cimetière. Un voile noir très fin accroché aux bords de son large chapeau recouvrait le visage de l'inconnue et était noué autour de son cou de sorte que le sacristain ne pouvait voir ses traits. Au son de sa voix il eut l'intuition de l'avoir déjà rencontrée et il comprit qu'il s'agissait d'une dame d'un certain âge. Elle lui répondit avec un fort accent italien mais dans un français impeccable que le cimetière était désert et que la cérémonie était finie depuis déjà plus d'une heure. Pourquoi insista-t-il ? Il n'aurait su le dire.

— Vous étiez de la famille ? Une amie ?

Il sentit un regard glacial le transpercer malgré le voile. De quoi se mêlait-il ?

— Non, je ne la connaissais pas, je ne l'avais jamais vue.

Puis elle partit, laissant planté là le sacristain perplexe. Que pouvait bien lui rappeler cette femme et comment avait-il osé questionner ainsi une inconnue sur un enterrement qui ne le concernait en rien ?

Les années passèrent.

Les hommes avaient fini par démolir la magnifique petite église romane. Comme par hasard un incendie s'y était déclaré, et la population fut mise devant le fait accompli. Profitant des travaux, l'architecte avait fait déplacer le marché paysan et un square pour promeneurs endimanchés avait été aménagé avec des bancs, des réverbères électrifiés et une statue de bronze posée sur un socle de marbre gris de Campan. Le cœur animé et vivant du haut de la ville n'était plus et la place Peyramale, du nom de l'ancien curé de la paroisse, était née.

Cela ne s'était pas fait sans mal mais cela s'était fait et l'architecte était fier de lui et des « améliorations » qu'il avait apportées au nom du bien public.

Benoîte Soubirous, Lucile Davezac, Anaïs et Victorine Lacrampe, Marthe Larrouy, les femmes de Lourdes dans leur ensemble en furent douloureusement éprouvées. Elles eurent le sentiment de perdre quelque chose d'unique et de profond que l'histoire ne leur rendrait jamais. Elles se retrouvaient presque tous les jours, à un moment ou à un autre, sur les bancs près de la fontaine du porche avec les vieux qui assistaient au dépeçage sans pouvoir y croire. Les hommes venaient aussi parfois, et ils étaient aussi secoués. L'un d'eux, Pierrot, très amoureux du Lourdes de son enfance arrivait tous les jours à la même heure après son travail et il exhortait ses concitoyens à ne pas accepter ce « massacre ».

— Enfin, madame Davezac, lui disait-il dès qu'il la voyait,

vous savez bien ce que signifie cette église pour nous tous. Y'a pas que Bernadette qui priait là, toutes les mères de Lourdes s'y retrouvaient. Ma mère m'a raconté que la vôtre, Marie Abadie, y allait tous les jours. Ces pierres sont vivantes, vous comprenez.

— C'est vrai, Pierrot, répondait Lucile, mais ne t'en fais pas trop. Le message de Bernadette est plus fort que la pierre de l'église, il restera quand bien même les pierres auront disparu depuis longtemps.

— Et alors ! s'énervait-il, est-ce une raison pour démolir l'église ? Et puis vous vous trompez profondément, on est en train de perdre quelque chose qu'on ne retrouvera jamais. Moi je vais vous dire ce que j'en pense, madame Davezac, nous, les Lourdais, en laissant faire pareille chose, c'est les anciens qu'on trahit, et nos enfants ! Pire, ajoutait-il gravement, c'est Bernadette !

Mme Davezac ne répondait rien mais le cœur de celle qui fut la petite Lucile se déchirait. « Bernadette ! » Elle n'oubliait pas le visage de son amie d'enfance le jour où une diligence l'emporta vers le Nord. Il était plein de larmes. Lucile pleurait elle aussi et elle lui avait fait un signe de la main. Bernadette l'avait-elle vue ? Et de toute façon, à quoi bon...

— Quand nous avons su pour l'église nous sommes allées voir l'architecte et le maire, dit-elle en contenant son émotion. Mais cet incendie nous a prises de court. Nous ne pouvons pas être au four et au moulin. Tu sais, Pierrot, que je renonce rarement. Mais pour gagner ce combat il faudrait être là tous les jours à la mairie et ne faire que ça, des dossiers et des palabres. C'est impossible. Nos journées sont pleines du matin au soir. Nous sommes levées à l'aurore et couchées à la nuit noire. Aucune de nous ne peut se permettre de lâcher son affaire et sa maison pour s'occuper de l'église. Le plus dur dans la vie Pierrot, c'est de choisir. Nous aimons les pierres mais nous préférons nos enfants.

— Mais c'est pour eux justement ! se récria Pierrot.

— Alors occupez-vous-en, fit Lucile. Nous, on ne peut pas.

Et elle partit, le cœur serré, mais inflexible. Elle ne pouvait pas se permettre de faiblir.

Le chantier continuait inexorablement.

Il avait duré longtemps, plusieurs mois. Les vieux étaient horrifiés. À chaque grosse pierre qu'on enlevait ils poussaient des hauts cris, se lamentaient. Seyrès râlait après ce Pierrot qui les « remontait », il voulait embaucher pour accélérer le chantier :

— Faut pas que ça traîne, sinon y aura des problèmes ! avait-il expliqué au maire. Il faut faire partir d'abord tout ce qui est plus ou moins sculpté, c'est ça qui les remue. Une fois que les autels et les voûtes seront par terre, ça ira mieux.

Mais le maire refusait d'engager car cela ferait des dépenses supplémentaires. Et puis, un matin, quand les ouvriers s'attaquèrent à coups de pique à l'autel de la Vierge Marie et que la guirlande de roses sculptée qui en ornait la petite voûte vola en éclats, la vieille Toulet qui habitait rue du Bourg au pied du château eut une attaque et elle mourut, là, sur le banc. Pierrot, accouru, se mit à hurler, traita l'architecte d'« assassin » et demanda haut et fort comment un « homme dont c'était le métier d'aimer les constructions pouvait taper sur des pierres sacrées comme on taperait sur de vulgaires cailloux ».

Il y eut des remous dans l'assemblée qui grossissait au fur et à mesure que la nouvelle se répandait. Pierrot haranguait la foule :

— C'est l'église de Bernadette ! Ils n'ont aucun respect de rien, cet incendie c'est un mensonge ! Notre église est debout depuis le XIIe siècle, elle n'a jamais rien eu et là, comme par hasard, y'a le feu et soi-disant qu'elle est irrécupérable !

On frôla l'incident. Une heure plus tard, dans le bureau du maire, le problème de l'architecte était résolu. Une trentaine d'Espagnols traversèrent la frontière et arrivèrent sur le chantier. En moins d'une semaine ils effacèrent la moindre trace de pierre sculptée. Ce fut comme un ouragan, plus d'angelots, de chimères, plus de fresques. Elles furent entièrement piquées pour être rendues méconnaissables. Il ne resta de visible que la forme des grosses structures. Le gros œuvre pouvait continuer. Pierrot en pleura. Mais jusqu'à la fin, fidèle et obstiné, il vint tous les jours accompagner l'église de son enfance jusqu'à sa dernière et unique demeure, la terre de Bigorre, sur laquelle le vent des Pyrénées en dispersa les poussières.

Depuis ce jour d'été où sa grand-mère avait disparu en laissant Sophie orpheline d'un amour et d'une complicité uniques, Anne avait craint pour la santé morale de sa fille. La petite s'était repliée sur elle-même et avait reporté toute son affection sur cette poupée que sa mère n'avait jamais vue auparavant et qu'elle avait découverte au matin dans ses bras. Sophie lui avait dit que « mamie la lui avait donnée » et Anne n'avait rien pu en tirer de plus.

Les étés passant, les hivers, petit à petit l'enfant avait retrouvé le sourire et même sa totale vitalité. La seule chose qui continuait à inquiéter Anne, c'était la manie qu'elle avait prise de rester parfois des heures dans le boudoir de sa grand-mère avec sa poupée sans supporter qu'on l'y dérange. L'endroit n'était pas fait pour une enfant, trop lourd, fané, chargé de passé jusque dans les lourds rideaux. Anne avait donc décidé de lui redonner un « coup de fraîcheur ». Mais Sophie avait hurlé quand elle le lui avait annoncé et, du coup, tout était resté en l'état.

Aujourd'hui, Sophie fêtait ses dix-huit ans avec ses camarades des Enfants de Marie. Catherine, la cuisinière, avait dressé une table richement garnie de pâtisseries locales et de laitages dans le salon familial. Au-dehors le temps était gris et froid. Nous étions en hiver, une fin d'après-midi du mois de février et la ville désertée par les pèlerins appartenait à nouveau aux Lourdais.

Sophie avait gardé près d'elle ses deux amies préférées,

Yvonne Davezac et Rose Soubirous. Quand toutes les autres furent parties elles se laissèrent aller à des confidences sur leur sujet favori : les « trois archanges ».

Grands et sportifs, les archanges étaient frères, et s'appelaient Michel, Gabriel et Raphaël. Parce qu'ils avaient des chevelures d'or et qu'ils étaient très beaux, la ville les avait surnommés les « trois archanges ». Ils étaient arrivés à Lourdes un jour de printemps et ni Sophie, ni Yvonne ni Rose ne l'oublieraient jamais. C'était il y avait deux ans à peine. Dans ce pays où les hommes ont les cheveux et le regard sombres, leurs yeux clairs et leurs chevelures dorées les faisaient ressembler à de jeunes dieux. Tout en eux était différent. Leur famille, leurs habitudes, leurs manières.

Dans Lourdes, l'arrivée de leur famille n'était pas passée inaperçue. Elle appartenait à la catégorie des « riches étrangers » qui, attirés par les affaires, venaient faire commerce à Lourdes. Ainsi, à la population exclusivement locale des débuts, se mêlaient maintenant quelques familles d'étrangers à la région qui arrivaient avec des capitaux importants à investir. Sur les conseils d'un hôtelier de l'est de la France qui avait acheté la *Villa Solitude*, une maison de famille réputée montée par Finette Detroyat, une vieille fille ancienne lingère, M. Lemmens et sa femme, les parents des « trois archanges », avaient très bien vendu une grosse affaire familiale en Belgique et venaient d'acquérir une autre maison boulevard de la Grotte, près des sanctuaires.

Entreprenants, ils firent de gros travaux et, en moins d'une année, l'ancienne *Pension de la Sainte-Famille* de la veuve Dupouy devint *L'Hôtel Belge* avec restaurant à la carte, librairie religieuse et grand magasin d'objets de piété. Les Belges, très présents dans les pèlerinages, s'y rendaient en foule car ils pouvaient y faire tous leurs achats en parlant flamand.

Mme Lemmens vouait à ses fils une adoration sans pareille. Consciente de leur beauté, elle était éblouie de leurs moindres faits et gestes, les gâtait inconsidérément et leur pardonnait tout. Sauf peut-être d'être peu portés vers la religion comme elle l'aurait souhaité, étant elle-même très croyante. Ils avaient pour seuls centres d'intérêt le sport et les filles.

La toute première fois que les trois amies les aperçurent, ils étaient tout de blanc vêtus. Du blanc ! Pour des garçons ! Incroyable ! Elles n'en étaient pas revenues. Pantalons de velours à mi-mollets, chaussettes de laine montantes, brodequins, gros pulls à col roulé, ils partaient faire une balade en montagne et les saluèrent au passage de sourires enjôleurs et de regards appuyés. C'était bien la première fois que des garçons prenaient avec elles de telles libertés. Elles en furent subjuguées.

Sophie avait croisé le regard du plus âgé, il appelait Gabriel et il l'avait gratifiée d'un sifflement admiratif, pivotant sur ses jambes de manière à marcher à reculons et à la voir un peu plus longtemps. Instinctivement elle avait redressé la tête et le buste. Quand ils eurent disparu à l'angle de la rue, elle annonça à Yvonne et Rose que le plus grand était pour elle.

— C'est moi qu'il a regardée, fit-elle. Il est à moi.

Les deux autres ne contestèrent pas. Elles étaient habituées à vivre sous l'autorité de Sophie qui leur faisait faire tout ce qu'elle voulait. Parfois Yvonne se rebiffait un peu, mais, comme Rose, elle finissait toujours par céder à ses caprices. Cette rencontre avec les trois archanges fut pour les trois amies la découverte de l'amour. Sophie les emporta dans une fièvre romantique sans pareille où son imagination jouait le rôle que la réalité ne remplissait pas car à aucun moment il n'y eut de contact entre les adolescentes et les garçons plus âgés qui demandaient d'autres sensations que de la romance.

Mais cela n'altérait en rien la passion des trois amies, bien au contraire. À l'école, à l'office, à l'ouvroir, aux promenades, à tout moment de la journée elles pensaient aux trois jeunes gens et leurs conversations n'avaient qu'eux pour unique sujet. Elles eurent de quoi parler car si elles les revirent souvent, ce fut toujours aux bras de nouvelles conquêtes et, mis à part une fois ou deux un vague regard et un sourire, ils ne semblèrent plus les voir. Pourtant Sophie s'entêtait :

— Je suis sûre de moi, Gabriel m'épousera. Vous verrez !

— Voyons, hasardait Yvonne. Tu as bien vu dimanche dernier au rugby, ils ne nous ont même pas regardées et ils étaient avec des filles de Tarbes.

Mais Sophie ne doutait pas :

— N'oubliez pas qu'ils sont plus vieux que nous. Gabriel a reçu une éducation et ne veut pas me compromettre.

Rose hochait la tête d'un air incrédule :

— Ça, c'est toi qui le dis. Il paraît qu'avec les filles ils n'hésitent pas à faire des choses très... (elle chercha le mot juste) très...

— Très quoi ! sifflait Sophie en colère. Tu dis n'importe quoi, comme tout le monde à leur sujet. Les garçons d'ici sont jaloux et je suis sûre que tes frères te montent le coup. Je les ai vus avec le fils du banquier Lavigne, à parler dans mon dos. En tout cas tu peux dire à ton frère qu'à part Gabriel, ici, aucun autre garçon ne m'intéresse ! Moi, c'est Gabriel que j'aime ! Il m'épousera ! Et les sous de Lavigne à côté de la beauté de Gabriel, ça ne pèse rien du tout !

Sophie rêvait sa vie. Il semblait y avoir en permanence entre elle et le réel un halo d'imaginaire. Elle croyait si fort à ses songes qu'elle en persuadait les autres. Ainsi elle avait organisé leur roman d'amour. Sûre que Gabriel était l'homme de sa vie, elle avait convaincu ses amies et celles-ci l'avaient suivie sur la pente de ce qui était devenu leur rêve commun. Yvonne épouserait Michel et Rose Raphaël.

Les jeunes filles se rendaient donc partout où elles pouvaient croiser les trois archanges. Elles bâtissaient des châteaux en Espagne et se voyaient déjà à leurs bras, elles imaginaient leurs toilettes, ce qu'elles feraient. Elles s'inventaient des maisons futures, les aménageaient et vivaient dans un rêve immense et limpide, naïf et entier. Rien, pas même l'attitude changeante et insouciante des trois séducteurs indifférents ne les faisait dévier du but qu'elles s'étaient fixé.

— Vous verrez, disait Sophie quand, par moments,

Yvonne et Rose exprimaient des doutes. Pour l'instant ils sont avec d'autres, ils ne nous voient pas, mais demain... ils n'en auront que pour nous. Il faut que nous soyons les plus belles. Toi, Rose, fais un peu attention et mange moins de gâteaux, sinon Raphaël ne voudra pas de toi. Si tu crois que c'est le genre à se promener avec une grosse à son bras !

Rose ne disait rien et souffrait en silence. De petite taille, sa gourmandise et sa nature lui valaient une silhouette plutôt dodue qui lui allait fort bien. Mais Sophie en avait décidé autrement et elle tannait sans cesse son amie sur ses rondeurs. Plusieurs fois elle l'avait même fait pleurer et Yvonne s'était fâchée :

— Si tu continues elle ne voudra plus te voir et, je te préviens, je serai de son côté parce que vraiment, tu exagères !

— C'est pour son bien, avait répliqué Sophie. Si on la laisse faire, d'ici dix ans ce sera une grosse dondon. Elle n'a aucune volonté. Si elle veut s'habiller à la mode, elle doit avoir une taille de guêpe, sinon tant pis pour elle ! Tu as vu comment elle est affublée ! C'est pas possible ! Il faut qu'elle soit plus élégante. Il lui reste deux ans, c'est tout, sinon les garçons regarderont ailleurs.

— Toi tu dis ça parce que tu as la chance de manger ce que tu veux sans prendre un gramme. Je t'ai vue quand il y a les beignets le lundi matin chez toi. Ta grand-mère te donnait tout ce que tu voulais et tu engouffrais tout. Et comme Catherine en fait toujours, tu continues. Alors !

— Si j'avais les mêmes joues que les siennes, jamais je n'en prendrais un seul, s'était récriée Sophie, chacun fait avec sa nature.

— Comme tu es dure parfois, avait dit Yvonne.

— C'est la nature qui est dure, pas moi ! avait répliqué Sophie sans sourciller.

Sophie s'était bâti un monde où tout devait correspondre à un idéal qu'elle s'était fixé sur des critères d'elle seule connus. L'apparence y jouait un grand rôle. À peine enfant, sa grand-mère lui donnait déjà ses premières leçons de maintien, dos et buste droit, tête relevée et fière, coiffure et tenue impeccables. Elle y avait eu droit chaque jour et cela avait fini par devenir sa nature. Elle tenait beaucoup à ce que ses deux amies la mettent en valeur. Si elle était la reine, il fallait que les deux autres, pour accéder au rôle de demoiselles de compagnie, soient au-dessus du lot commun.

Au sujet d'Yvonne, Sophie ne trouvait rien à redire. Jolie sans plus, elle ne lui faisait pas concurrence. Très soignée, vêtue de manière classique et de bon goût, elle était parfaite. Rose, en revanche, lui donnait plus de fil à retordre car elle la trouvait trop gourmande et un rien négligée. Sa coiffure souvent ébouriffée, ses bottines mal boutonnées, sa robe un peu de travers, Rose était une enfant très vivante et sans prétention qui se préoccupait peu de sa mise. Que de fois elle avait eu droit aux sarcasmes de Sophie ! Fort heureusement, elle ne s'en émouvait pas outre mesure. Bien sûr elle pleurait aux paroles parfois cruelles de son amie, mais elle oubliait vite car elle avait un réel appétit de vivre et son aptitude au bonheur l'emportait sur ces petites péripéties.

Aujourd'hui, jour de son anniversaire, Sophie pria très cérémonieusement ses amies de l'écouter. Elle avait quelque chose à leur dire :

— Nous aussi, fit Yvonne qui depuis le début de l'après-midi se torturait les méninges pour trouver le moyen d'informer Sophie, on voulait te dire que...

— Après ! la coupa Sophie, contrariée.

Vexée, Yvonne pinça les lèvres et ne dit mot. Sophie enchaîna d'une voix exagérément grave :

— ... Je voulais vous dire que Gabriel va me faire sa déclaration.

— Comment tu le sais ? fit Rose stupéfaite.

— Je l'ai lu dans ses yeux.

— Et nous ? Qu'est-ce qui va se passer pour nous ? ajouta Rose perplexe en avalant de travers un morceau de beignet.

— Ah ! vous ! fit Sophie, désapprobatrice à cause du beignet, je ne sais pas. C'est à vous de sentir quelque chose ou non. Moi en tout cas je sais ce que je dis. J'ai croisé Gabriel ce matin et il m'a regardée d'une manière qui ne trompe pas. Il m'a même saluée très respectueusement en souriant. Nous avons attendu deux longues années pour qu'ils osent enfin nous aborder, mais notre obstination paye. Son sourire aujourd'hui, c'était un signe !

— Et un signe de quoi ! fit Yvonne sortant de sa réserve. C'est normal qu'il sourit pour dire bonjour, non ?

— C'était pas un sourire ordinaire, répliqua Sophie.

— Ah ! Et qu'est-ce que tu as fait ? questionna Yvonne, de plus en plus sceptique sur leur avenir avec les trois archanges qui ne leur manifestaient aucun intérêt et couraient à gauche ou à droite avec des filles toujours différentes.

— Je lui ai rendu son sourire mais je n'ai pas ralenti mon chemin. Il ne faudrait pas quand même qu'il croie que je vais lui dire oui comme ça !

Yvonne et Rose en restèrent bouche bée. Après avoir pleuré, s'être répandue en récriminations de toutes sortes sur ce Gabriel qui la faisait trop attendre, voilà maintenant que Sophie parlait de lui résister. Or, rien ne s'était passé, ni dans un sens ni dans un autre.

— De toute façon, fit Yvonne, il ne t'a encore rien dit, attendons pour voir. Tu dis qu'ils n'osaient pas nous parler mais moi je vois qu'ils ont toujours osé parler aux autres filles, alors pourquoi pas à nous ?

Sophie regarda Yvonne droit dans les yeux et répondit sans ciller :

— Mais, ma chère Yvonne, parce que nous ne sommes pas comme toutes les autres ! On ne nous aborde pas comme on aborde la première venue.

Yvonne ne trouva rien à redire. Sophie était si sûre d'elle, c'en était stupéfiant. Elle ne doutait de rien, comme si elle avait su d'avance la puissance qu'aurait sur les autres, hommes et femmes, sa sensualité à venir. Et ce temps était arrivé, Sophie le savait. Ces derniers temps elle avait lu dans le regard des hommes qu'elle possédait enfin des arguments envoûtants.

En quelques années elle était devenue une magnifique jeune femme. On disait dans toute la ville que, « décidément », elle était le « portrait craché » de sa grand-mère. Même finesse, même port de tête orgueilleux, même allure élégante. Et toujours à la pointe de la mode. Colifichets fleuris, chapeaux à tournures et rubans, longues robes bien ajustées, corsets de plus en plus serrés mettant en valeur une taille et une poitrine parfaites, bottines de cuir ou de soie selon les circonstances, ombrelles ravissantes et diverses. Elle ne manquait de rien et laissait derrière elle le sillage d'un parfum qui troublait immanquablement celui qui la croisait.

Son grand plaisir était de se rendre à la chapellerie des sœurs Lacrampe avec Yvonne et Rose pour passer devant les deux cafés de la place Marcadal. Leur préférence allait bien sûr au *Café de la Poste* fréquenté par les jeunes gens de la ville et les trois archanges. C'était l'occasion pour Sophie de se faire admirer. Yvonne et Rose n'étaient pas très partantes pour ces visites fréquentes à la chapellerie, mais Sophie se moquait d'elles et aujourd'hui, comme elle voulait les y entraîner à nouveau et que Rose refusait, elle s'énerva :

— Vous avez peur des hommes ? Ils ne vont pas vous manger ! Au contraire ! Ils sont ravis de nous voir passer.

— Tu penses, ironisa Yvonne, aucun ne nous voit.

Sophie accusa le coup. Ce n'était pas la première fois qu'Yvonne se rebellait mais le pire était à venir car elle ajouta :

— De toute façon, nous ne pouvons t'accompagner car nous ne te l'avons pas encore dit, mais demain nous partons à Nice, Rose et moi...

Une douche glacée n'eût pas produit plus d'effet.

— À Nice ! fit Sophie éberluée.

Yvonne expliqua qu'elles partaient pour le carnaval accompagnées par la tante de Rose.

— Et vous ne m'avez rien dit ! cria-t-elle. Vous partez

ensemble à Nice au carnaval et vous ne m'en avez jamais dit un seul mot !

— Mais, hasarda Rose, c'est ta mère qui n'a pas voulu. Elle avait recommandé de ne pas t'en parler avant...

— Avant quoi ! hurla Sophie que l'idée de rater pareille aventure mettait hors d'elle.

— Ben, avant... avant elle, fit Yvonne, elle t'a vraiment rien dit ?

Sophie tombait des nues. Sa colère décuplait. Un peu effrayées de sa réaction mais ravies d'échapper pour un moment à sa tutelle étouffante, les deux amies s'éclipsèrent, lui donnant rendez-vous à l'office du dimanche suivant en promettant de tout lui raconter au retour du voyage.

À peine eurent-elles franchi la porte que Sophie se rua à la lingerie où sa mère vérifiait le linge dont elle confiait l'entretien à une femme d'un village voisin. Ce n'était pas la première fois, loin de là, que mère et fille s'affrontaient sur le terrain des sorties et que Sophie avait dû rester à la maison alors que ses deux amies allaient à Tarbes ou à Pau, les deux villes voisines. Mais cette fois-ci Sophie était véritablement exaspérée :

— Maman ! Qu'est-ce que c'est que cette histoire de voyage à Nice ! Tu t'imagines que tu vas m'empêcher longtemps de m'amuser ! Tu crois que je vais accepter ça ? Rose et Yvonne sont accompagnées par la tante Julienne, il n'y avait aucun souci à se faire. Elles sont à l'hôtel des amis de Benoîte, ceux qui descendent au *Moderne*. Qu'est-ce que je risquais ? Hein ! Qu'est-ce que je risquais ?

Anne ne savait que répondre. Elle se sentait un peu coupable, mais c'était plus fort qu'elle. Elle avait attendu si longtemps avant d'avoir Sophie qu'elle n'avait pas voulu voir qu'un jour l'enfant grandirait. Et voilà que maintenant Sophie se rebellait et menaçait de ne plus obéir.

— Et qu'est-ce que je vais faire moi pendant cette semaine de vacances ! Tous les étés tu m'as empêchée d'aller à Londres et à Madrid avec Yvonne et Rose et maintenant voilà le résultat ! Elles parlent couramment l'anglais et l'espagnol et moi j'ai l'air d'une nouille ! Elles sont même allées à Milan. Et moi, je ne vais jamais nulle part ! Toujours ici à la maison et à l'hospice ! Tu crois que tu vas m'y traîner longtemps à ton hospice ? Pas question ! Je te préviens, moi je ne viens plus ! J'en ai marre de tous ces vieux et de tous ces malades ! Et puis j'en ai assez des tabliers et des cornettes qu'il faut enfiler chaque fois, non mais ! Je suis pas une bonne sœur ! Toi ça t'arrangerait peut-être, mais pas moi ! Je te préviens, cette fois-ci je ne suis pas allée à Nice mais je ne viendrai pas non plus avec toi !

Anne frémit. La colère de sa fille tournait à la révolte. Elle savait qu'elle avait eu tort de ne pas la laisser aller étudier à Londres et à Madrid avec ses amies. Mais à l'époque l'idée de se séparer d'elle pendant de longues semaines d'été lui avait été insupportable. C'était pourtant vrai qu'aujourd'hui Yvonne et Rose étaient mieux armées pour parler avec les étrangers. Benoîte avait été à l'origine de cette initiative d'envoyer ses enfants à l'étranger et beaucoup d'hôtelières avaient fait comme elle. Elles avaient eu bien raison. Anne se consolait en se disant que pour sa fille ce n'était pas si important :

— Tu ne devras pas tenir un hôtel, toi ! lui dit-elle. Ni un commerce, comme Yvonne et Rose. Alors, quelle importance !

— Quelle importance ! avait hurlé Sophie. Et c'est toi qui dis ça ! Toi qui te plains parce que tu ne comprends pas ce que tes malades te disent ! C'est incroyable, ce que tu peux être de mauvaise foi. Et puis qu'est-ce que tu en sais si je ne tiendrai pas un hôtel ? Tu crois que je vais passer ma vie derrière la caisse de la pharmacie ? Là tu te trompes complètement, je te préviens !

Anne était prise au piège. Sa fille lui échappait. Elle le sentait depuis longtemps car Sophie n'avait jamais été une fillette docile. Mais comme elle était très croyante, Anne Claverie se disait que si le ciel lui avait donné une enfant aussi rebelle, c'était pour l'éprouver. Ses longues années de maladie l'avaient habituée à l'attente et aux longues heures de prières. Et elle ne tenait aucune rigueur à sa fille de ses colères.

— Ne te bute pas, dit-elle à sa fille d'une voix ferme mais douce. Viens avec moi, tu sais combien nous avons besoin d'aide, les sœurs sont débordées...

Sophie trépigna et se boucha les oreilles. La bonté de sa mère l'exaspérait :

— Assez, assez ! Je ne suis pas comme toi, je ne veux plus rien entendre ! L'hospice ! L'Hospitalité ! Fini ! C'est fini !...

— Qu'est-ce que c'est que ces cris ?

Fernand Claverie venait de rentrer pour le déjeuner quand il avait entendu la discussion à l'étage. Comprenant que sa femme devait encore être en difficulté, il était monté quatre et quatre et le ton de sa voix ne laissait aucune place à la désobéissance. Mis au courant par Sophie elle-même, il régla le problème sur-le-champ :

— Ma chérie, nous t'aimons beaucoup, ta mère et moi, mais, vois-tu, pour l'heure on ne te demande pas encore ton avis. Tu iras dès le repas terminé à l'hospice avec ta mère comme d'habitude. Et je ne veux plus de ces disputes. Fais aussi très attention à la manière dont tu lui parles, sinon tu auras affaire à moi. Venez déjeuner, Catherine a mis la table.

Sophie hésita, mais elle craignait son père. Elle avait souvenir de bonnes raclées et son autorité était réelle. Lui, en son for intérieur, sentait que le fil était mince et qu'il ne lui faudrait pas trop tirer dessus, mais tout comme Anne il préférait savoir Sophie à la maison, ou pas trop loin. La beauté grandissante de sa fille et son tempérament l'inquiétaient.

— C'est bon, lui dit Sophie sans baisser les yeux, j'y vais. Mais c'est la dernière fois.

Il choisit de ne pas répondre, la limite était là et il ne voulait pas l'atteindre. Ils descendirent à la salle à manger. Le repas se déroula normalement et quand il partit pour la pharmacie Anne et Sophie rejoignirent l'Hospitalité.

Durant l'hiver la ville retrouvait son calme. Les pèlerins n'arrivaient qu'avec les beaux jours aux environs du mois de mai, et les volets des hôtels et des magasins d'objets de piété du bas de la ville étaient tous fermés. Cela donnait une ambiance un peu étrange, une sorte de ville en sommeil. Le haut de la ville prenait sa revanche. Artisans, commerçants divers, marchés quotidiens, messes, toutes les activités y étaient concentrées et Lourdes retrouvait sa texture bigourdane.

En arrivant rue du Tribunal, Sophie et sa mère tombèrent sur le limonadier Courrèges qui rentrait des tonneaux déposés en vrac devant sa boutique :

— Alors, mesdames, vous avez vu ? fit-il en levant les bras au ciel. Ça a gelé dur cette nuit. Faites attention si vous allez à l'hospice. Surtout toi, Anne, avec ta jambe, il y a encore du verglas ! J'en sais quelque chose, le livreur s'est foutu au fossé juste en face. On a dû tout transporter sur la carriole. Quel boulot, je vous dis pas ! Alors, allez pas vous casser une patte, hein ! Ça serait dommage !

Anne eut quelques mots de compassion pour les déboires que cette affaire avait causés au limonadier et elle lui offrit un sourire chaleureux. Sophie ne daigna même pas s'arrêter :

— Quel imbécile, ce Courrèges, dit-elle à sa mère un peu plus loin. Et de quel droit il te parle de ta jambe ? Elle est guérie, non ? C'est pas parce que tu boites un peu qu'il faut chaque fois en reparler, quel goujat !

— Tu ne devrais pas voir les choses de cette manière, fit Anne avec douceur, Francis a le même âge que moi et il m'a bien souvent aidée quand j'étais enfant et que je traînais la patte. Il dit ça par amitié.

Le limonadier les regarda s'éloigner, pas dupe :

— Tu vois, dit-il à son commis, Anne, c'est une femme, tiens ! Toute la ville l'adore ! Mais sa Sophie, je lui souhaite que tout se passe toujours bien pour elle. Sinon... elle tombera de haut parce qu'avec son air de tout le temps se foutre du monde, elle pourrait avoir des surprises.

— Peut-être, fit le commis en roulant des yeux ronds, mais qu'est-ce qu'elle est belle !

— Allez, aide-moi plutôt à soulever ce fût, perdons pas de temps, va, répliqua Courrèges en joignant le geste à la parole et en empoignant le dessous d'une grosse barrique. Et t'occupe pas de la beauté de la fille Claverie. Elle est pas pour toi et vu comme elle est partie, à mon avis, elle est pas pour grand-monde ici. J'en vois pas un qui lui conviendra. Non, le sien, il aura intérêt à sortir de la cuisse de Jupiter...

Le commis souleva la barrique par l'autre fond et, d'une voix cassée par l'effort, il articula :

— Et le fils Lavigne ! On dit qu'il l'a en vue.

— Eh ben, s'il l'a en vue, qu'il s'en contente ! répliqua Courrèges, parce qu'à mon avis avec la tête qu'il a, même avec tous ses sous, il fera que la voir si tu comprends ce que je veux dire.

Et les deux hommes rirent en chœur tout en portant à bout de bras la grosse barrique à l'intérieur de la boutique.

À l'hospice tenu par la congrégation des sœurs de Nevers, Anne et Sophie avaient retrouvé les gestes qu'elles accomplissaient depuis des années au quotidien. Après avoir demandé à la sœur d'accueil quel était le travail du jour, elles se changeaient et se mettaient à la tâche. L'été quand la saison battait son plein, elles descendaient directement aux nouveaux hôpitaux qui se trouvaient en bas de la ville près de la grotte. Le temps où la Belle Chocolatière emmenait la petite Anne soigner avec elle les dizaines de malades et les nécessiteux du vieil hospice avec ces dames de la place Marcadal était loin. Très vite, les femmes avaient été débordées. Affluant de toute l'Europe, les pèlerinages étaient chaque année plus nombreux, composés à la fois de croyants aisés qui pouvaient se permettre pareil voyage, et d'une foule de malades et de pauvres gens attirés par des espoirs de guérison et de vie meilleure.

Au début, parfois, cela avait tourné au cauchemar, Anne se souvenait d'avoir vu, lorsqu'elle était enfant, durant la pleine saison d'été, des gens et des familles entières entassés tant bien que mal dans des recoins, à même la rue. Les maisons de la ville, les hôtels, tout ce qui pouvait servir d'accueil, même précaire, était pris d'assaut.

C'est dès 1878, sur l'initiative d'une demoiselle de bonne famille, Marie de Saint-Frai, devenue mère Saint-Jean-Baptiste et d'un prêtre, l'abbé Ribes, qu'on avait construit le premier établissement de soins, Notre-Dame-des-Douleurs.

Au début l'hôpital avait été suffisant. Avec quelque trois cents lits, il contenait tant bien que mal le flot des désespérés qui se succédaient d'un pèlerinage à un autre. Mais cela n'eut qu'un temps. Très vite il fallut penser à reconstruire et, deux ans plus tard, l'architecte Carassus, qui occupait les fonctions d'architecte de la grotte, avait été chargé d'en bâtir un troisième sur le domaine même de la grotte. L'asile Notre-Dame-de-Lourdes venait juste d'être terminé que déjà, l'été passé, il avait été entièrement occupé.

Lors d'un déjeuner chez Fernand et Anne Claverie, M. Carassus avait confié qu'il était question d'entamer une nouvelle tranche pour prolonger les bâtiments existants vers l'est afin de loger deux cents lits de plus.

Fernand n'avait pu se retenir :

— Encore ! Mais ça ne finira jamais ! Et quand va-t-on s'occuper d'arranger un peu notre halle ici en haut. Depuis le temps ! Il n'y en a plus que pour le bas maintenant ! On construit ! On construit !

Carassus avait haussé les épaules en signe d'impuissance.

— Il faut ce qu'il faut. Vous me faites rire. Vous voulez les pèlerins, mais vous râlez dès qu'il faut faire des travaux ! Attention ! On n'a rien sans rien.

— Oui, mais quand même, insista Fernand, on n'arrête pas...

— Et alors, se récria Carassus, c'est que le flot des malades et des malheureux non plus ne s'arrête pas. Moi je dois aller jusqu'à quatre cents lits.

— Quatre cents lits, s'était exclamé Fernand, c'est de la folie ! Et qu'est-ce qu'on va en faire de tous ces lits quand les malades repartiront ?

— Quand les malades partent, cher ami, c'est que d'autres arrivent. Ça se voit que tu n'es jamais venu !

Anne était alors intervenue :

— Fernand ne peut pas être en même temps à la pharmacie et aux hôpitaux. Et si je peux venir y aider les sœurs, c'est justement grâce à lui.

— Ah ! Les femmes ! avait dit Carassus en se calant de contentement sur sa chaise. Heureusement qu'elles nous aiment ! Hein ! (À ce moment-là il avait caressé l'épaule de la sienne, Camille Carassus, qui se trouvait près de lui.) Tu vois, Fernand, moi je veux bien faire des plans, monter des murs, installer des escaliers, des lits, tout ce qu'on veut. Mais ne me demande pas d'aller là-bas laver et panser comme elles le font. (Il avait pris un air dégoûté.) Faut voir ce qui traîne ! Faut être bien accroché je te le dis ! Tes fioles et mes parpaings à côté, c'est du gâteau !

Sophie, qui assistait au déjeuner ce dimanche-là, fut marquée par ces paroles, et, cependant qu'elle était en train d'aider sa mère à soulever une vieille femme grabataire pour que la sœur puisse la nettoyer, elle manqua vomir. L'odeur était insoutenable, la femme avait fait sous elle et il fallait tout changer, des draps au linge de corps. La sœur s'activait sans rien dire et, tout en la maintenant, Anne parlait à la vieille dame d'une voix douce :

— Ne vous inquiétez pas, disait-elle, ce n'est rien, on va vous changer et après vous serez toute propre, vous vous sentirez si bien, vous verrez. Ne vous inquiétez pas.

L'opération fut très pénible. Il fallut d'abord tirer la femme sur un autre lit protégé par un caoutchouc, la déshabiller puis la laver minutieusement. Pendant que la sœur et sa mère s'activaient, Sophie ôtait les draps et l'alèse souillés. Soudain elle explosa :

— Que des femmes ! Mais tu crois qu'il y aurait un homme par là ? Mis à part les docteurs on n'en voit pas un, tu crois qu'ils seraient pas plus forts que toi, maman, pour la soulever ? Non, eux, ils s'occupent des brancards !

Surprise de cette intervention soudaine, la sœur regarda Sophie qui continuait à marmonner tout en refaisant le lit. Gênée, Anne essaya de tempérer sa fille :

— Mais enfin, ma chérie, ils se rendent utiles eux aussi,

crois-moi. Les brancards sont très lourds et l'été à l'arrivée des trains ils les tirent depuis la gare jusqu'aux hôpitaux. Et ils les emmènent à la grotte et aux processions. C'est très dur. Et puis ils font le service d'ordre...

— Ah oui justement ! dit Sophie péremptoire. Le service d'ordre ! Mais ils se salissent pas les mains va, ni les yeux. Un brancard, c'est propre et ça n'a pas d'odeur. C'est curieux ils sont toujours là où on les voit mais pour le travail en coulisses y'a plus personne.

La vieille femme qu'elles nettoyaient avait tout entendu, pantin désarticulé, lourde et difforme, elle était incapable d'un geste. Anne vit les larmes couler de ses yeux le long de ses joues et elle en fut meurtrie. Comment Sophie pouvait-elle dire des choses pareilles ! Comment en était-elle arrivée là ? Anne croyait pourtant lui avoir tout appris de ce travail d'hospitalière qu'elles faisaient bénévolement et depuis des années. La patience, l'humilité, la générosité, des qualités que toutes les femmes ici avaient développées jour après jour. Petite, Sophie avait même été heureuse de venir à l'hospice avec sa grand-mère. Il est vrai que la Belle Chocolatière ne l'avait jamais mise en présence de cas trop difficiles et la plupart du temps l'enfant jouait à l'office avec les sœurs. En grandissant, elle avait suivi Anne qui ne l'avait protégée de rien et parfois elle avait assisté à des drames. Peut-être était-ce trop pour une adolescente. Fernand avait tenté de le dire à Anne mais celle-ci considérait qu'il fallait savoir regarder la vie, et la mort, en face. Elle pensait que cela contribuerait à l'éducation de Sophie. Avoir côtoyé la souffrance et pratiquer la charité chrétienne, c'était, selon Anne, la meilleure voie pour comprendre et aimer les hommes.

« Hélas, se disait-elle en cet instant, je me suis trompée. Je croyais l'adoucir, l'attendrir sur le malheur des autres et c'est l'inverse qui se produit. Elle devient de plus en plus dure. »

Dimanche ! Enfin ! Sophie se dépêcha de se préparer pour aller à la messe de 8 heures car elle était sûre d'y retrouver Yvonne et Rose qui étaient rentrées de Nice la veille. Quand elle pénétra dans la nouvelle église, l'office commençait et les fidèles chantaient l'*Inrie*. Elle se faufila discrètement par l'allée latérale pour rejoindre le premier rang où sa famille avait place réservée. Les sœurs Lacrampe lui jetèrent un regard réprobateur qui eut pour effet de lui faire ralentir le pas. Après quoi, tranquillement, comme si de rien n'était, elle ouvrit ostensiblement la chaise prie-dieu qui avait été celle de sa grand-mère, et se mit à genoux en jetant un œil noir sur Victorine Lacrampe.

Un instant contrariée, elle chercha ses amies. Sur sa droite, juste au rang derrière, à quatre chaises de là, Yvonne, à genoux, tête entre les mains, semblait plongée dans une méditation profonde. Tout le temps de l'ouverture de la cérémonie elle ne bougea pas. Sophie surprise par cette attitude peu habituelle chercha le regard de Rose.

Rose n'attendait visiblement que ça. Dès qu'elle croisa le regard de Sophie, elle ouvrit des yeux énormes en faisant un mouvement de tête vers Yvonne. Elle prenait un air tellement dramatique que Sophie comprit que quelque chose d'extraordinaire avait dû se produire. Elle tenta une mimique de questionnement. Mais un coup sec de Victorine Lacrampe sur le bois de son prie-dieu lui signifia qu'on en était à l'élévation et qu'il fallait se lever. Sophie s'exécuta en soupirant fortement. Elle était exaspérée. Yvonne priait toujours la Sainte Vierge à genoux, avec une ferveur et une tension que Sophie ne lui avait jamais connues. Que se passait-il donc ? Qu'était-il arrivé là-bas de si grave ? de si particulier ? Au fur et à mesure que naissaient les questions dans sa tête, Sophie s'impatientait. À la fin de l'office elle était dans tous ses états et, le dernier signe de croix esquissé par le curé, après l'absoute, elle se précipita dehors suivie par Rose. Le soleil d'hiver qui avait brillé les jours précédents s'était caché derrière quelques nuages et la neige tombée la veille en montagne avait fortement rafraîchi la température. Sur le parvis de la nouvelle église où les fidèles se retrouvaient et s'attardaient volontiers pour parlementer de choses et d'autres, on s'inquiétait, nez en l'air.

— Hum ! Ces nuages qui partent vers les montagnes ça ne me dit rien de bon, va y avoir de l'orage ! fit un vieux.

— De l'orage ! reprit une dame, en plein mois de février ! Vous n'y pensez pas, Félicien, peut-être un peu de neige...

— Vous verrez, Lucette, vous verrez ! reprit le vieux contrarié de n'être pas pris au sérieux, vous êtes toujours sceptique. En tout cas moi je file me mettre à l'abri.

Inquiètes elles aussi, bien serrées sous leurs capulets, les sœurs Lacrampe passèrent rapidement devant Sophie et Rose, avec un air pincé censé marquer leur désapprobation quant à l'attitude peu recueillie des jeunes filles durant l'office. Peine perdue, Sophie ne les vit même pas. Au bord de l'explosion elle se jeta sur Rose.

— Mais que se passe-t-il ? Qu'est-ce qu'elle a, Yvonne ? Et d'ailleurs où elle est, pourquoi elle reste encore dans l'église ? Qu'est-ce qu'elle avait à prier comme ça ?

Rose leva les yeux au ciel et prit un air mystérieux :

— Ah ! Si tu savais !...

— Quoi ! Quoi ! Parle !

Un groupe de paroissiennes, surprises, se retourna. Rose prit Sophie par le bras et l'entraîna à l'écart :

— Écoute-moi, fit-elle les yeux au ciel et les mains jointes, je ne peux rien te dire, elle te racontera. C'est extraordinaire ce qui lui arrive, si tu savais !

— Ne prends pas cet air stupide et dis-moi plutôt de quoi il s'agit ! Elle a fait quelque chose de grave ? C'est à Nice, c'est ça ? Vous vous êtes fait réprimander ? Vous êtes sorties trop tard ? (Rose secouait la tête en signe de dénégation. Exaspérée, Sophie enchaîna :) Elle a rencontré quelqu'un ? Un garçon ?...

— La voilà, elle sort. Elle a dit qu'elle te raconterait tout au cimetière mais il faut se dépêcher, tu as vu le ciel ? répondit Rose en l'entraînant vers Yvonne qui, blottie sous sa capeline, leur fit signe en pressant le pas en direction des Espenettes pour rejoindre le cimetière.

Aller prier sur les tombes familiales, c'était toujours la raison invoquée quand elles voulaient se retrouver seules pour parler sans être dérangées et cela justifiait leur retard pour le déjeuner. À cette heure de la matinée, le cimetière était quasiment vide car les femmes qui se rendaient systématiquement après chaque office sur les tombes de leurs proches assistaient aux messes matinales de 5 heures et 6 heures.

Le cimetière était situé sur le quartier dit de l'Astaré un peu plus au nord, et il offrait un havre de paix incomparable en plein cœur d'une ville extrêmement active et bruyante. De hauts murs gris l'enfermaient et, sur toute sa longueur face au lourd portail de fer forgé de l'entrée, il y avait une allée centrale bordée de cyprès qui lui donnaient un air antique, solennel et reposant. Çà et là, à intervalles réguliers, la municipalité avait fait installer entre les arbres des bancs de pierre pour le repos. En face de la tombe de la grand-mère de Sophie, il y en avait un qui était devenu le lieu de retrouvailles des trois amies. Ainsi, même si quelqu'un les surprenait, elles se sentaient tranquilles. On pouvait croire qu'elles se recueillaient. Que de confidences elles avaient partagées, que d'espoirs, de vies elles avaient déjà vécus à force de se les raconter ! C'était ici aussi, sous le grand cyprès noir, qu'elles s'étaient juré d'épouser un jour les trois archanges.

Tout le long du chemin Sophie tenta en vain d'extirper des bribes de confidences à Yvonne :

— Au cimetière, attends, je te dirai tout, pas avant, pas ici, c'est trop important !

Il était bien arrivé certaines fois que les amies se fassent des confidences secrètes pour lesquelles elles organisaient toujours une mise en scène mystérieuse alors qu'il s'agissait de peccadilles sans intérêt, mais, là, Sophie eut le sentiment qu'il avait vraiment dû se passer quelque chose d'exceptionnel. Elle n'avait jamais vu Yvonne dans un tel état de fébrilité. Quand elles furent installées sur le banc et assurées qu'il n'y avait personne alentour, Yvonne commença son récit, encouragée par le regard exalté de Rose :

— Nous étions allées au carnaval l'après-midi avec tante Julienne et, quand nous sommes rentrées à l'hôtel un groupe d'Italiens était là.

— Des Italiens ! s'exclama Sophie avec un recul.

Pour elle, ce mot résonnait comme un maléfice. elle entendait encore les cris de sa chère grand-mère : « L'Italien ! L'Italien ! » et la seule évocation de ce mot l'inquiétait. Mais Yvonne, toute à son histoire, continuait :

— ... Ils étaient une dizaine de garçons. Ils parlaient de retourner au carnaval pour le bal du soir et le grand défilé nocturne. Au repas ils étaient à la table près de la nôtre et juste en face de moi... (là, Yvonne prit sa respiration) il y en avait un... si tu savais... un brun aux yeux de velours... Magnifique ! D'une beauté ! Incroyable ! Je n'avais jamais vu un garçon aussi beau !...

Un peu agacée, Sophie intervint :

— Plus beau que les archanges ?

— Oh ! fit Yvonne, c'est sans comparaison ! Un brun, je te dis. Brun ! Et des yeux... des yeux...

Sophie commença à s'exaspérer des manières d'Yvonne :

— Et alors ! Quoi des yeux ! Qu'est-ce qui s'est passé ? dit-elle d'un ton ferme.

Yvonne se réveilla :

— Au bal, le soir, je l'ai retrouvé, et dans la foule il est venu vers moi. Il m'a demandé mon nom et...

— Et tante Julienne t'a laissée faire ? questionna Sophie surprise

— Penses-tu, intervint Rose, elle n'a rien vu. Il y avait tellement de monde, on était bousculées, et puis là-bas il y avait une telle ambiance que tout le monde se parlait, c'était normal et il y avait un tel bruit !

Yvonne ne les écoutait plus, elle revivait ces heures merveilleuses. Elle vida son cœur d'un coup :

— Il m'a embrassée, il m'aime et il veut m'épouser. Il va venir à Lourdes par le train pour demander ma main à mes parents.

Un grand silence s'ensuivit. Pour Sophie la révélation de la passion d'Yvonne fut un choc. Toujours à l'initiative de ce qui concernait leur trio, elle se trouvait pour la première fois devancée sur le terrain extrêmement sensible de l'amour.

— Il t'a embrassée ! fit-elle stupéfaite.

— Oui, il m'a embrassée, tu te rends compte, tu te rends compte !

En parlant à Sophie, Yvonne parcourait une fois encore le chemin de cette soirée où pour elle tout avait basculé à l'instant même de ce baiser. Elle avait vécu la première ce moment exceptionnel dont elles rêvaient toutes trois depuis si longtemps. Jusqu'à ce jour aucune d'elles n'avait expérimenté autre chose que du rêve et leur unique horizon masculin se bornait aux trois archanges.

Sophie contemplait une Yvonne encore bouleversée au souvenir de ce moment, une Yvonne qui venait à ses yeux de commettre l'irréparable. Elle avait transgressé le rêve commun et la promesse de n'aimer que les trois archanges et elle parlait d'un chanteur italien qui portait un prénom de roman : « Giovanni ».

Giovanni ! Un chanteur italien ! Sophie n'en revenait pas, elle avait du mal à réaliser. Comment cette Yvonne, qui à ses yeux était loin d'avoir sa beauté, avait-elle pu enflammer le cœur d'un chanteur italien ! Déstabilisée par cette nouvelle qui remettait en cause l'univers qu'elle s'était bâti, Sophie refusa d'y croire :

— Ma pauvre Yvonne, fit-elle méchamment. Tu es comme toutes ces gourgandines qui se laissent avoir par le premier venu. Ton Italien, il n'est pas prêt de venir comme tu dis, il t'a embobinée et toi tu l'as cru. Comment peux-tu imaginer une seule seconde qu'il va venir demander ta main à Lourdes. Tu ne l'as vu qu'une fois et tu ne sais même pas qui il est vraiment...

Yvonne blêmit, elle avait livré son cœur et elle attendait des paroles complices, réconfortantes. Jamais elle n'aurait imaginé que son amie lui parlerait ainsi.

— Mais, intervint Rose, tu te trompes Sophie. Le lendemain Giovanni est venu se présenter à tante Julienne, il est issu d'une très bonne famille de Vérone et il lui a annoncé devant moi qu'il viendrait à Lourdes pour parler aux parents d'Yvonne.

Sophie accusa le coup. C'était trop, c'était impossible ! Cette idée de savoir Yvonne dans les bras d'un homme avant elle lui était insupportable :

— Et alors ! fit-elle brutalement, il aura voulu faire le malin, c'est tout. On n'est pas près de le voir !

Yvonne éclata en sanglots :

— Pourquoi dis-tu ça ? fit-elle entre deux hoquets, tu ne sais pas ce qui s'est passé entre nous. Pourquoi me fais-tu peur ? Pourquoi dis-tu qu'il ne viendra pas. C'est horrible ! Horrible ! Maintenant je...

Les larmes l'étouffaient.

Et plus elle pleurait, plus Sophie voulait lui faire mal :

— Et les archanges ? fit-elle soudain. (S'adressant à Yvonne :) et Michel ? Tu en fais quoi ? C'était bien la peine de répéter qu'il était si beau, si parfait, qu'il n'y aurait jamais que lui au monde, que tu l'aimerais toujours ! (Son ton se fit cinglant :) Tout ça pour tomber en extase devant le premier Roméo venu ! Vous êtes deux idiotes, Rose et toi, incapables de vous tenir et bêtes au point de vous laisser berner à la première occasion. Tu es comme toutes ces pauvres filles qui viennent faire la saison dans les hôtels et s'imaginent se faire épouser par le fils des propriétaires ! Ah ! Elles s'en racontent des romans dans leur pauvre chambre sous les toits, et tu sais comment ça finit ! Tu le sais ! Tu t'es laissée griser comme elles, tu n'es qu'une pauvre naïve et cet imbécile a eu beau jeu de te raconter ses salades !

Au fur et à mesure qu'elle parlait, Sophie se transformait, elle tordait sa bouche, faisait de grands gestes et haussait le ton. Stupéfaite Yvonne la regardait. Il y avait sur le visage de son amie à cet instant quelque chose qui ressemblait à de la haine. Jamais Yvonne ne l'avait vue dans un état pareil. Les colères de Sophie étaient chose courante, mais là, elle en fut glacée. Pourtant cette fois-ci, au lieu de se taire, elle explosa :

— Tu n'as pas le droit ! Je t'interdis de traiter Giovanni d'imbécile, tu entends ! Je l'aime et il m'aime ! Seulement toi tu ne sais pas ce qu'est l'amour, tu rêves c'est tout, tu nous racontes des histoires depuis toujours. Les trois archanges, c'est toi qui les as inventés. Pas Rose ni moi. J'ai cru que j'aimais Michel, c'est vrai. Mais je l'ai cru parce que je ne savais pas reconnaître l'amour et j'ai toujours fait comme tu as voulu. Mais maintenant c'est fini, je sais. Tu m'entends Sophie ! Je sais ce que c'est qu'un vrai baiser, la douceur d'une voix de garçon dans mon oreille ! La gentillesse des mots qu'il m'a dits et que j'ai ressentis tellement fort que ça m'a mis les larmes aux yeux d'amour pour lui. Je sais ce que c'est « aimer ». C'est pour de vrai ! Tu m'entends, c'est pour de vrai ! C'est pas des rêves comme toi, c'est pas des histoires comme tu nous en as toujours racontées...

Yvonne était méconnaissable. L'amie soumise s'était transformée en une jeune femme passionnée et violente. Son amour pour Giovanni venait de faire craquer le carcan étouffant de l'amitié qui la maintenait sous la coupe de Sophie. Elle se révoltait, délivrée. Suffoquée de la voir se rebiffer ainsi pour la première fois, Sophie l'interrompit :

— Et en plus il t'a rendue hystérique ! Ma pauvre Yvonne !

Soufflée, Yvonne se calma d'un coup :

— Non, Sophie, non. Je ne suis plus ta pauvre Yvonne, plus jamais tu m'entends ! Et je ne suis pas à plaindre parce que, quoi qu'il arrive, j'ai l'amour en moi et je sais la force qu'il donne. Toi, tes mots ne sont que des mots. Tu parles, tu rêves, mais tu n'aimes pas. Tu n'aimes pas Gabriel. Je le sais aujourd'hui, je l'ai compris. L'amour ne vient que pour ceux qui croient vraiment en lui.

Sans rien ajouter, elle se leva et partit. Assise sur le banc, Rose n'avait pas bougé. Elle était défaite. Il y eut un moment de silence, puis elle parla :

— Je ne sais pas ce qui t'a pris, dit-elle à Sophie qui se tenait debout devant elle, mais tu as été odieuse. Yvonne était si contente, il lui tardait tellement de te raconter. Tout le long du voyage en train elle n'a pas arrêté de parler de toi. Elle disait qu'elle aurait tant voulu que tu sois là. Et voilà comment tu l'accueilles ! C'est mal, Sophie, tu ne peux pas savoir comme tu nous as fait du mal...

— Et vous, reprit Sophie cinglante. Vous y avez pensé au mal que vous faites, vous y avez pensé à nos promesses ! Aux trois archanges !

— Mais enfin, Sophie, reprit Rose, réveille-toi. Il n'y a rien avec eux, rien. Yvonne n'a trahi personne, nos histoires c'était pas du vrai, on...

— Quoi « ON » ? la coupa durement Sophie. Toi aussi tu vas trahir Raphaël ?

Rose, anéantie, ne savait plus que dire. Elle était effrayée des proportions violentes que tout cela avait pris. De lourds nuages noirs avaient épaissi le ciel et le vent d'Espagne s'était levé. Il sifflait entre les tombes, soulevant la poussière des allées. Sophie ne voyait rien. Elle n'entendait pas l'orage gronder au loin. Son regard dur fixait la pierre grise. Ses traits étaient tirés et la beauté de son visage avait disparu. Dressée face à Rose sous la pluie qui commençait à tomber, malmenée par un vent de plus en plus houleux qui avait dénoué ses cheveux, elle ressemblait à une gorgone maléfique sortie du château de pierre qui se dressait en surplomb juste derrière elle, dominant le cimetière de sa silhouette inquiétante. Rose regardait stupéfaite cette Sophie inconnue qui, pour la première fois, faisait voler en éclats l'image lisse et maîtrisée d'une jeune femme sûre d'elle. En cet instant précis Sophie était seule au monde, des mots écorchaient son cœur :

« Tu n'aimes pas Gabriel ! » Ces mots d'Yvonne étaient entrés en elle comme un coup de poignard d'autant plus violent qu'il était totalement inattendu. Sophie eût préféré entendre que Gabriel ne l'aimait pas. Elle aurait trouvé cela moins grave et de toute façon elle ne l'aurait pas cru. « Tu parles... Tu rêves... » Yvonne avait touché quelque chose de profond et d'enfoui qu'elle ne voulait pas entendre.

Huit jours passèrent.

Dans l'intimité douillette du boudoir de sa grand-mère, près d'un joli feu, assise sur la méridienne, Sophie attendait que Rose reprenne sa respiration. Dès le lendemain de leur dispute, Rose était venue lui raconter que la mère d'Yvonne avait été mise au courant de l'aventure de sa fille avec Giovanni et qu'elle était entrée dans une grande colère.

— J'étais avec maman quand elles en ont parlé, dit Rose. La mère d'Yvonne a dit : « Il ne faut pas que la petite se fasse des idées, ça pourrait tourner mal. »

Sophie avait jubilé intérieurement. Même la mère de Rose ne prenait pas cette affaire au sérieux et avait bien compris que cet Italien n'était qu'un séducteur qui avait embobiné Yvonne :

« Et elle qui s'imagine vivre le grand amour ! La pauvre ! » se disait Sophie.

Mais voilà qu'aujourd'hui Rose était revenue en courant, et vu sa mine il y avait du nouveau dans l'air.

— Ça y est ! fit Rose quand elle eut repris son souffle.

Sophie sursauta :

— Quoi, qu'est-ce qui y est ?

— L'Italien d'Yvonne... Il a...

— Il est là ?

— Non, il a envoyé une lettre.

— Ah ! fit Sophie rassurée. Elle s'était tellement persuadé que cet Italien n'était que le fruit de l'imagination de ces

« deux bécasses » comme elle les appelait désormais qu'un instant elle avait eu peur.

— C'est sérieux, fit Rose. Tu n'y crois pas mais tu as tort.

— Et qu'est-ce qu'il raconte, sourit Sophie moqueuse, qu'il l'aime, qu'il pense à elle et bla-bla-bla ?

— Pas du tout. C'est pas à Yvonne qu'il a écrit, mais à ses parents. Il annonce sa venue pour une demande en mariage. Il dit qu'il sera là la semaine prochaine.

Sophie accusa le coup. Bien sûr ce n'était encore qu'une lettre, mais cette fois-ci l'affaire semblait prendre une autre tournure.

— Encore un coup de bluff, dit-elle. Décidément ces Italiens ne reculent devant rien !

— Que tu es méchante, fit Rose. Pourquoi tu ne veux pas y croire ? Je ne te comprends pas. Toi qui nous parlais toujours du grand amour, qui nous disais qu'il existe et que...

Sophie se leva d'un bond, furieuse :

— Mais nous l'avions, le grand amour, espèce d'idiote ! Nous avions une histoire unique, exceptionnelle avec trois garçons merveilleux et vous... pour un inconnu, pour un Italien et ses salades vous laissez tout tomber !

— Mais, tenta Rose apeurée par cette rage soudaine, c'est faux, moi je... Raphaël, je l'aime, je...

— Tais-toi, fit Sophie péremptoire. Tu n'aimes personne, tu ne sais même pas ce que c'est. Tu es comme Yvonne, tu ne penses plus qu'à cet Italien toi aussi ! (Elle prit un ton méprisant.) Vous ne méritiez pas les trois archanges, vous êtes de petites demoiselles vite séduites. Ils ne sont pas pour vous, ils méritent mieux ! (Puis elle conclut méchamment :) Tu as bien fait d'oublier Raphaël, tu ne l'auras jamais !

Rose éclata en sanglots, cette colère la laissait désemparée. Sous la coupe de Sophie depuis l'enfance elle avait appris à tout voir par les yeux et les désirs de son amie et, comme Yvonne, elle s'était toujours pliée à sa volonté. Or leur trio d'amies avait éclaté et voilà qu'aujourd'hui Sophie lui enlevait Raphaël. Yvonne avait son Italien et elle, Rose, se retrouvait démunie de tout.

Elle partit, non sans avoir promis pourtant de revenir tenir Sophie au courant de ce qui se passerait. Son cœur était gros, mais elle ne pouvait se résoudre à ce que leur amitié s'arrête là.

« Si j'avais su ! se disait-elle en traversant la place Marcadal pour rentrer chez elle. Moi qui pensais que l'amour de cet Italien pour Yvonne allait nous rendre si heureuses, et voilà que tout est perdu. Ce n'est pas possible ! Comment en est-on arrivé là ? »

Rose avait disparu et la place était maintenant déserte. Six heures sonnèrent à l'église, annonçant la prière du soir. La lumière était tombée d'un seul coup et il faisait un temps de neige. Comme tous les Lourdais, Sophie reconnaissait cette épaisseur particulière de l'air qui annonce les flocons blancs. Cela arrivait souvent à cette époque de l'année, l'hiver faisait une dernière percée avant de laisser place au printemps.

Dès que son père fut rentré, Sophie descendit prendre le repas. Pour elle, ces moments en famille étaient très agréables. Elle écoutait ses parents parler de la vie, du travail, des petits soucis, des choses à faire. Ils échangeaient toujours quelque chose et se racontaient leur journée. Sophie aimait leur complicité. Ses parents lui avaient toujours donné l'image d'un couple uni et cela donnait à sa propre existence une paix qui atténuait les tourments de sa nature profonde. Mais ce soir elle était préoccupée et sa mère s'en aperçut :

— Que se passe-t-il ? demanda-t-elle, inquiète.

Sophie la rassura et annonça qu'elle allait se reposer dans le boudoir. Avant de monter elle embrassa ses parents et demanda à Catherine de venir lui entretenir le feu.

— Tu n'as qu'à prendre deux ou trois bûches, répliqua son père fermement, la bonne est occupée à la cuisine, elle ne peut pas être partout. Non mais ! Qu'est-ce que c'est que ces façons !

Ni Fernand ni Anne ne se permettaient avec Catherine le quart de ce que lui demandait Sophie et cela exaspérait son père qui estimait qu'elle se faisait toujours servir. Aussi ne manquait-il jamais une occasion de la rappeler à l'ordre.

Sophie soupira, alla prendre les bûches puis monta.

— Ne la laisse pas donner de pareils ordres à Catherine, dit Fernand à Anne après qu'elle fut sortie de la pièce, sinon tu verras : un jour elle se fera lacer ses bottines et on ne pourra plus rien en faire.

Catherine qui desservait la table eut un sourire en coin.

Que de fois déjà elle avait lacé et délacé les bottines de mademoiselle sous prétexte qu'à cause de ses robes serrées à la taille cette « pimprenelle » ne pouvait pas se baisser !

Le boudoir était devenu le lieu préféré de Sophie.

L'hiver, elle aimait beaucoup lire et rêvasser dans cette petite pièce où rien n'avait changé depuis tant d'années. L'usure des tissus et des tapisseries ne la gênait pas, bien au contraire. Un moment sa mère avait pensé refaire toute la décoration mais Sophie n'avait pas voulu qu'on touche à quoi que ce soit. Tous ses souvenirs étaient là, intacts, dans le boudoir tel qu'il avait toujours été. Le chintz fané, les grosses fleurs, le perroquet... Un jour Yvonne et Rose, venues lui rendre visite, s'étaient moquées du manque de modernité de l'endroit préféré de Sophie, mais elle les avait vite remises à leur place.

Ce soir, comme sa grand-mère avant elle, Sophie se tenait debout devant les hautes fenêtres d'où elle regardait la place grise. Son regard s'attarda un peu sur le dessin régulier du magnifique dallage de pierre, puis remonta la rue Marensin vers Tarbes et, au-delà, vogua librement vers l'horizon. Que de rêves Sophie avait ainsi faits, sa grand-mère près d'elle. Il lui semblait que toute sa force était conservée entre ces murs et elle y puisait une volonté sans pareille. Rien ne semblait pouvoir lui résister. C'est ici que Sophie avait inventé son monde d'enfant et de jeune fille, c'est ici qu'elle allait prendre, ce soir même, une grande décision.

— J'ai assez attendu, dit-elle à voix haute, et puisque Gabriel ne se décide pas c'est moi qui irai vers lui. Demain. Qu'en penses-tu ?

Elle était seule dans le boudoir et semblait parler à un fantôme. Or elle parlait bien à quelqu'un.

Installée dans le petit fauteuil crapaud près de la méridienne fleurie, la poupée aux immenses yeux de verre regardait fixement. Sophie continuait à soliloquer tout en faisant les cent pas :

— Je ne peux pas laisser Yvonne se marier avant moi. Ce n'est pas possible, de quoi j'aurais l'air ! D'une vieille fille ! Comme les sœurs Lacrampe ! Quelle horreur ! (Elle regarda la poupée qui paraissait sourire légèrement.) Oui, je sais, tu te moques, tu ne vois pas pourquoi je dis ça, mais moi je sais. Si Yvonne se marie, tout le monde attendra que Rose et moi on fasse pareil et si on tarde on pensera qu'on ne veut pas de nous. Tu sais comme les réputations sont vite faites, tu me l'as toujours dit. Tiens, justement ! Regarde les sœurs Lacrampe, elles sont pas si vieilles que ça après tout, eh bien, moi je me souviens je les ai toujours entendues appeler « les vieilles filles ». Tu n'as jamais trouvé ça normal et tu me disais qu'Anaïs était très jolie et Victorine aussi, mais voilà, on les a appelées « les vieilles filles » et, du coup, elles le sont devenues... (La poupée semblait écouter dans le silence. On n'entendait plus que le crépitement léger du feu.) Je ne veux pas faire le même tableau avec Rose, tu m'y vois ! Non mais ! (Elle regarda droit dans les yeux de verre.) Demain j'irai à la chapellerie des deux sœurs et je m'arrangerai pour croiser Gabriel, tu verras, je le séduirai.

La nuit était tombée d'un seul coup et dans la cheminée vibraient les dernières flammes. Sophie frissonna, sa propre détermination l'effrayait parfois, éveillant en elle, à cette heure du soir, des angoisses immenses.

Dès le lendemain matin, Sophie se prépara à sortir. Toute la nuit elle avait échafaudé un plan pour voir Gabriel et le séduire. Ce qui était assez compliqué car, sauf à le croiser près du *Café de la Poste* ou à aller le voir jouer au rugby, il n'y avait guère de choix. Les abords du stade, où les hommes couraient à moitié nus, n'étant pas pour les jeunes filles bien, elle décida de fréquenter assidûment la chapellerie qui lui donnait l'occasion de passer près des cafés sans que cela ne paraisse anormal. Après, et seulement si cela était nécessaire, elle irait au rugby avec Rose qui ne refuserait sûrement pas de l'accompagner. Forte de sa décision, elle descendit sur les 10 heures prendre son café du matin. Catherine, qui était levée depuis au moins quatre heures, regarda la pendule d'un air de reproche, mais Sophie s'en souciait fort peu. Elle se levait à l'heure qui lui plaisait et ce n'était pas Catherine qui allait lui faire peur :

— Ah, fit-elle d'un air négligent tout en enfournant une tartine de confiture, je vais à la chapellerie...

Catherine, les mains plongées dans l'eau d'une petite bassine, se retourna d'un seul coup, lâchant les feuilles de salade qu'elle était en train de laver :

— Encore à la chapellerie ! Mais qu'est-ce que vous allez y faire ?

— D'après toi, dit Sophie jouant les naïves, qu'est-ce qu'on fait dans une chapellerie ? Des chapeaux non ? Eh bien, je vais en commander un.

Visiblement, Catherine était soufflée :

— Mais qu'est-ce que vous allez faire de tous ces chapeaux ? C'est une manie !

— Et alors, qui ça dérange ?

— Oh ! Pas moi, dit Catherine. Ça, c'est sûr ! Tant que c'est pas mon porte-monnaie ! Mais... votre père n'est pas content, il a dit de ne plus vous laisser faire. Jamais votre maman n'a fait de telles dépenses !

— Écoute, Catherine, j'ai besoin d'un chapeau de paille pour l'été. Si je ne m'y prends pas maintenant je ne l'aurai pas. Anaïs Lacrampe est assaillie de demandes, son tour de main est incomparable ! C'est peut-être déjà trop tard. Elle a même des clientes qui viennent de Tarbes et de Pau car il n'y en a pas deux comme elle. Tiens ! la dernière fois j'ai croisé Mmes Latreille et Boneu ! Bien sûr je viens d'acheter celui d'hiver mais bon, pour l'été je préfère m'y prendre à l'avance, sinon...

— Et celui de l'an dernier, il va plus ? fit Catherine qui avait encore en mémoire le tralala invraisemblable qui ornait le vaste chapeau de paille claire de l'été passé. Il avait coûté fort cher en colifichets de toutes sortes qu'Anaïs avait échafaudés sur le sommet du crâne et qui tenaient on se demandait comment.

Intérieurement Sophie fulminait mais elle ne voulait pas trop faire monter la contrariété chez Catherine. Car celle-ci gérait l'argent de la famille comme s'il s'était agi du sien. Que de fois Sophie l'avait remise à sa place ! Mais Catherine tenait bon. Un sou est un sou et on ne dépense pas à tort et à travers. Sophie, c'était l'inverse : « J'ai un sou ! Ah ! Quelle chance ! Qu'est-ce que je vais bien pouvoir m'acheter ? » Aujourd'hui Catherine ignorait que ce n'était pas un chapeau que voulait Sophie, mais Gabriel. Pour en finir avec les commentaires de la bonne et éviter que cela ne tourne au vinaigre si elle avertissait son père, Sophie acquiesça et dit simplement :

— Après tout, tu as sans doute raison. Je vais récupérer mon vieux chapeau et voir si Anaïs serait d'accord pour me le rafraîchir un peu. Au lieu des fruits, on pourrait mettre un nid d'oiseau avec des roses, c'est très mode cette année !

Surprise d'un revirement aussi soudain qu'inhabituel, Catherine ne put qu'approuver. Sophie fit sa toilette et s'habilla « comme pour aller au bal », selon l'expression de la cuisinière qui comprenait mal que pour faire dix pas dehors on mette ses plus beaux atours. Puis elle partit chez les sœurs Lacrampe.

Le chemin n'était pas long, il fallait juste traverser la place Marcadal. Sophie connaissait par cœur les habitudes des trois archanges. Ils arrivaient au café vers 11 heures après leur première randonnée et repartaient vers 12 h 30. Parfois ils restaient déjeuner comme nombre de leurs amis du club de rugby ou avec ceux qui, comme eux, faisaient beaucoup de courses en montagne. Le pyrénéisme était très à la mode et les archanges comptaient parmi les meilleurs grimpeurs. La grande difficulté pour Sophie était de tomber juste au moment où ils arrivaient ou repartaient de manière à les croiser naturellement.

Elle avait tourné et retourné la question dans sa tête : « Comment faire pour les aborder ? » Car à part les saluts de politesse, jamais elle n'avait eu l'occasion de parler avec eux et, Yvonne n'avait pas tort, il ne s'était jamais rien passé. À part, ces derniers temps, quelques sourires appuyés de Gabriel, jamais les trois archanges n'avaient tenté la moindre manœuvre d'approche. En plus, ils étaient toujours très bien accompagnés. Les jeunes filles papillonnaient autour d'eux. Toute la nuit Sophie avait réfléchi. Gabriel avait six ans de plus qu'elle. Elle avait à peine quatorze ans quand il était arrivé à Lourdes. Lui en avait vingt et il s'était tout naturellement tourné vers des filles plus âgées, mais maintenant, forte de ses dix-huit ans et des derniers regards qu'il lui avait jetés, elle se sentait sûre d'elle.

Au moment de partir elle n'avait toujours pas trouvé de stratégie mais elle n'avait plus le choix. Il lui était mentalement impossible d'imaginer qu'elle puisse se laisser devancer par Yvonne et elle était déterminée à accoster Gabriel.

« Je verrai bien à ce moment-là, se dit-elle. J'improviserai. »

Maintenant, derrière la lourde porte cochère de sa maison qu'elle avait entrebâillée de manière à voir toute la place, elle attendait de voir arriver les trois archanges pour sortir. Les cloches sonnèrent : onze coups. Elle attendit, cinq, puis, dix, puis quinze minutes. Personne ! Exaspérée elle sortit en se disant qu'elle irait en attendant lécher la vitrine du magasin de nouveautés Hères. C'était sa boutique préférée et certainement la plus belle de la ville. Il y avait aussi la maison Baron mais elle était trop traditionnelle. « C'est bon pour nos mères », disait Sophie à Yvonne du temps où elles couraient ensemble voir ce que Mme Hères avait installé.

Elle avait à peine fait dix pas en direction de la fameuse boutique que les trois frères débouchèrent sur sa gauche de la rue de la Grotte, accompagnés du frère aîné de Rose et de deux autres joueurs de rugby que Sophie connaissait de vue. De loin, Pierre Soubirous lui fit un signe de la main.

« C'est maintenant ou jamais ! se dit Sophie intérieurement. Je dois y aller ! » Mais elle hésita, l'attitude était inconvenante. S'approcher d'un groupe d'hommes sans raison était du plus mauvais effet et l'éducation de Sophie, jeune fille de la bonne société éduquée aux Enfants de Marie, refit surface. Elle allait donc se contenter de faire à son tour un petit signe quand les mots de la Belle Chocolatière résonnèrent à ses oreilles comme un encouragement à transgresser l'ordre disciplinaire de son éducation :

« Ne faiblis pas ! Ne faiblis jamais ! »

À la grande surprise des jeunes gens, droite et fière, elle traversa la place et s'approcha d'eux pour saluer Pierre :

— Comment va Rose, fit-elle avec aisance comme si de rien n'était, je devais la voir hier et elle n'est pas venue, elle n'est pas malade au moins ?

Le mensonge lui était venu en parlant. Pierre Soubirous bafouilla qu'il ne savait pas, que, non, Rose allait très bien et que sans doute elle avait dû avoir un empêchement. Puis, comme Sophie restait plantée là et que ses compagnons attendaient en continuant à parler entre eux comme si de rien n'était, il la leur présenta. Les garçons avaient été surpris de l'arrivée directe de Sophie vers leur petit groupe, mais ils ne voulaient rien en laisser paraître car la beauté de la jeune fille les émoustillait et les flattait. Ils la gratifièrent de sourires charmeurs tout en lui serrant la main. Lorsque ce fut au tour de Gabriel, Sophie sentit ses jambes flageoler, mais elle imagina Yvonne dans une belle robe blanche avec un long voile, et elle se vit, elle, reléguée à porter la traîne et à errer ensuite dans la ville, au cimetière, seule avec Rose . « Comme les sœurs Lacrampe ! Les vieilles filles ! Jamais ! Je dois épouser Gabriel avant Yvonne et son Italien ! » Fortifiée par cette vision, plus que jamais déterminée à ne pas vivre ce qu'elle considérait une humiliation, Sophie redressa le buste, regarda Gabriel dans les yeux et serra sa main plus fort et plus longtemps que la bienséance ne l'autorisait. Surpris, Gabriel Lemmens eut un léger mouvement de recul et, à la stupéfaction de ses camarades et à sa propre confusion, il rougit comme le collégien timide qu'il n'avait jamais été. Cela créa une gêne immédiate. Sophie réalisa soudain les implications de son geste perpétré au vu et au su de tous, sur la place la plus fréquentée de Lourdes et par tous les Lourdais qui depuis les vitres du *Français* et du *Café de la Poste* avaient pu la voir s'approcher des jeunes gens. À nouveau ses jambes tremblèrent.

« Ne faiblis pas ! »

Pour la deuxième fois sa grand-mère venait à son secours. Alors elle prit l'air le plus insouciant qui soit et demanda aux trois frères s'ils n'allaient pas en montagne avec ce temps qui finalement était au beau. « Pourtant, hier soir, ajouta-t-elle, j'ai bien cru qu'il allait neiger. »

Puis sans attendre de réponse elle salua le groupe stupéfait et, leur tournant le dos, s'éloigna fièrement vers la chapellerie des sœurs Lacrampe qui observaient la scène derrière leur vitrine.

— Eh bien ! En voilà une qui n'a pas froid aux yeux ! fit Raphaël à qui la scène avec Gabriel n'avait pas échappé.

— Je la connais, rectifia Pierre Soubirous, elle est amie

avec ma sœur. C'est une fille très bien mais fière comme une reine, impossible à approcher.

— J'en vois pourtant un qui pourrait tenter sa chance, ajouta Raphaël en regardant son frère Gabriel.

Celui-ci n'avait pas bougé et le rose de l'émotion affleurait encore à ses joues. Il ne releva pas et se dirigea vers le café, suivi par les autres. Quoique rapide, la scène avait été suffisamment forte pour qu'aucun des garçons n'en rajoute. D'autant que Sophie avait visiblement fait mouche. L'un d'eux dit simplement :

— En tout cas, moi, il y a un bon moment que je n'avais pas vu une fille aussi belle !

Gabriel fit comme s'il n'avait rien entendu et ils entrèrent au *Café de la Poste* où ils furent accueillis par de grandes bourrades amicales. Toute la jeunesse masculine de Lourdes était là. Une jeunesse dont le seul souci était de décider si le dimanche suivant ils feraient la course en montagne au cirque de Gavarnie ou au pic du Midi, ou s'ils iraient à Tarbes au stade Jules-Soulé voir le match de rugby qui allait opposer l'équipe de la ville à celle de Pau.

— Allons au stade, disait l'un, parce qu'avec la neige qui est tombée là-haut, je vois pas ce qu'on va aller y faire !

— Justement, argumentait un autre, on s'arrêtera à Barèges et on fera la fête. Il paraît que de très jolies demoiselles sont venues skier. On fera comme elles, du ski.

— Moi je vais au rugby ! trancha Gabriel. On peut pas rater ça. Ces très élégants messieurs de la section contre les solides Bigourdans du stade, il va y avoir du remue-ménage !

— Moi je vais pas chez les francs-maçons ! dit l'un, faisant allusion à l'appartenance de Caujolle, joueur prestigieux du Stado-Ceste tarbais, à une loge maçonnique.

— Qu'est-ce que tu nous emmerdes, toi, avec ta politique ! dit son voisin. On parle rugby ici, t'as qu'à aller à côté si tu veux t'étriper à parler des curés et des radicaux. Ces messieurs du *Français*, ils s'en gargarisent du matin au soir, tu auras ton compte. Nous, on s'en fout. Sur un terrain y'a pas plus de maçon que de soutane, y'a que des gars costauds et qui en veulent !

— Oui, renchérit un autre, si tu crois qu'à Paris quand ils l'ont ovationné ils ont demandé à Caujolle s'il était maçon ou parpaillot ! Avec le match qu'il a fait je peux te dire qu'ils s'en foutaient complètement. Et nous aussi d'ailleurs !

Un brouhaha indescriptible s'ensuivit. La seule évocation du nom de l'arrière tarbais Caujolle avait mis le feu aux poudres et tous y allaient de leur commentaire. C'était décidé, ils iraient au rugby dimanche.

Ce sport venait d'éclore dans le Sud-Ouest. Introduit par les Anglais qui résidaient quasiment à l'année dans les villes voisines de Pau, Bayonne et Biarritz, le rugby comptait des partisans acharnés. Si l'équipe de Lourdes était toute récente, à peine plus d'une année, celle de Tarbes, installée depuis 1901, avait à son actif de très beaux résultats que lui enviaient non seulement la jeune équipe lourdaise mais aussi les Palois, pourtant les rois de la région, fiers de leur club, le premier créé dans les environs. Mais les Tarbais montaient. Un match mémorable, qu'ils avaient pourtant perdu à domicile le 17 novembre 1907 contre les Toulousains, les avait signalés à l'attention des journalistes parisiens impressionnés par leur « vaillance ». C'était l'une des premières apparitions du club en championnat et un chroniqueur lui avait donné un surnom : « L'Ours tarbais ». Depuis, cette appellation était restée. Dufour, Benazet, Galiay, les noms des joueurs pyrénéens résonnaient dans les stades. Mais c'est au cours de la victoire nationale de l'équipe tarbaise à Paris, au Stade Français, par 15 à 14, que Tarbes acquit, et pour longtemps, ses lettres de noblesse. L'arrière y fut époustouflant de virtuosité et le journaliste de l'*Auto-Journal* écrivit : « Caujolle, l'Ours pyrénéen, fit une partie unique, extraordinaire ! » Caujolle était originaire de l'Ariège d'où venaient les montreurs d'ours et le nom lui resta. Ours tarbais, ours pyrénéen, les matchs du Stado-Ceste de Tarbes étaient de plus en plus courus. Ils attiraient en ces années-là des foules de Bigourdans venus de toutes les campagnes environnantes.

Mais il y avait aussi beaucoup d'étrangers qui accouraient de loin pour venir admirer ces « phénomènes » capables de plier toutes les équipes par la seule force de leur volonté.

L'engouement était tel qu'au *Café de la Poste* les pyrénéistes, jusque-là très largement majoritaires, étaient en train de se faire supplanter par les rugbymen et nombre de grimpeurs préféraient désormais les joies du stade à l'austère passion des sommets. Mais il y avait des résistants.

« Rien ne vaut l'effort exigeant que demande la montagne et rien ne vaut l'air pur des sommets », disait sentencieusement Antoine de La Fitte, descendant d'une très ancienne famille de la noblesse militaire. Antoine, qui avait vécu sa jeunesse à Paris, était revenu s'installer dans la grande demeure familiale quelques années plus tôt, séduit par le grand courant des sports d'hiver et des courses en montagne qui faisaient fureur en ce début de siècle. Il s'était pris d'engouement pour l'histoire du comte Russel qui avait loué des grottes dans les sommets. Richissime et fantasque, le comte donnait des fêtes dans ses grottes pour des invités de marque, dont le grand-père d'Antoine. Il avait marqué toute une génération de jeunes gens issus de familles aristocratiques qui avaient découvert dans son sillage les vertus des sommets.

— Montez plus haut, disait souvent Antoine d'un air inspiré, il y a moins de monde !

— Pourquoi ? Tu n'es pas bien au milieu des gens ? répliquait en riant Gabriel qui n'aimait pas cette version élitiste du pyrénéisme. Moi, c'est avec eux que je suis le mieux. Vive les bourrades du stade et les fêtes de l'après-match ! Là au moins on chante, on mange bien et on rit. Tous ensemble !

— Ouaaaaaiiiiis, vive le gars du Nord ! clamaient les rugbymen pour lesquels au-dessus de Toulouse et de Bordeaux le pays de France tout entier s'appelait le Nord.

Bien qu'ayant beaucoup pratiqué la montagne, Gabriel avait été un des premiers à se passionner pour le rugby. Il aimait le contraste fort entre la subtilité technique du jeu et la puissance animale qu'il sollicitait. Sa magnifique stature d'homme et ses exigences intellectuelles trouvaient là une harmonie parfaite. S'y ajoutait la très conviviale fraternité masculine qu'il avait découverte dans ce pays du Sud-Ouest. En quatre ans à peine il était devenu plus bigourdan que les Bigourdans et il en était fier.

Antoine de La Fitte et ses amis s'estimaient trahis par un de leurs pairs et levaient les yeux au ciel quand Gabriel faisait bloc avec les rugbymen. Des copains, certes, mais pas du même monde. Pour Gabriel, seuls comptaient l'amitié et le jeu. Séducteur dans l'âme, il était aimé des deux camps. Et quand il sentait poindre un conflit, il lançait un sujet qui les réconciliait tous : les filles. Malespine, le fils du pharmacien, et Buron, le fils du photographe, étaient imbattables. Le premier voyait ces dames et demoiselles venir à l'officine familiale « pour un oui, pour un non, pour le moindre petit bobo », comme il disait en rigolant. L'autre les voyait défiler dans leurs plus beaux atours devant l'objectif de son père et, depuis quelque temps, devant le sien.

— Ces demoiselles se pavanent faut voir comment, disait Buron, et attention on a intérêt à les rendre mille fois plus jolies qu'elles ne sont, sinon, gare !

Buron et Malespine avaient toujours quelque anecdote à raconter.

Et, justement aujourd'hui, une fois calmée la fièvre du rugby et acquise la certitude qu'ils iraient au stade le dimanche, après qu'ils eurent bien ressassé tous les « drops », les « essais » et les « plaquages » de leurs héros, Buron passa à leur sujet de prédilection. Il annonça qu'il allait « tirer le portrait » de la plus belle fille du pays.

— Il y a longtemps que je l'attends, celle-là, fit-il malicieux. Je me demandais même pourquoi elle ne venait pas, parce qu'elle est du genre à se faire photographier dix fois plutôt qu'une. Et puis, hier, elle est arrivée et elle veut « ce qu'il y a de mieux », bien sûr ! Remarque avec elle, ajouta-t-il en riant, c'est du gâteau tellement elle est belle !

— Qui c'est ? Qui c'est ? hurlèrent les autres en chœur.

Mais Buron se fit prier et joua la carte du mystère total.

Rien pour une fois ne put le faire changer d'avis. Ils s'y mirent tous, même les pyrénéistes, même Antoine de La Fitte piqué au vif de sa curiosité.

— Je ne vous dirai rien, dit Buron buté, mais si vous êtes sages je vous montrerai son portrait quand il sera tiré.

— C'est ton père qui le fait ? questionna Malespine intrigué.

— Non, c'est moi. Pour une fille comme ça, mon père est compréhensif et il me laisse la place. Lui, il est casé tandis que moi...

— Et..., continua Malespine, tu crois que tu as des chances ?

Buron sourit d'un air entendu :

— Hé hé, qui sait ?

Puis il partit, laissant planer le mystère.

Gabriel eut comme une intuition et se dit que si elle était bonne, il serait malheureux de laisser Buron seul sur ce coup.

« Si c'est celle à qui je pense, se dit Gabriel, il faut tout de suite se mettre sur les rangs, sinon... »

Sous le prétexte de désigner les voitures qui les emmèneraient au match à Tarbes, il rejoignit Buron et l'accompagna jusqu'au magasin de son père. Gabriel savait y faire et, une fois seul avec Buron, il obtint sans mal le nom de la jeune fille qui viendrait se faire photographier. Son intuition était la bonne. C'était bien Sophie Claverie.

En revenant vers le café, Gabriel réfléchissait. Mains dans les poches de son pantalon de velours, crinière au vent, il songeait que cette jeune fille ferait une excellente épouse. Il était l'aîné et depuis deux ans ses parents le poussaient à se marier. Il fallait assurer la succession et les affaires prenaient de l'ampleur. Son père avait besoin de ses fils mais sa mère surtout réclamait d'être épaulée car le gros des activités lui incombait. Les clients de l'hôtel la sollicitaient à tout bout de champ et ne voulaient rien avoir à faire avec M. Lemmens qui avait vite compris qu'à Lourdes la clientèle n'attendait pas la même chose que dans l'Est où il gérait son précédent hôtel.

Ici la clientèle voulait manger et dormir, certes, mais aussi être accueillie et comprise. Parler des doutes et des malheurs, des maladies terribles des enfants que seule peut-être la Vierge sauverait, voilà ce que les pèlerins voulaient partager avec les hôteliers de Lourdes. Et pour ça, M. Lemmens l'admettait, sa femme se débrouillait beaucoup mieux que lui. Comme toutes les femmes de Lourdes qu'il connaissait maintenant et qui tenaient les hôtels, la sienne avait le talent inné de savoir partager la souffrance et de la soulager par des mots qui lui venaient spontanément. Il avait fini par s'effacer et par rester au bureau à s'occuper exclusivement de chiffres. Il avait tenté d'employer un garçon à la vente des objets, mais ça n'avait pas été très concluant : il n'atteignait même pas le dixième du résultat des filles.

En arrivant à Lourdes il avait remarqué très vite qu'il avait toujours affaire aux femmes. Partout, hôtellerie, pensions de famille, restaurants ou commerces, c'était une femme qui négociait avec lui et elles ne lui faisaient pas la vie facile. C'étaient de redoutables négociatrices qui ne lâchaient jamais et qui, de plus, étaient solidaires entre elles. Parce qu'une femme de la ville voulait la pension qu'il avait en vue et que les autres s'étaient mises avec elle pour l'aider à l'acquérir, il avait dû surenchérir pour l'obtenir.

Après quatre ans de vie à Lourdes, il avait compris que le commerce qu'on pouvait faire dans cette ville ne ressemblait à aucun autre. On ne pouvait vendre ou héberger sans donner beaucoup de soi. La commerçante ou l'hôtelière jouait aussi le rôle de confesseur, d'amie à laquelle on dit tout, même le plus intime de sa vie et dont on attend des réponses et de l'aide.

Très vite M. Lemmens et sa femme s'étaient inquiétés pour leurs fils. Comment feraient-ils pour la succession ? Avec leur tempérament ce serait difficile, sinon impossible. C'est pourquoi ils les bousculaient pour qu'ils se marient.

— Je formerai leur femme, disait Mme Lemmens. S'ils choisissent bien cela ne posera aucun problème.

— Et eux ? avait dit son mari, perplexe, qu'est-ce qu'ils feront ?

— Comme toi, avait répondu sa femme. Il y a quand même beaucoup de travail avec la paperasserie et puis après ils iront à la pêche, au rugby ou à la montagne ! Je ne me fais pas de souci pour eux. Tu as vu comment agissent les hommes ici ? Tu crois qu'ils s'inquiètent ? Penses-tu ! Leurs femmes font tourner les affaires et ils trouvent ça très bien. Benoîte Soubirous me disait l'autre jour que son mari disait sans arrêt : « Ah ! Sans Benoîte qu'est-ce que j'aurais fait ? » Et moi je peux te dire qu'il a pas l'air de se poser de questions. Il est charmant, d'ailleurs, mais heureusement que Benoîte est là !

De plus en plus perplexe, M. Lemmens regardait sa femme. Cet avenir pour ses fils ne le réjouissait pas particulièrement, il les avait toujours imaginés au cœur du monde des affaires, investisseurs avisés, et voilà que sa femme voulait en faire des pêcheurs et des rugbymen.

— T'inquiète pas, lui disait-elle pour le rassurer, l'important c'est que nos fils soient heureux, non ? Et en bonne santé, avec ce qui se prépare à l'horizon il vaut mieux profiter... On sait jamais.

Les tensions entre la France et l'Allemagne inquiétaient beaucoup le couple Lemmens et ils n'étaient pas les seuls. Benoîte Soubirous et Lucile Davezac, qui avaient toutes deux des fils, en parlaient de plus en plus souvent.

Gabriel, lui, avait l'insouciance de la jeunesse. Pour l'heure en remontant la rue de la Grotte il pensait à l'amour et à Sophie. Il était beau et le savait, il plaisait aux filles et n'avait jamais eu aucune difficulté en ce domaine. Il avait développé dans son comportement et dans son allure une aisance naturelle qui l'affranchissait de tout préliminaire compliqué. Quand il avait envie de séduire une jeune fille il allait droit au but. Mais cette fois-ci il n'avait pas seulement envie de séduire. Il sentait monter en lui un sentiment nouveau : il aimait. Ou du moins il était prêt à aimer et, loin de le rassurer, l'attitude de Sophie l'avait déstabilisé.

« Comment se fait-il qu'elle soit venue comme ça, qu'elle m'ait serré la main si fort et regardé si intensément ! Et devant les autres ! Sans pudeur ! C'est pas son genre à cette fille... Et cependant, elle l'a fait. Pourquoi ? »

Gabriel Lemmens était intrigué : intuitivement il comprenait que si Sophie avait fait ce geste, ce n'était pas simplement par « crise d'amour fou » pour lui. Quelque chose le dépassait et il se demandait bien quoi. Du coup la beauté de Sophie s'enveloppait de ce mystère et la rendait de plus en plus fascinante au fur et à mesure qu'il y réfléchissait :

— J'irai à la séance photo demain ! Buron est un bon copain, il acceptera. On trouvera une explication, je dirai que je viens moi aussi me faire photographier.

Content et soulagé d'avoir aussi vite trouvé une occasion de revoir Sophie, Gabriel se dirigea en sifflotant, sourire aux lèvres, vers le *Café de la Poste*. Le soleil brillait dans un ciel bleu dur et Gabriel aimait l'air tonifiant de ce mois de février. Tête levée vers le soleil il ne vit pas arriver Rose qui courait tellement vite en soulevant le bas de sa robe qu'elle tomba littéralement dans ses bras à l'angle de la place Marcadal. Gabriel connaissait la jeune sœur de son ami Pierre mais il ne lui avait jamais prêté aucune attention. Les filles petites et rondes, ce n'était pas son style et puis celle-là avait tellement l'air d'une gamine ! Il éclata de rire en voyant sa mine égarée et il allait lui dire un mot gentil quand elle bredouilla des excuses puis repartit sans lui laisser le temps d'ouvrir la bouche. Stupéfait, il la regarda qui filait vers le bas de la ville par l'avenue Marensin.

Yvonne comprit immédiatement qu'il se passait quelque chose d'important la concernant. Rose n'arrivait pas à reprendre son souffle. Son chapeau était tout de travers et les ravissantes fleurs de velours réalisées par Anaïs Lacrampe dégringolaient lamentablement sur le côté :

— Il est là !

— Quoi !

— Oui, souffla Rose hors d'haleine, ton Italien est là !

Blême, Yvonne s'effondra sur le bord du lit de sa chambre. Ses deux bras pendaient inertes le long de son corps et dans sa robe en laine claire on aurait dit un fantôme tant le sang et la vie semblaient s'être retirés de son corps.

— Il est arrivé par le train. C'est le voiturier Labayle qui l'a conduit chez nous. Tu penses bien ! À cette époque de l'année, un Italien ça se remarque. C'est pas leur heure ! Il a demandé notre hôtel à Labayle, il lui a dit qu'un de ses amis y était déjà venu. Labayle a dit à maman qu'il avait essayé de le questionner, de savoir ce qui l'emmenait à Lourdes en plein hiver, mais il n'a rien pu en tirer.

— Et qu'est-ce qu'elle a dit ta mère ? dit Yvonne qui revenait à la vie.

— Elle a dit à Labayle qu'il avait qu'à mieux parler l'italien au lieu de baragouiner et de ne faire aucun effort. Tu la connais avec sa théorie sur les langues, elle pense que tous les Lourdais devraient parler parfaitement les langues étrangères. On en sait quelque chose...

— Oui, oui, fit Yvonne. Et alors ? Et Giovanni ! Tu l'as

vu ? Qu'est-ce qu'il t'a dit ? Il est là, c'est sûr, c'est sûr ? Dis-moi ! Rose dis-moi !

Des larmes de joie perlaient maintenant aux yeux d'Yvonne. Ces derniers jours avaient été une torture et les mots de Sophie meurtrissaient toujours son cœur. Le souvenir de Giovanni s'en était fragilisé et, malgré la lettre qu'il avait envoyée à ses parents, elle ne pouvait plus penser à lui sans entendre cette phrase féroce : « Ton Italien t'a embobinée... Il n'est pas prêt de venir à Lourdes et toi tu l'as cru... »

Et puis il y avait eu les remontrances de sa mère qui, avertie de la romance de sa fille par la tante Julienne, s'était mise très en colère. Heureusement, sur les conseils avisés de Benoîte qu'elle était allée trouver immédiatement, elle n'en avait rien dit à son mari et encore moins à sa belle-mère.

— Ce n'est pas la peine de faire des histoires tant qu'il n'y a rien, avait sagement conseillé Benoîte qui pensait elle aussi que les jeunes filles s'étaient laissées embobiner. Elle avait d'ailleurs sévèrement reproché à sa sœur, censée chaperonner les jeunes filles à Nice, d'avoir écouté les « déclarations intempestives de cet Italien qui parlait aussi facilement de mariage ».

Mais le jour où la lettre de Giovanni était arrivée au nom de M. et Mme Charles Davezac, le pot aux roses avait été découvert et il avait bien fallu donner des explications. Charles n'avait pas trop mal réagi, il adorait sa fille et avait dit :

— Après tout, un baiser ou deux ça n'a pas pu lui faire de mal et puisque ça n'est pas allé plus loin ce n'est pas la peine d'en faire un drame. Quant à ce Giovanni, on verra le jour où il viendra. Et croyez-moi c'est pas demain la veille ! (Puis, soucieux soudain, il avait ajouté :) N'en parlez pas à maman, telle qu'elle est à toujours s'occuper de l'avenir d'Yvonne, elle en ferait une maladie !

Yvonne dépérissait. Personne ne croyait à son histoire d'amour. Son père chéri en riait. Et son frère Paul était bien trop occupé avec ses propres affaires sentimentales pour s'intéresser à celles de sa sœur. La jeune fille pleurait toutes les nuits dans la solitude de sa chambre. En rencontrant Giovanni elle avait vu s'entrouvrir les portes du paradis, et voilà qu'elle vivait l'enfer. Elle avait découvert l'absence de l'être aimé et la douloureuse attente dans l'incertitude et elle avait été trahie par la seule personne à qui elle vouait une amitié quasi amoureuse : Sophie.

Sophie qui lui avait tant vanté la beauté de l'amour, et qui avait craché son mépris pour celui-là même qu'Yvonne adorait. La blessure était profonde.

Pourtant aujourd'hui, miracle, la jeune fille revivait. Giovanni était là. Attendrie, elle regarda Rose qui dans leur trio d'amies s'avérait être la plus généreuse et la plus fiable. Dans un mouvement de tendresse très fort, Yvonne en larmes se jeta sur elle et l'entoura de ses bras en la remerciant de « toute son âme ». Les fleurs du chapeau de Rose accusèrent le coup et s'effondrèrent définitivement.

— Eh bien ! Il manquait plus que ça ! fit Rose en riant pour masquer l'émotion que la tendresse soudaine d'Yvonne avait soulevée dans son cœur.

Les deux amies éclatèrent de rire.

— Bon, fit Yvonne, on y va ? Je viens à l'hôtel ? Je veux le voir tout de suite ! Vite ! Vite !

— Tu n'y penses pas, dit Rose effrayée. Je n'ai pas eu le temps de te dire. Quand elle a su que c'était lui le fameux Italien de Nice, maman a parlé avec Giovanni. Il lui a dit la vérité : il vient pour demander ta main et ne repartira pas sans réponse. Je n'ai jamais vu maman dans cet état. Elle est passée chercher ta mère et je crois qu'après elles allaient au magasin voir ta grand-mère.

Une grimace de peur tordit le visage d'Yvonne :

— Mamie ! Et pourquoi sont-elles allées voir mamie ! C'est papa qu'il fallait voir, pas mamie ! Tu la connais ! Elle parle toujours de me marier avec Untel ou Untel qui a tel ou tel hôtel. Elle n'en a que pour les Lourdais et leurs commerces. Même un Tarbais pour elle c'est un étranger, alors ! Elle se fait ses histoires, elle s'imagine des choses.

Tiens, hier encore, on passait devant la boutique d'une amie à elle, Toinette. Eh bien, elle me voyait épouser son petit-fils !

— Qui ? sursauta Rose, le maigrelet, là, celui qui fait le coq sans arrêt !

— Oui, fit Yvonne, tu m'y vois ? Mais tu connais mamie, le fils d'une amie d'enfance qui a vécu dans la « misère » comme elle, ça la rassure. Elle dit toujours qu'au moins ceux-là, on leur a appris d'où vient l'argent et comment il se gagne, qu'ils ne font pas n'importe quoi. Alors tu penses, quand on va lui dire que celui que j'aime et que je veux épouser est un Italien ! Et un chanteur en plus ! Ça va être terrible !

Rose soupira. Elle se disait que décidément l'amour était une chose bien compliquée, surtout quand tout le monde s'en mêlait. Épuisée, elle s'effondra sur la jolie chaise Art nouveau de la chambre d'Yvonne et lâcha d'un air las :

— Attendons, il n'y a rien d'autre à faire. Ta grand-mère et ta mère vont venir te chercher, j'en suis sûre.

Benoîte réfléchissait.

Elle connaissait si bien Lucile Davezac qu'elle pouvait prévoir toutes ses réactions à l'avance et elle savait que cette fois-ci l'affaire d'Yvonne était bien mal engagée. Elle devait s'avouer d'ailleurs qu'à la place de Lucile elle aurait réagi de la même façon, elle aurait eu peur que sa fille épouse un inconnu rencontré dans des conditions aussi rocambolesques. Mais depuis qu'elle avait vu le jeune homme et qu'elle lui avait parlé, ses certitudes étaient ébranlées. Giovanni parlait un français impeccable et avait une excellente tenue. On sentait qu'il venait d'un milieu où l'on avait de l'éducation. Mais ce n'est pas ce qui impressionnait Benoîte. Au contraire, elle se méfiait des déséquilibres sociaux à l'intérieur d'un couple. Non, ce qui l'avait remuée, c'était la force des sentiments de Giovanni pour Yvonne. Pour la première fois de sa vie, Benoîte entendait des mots d'amour et elle avait senti sa carapace de femme de tête frémir à la musique étrangement envoûtante de ces mots nouveaux qui, pourtant, ne lui étaient pas destinés.

Là résidait le talent de Benoîte Soubirous et sa grande intelligence des êtres et des situations : elle était capable de dépasser ses propres limites par la seule finesse de son intuition.

Longtemps, Benoîte avait vécu dans une petite ferme perdue au fond du bois de Lourdes, elle n'avait connu du monde des affaires que les trois sous récoltés au marché en vendant des salades et elle n'avait jamais parlé d'autre langue que le bigourdan de ses ancêtres. Petite paysanne de rien au front buté et aux traits peu engageants elle était devenue et de loin la meilleure femme d'affaires d'une ville en plein bouleversement économique et social. Elle avait appris les langues étrangères avec une féroce envie de tout comprendre et de communiquer à tout prix, elle possédait l'hôtel le plus luxueux de la ville et recevait des gens qui autrefois n'auraient jamais daigné la regarder. Dans Lourdes même son chemin n'avait pas été simple et, là-haut, au *Café Français*, beaucoup médisaient sur son compte. Ceux du haut de la ville, qui paradaient autrefois sur la place Marcadal et n'avaient jamais voulu croire aux apparitions de la Vierge à Bernadette ni aux retombées économiques qui s'ensuivraient, ne comprenaient pas comment elle en était arrivée là. Régulièrement ils prédisaient sa ruine prochaine, mais Benoîte Soubirous n'était pas sensible aux ragots. Au fond du bois de son enfance elle n'avait jamais appris qu'à écouter un seul bruissement, celui de la nature. Et ce qu'elle avait enduré de solitude et de misère, de froid et de peur elle ne l'avait jamais partagé qu'avec les arbres, le vent et la Sainte Vierge là-haut dans le ciel. Elle n'avait pas pris l'habitude d'être encouragée pour quoi que ce soit et elle tirait sa force d'une inconscience profonde des miasmes de l'humanité.

Quand, emportée dans le grand mouvement des femmes de Lourdes qui avaient pris les choses en main au moment des apparitions, elle était arrivée aux abords de la grotte, elle s'était mise à vendre les chapelets dont Lucile Davezac, qui s'appelait encore Abadie, lui confiait la réalisation et l'assemblage. La découverte de cette activité qui lui permettait de rencontrer du monde et faisait rentrer trois sous de plus avait été un immense bonheur. Elle vendait ses chapelets avec la même fierté qu'elle avait vendu ses salades au marché. C'étaient de belles salades, bien cultivées dans le jardin de la petite ferme, c'étaient de beaux chapelets, solidement construits et assemblés par ses mains.

Et puis, un jour, elle avait rencontré Jean Soubirous, le

frère de Bernadette, qui, comme tous les ouvriers du coin, passait pour aller aux carrières. Enfants de la misère tous deux, ils s'étaient reconnus. Il n'y avait pas eu de grands mots ni de grandes phrases, Jean n'en connaissait pas et elle non plus. Ils s'étaient mariés simplement, Jean avait continué à tailler les pierres et elle, fortifiée de sa présence chaleureuse et de sa nouvelle vie de femme, avait pris la vie à bras-le-corps, sentant qu'un pareil destin ne se renouvellerait pas.

La vie de Benoîte avait été toute simple, elle avait abordé le peuple des hommes comme elle avait abordé celui du soleil et de la pluie, celui de la nuit et du vent, par son seul instinct. Et, au fond, sa grande chance avait peut-être été d'être restée aussi longtemps éloignée de tout.

Aujourd'hui, debout derrière le comptoir d'acajou de son *Hôtel Moderne*, elle avait à régler une situation autrement épineuse : la passion d'amour. Près d'elle la mère d'Yvonne se tordait les mains et, pour la première fois de sa vie, Benoîte Soubirous ne trouvait pas de solution. Que dire à Lucile Davezac ?

Elle rassura Arlette, la mère d'Yvonne, puis, en accord avec elle, décida qu'il valait mieux, dans un premier temps, qu'elle voit Mme Davezac seule. Elles se connaissaient depuis si longtemps et pour Lucile la parole de Benoîte comptait.

Elle envoya donc son portier Eugenio lui dire qu'elle souhaitait la voir dès que possible car, même en ce mois de février, les activités ne manquaient pas. Les pèlerins n'étaient pas encore là mais les femmes devaient organiser tout le travail de la maison qu'on n'aurait pas le temps de faire pendant la saison de printemps et d'été. Les grosses lessives, le grand ménage, la cuisine du cochon et la préparation des magasins et des hôtels avec les inventaires. Eugenio partit, ravi de se dégourdir les jambes.

Eugenio était un de ces Espagnols qui avaient fui la misère de leur pays pour tenter leur chance du côté français des Pyrénées. D'aussi loin qu'on s'en souvienne, il y avait toujours eu des Espagnols de passage à Lourdes. Mais depuis quelques années leur nombre augmentait. Ils arrivaient par vagues, ayant entendu dire qu'ici le travail ne manquait pas. Entre les carrières de pierre et d'ardoise qui tournaient à plein en raison de l'explosion des constructions à Lourdes et les petits boulots à gauche et à droite dans une ville où les hôtels et les commerces poussaient comme des champignons, ils trouvaient toujours quelques sous à gagner.

Benoîte avait croisé Eugenio un matin en allant à la messe de cinq heures. Il pleuvait fort et il avait trouvé refuge sous le porche de l'église. Elle avait cru qu'il mendiait et elle lui avait tendu deux piécettes. Mais il s'était raidi et elle avait aperçu l'éclair au fond de ses yeux noirs. Eugenio cherchait du travail, il ne demandait pas la charité. Malgré son apparence crasseuse et sa chevelure sale, elle avait immédiatement reconnu l'air fier et insoumis d'un paysan du Haut Aragon, de l'autre côté des crêtes, où la vie était l'une des plus rudes qui soit et où les êtres développaient des qualités hors norme de combativité et d'endurance. Ce qui leur donnait une allure aiguë reconnaissable entre toutes.

Les Aragonais avaient excellente réputation. Celui-ci arrivait visiblement du fin fond d'une vallée profonde où n'accédaient sans doute jamais ni la lumière du ciel ni celle des hommes. Il faisait un peu peur et Benoîte, qui comprenait les idiomes locaux pyrénéens car dans sa jeunesse au marché on les parlait quasiment tous, basque, béarnais, aragonais et même catalan, comprit qu'il ne trouvait pas de travail depuis plus d'une semaine qu'il était là. Elle sourit intérieurement et l'emmena avec elle dès la messe finie.

Elle le fit passer à l'eau et au savon de Marseille, fit tailler sa tignasse et brûler ses frusques. Quand il réapparut, Eugenio était un autre homme et, dans sa livrée d'hôtel, il ressemblait davantage à un hidalgo qu'à un portier. Benoîte savait qu'elle ne le garderait pas longtemps car Eugenio n'était pas du genre à ouvrir les portes toute sa vie. Mais elle était contente d'avoir aidé l'un des siens. Elle trouvait cela juste et n'en attendait rien de plus.

Le soleil brillait dans un ciel net au bleu dur et l'air était vif.

Mme Davezac s'inquiétait. Diable ! Pour que Benoîte Soubirous lui envoie Eugenio c'est qu'il se passait quelque chose d'important. Elle pressa le pas en se dirigeant vers le cimetière où elle avait prévu d'aller nettoyer la tombe de ses parents et celle de ses beaux-parents. Elle avait fait dire à Benoîte qu'elle serait là-bas et sans doute celle-ci l'y retrouverait.

L'entretien des tombes était un acte très important et plein de sens. À la sortie de l'hiver, avant la fête des Rameaux et de Pâques et plus tard, juste avant la Toussaint, les femmes de Lourdes venaient les nettoyer à fond. La neige, la pluie et les bourrasques salissaient les pierres grises des tombeaux et les feuilles d'automne se collaient au marbre faisant parfois comme un tapis noir et humide. Qu'elles frottent les magnifiques monuments de pierre sculptés par les mains de Cami ou Caucal, les meilleurs artisans du pays, et ceints de grilles lourdes forgées par Bouriette ou Mouget, ou les simples dalles de pierre taillées par un anonyme carrier et posées à même l'herbe, chaque mère de Lourdes avait à cœur que la tombe des siens soit parfaitement nettoyée et fleurie. C'était un gros travail qui prenait tout un après-midi. Ensuite jusqu'à deux fois par semaine, elles venaient faire l'entretien régulier, relever un vase qui était tombé, replacer les fleurs, les changer, arracher quelque mauvaise herbe. Aucune tombe n'était laissée à l'abandon, et si, comme cela arrivait parfois, les femmes en voyaient une que l'herbe ou les feuilles envahissaient elles allaient la nettoyer comme s'il s'agissait de la leur. Le cimetière était toujours parfaitement tenu. On n'abandonnait jamais les siens à la solitude de leur dernière demeure. La plupart des mères venaient là tous les jours juste pour une prière, tôt avant le travail de la journée, ou tard, après que l'angélus eut sonné à l'église. Elles tissaient patiemment le lien avec les disparus et elles avaient besoin de ce moment intime où, dans la solitude des tombes de pierre, elles continuaient à se confier à eux. Quand le présent était trop lourd et les difficultés du quotidien trop grandes, elles leur demandaient conseil comme s'ils étaient encore là. Et les morts répondaient, leurs voix remontaient du passé avec une intensité bien plus forte que lorsqu'ils étaient vivants, comme si en passant dans l'au-delà leurs paroles avaient acquis une dimension sacrée. Les mises en garde des anciens que l'on n'avait pas écoutés du temps de sa jeunesse, les conseils prémonitoires de ceux qui avant vous avaient vécu les choses de la vie et aussi les mots si doux des mères qui savaient consoler. Leurs gestes enfin qui vous avaient bercé d'amour dans l'enfance et qui revenaient, protecteurs et solides. Éternels, bien au-delà du deuil.

Les morts en ce temps-là étaient encore vivants et leur âme palpitait dans les cimetières au cœur des villes et des villages.

Comme chaque fois qu'elle entrait dans le lieu clos de hauts murs de pierre Lucile Davezac ressentit une grande paix. Elle regarda lentement chaque tombeau, chaque stèle. Elle en avait connu tant qui dormaient là maintenant. Les siens, bien sûr, mais aussi toutes les mères de la rue Basse et des Petits-Fossés, qui, avant que la Sainte Vierge n'apparaisse dans la grotte de Lourdes, vivaient dans une misère noire. À nouveau le visage de Bernadette Soubirous se détacha. Lucile Davezac revit encore et encore ses larmes et sa petite main qui s'agitait dans la diligence sombre qui l'emporta pour toujours vers une ville lointaine et inconnue où elle mourut un jour de septembre sans jamais avoir revu la lumière splendide du ciel des Pyrénées. Mme Davezac connaissait maintenant par cœur le nom de cette ville où elle n'était jamais allée et pour laquelle elle éprouvait un étrange sentiment mêlé d'attirance et de rancœur : Nevers.

La porte du cimetière s'ouvrit en grinçant. C'était Benoîte, elle bougonna :

— Satanée porte, toujours à grincer ! Ça fait trois semaines que je le signale à ce grand fainéant de Roger ! S'il le fait pas avant dimanche j'en parle au curé, il lui secouera les plumes et ça lui fera pas de mal.

Roger était l'homme à tout faire de la paroisse et il était souvent en bisbille avec les femmes qui lui reprochaient de passer plus de temps au café voisin qu'au cimetière ou à l'église. Après avoir bien ronchonné, Benoîte rejoignit Mme Davezac qui n'avait pas bougé, toujours debout près de l'entrée.

— Allons, dit-elle à Benoîte tout en l'entraînant à sa suite vers les tombes de famille, on parlera là-bas. Qu'avais-tu à me dire ?

Benoîte qui connaissait le besoin d'action permanent de Mme Davezac et qui, comme elle, ne pouvait pas supporter de rester deux minutes sans rien faire décida d'aller l'aider à nettoyer la tombe. Elle se félicita d'avoir gardé son tablier sous son manteau.

Sous un manteau réservé à ce type de sorties, Lucile portait aussi des vêtements « de tous les jours » comme elle disait pour les dissocier de ses tenues du commerce, plus chic et plus soignées, mais qu'elle prenait soin d'économiser. Elle avait apporté une brosse de crin bien dur et des cristaux de soude. Elles allèrent chercher deux seaux d'eau à la petite fontaine qui coulait continuellement à l'angle du mur où les femmes se retrouvaient pour discuter. Aujourd'hui elles rencontrèrent Mme Dufour et sa fille venues pour laver la tombe de leur famille, et les sœurs Lacrampe chargées d'une belle touffe de perce-neige pour fleurir la leur.

— Alors ! firent les sœurs d'une même voix quand elles

virent Benoîte, il paraît qu'un Italien est arrivé chez vous ! Et qu'est-ce qu'il vient faire en plein mois de février ?

Au seul mot d'« Italien », Lucile fronça le sourcil, mais Benoîte prit le râteau et le balai mis à disposition de celles qui en avaient besoin.

— Il vient skier.

— Skier ! À Lourdes !

Les deux sœurs manquèrent s'étouffer mais Benoîte se dépêcha de s'éloigner des deux commères qui restèrent bouche bée sans avoir reçu de réponse.

— Non mais, fit Benoîte excédée, est-ce que je leur demande qui vient leur acheter des chapeaux moi ? Quelles pies, ces deux-là !

Elles arrivèrent près de la tombe de Marie et de François Abadie, les parents de Lucile. Aussitôt, sans se concerter, habituées à ne pas perdre de temps, elles se mirent l'une à balayer le schiste, l'autre à ratisser le gravier tout autour.

— Et qui c'est cet Italien ? fit Mme Davezac au bout de quelques minutes.

Benoîte s'arrêta net et, s'appuyant sur son balai, elle dit d'un seul trait :

— Justement c'est de lui que je venais te parler.

Le crissement du râteau sur le gravier cessa immédiatement. Lucile releva la tête :

— À moi ! Tu viens me parler à moi d'un Italien !

— Oui, dit Benoîte sans se laisser démonter par le ton peu engageant de Lucile. Et tu vas m'écouter jusqu'au bout.

Mme Davezac tomba des nues. Ce qu'elle entendit de la bouche de Benoîte la laissa sans voix. Ainsi sa petite-fille chérie, Yvonne, était amoureuse d'un chanteur italien qui venait demander sa main, ici même, à Lourdes ! Le choc fut tel qu'elle s'assit à même la tombe sur le rebord de pierre. Elle regarda Benoîte qui reprit vite la parole, un peu inquiète. Mme Davezac n'était plus toute jeune et comme toute femme active qui ne s'écoute pas, son air vif et alerte trompait souvent. En réalité elle était dans ses soixante-dix ans et Benoîte, de quinze ans plus jeune qu'elle, savait qu'un choc trop important pouvait avoir de graves conséquences.

— Tu as l'air complètement retournée ! fit-elle. Tu veux un peu d'eau, tiens, viens sur le banc là-bas... (Mme Davezac la repoussa d'un geste fatigué.) Remarque je te comprends, dit alors Benoîte qui se reprochait de n'avoir pas attendu que Mme Davezac soit chez elle, tout ça est un peu...

Elle cherchait un mot juste mais ne le trouva pas et alors, voyant que Mme Davezac se remettait et que son visage avait retrouvé toutes ses couleurs, elle conclut précipitamment :

— ... mais quand même, ils ont tué personne ces deux-là, ils s'aiment et ils veulent se marier. Après tout tu devrais comprendre !

— Et comprendre quoi ? Un chanteur italien ! Mais quelle folie ! Un inconnu ! Un étranger ! On ne sait rien de lui ni de sa famille et il veut épouser Yvonne ? Et c'est toi Benoîte qui viens me dire ça ? Comme si à nos âges on pouvait encore croire à de telles romances !

Dans un sursaut de colère, ses forces retrouvées, Mme Davezac s'était levée et s'était mise à parler haut, faisant fi du lieu où elles se tenaient. Benoîte surprit le coup d'œil perplexe des sœurs Lacrampe qui, à quelques tombes de là, réinstallaient pour la énième fois les divers marbres gravés, couronnes de perles tressées et fleurs de céramique dont elles surchargeaient la tombe de leurs parents.

— Eh oui, c'est moi qui te dis ça ! poursuivit Benoîte en chuchotant. Et tu sais pourquoi je te le dis ?

Lucile était habituée à réagir vite et, déjà, elle avait retrouvé tous ses esprits.

— Non et je me le demande bien, répondit-elle sur le même ton bas mais ferme où perçait une sourde colère.

Benoîte expliqua qu'elle avait été convaincue par les paroles du jeune Italien et précisa :

— Tu me connais, les gens j'ai l'habitude et les menteurs n'en parlons pas, avec tout ce que je vois à l'hôtel, des riches et des faux riches je commence à bien les reconnaître. Je me suis fait escroquer deux fois ça m'a rendue prudente. Eh bien, celui-là, il ment pas. Je le sens. Il aime Yvonne et il lui veut du bien, en plus sa famille a très bonne réputation. J'ai pris mes renseignements. Ce sont des commerçants du nord de l'Italie, des amis de clients à moi qui viennent tous les ans.

— Et quand bien même il mentirait pas, quand bien même il viendrait d'une bonne famille, qu'est-ce que ça change ? Tu sais où ça mène les grands rêves, tu en as connu comme moi des filles à qui on avait fait des promesses et qui ont tout perdu. (Au fur et à mesure Lucile s'exaltait. Plus elle parlait plus elle réalisait l'aspect irréel de cette histoire.) Et comment tu as pu croire que j'accepterais de laisser mon Yvonne partir avec un Giovanni en Italie, lança-t-elle à Benoîte. Tu laisserais partir Rose, toi ! Je ne veux plus jamais entendre parler de cette histoire, tu m'entends ! Jamais Yvonne n'épousera ce Giovanni ! Et jamais elle ne le reverra. Je vais de ce pas le lui dire et le dire à ses parents...

À nouveau la vieille dame avait élevé la voix, criant presque ses derniers mots. Plantant là Benoîte, les seaux et les balais, elle prit sa cape posée sur un banc et s'apprêta à quitter le cimetière. Mais Benoîte avait au moins autant de caractère que Mme Davezac et en tout cas plus de force. Malgré le respect qu'elle portait à sa vieille amie, elle la prit aux épaules, l'obligea à s'asseoir sur le banc de pierre, et lui parla d'un ton au moins aussi ferme que celui que celle-ci venait d'utiliser :

— Ses parents sont déjà au courant et ils n'ont rien dit. C'est toi qui leur fais peur, tu décides de tout et tu le sais bien. Ton fils ne prendra jamais une décision sans ton avis, et ta belle-fille n'en parlons pas ! Moi je vais te dire ce que je pense : tu fais une erreur en empêchant Yvonne de revoir ce Giovanni. Souviens-toi de ton histoire. Toi la fille d'un chômeur et d'une lingère de misère, tu as épousé le fils d'une des plus riches familles de la ville. Tout le monde était contre vous, on vous prédisait le pire. La rumeur et la méchanceté se sont déversées avec une telle violence qu'elle est même parvenue jusque dans notre maison au fond du bois. On disait que ça ne durerait pas, qu'il te tromperait vite fait avec une beauté de l'époque, une certaine Adeline qui était amoureuse de lui, et que tu te retrouverais seule, et patati et patata... Et vous les avez tous fait bien mentir ! Vous avez été un des couples les plus heureux et les plus solides qui soient dans cette ville.

Assise sur le banc, Lucile écoutait Benoîte. Son visage s'était fermé et durci. Il y eut un moment de silence pesant et Mme Davezac dit d'une voix grave :

— Et qu'est-ce que tu en sais si nous avons toujours été un couple heureux ?

La stupéfaction de Benoîte fut totale. Elle qui, en toutes circonstances, trouvait quelque chose à dire sur tout, resta sans voix. Au même moment un vent léger se leva sur le cimetière, de fins nuages blancs voilèrent le soleil et l'atmosphère si lumineuse de ce début d'après-midi bascula. Les tombes prirent une couleur grisâtre et le vert sombre des hauts cyprès vira au noir. Dans l'allée voisine les sœurs Lacrampe donnèrent un dernier coup de balayette sur la tombe et se dépêchèrent de plier leurs affaires.

— L'orage sera là dans quelques minutes ! dit Anaïs en levant la voix à l'intention de Lucile et Benoîte.

Puis, sans attendre, elles filèrent vers la sortie, précédées par Mme Dufour et sa fille qui elles aussi avaient senti le vent tourner. Benoîte les entendit de loin échanger quelques mots avec les sœurs, et elle les vit faire signe en désignant le ciel. Benoîte répondit d'un geste de la main pour montrer qu'elle avait compris, puis elles sortirent et la porte du cimetière se referma en grinçant.

— Que c'est agaçant cette porte ! marmonna Benoîte entre ses dents.

Lucile n'avait pas bougé, elle semblait ne faire qu'un avec le banc de pierre et peu lui importait l'orage. Patiemment, Benoîte attendit.

Dans le silence et la paix du cimetière revenus, Lucile confia alors ce qu'elle n'avait jamais raconté à personne. Ses épaules et sa nuque s'étaient affaissées et le poids de la vie qu'elle tenait si bien à distance d'ordinaire, la tête et le dos droits, sembla l'écraser. Elle commença doucement, d'une voix blanche :

— J'ai vécu avec Jean deux années de bonheur total. Notre passion était si forte qu'elle a éloigné de moi la violence de ceux qui la niaient et nous rejetaient. Mais les méchants ne pardonnent rien, surtout pas d'avoir eu tort. Je n'avais ni argent ni culture. Jean avait tout. Ils n'ont jamais admis que notre amour puisse exister et puisque cela était ils n'ont eu de cesse de le détruire...

Les souvenirs remontaient à sa mémoire en même temps qu'elle prononçait pour la première fois ces mots et les larmes affleurèrent sous ses paupières ridées. Elle raconta les réceptions dans les meilleures familles où elle n'était pas invitée, les soirs de grand bal annuel où Jean devait impérativement se rendre et où il la traînait de force. Personne ne lui adressait la parole cependant que lui tentait en vain de l'introduire. À la longue, ces efforts permanents avaient créé entre eux une dissension. Lui était si à l'aise, elle si gauche. Il avait fini par lui reprocher de ne pas vouloir s'intégrer et elle s'était bêtement renfermée sur elle-même, lui donnant par là même raison. Mais comme elle se sentait démunie ! Comme elle se sentait stupide et inculte face à tous ces gens qui prononçaient des phrases, des mots qu'elle ne comprenait pas ! Et devant ces femmes soignées, parfumées, vêtues avec un chic qui n'appartient qu'à celles qui ont l'habitude de l'aisance et dont les mains sont si blanches et si fines, que de honte au début, elle avait caché les sillons abîmés de ses doigts lourds dans les plis de ses vêtements. Au *Café Français* où elle avait travaillé autrefois, Mme Davezac croyait qu'elle avait tout appris de cet univers des gens riches. Quelle erreur ! Ce n'est qu'une fois immergée dans leur monde qu'elle prit la réelle mesure de l'énorme fossé qui séparait leurs deux univers.

Mme Davezac parlait sans colère. Une lointaine tristesse l'avait envahie et Benoîte se taisait, consciente qu'il lui faudrait respecter cette confidence longtemps dissimulée et que Lucile avait aujourd'hui besoin de partager. À cause de l'âge peut-être, ou simplement à cause de son amour, Yvonne venait lui rappeler le sien à peu près au même âge :

— ... que de fois j'ai pleuré, que de fois j'ai regretté la douceur de ma mère et aussi l'amour qui liait mes parents. Ils souffraient mais ils s'épaulaient. Ils butaient sur la violence de leur misère, mon père chutait parfois après avoir trop bu, maman a eu ses moments de désespoir, mais ils se relevaient de leurs faiblesses l'un l'autre, tour à tour. Jamais ils ne se sont abandonnés. Tu vois, Benoîte, les parents de Jean lui ont donné la richesse, les miens m'ont donné l'amour. Et c'est cette force-là, ce savoir de l'amour qui peut tout, que j'ai mis dans ma corbeille de mariage. Je n'avais rien d'autre. Quand Jean et moi nous avons eu des moments difficiles, ce n'est pas l'argent, Benoîte, qui a sauvé notre couple : c'est l'amour. Rien n'est jamais acquis, tu le sais bien, toi qui as lutté pour tes hôtels, pour ta famille jour après jour et qui luttes encore. Rien n'est jamais acquis et tous les matins il faut se retrousser les manches. Pour tout. La passion n'a qu'un temps. L'amour c'est plus compliqué, plus long mais plus reposant aussi quand on le réussit, plus équilibré et plus satisfaisant. Plus solide. À condition de vouloir le bâtir. À un moment Jean et moi nous étions presque « séparés ». Heureusement des choses nous ont rapprochés, des choses infimes, les enfants, la peur de l'inconnu, des difficultés à affronter. Au fond une sorte d'instinct animal de protection de soi mais aussi des siens. La vie est bien faite, quand nous ne savons plus nous sauver, c'est elle qui nous sauve. À nous de savoir reconnaître les moindres signes...

Benoîte écoutait, surprise et attentive. Jamais Lucile n'avait parlé autant, jamais elle n'avait prononcé autant de mots. Longtemps elle s'était tue, préférant agir que parler.

Le vent s'était mis à souffler plus fort et les nuages gris alourdissaient le ciel. Mme Davezac ressemblait maintenant à ce qu'elle était vraiment : une vieille femme. Mais la tristesse avait quitté son visage apaisé. Elle leva la tête vers les hauts cyprès noirs qui pliaient sous les bourrasques...

— On a tous le droit d'avoir des rêves, dit-elle dans un souffle. Mais il vaut mieux y croire très très fort. Si on a en soi cette force de croire à son rêve, malgré tous ceux qui vous disent jour après jour qu'il n'existe pas, alors et alors seulement son rêve finit par exister.

De lourdes gouttes de pluie commencèrent à tacher la pierre des tombeaux. Benoîte n'avait plus que quelques secondes pour convaincre Mme Davezac, après il serait trop tard. Elle s'accrocha à ces derniers mots.

— Justement, dit-elle avec vivacité en essuyant l'eau qui éclaboussait son front. Pourquoi, malgré toutes leurs différences, le rêve d'Yvonne et de son Giovanni ne se réaliserait-il pas ? Ils y croiront peut-être avec autant de force que tu as cru au tien et ils le réaliseront, ils s'aimeront pour la vie eux aussi. Tu dois leur laisser cette chance.

Le visage de Mme Davezac s'était refermé.

— Non, dit-elle simplement.

Benoîte insista :

— Tu dis qu'il faut croire à son rêve et tu ne laisses pas à ta petite-fille le droit d'aller vers le sien ? Tu dois dire pourquoi, tu ne peux pas lui faire ça sans raison, elle t'en voudra. Tu vas la perdre.

À cette idée Mme Davezac se redressa, horrifiée. Le vent nerveux bouscula sa coiffure impeccable et la pluie fouetta son visage, mais elle ne sentait rien. Seule comptait cette petite-fille qui portait ses espoirs d'avenir et que le destin semblait vouloir lui ravir pour l'envoyer en Italie :

— Jamais ! cria-t-elle, je lui expliquerai, elle comprendra. Jean et moi nous avions des choses en commun qui nous ont aidés à tout surmonter. Des origines, une langue, un pays, une terre, des lieux qui avaient vu nos parents grandir, une ville où ils s'étaient mariés, où nous avons été baptisés. Nous n'étions pas des inconnus l'un pour l'autre et nos familles se connaissaient. Ces liens qui paraissent n'être rien sont tout puissants à l'intérieur de nous, ceux qui ne les ont pas connus ne peuvent en mesurer la force.

— Mais enfin Lucile ! Et la force que nous donnent tous ces étrangers qui viennent à Lourdes, qu'est-ce que tu en fais ? Ils nous apportent des richesses de toutes sortes, tu le sais bien, on en parle assez souvent. Tu es même la première à dire que la plus grande chance que nous avons à Lourdes, ce sont eux. Ils nous sortent de notre train-train, ils bousculent nos idées, et, ajouta-t-elle en souriant, même notre cuisine. Ne me dis pas que tu as oublié toutes les recettes que tu peux échanger avec tes clientes ! Sans compter le reste !

La remarque de Benoîte déstabilisa quelque peu Lucile Davezac. Elle avait toujours dit que sa vision des choses de la vie avait beaucoup évolué au contact de ces femmes qui venaient de tous les pays d'Europe et auprès desquelles elle avait tant de plaisir à échanger jusqu'aux plus infimes détails de la vie quotidienne. Beaucoup de pèlerins, de tous âges et de toutes origines, se croisaient dans la ville de Lourdes. Certaines familles avaient lié connaissance et se retrouvaient chaque année au moment des pèlerinages. Comme toutes les commercantes et les hôtelières qui les accueillaient dans de beaux hôtels ou dans de modestes pensions de famille, Lucile savait l'importance de ces liens. Que de mariages se faisaient à Lourdes ! Que de rencontres sentimentales entre des gens qui n'auraient jamais pu se rencontrer ailleurs, et qui s'étaient rapprochés dans une ville où les barrières sociales et culturelles tombaient devant une communion humaine qui débordait largement du cadre religieux. Lucile était fière, c'est vrai, de cet aspect de sa ville, mais elle se reprit. De là à ce que son Yvonne épouse un étranger, il y avait un fossé qui lui semblait infranchissable. Pour Lucile, le pire était ce qu'elle ne disait pas : si elle épousait Giovanni, sa petite-fille partirait certainement vivre en Italie avec lui. Et ça, elle ne pouvait l'envisager d'aucune façon.

— Les clientes c'est une chose, dit-elle, butée. La famille, c'en est une autre.

— Pas à Lourdes ! insista Benoîte qui sentait qu'elle était

sur la bonne voie. Tiens, pas plus tard qu'hier j'ai reçu une lettre de Belgique. Une vieille habituée qui me demande d'aller porter un cierge à la grotte pour le fils de sa voisine. Un gamin qui va bien mal. J'ai été l'allumer ce matin et je vais lui répondre pour lui dire que c'est fait. On peut donner beaucoup d'espoir avec des gestes aussi simples, tu le sais, Lucile. Tu l'as fait combien de fois toi-même ! Si c'est pas de la famille ça, c'est quoi ?

Lucile ne répondait pas. Au fond de son cœur, les paroles de Benoîte commençaient à porter. Mais il était dit que le destin en déciderait autrement.

Benoîte allait renchérir quand un grincement l'interrompit. Trempée, anxieuse d'obtenir ce qu'elle voulait et sentant qu'elle n'y arriverait pas à temps, elle lâcha un juron, plissa les yeux en signe de grande contrariété et se retourna. La porte du cimetière venait de s'ouvrir sur deux petits êtres difformes qui s'engagèrent dans l'allée sans voir Benoîte et Lucile à cause de l'épaisseur du rideau de pluie. Se croyant seuls, les deux gnomes hideux se mirent à courir entre les tombes et leurs rires de crapauds s'éparpillèrent dans les échos du vent.

Benoîte frissonna :

— Les cagots ! On m'avait bien dit qu'ils venaient danser sur les tombes la nuit ou par mauvais temps, partons vite, dit-elle en prenant le manteau qu'elle avait pris soin de poser sur le banc et qui dégoulinait de pluie. Ils vont nous porter malheur ! Je ne comprends pas ce qu'ils veulent...

— Ne cherche pas, dit Lucile que l'arrivée soudaine des petits monstres avait immédiatement calmée. Fais attention qu'ils ne nous voient pas, avec eux on ne sait jamais. Ils n'aimeraient pas qu'on les ait surpris dans leur mascarade. Je reviendrai demain ramasser les seaux et les balais.

Elle retrouva sa vivacité en un clin d'œil, prit sa cape trempée et, abandonnant son matériel et sa tombe au désordre, fila à la suite de Benoîte par une allée adjacente en se cachant derrière la pierre des tombeaux. Elles s'enfuirent en laissant la porte claquer derrière elles, ce qu'elles n'auraient jamais osé faire en temps normal. Mais c'est qu'il leur tardait d'être loin !

Les cagots jetaient sur la population de Lourdes une sourde terreur que rien ne justifiait. Mais la laideur de ces petits êtres d'une vallée perdue était plus forte que la raison et malgré toute vraisemblance on leur attribuait les pires pouvoirs. Poussés par la faim et la curiosité, certains d'entre eux étaient descendus de leur montagne attirés par l'effervescence incroyable de la ville en espérant y glaner quelque travail. On les embauchait effectivement pour de menues tâches dont personne ne voulait et, çà et là, ils récoltaient eux aussi quelques miettes de la formidable poussée économique. Mais à une condition : qu'on ne les voit pas. Condition inutile. Les cagots avaient l'habitude d'être discrets. Ils glissaient silencieusement dans l'ombre des murs, disparaissant furtivement à l'angle des rues, ou alors ils circulaient par temps de pluie et d'orage. Du coup, il y avait dans leurs rares apparitions quelque chose de fantomatique et de mystérieux qui laissait planer un étrange malaise. On n'était pas loin de les prendre pour des êtres démoniaques.

Benoîte et Mme Davezac rentrèrent chez elles trempées jusqu'aux os. L'irruption soudaine de ces êtres inquiétants, jetant par leur seule présence comme un sort maléfique sur leur conversation, les avait dégrisées d'un coup l'une et l'autre. Le destin en avait voulu ainsi et Benoîte comprit qu'elle avait perdu la partie. Il en serait comme Lucile l'avait dit : sa petite-fille n'épouserait pas Giovanni.

Le jeune chanteur italien reprit le train quelques jours plus tard sans avoir revu Yvonne, sans avoir compris pourquoi, à part Benoîte, personne n'avait voulu l'entendre. Comme cela n'existe que dans les romans que Mme Davezac n'avait jamais lus, il vint le soir de son départ chanter sous les fenêtres de celle qu'il aimait. Il chanta sans pudeur, sans retenue, de tout son cœur et toute son âme. Les pleurs déchirants d'Yvonne qui l'entendit sans pouvoir lui parler ni même lui faire un signe depuis ses fenêtres n'y changèrent rien. Sa grand-mère fut inflexible et on se plia à sa décision autoritaire.

— Plus tard elle me remerciera.

Ce furent les seules paroles de consolation qu'on put tirer de Mme Davezac. Quand la mère d'Yvonne, très remuée par la dureté de sa belle-mère et la souffrance de sa fille, rapporta la scène à Benoîte, celle-ci dit simplement :

— Je comprends ce que veut Lucile, mais je crois que cette fois-ci elle se trompe. Parfois il faut laisser faire le destin. On n'empêche pas tout.

Sophie avait le sourire aux lèvres, le chanteur était reparti. Comme elle l'avait prévu, il n'épouserait pas Yvonne. Quand Rose en pleurs vint le lui annoncer, Sophie n'eut pas un mot de consolation pour son amie au désespoir. Mais elle se dit que puisqu'il n'y avait plus de chanteur et de mariage en vue, il n'y avait plus aucune raison de se faire la tête. Au contraire il lui tardait maintenant de retrouver ses deux amies et de leur annoncer ses fiançailles prochaines avec Gabriel. Bien sûr pour l'instant rien n'était fait, mais Sophie ne doutait pas une seule seconde d'arriver très vite à ses fins.

« Enfin ! se disait-elle intérieurement, tout rentre dans l'ordre ! »

Et l'ordre, pour Sophie, c'était celui qui lui donnait le premier rôle. Elle restait la reine incontestée du trio.

— Dis à Yvonne qu'elle vienne me voir quand elle veut, lâcha-t-elle à Rose d'un ton condescendant. Je suis toujours son amie. Si elle n'avait pas fait toutes ces histoires avec ce chanteur, on n'en serait pas là. Mais je suis prête à pardonner. (D'un geste spontané, car elle était ravie au fond à l'idée de retrouver ses amies dont la compagnie valorisante lui manquait, elle enlaça Rose chaleureusement.) Va et dis-lui que je suis très heureuse de nos retrouvailles. On va fêter ça !

Emportée par sa joie, Rose l'embrassa, contente de voir que tout s'arrangeait enfin entre elles trois. Leur complicité lui avait beaucoup manqué et elle se disait qu'elle avait bien fait de garder le lien entre les deux qui s'étaient disputées.

Une fois dehors, dégrisée, elle retrouva sa lucidité et déchanta. D'un côté, il y avait Sophie qui parlait de retrouvailles. Mais de l'autre, il y avait Yvonne qui pour l'heure s'en fichait complètement et n'attendait qu'une seule et unique personne : Giovanni. Prise par l'entregent et l'autorité naturelle que Sophie avait toujours exercée sur elle, Rose s'aperçut qu'elle s'était emballée comme toujours.

« Que faire ? » se dit-elle désemparée.

Elle resta un moment sur la place sans se décider puis fila directement chez le pâtissier Maisongrosse d'où elle ressortit quelques minutes plus tard tenant un gros éclair au chocolat qu'elle dégusta sans attendre. Même de loin, Sophie, qui de ses fenêtres n'avait rien perdu de la scène, devina sa béatitude :

« Encore un gâteau ! Il ne lui manquait que ça ! »

Un instant contrariée, Sophie retrouva vite sa bonne humeur. Rose lui ramènerait Yvonne qui n'épouserait pas Giovanni, et elle se marierait donc la première. Gabriel l'attendait pour la conduire à l'autel, elle n'en doutait pas un instant. À nouveau, l'avenir était radieux. Sophie se retourna vers sa poupée qui l'écoutait, assise dans le petit fauteuil crapaud, son éternel sourire énigmatique aux lèvres.

— Elles seront les demoiselles d'honneur à mon mariage, dit Sophie à haute voix, il faut dès maintenant prévoir les tenues, qu'elles soient parfaites. Il faut aussi penser aux coiffures et... (Elle réfléchit.) Aux chapeaux. Voir si elles mettront des voilettes ou... (Elle hésita.) Si le mariage a lieu cet été, il vaudra mieux des chapeaux de paille blanche avec des fleurs claires. Mon dieu ! Mais c'est demain ! Si on ne s'en occupe pas dès à présent on n'aura rien de beau ! Anaïs et Victorine n'auront pas le temps de tout confectionner. Et la robe ! Mon Dieu ! Ma robe de mariée ! Vite ! Il faut que l'on fixe une date le plus vite possible ! Bon... Voyons, il faut que je trouve le moyen de me trouver seule avec Gabriel, comment faire ?... (Elle se planta soudain devant la poupée.) Je sais. Cet après-midi je dois aller me faire photographier chez le père de Céline Buron. Son frère joue au rugby avec

Gabriel. Je vais m'arranger pour qu'il m'invite à venir au stade avec Céline et son amie Paule qui y vont tous les dimanches. Moi j'emmènerai Yvonne et Rose. Notre présence paraîtra tout à fait normale vu que nous serons avec les deux autres filles qui font beaucoup de sport et qui vont aussi au ski avec eux. Et là, je verrai bien, je suis sûre que ce ne sera pas très difficile. Qu'en penses-tu ?

Elle regarda sa poupée et parut satisfaite.

— Bon, conclut-elle. Je me prépare et je vais chez Buron.

Chaque fois qu'elle s'adressait à la poupée, Sophie cherchait sur le visage de porcelaine une lumière ou une ombre imprévue. Une intensité particulière dans les yeux de verre. Petit à petit, il s'était établi entre le jouet et l'enfant d'abord, et plus tard la jeune fille, un langage commun fait de parole d'un côté et de silence de l'autre. Sophie sentait que sa grand-mère n'avait jamais quitté ce boudoir et qu'aussi loin qu'on la croie partie, elle restait au contraire tout entière dans le corps de porcelaine. Sophie voyait la vibration de ses yeux dans le magnifique regard de verre et elle avait appris à comprendre le sens de ses réponses silencieuses. Les premières années, quand Anne avait surpris le dialogue de sa fille avec la poupée, elle avait tenté de la distraire de ce rapport qu'elle trouvait étrange et excessif en lui offrant d'autres poupons, peluches et mêmes d'autres poupées. Ils avaient tous échoué dans un coffre qu'il avait fallu monter au grenier. Sophie s'était amusée avec eux comme avec de simples jouets qu'ils étaient, puis elle les avait abandonnés tour à tour, plus ou moins abîmés. La poupée de porcelaine au contraire était intacte, soigneusement posée sur le petit fauteuil crapaud du boudoir. Jamais l'enfant ne l'avait habillée ou déshabillée, jamais elle ne l'avait lavée ou peignée comme elle l'avait fait avec les autres.

Il avait fallu se rendre à l'évidence, Sophie avait une relation très particulière avec la poupée du boudoir. Elle ne l'avait jamais considérée comme un jouet.

Tout excitée à l'idée de sa prochaine offensive en direction de Gabriel, Sophie se prépara pour la séance de photographie. Quand elle descendit de sa chambre, Catherine, qui sortait de la lingerie les bras chargés de draps et de serviettes fraîchement repassés, manqua tomber à la renverse de stupéfaction.

— Diable ! fit-elle. Et vous allez où habillée comme ça ?

— Où je vais ? Où je vais ? Mais où as-tu la tête, ma pauvre Catherine, répondit Sophie pincée, qui aurait préféré voir la bonne s'émerveiller. Je te rappelle que c'est le jour de ma photographie chez Buron. Je dois y être à 3 heures. On a préparé mes affaires pour cela avant-hier et déjà tu l'as oublié ! Pourtant c'est pas faute de t'en avoir parlé.

— Mon Dieu, c'est vrai, fit Catherine en pinçant ses lèvres entre ses dents comme une personne prise en défaut et qui soudain retrouve la mémoire. Mais... Et je n'ai pas encore repassé la dentelle de votre corsage. Où est-elle ? Vous ne l'avez pas posée ?

— Non, fit Sophie en fronçant le sourcil et en prenant un ton de reproche. Ce n'est pas la première fois que tu oublies des choses à faire. Déjà la semaine dernière tu n'avais ni nettoyé ni ciré mes bottines noires que je mets pour la messe. Résultat, j'ai eu l'air d'une bohémienne crottée. Mme Larrouy a lorgné mes pieds tout au long de l'office. J'étais très gênée, tu penses bien !

Plantée dans le couloir, juste au pied de l'escalier sur les dernières marches duquel se tenait l'arrogante Sophie, Catherine se retint de ne pas envoyer valser le paquet de linge à la figure de la pimprenelle. Bien que jeune et impulsive, elle avait appris à se garder de tout geste intempestif. Prenant sur elle, ravalant sa salive, elle répondit posément :

— Mais, mademoiselle, vos bottines étaient non seulement nettoyées mais cirées, bien brillantes et lustrées comme vous aimez. Seulement vous les avez mises la veille, juste samedi soir pour courir Dieu sait où. (Elle appuya volontairement sur cette interrogation et Sophie se crispa.) Et, continua-t-elle, comme en passant devant chez Cazenavette vous n'avez pas regardé où vous mettiez les pieds, forcément vous avez attrapé sous vos semelles les crottes de ses chevaux ! Tout le monde sait que devant chez lui il y en a tout le temps puisqu'il est le seul à faire encore la diligence. Mais ce n'est pas tout, sous vos bottines, en plus, il y avait de la boue et celle-là, je me demande bien où vous avez été la chercher ?...

Le visage de Sophie se crispa davantage, on sentait en elle une rage contenue. Elle ne supportait pas que Catherine se mêle de surveiller ses allées et venues. Sa mère Anne y suffisait bien.

— Cela ne te regarde pas ! lui lança-t-elle péremptoire. Je vais où je veux et tu n'as pas à le savoir.

Catherine avait fait mouche, mais elle ne supportait pas que Sophie pût lui parler sur ce ton autoritaire. Peu lui importait effectivement où Sophie allait, la seule chose qu'elle ne voulait pas, c'était que la donzelle s'occupe de son travail à elle.

— Mais je ne vous le demande pas, répondit-elle d'un ton où pointait une certaine colère. Simplement pour ce qui est de mon travail sachez que non seulement il était fait mais que madame votre mère en est tout à fait satisfaite et monsieur votre père également.

— Oui enfin, si on veut, insista Sophie tout en finissant de descendre l'escalier. Moi ce que je sais, c'est que mes bottines puaient pour aller à la messe et que c'est inadmissible...

Catherine cessa de monter les marches et se retourna tout en maintenant sa grosse pile de linge contre elle. Son visage avait changé de couleur et ses joues s'étaient subitement empourprées.

— Inadmissible ! Inadmissible ! Mais je dois vous le dire comment ! s'emporta-t-elle tout en suivant Sophie qui se dirigeait vers le fond du couloir d'une démarche de princesse et qui entra dans la cuisine comme si de rien n'était. Moi le travail était fait, et le matin vous pensez bien qu'après la messe de 5 heures, avec la préparation du repas dominical, le poulet à plumer, les haricots blancs à écosser, la salade à laver, la pâte du gâteau à pétrir, les fruits à évider, à peler, le tout à cuisiner juste avant que vous ne descendiez pour prendre le petit déjeuner, puis après aller faire votre lit et votre chambre puis celle de vos parents, et puis l'escalier, la salle de bains, les toilettes, l'entrée, et entre-temps revenir à la cuisine surveiller et changer les cuissons, touiller les haricots en cocotte avec les carottes et les oignons pour qu'ils n'accrochent pas et enfin dresser la table pour qu'à midi dix pile quand vous rentrez vous n'ayez plus qu'à vous asseoir et à déguster...

Catherine était essoufflée et toute rouge, elle avait parlé d'une seule traite emportée par une colère qui montait de plus en plus fort et qui mijotait déjà depuis plusieurs jours car Sophie devenait intenable et manifestait des caprices permanents.

— Et vous pensez qu'avec tout ça j'avais le temps de refaire vos bottines que j'avais déjà parfaitement préparées la veille !

Après avoir provoqué la tempête, Sophie s'assit à table calmement de l'air méprisant de celle qui se demande bien pourquoi tous ces cris. Elle toisa Catherine avec une légère moue de dédain et fit mine de se boucher les oreilles :

— Qu'est-ce que tu peux crier fort ! lui dit-elle d'une voix fatiguée de tant d'excès.

En la voyant afficher en toute impunité une pareille mauvaise foi, Catherine, épuisée par trois heures de repassage, éclata en sanglots de rage :

— Vous n'êtes qu'une irresponsable ! cria-t-elle, une enfant gâtée ! Pour l'instant tout vous sourit mais vous verrez, même aux princesses la vie joue des tours...

— Mais voyons Catherine..., fit Sophie d'un air outré, tu me menaces maintenant ! Si mes parents savaient ça, je doute qu'ils apprécient beaucoup...

— Ça m'est égal, tout m'est égal ! dit Catherine, anéantie par tant d'indifférence et d'inconscience. Je vais d'ailleurs le dire à madame dès qu'elle sera revenue de l'hospice ! Je ne veux plus jamais avoir affaire à vous, je préfère partir !

Et elle tourna les talons.

Vaguement ennuyée car elle savait que ses parents étaient très attachés à leur bonne et qu'ils allaient comme d'habitude prendre son parti, Sophie réalisa soudain qu'il y avait bien plus grave. Sa dentelle n'était toujours pas repassée et elle était justement descendue pour dire à Catherine d'aller le faire. Or maintenant elle refuserait, à coup sûr. Sophie avait déjà eu des prises de bec avec Catherine mais, là, cette dernière avait l'air bien plus en colère que d'habitude. En tout cas jamais elle n'avait pleuré ni menacé de partir. Sophie en conclut qu'elle n'aurait pas de dentelle à moins de la repasser elle-même. Or pour la photographie il fallait impérativement cette dentelle blanche qui relèverait le sombre velours mordoré de son corsage.

« Ce ne doit pas être bien sorcier », se dit-elle.

Agacée contre cette « idiote » de Catherine qui s'énervait à tout bout de champ et à qui « on ne pouvait rien dire », elle alla à la lingerie.

Une bonne odeur de lavande baignait la pièce préférée de Catherine qui parfumait le linge avec cette senteur unique concoctée par Fernand Claverie à la pharmacie. Visiblement elle était encore en plein travail car le petit poêle à charbon fonctionnait toujours et les quatre fers de fonte noire, lustrés et luisants étaient là en attente, posés sur leurs socles par ordre de grandeur. Sophie se dépêcha de chercher sa dentelle en se disant qu'il valait mieux terminer avant que la bonne ne redescende. Catherine avait horreur qu'on vienne se mêler de son travail et la lingerie était son royaume. Heureusement elle était très soigneuse et les affaires attendant d'être repassées étaient mises à plat ou, selon leur fragilité, suspendues à des cintres de bois eux-mêmes accrochés à une longue tringle de fer qui courait d'un mur à l'autre sur le côté de la pièce. La fameuse dentelle était là, suspendue bien à part près des chemises brodées. Sophie la prit d'un geste vif et la posa sur la longue table recouverte d'une feutrine épaisse et d'un drap de lin blanc. Elle hésita un instant se demandant comment il fallait procéder exactement. Il y avait un petit bol avec de l'eau et un tissu en lin humide plié et posé sur une petite assiette. Maintes fois Sophie avait fait irruption dans la lingerie pour presser Catherine de lui donner justement la chemise ou le linge de corps que cette dernière était en train de finir, mais elle n'avait jamais réellement prêté attention à ses gestes.

— Tant pis, fit-elle en allant mettre à chauffer le plus petit fer sur le poêle, je vais faire comme il me semble et voilà tout.

Elle attendit un petit moment tout en rêvassant puis, estimant que le fer devait être assez chaud elle s'en saisit à l'aide d'une sorte de poignée faite maison par Catherine avec du papier journal plié en quatre et roussi par nombre d'utilisations. Puis, non sans un soupçon d'inquiétude car il lui semblait bien que Catherine ne repassait jamais sans l'étoffe humide pliée dans l'assiette, elle fit glisser le fer sur la magnifique dentelle blanche. Après deux ou trois coups de fer, elle examina le résultat. La dentelle s'était bien lissée et le bord fripé sur lequel elle avait fait glisser le fer était redevenu bien net.

— Eh bien, fit Sophie d'un air entendu, c'est pas si sorcier que ça son repassage ! Avec tout le cérémonial qu'elle fait avec ses tissus, sa « pattemouille » comme elle dit, elle nous fait croire que c'est compliqué alors qu'en fait, un simple petit coup de fer et voilà.

Rassurée, et pressée de finir avant que Catherine ne revienne, elle continua d'un geste énergique tout en appuyant bien fort. Elle passa et repassa sur la dentelle puis, soudain, elle n'en crut pas ses yeux et posa le fer, effrayée. Elle prit la dentelle et alla la regarder à la lumière du jour près de la fenêtre. Hélas ! Elle n'avait pas rêvé ! On aurait dit une vieillerie sortie tout droit d'une ancienne malle.

Comme à son habitude Catherine avait amidonné la dentelle de façon à lui donner un fini impeccable et une bonne tenue. Mais, sans la protection de la pattemouille destinée à faire écran et à redonner souplesse à l'amidon durant le temps du repassage, au contact direct du fer chaud, l'amidon avait « cuit », roussi, et sous la poussée trop forte du coup de fer de l'inexpérimentée Sophie, le relief délicat des fines broderies immaculées s'était écrasé et avait pris une couleur caramel du plus mauvais effet.

— Zut ! Zut de zut ! ragea Sophie en tapant du pied.

À cet instant Catherine entra dans la lingerie. Prise en flagrant délit, Sophie eut un léger recul. Se sachant en tort, avant que Catherine ait le temps d'ouvrir la bouche, elle choisit l'offensive et se mit en colère.

— Et voilà ! fit-elle en tendant sa dentelle, elle est fichue maintenant à cause de toi. Non seulement tu ne l'avais pas repassée mais comme tu te plains tout le temps, je l'ai fait moi-même. Si tu n'avais pas fait ta crise, on n'en serait pas là ! Si ma photographie est ratée, ce sera ta faute !

Et, d'un geste rageur, elle jeta la dentelle par-dessus son épaule et sortit de la lingerie tout en claquant la porte derrière elle. Cinq minutes plus tard elle partait au studio de photographie rue de la Grotte ayant volontairement enlevé tous ses bijoux, collier, bagues et magnifiques boucles d'oreilles offertes par son père pour son anniversaire. Elle jubilait déjà à l'idée de rendre Catherine responsable de tout ce dépouillement qui, elle en était sûre, contrarierait beaucoup Fernand Claverie. En effet ce dernier souhaitait vivement, et depuis un long moment déjà, une photographie de sa fille et il ne manquerait pas d'être désagréablement surpris.

« Ça lui apprendra à cette Catherine de me parler comme elle fait, se disait-elle en marchant vivement. La prochaine fois elle comprendra qu'il faut m'obéir à moi aussi. Non mais ! Je suis quand même la fille de la maison, elle en prend trop à son aise ! »

Gabriel était soufflé ! La jeune femme stricte et hautaine qui prenait la pose devant lui était tout à fait différente de celle qu'il avait croisée jusqu'alors.

Il était arrivé chez Buron comme prévu, devançant Sophie de quelques minutes à peine. Surprise par sa présence elle avait marqué un temps d'arrêt et s'était raidie, mais, avec un savoir-faire indéniable, Buron avait rétabli la situation :

— Ah ! avait-il aussitôt improvisé en la voyant entrer, mademoiselle Claverie ! Je suis tout à fait confus ! Figurez-vous que j'ai pris du retard à cause d'un couple de pèlerins qui voulait à tout prix être photographié devant la grotte et du coup M. Lemmens qui était prévu juste avant vous n'est pas encore passé, mais je n'en ai pas pour longtemps. (Tout en parlant il s'était saisi d'une chaise judicieusement prévue à cet effet et l'avait posée dans l'angle de la pièce qui servait de studio.) Tenez si vous voulez vous asseoir ici et assister à la séance je fais au plus vite, j'espère que cela ne vous gêne pas ?

La veille les deux compères avaient mis au point cette petite mise en scène pour donner à Gabriel le temps de lier connaissance avec Sophie. Pour cela Buron avait bien entendu prévu un temps de pose excessivement long. Mais l'affaire des deux grands organisateurs ne tourna pas comme prévu.

Sophie n'avait pas eu le temps de réagir que Buron l'avait déjà installée sur la chaise et tirait les rideaux du studio de manière à établir une lumière adéquate pour la séance photo.

Mais devant l'air de la jeune fille, et un peu déstabilisé par la méthode un peu trop rapide à son goût de son copain Buron, Gabriel changea le scénario prévu. Il s'approcha de Sophie et lui proposa de la laisser passer avant lui, ce qu'elle s'empressa d'accepter tant la situation lui paraissait anormale. Se retrouver ainsi avec deux garçons dans une pièce à la lumière tamisée, fût-ce un studio de photographie des plus connus et des plus corrects, lui était très désagréable. Elle se sentait comme piégée. Fière, encore sous le coup de la surprise de voir Gabriel en ces lieux, elle se défit nerveusement de son manteau et, d'un air pincé, alla s'installer devant une grande draperie de lin clair tendue qui servait de fond pour les portraits. La contrariété de la dentelle fichue, ajoutée à celle de rencontrer l'homme qu'elle aimait en des lieux où elle ne l'attendait pas, avait mis son exaspération à bout et elle dégageait une telle vibration de rage contenue que les jeunes hommes en furent déconfits. Leur affaire tournait court. Bien droite, visage hautain, la main appuyée sur le dossier d'une petite chaise en bois noir tourné qui semblait être là depuis fort longtemps à cet usage, elle prit la pose. Buron, d'ordinaire si pointilleux et si empressé à changer la mise en place de ses clients pour un bras mal mis, un angle de visage pas tout à fait dans l'axe souhaité, voire un mauvais pli de tissu dans les robes, n'osa rien dire et rien changer. Pourtant il était bien embêté car dans son objectif il voyait bien qu'il manquait à la tenue un collier ou une dentelle blanche, enfin quelque chose qui illumine le haut du visage. Il ne comprenait pas que cette Sophie Claverie toujours si coquette soit venue comme ça, avec un corsage sombre et strict comme celui d'une veuve. D'habitude ces demoiselles arboraient nombre de fanfreluches diverses et son père avait un mal fou à les convaincre d'en enlever. Là c'était tout le contraire. N'osant souffler mot, il enfonça sa tête sous le tissu de son appareil tout en tournant de ses mains expertes les anneaux métalliques de son objectif pour faire ses réglages.

Dans le silence pesant du studio on n'entendait plus que

le cliquetis léger de ses manipulations. Gabriel, gêné, observait sans rien dire. Il était soufflé par la stricte beauté de cette Sophie qu'il n'avait jamais vue ainsi, dénuée de toute parure. Et elle qui se sentait observée et se jugeait aussi dénudée qu'un bel oiseau sans son plumage habituel, en rajoutait dans le défi.

Crispé sur son appareil, Buron manqua casser les plaques de verre à deux reprises et dut s'y reprendre plusieurs fois, bien involontairement du coup, pour arriver à ses fins et être sûr d'avoir un bon cliché.

« Il manquerait plus que je le rate, fulminait-il intérieurement, c'est papa qui serait content, après tout le baratin que je lui ai fait pour qu'il me laisse faire tout seul ! » Tout en continuant à travailler il râlait après ces pimbêches qui ont toujours quelque chose de travers sans qu'on comprenne quoi et qui gâchent la vie des hommes pour un oui, pour un non !

— Zut de zut ! fit-il à Gabriel après que Sophie les eut quittés froidement, et en s'essuyant le front tant il avait sué sous son drap, celle-là, je te la laisse. Comme emmerdeuse ça doit être quelque chose ! Et je m'y connais, crois-moi, je les sens venir à des kilomètres. Tu ferais mieux de laisser tomber ou tu vas galérer toute ta vie. Un jour madame trouvera qu'il fait pas assez beau et le lendemain elle aura trop chaud !

Mais le bel archange ne l'écoutait pas. Il y a quelques jours il avait été séduit par une certaine Sophie Claverie, insouciante et charmeuse, et voilà qu'il découvrait une autre femme au regard dur. Surprise et contrariée, Sophie s'était laissée aller à révéler un tempérament moins policé que celui qu'elle prenait toujours soin de laisser paraître. Gabriel venait de percevoir sa part d'ombre et les étranges comportements de son âme ambiguë. Elle était partie sans un mot pour eux, sans un sourire ni même un regard, et sur les traits fins de son visage altier vibraient non seulement toute sa colère mais aussi quelque chose de moins clair et qui ressemblait à du mépris. Gabriel ne comprenait pas mais il la trouva pourtant plus fascinante que jamais. Il se tourna vers Buron qui rangeait ses plaques dans des étuis en maugréant que la prochaine fois il se fatiguerait pas avec des « donzelles de cet acabit qui vous fatiguent pour rien et qui en plus ne sont pas si terribles que ça » !

— J'y vais, dit Gabriel en enfilant sa pelisse, il faut que je la rattrape avant qu'elle n'arrive chez elle !

Et il s'enfuit, remontant la rue de la Grotte vers la place Marcadal en se disant qu'elle avait dû passer par là. Mais il fit le trajet deux fois dans les deux sens en vain. Il ne retrouva pas trace de Sophie. Épuisé il s'assit pour souffler sur une grosse pierre d'angle au coin de la rue du Fort. C'est alors qu'il la vit. Tête baissée, elle ne pouvait que descendre du château. Il se demanda ce qu'elle avait été faire là-haut. La citadelle était fermée et personne à cette saison ne s'y aventurait. Impossible de ne pas se croiser. Ne sachant trop que dire, Gabriel Lemmens s'était levé et ils se retrouvèrent face à face dans la ruelle étroite, aussi gênés l'un que l'autre de cette promiscuité soudaine. Sophie aimait le château et subissait sa fascination. Sans trop savoir ce qui l'y entraînait elle y montait volontiers et salissait régulièrement ses chaussures, ce qui avait le don d'exaspérer Catherine qui les décrottait. Sophie n'aimait pas qu'on sache pour elle et le château. Heureusement, Gabriel parla le premier.

— Euh... Je me reposais deux secondes, je viens de courir et j'ai un peu forcé, alors j'ai dû m'asseoir.

— Ça vous arrive souvent de courir comme ça ? répliqua Sophie pour se donner une contenance.

— Euhhh... non... je... euh... (Pris au dépourvu il trouva la première excuse venue.) Je devais avertir un ami que nous partions demain à Pau... pour un vol... avec les Américains... à l'école d'aviation...

— Vous faites de l'avion ? Avec des Américains !

C'est peu dire que Sophie était émerveillée. Elle était complètement éblouie. Gabriel faisait de l'avion ! Ça alors ! Elle savait qu'il était un grand sportif, qu'il faisait des courses en montagne, du bobsleigh et du ski, du rugby, mais de l'avion, ça, elle n'en avait jamais entendu parler.

Ni sa mère ni son père n'osèrent lui dire non. Sophie partit faire de l'avion à Pau avec Gabriel, et cela se fit avec le plus grand naturel tant il est vrai parfois que le ciel semble aplanir toutes les difficultés habituelles.

Gabriel, Pierre et Rose étaient arrivés très tôt dans la torpédo de la famille Lemmens. Comparée aux rares berlines fermées et hautes qui circulaient parfois en ville, cette voiture fascinait : elle évoquait l'aventure sportive, la jeunesse et la griserie de la vitesse.

Quand ils avaient su que les jeunes gens partaient à Pau avec ce véhicule, Fernand et Anne Claverie avaient manqué se trouver mal. Mais ils ne purent revenir sur leur acceptation de crainte de froisser la famille Lemmens en s'inquiétant de la fiabilité d'une voiture dont ils étaient si fiers et que M. Lemmens avait choisie surtout pour plaire à ses fils. Quand elle vit l'équipage emmitouflé, ganté, casqué et lunetté qui se gara devant la pharmacie, Anne ne put s'empêcher de pousser les hauts cris :

— Mon Dieu ! fit-elle, mais Sophie n'est pas vêtue pour ça ! Je pensais que vous mettriez la capote ! Avec le froid qu'il fait il faut qu'elle se change !

Tel une grosse chouette, le svelte Gabriel, qui disparaissait dans une pelisse, enleva son casque de cuir et ses lunettes rondes de conduite aux verres orangés. Il fit son plus beau sourire et, ôtant son gant à crispin en cuir fourré, il vint lui serrer la main.

— Ne vous inquiétez pas, madame, dit-il gentiment, j'ai tout prévu.

Et il extirpa d'un petit coffre arrière une épaisse capote de toile huilée ainsi qu'un chapeau d'apiculteur similaire à celui qui enveloppait toute la chevelure et le visage de Rose. Cette dernière et Pierre, son frère, avaient passé sur leurs magnifiques manteaux de laine ces affreux cache-poussière. Ils avaient mis les lunettes de chouette et les gros gants et ils riaient, heureux dans cet étrange habillement qui les hissait au rang très envié des pratiquants du tourisme automobile sportif.

Sophie arborait un ensemble mélangé de laines naturelles aux blancs divers qui valorisaient son teint mat et sa chevelure sombre. Elle n'avait pas de manteau mais sur une épaisse veste cintrée et une longue jupe qui lui arrivait aux chevilles elle s'était enveloppée d'un lourd châle de laine tricoté de points sophistiqués, bordé d'une frange nouée. Le col roulé d'un pull beige clair à côtes enserrait gracieusement son cou et les bords souples d'un chapeau de feutre ivoire étaient rabattus contre son visage par le drapé d'une écharpe en crêpe de laine fine nouée sous son menton. Dans ces vêtements d'hiver, Sophie dégageait une impression incroyablement féminine et légère.

C'est pourtant avec le plus grand plaisir et sans attendre l'autorisation de sa mère qu'elle jeta dans les bras de cette dernière son châle raffiné, son chapeau et son écharpe, qu'elle enfila la rustique capote de toile huilée et qu'elle fit disparaître sa belle coiffure sous le « chapeau d'apiculteur » dont les fines mailles la protégeraient de la poussière. Gabriel régla les lunettes par-dessus et, dans un bruit pétaradant, Anne les vit disparaître en direction de la route de Pau par l'avenue Marensin.

Sophie exultait. Dans ce véhicule moderne conduit par l'homme qu'elle admirait, qui les emportait à la rencontre de ces aventuriers fascinants qu'étaient les aviateurs, elle se sentait envahie par un sentiment d'exception. Juste avant de quitter la ville, la route longeait le gave de Pau juste de l'autre côté de la grotte et de la grande basilique. En voyant la roche humide et grise où Bernadette avait vu la Sainte Vierge et où même en cette froide saison d'hiver des pèlerins étaient agenouillés, elle éprouva un immense soulagement.

« Fini, se dit-elle en regardant disparaître le lieu de prière, fini le temps de l'hospice et des dévotions perpétuelles avec maman, finies les éternelles prières ! Avec Gabriel je vais découvrir la vie, la vraie, celle de la jeunesse, celle de l'avenir ! J'irai aux sports d'hiver, au ski ! Je ferai même de l'avion ! »

Elle ferma les yeux derrière ses lunettes, grisée à la seule pensée de cet avenir plein de promesses, de grand air, de découvertes et d'amour. Un cornement strident la ramena à la réalité. Un troupeau de vaches encombrait la route et, de loin, Gabriel avertissait le paysan qu'il fallait faire place. Déjà le pauvre homme s'empressait, visiblement effrayé et les bêtes, affolées par le bruit, se dispersèrent dans le pré et le sentier avoisinant. Les jeunes gens le dépassèrent en lui faisant de grands signes de la main, puis ils se regardèrent et éclatèrent de rire, ravis de cette blague. À cet instant ils se sentaient forts, indestructibles et ils souriaient de bonheur et de béatitude, soûlés du bonheur d'être là, ensemble et libres.

Ils parlèrent peu en raison du bruit, mais Rose, se penchant vers Sophie, lui cria à l'oreille qu'Yvonne, prévenue également et invitée elle aussi, n'avait rien voulu entendre.

— Tu sais, dit Rose en montrant Gabriel d'un signe du menton, toi tu es heureuse parce qu'il est là, mais la pauvre Yvonne elle, elle pleure son Giovanni tous les jours.

— Elle n'a qu'à penser à Raphaël. Il est ici lui ! Quelle idée d'aller tomber amoureuse d'un homme qui habite si loin, tant pis pour elle ! N'y pensons plus, elle gâcherait notre journée.

Rose poussa un gros soupir et se renfonça dans son coin. La réconciliation de Sophie et d'Yvonne était sa principale préoccupation et elle avait la nostalgie de leur amitié.

— Oh ! Regarde, c'est magnifique !

En se retournant, Sophie venait de découvrir le splendide

panorama enneigé de la chaîne des Pyrénées et elle avait beau le connaître par cœur elle ne s'en lassait pas. Mais Rose somnolait, bercée par les cahots de la voiture.

« Décidément, se dit Sophie, Rose ne change pas. Nous allons voir des avions pour la première fois, je la fais inviter par le frère de celui qu'elle veut épouser et elle ne trouve rien de mieux à faire que de dormir. Je me demande comment elle est faite ! »

Bouche légèrement entrouverte, Rose esquissa un doux sourire comme si elle avait entendu, mais elle continua son petit somme. Quand, trois heures plus tard, ils atteignirent le petit terrain d'aviation près de Pau, elle dormait toujours.

— Mais enfin réveille-toi ! fit Sophie en la secouant. Qu'est-ce que tu as encore mangé pour faire une pareille digestion !

Rose remit droit son chapeau qui était tout de travers et sourit gentiment :

— Ah ! Ça y est ! Quelle chance, nous y sommes déjà !

Sophie la regarda, incrédule. Gabriel venait de se garer sur un pré à côté d'un hangar de bois désert et fermé. Il coupa le moteur.

— Ça alors, fit-il, personne ! Pourtant je suis sûr que mon copain m'avait demandé de venir aujourd'hui. Il m'avait même dit : « Tu verras il y aura une surprise. »

— C'était peut-être un poisson d'avril avant l'heure, fit Pierre Soubirous en souriant.

Gabriel, inquiet, descendit du véhicule et alla inspecter le tour du hangar. En vain, il était bien fermé et il n'y avait pas le moindre aéroplane à l'horizon. Il remonta dans la voiture et en profita pour raconter qu'il venait ici très souvent. Il avait découvert l'aéro-club des frères Wright grâce à un ami qui faisait du rugby à Pau et qui avait appris à voler avec eux.

Les frères Wright, Wilbur et Orville, étaient des marchands de cycles américains. Bricoleurs de génie ils avaient inventé une machine étrange, l'aéroplane, dirigé, propulsé par un moteur à essence et baptisé le « Flyer ». Le Flyer effectua le premier vol de l'histoire mondiale de l'aviation le 17 décembre 1903 à Kill Devil Hill tout près de Kitty Hawk en Caroline du Nord. Un véritable exploit. Mais, écœurés de demander en vain des aides aux services officiels américains, rejetés par l'US Army qui ne trouvait aucun intérêt à leur invention, les deux frères s'en vinrent en France en 1908. Ils s'établirent à Pau où on leur ouvrit grand les bras. Beaucoup de riches Américains et Anglais venaient en villégiature l'hiver dans cette ville et ils s'y sentirent tout de suite comme chez eux. Il y avait un club de golf, un cercle et on jouait au rugby. Les deux frères avaient fait de nombreux émules dans le coin et, depuis l'an passé, leur aéro-club était même devenu un centre d'instruction de vol pionnier reconnu par le Parlement qui avait voté, le 29 mars 1912, au grand amphithéâtre de la Sorbonne, la création d'un « Comité national d'aviation militaire ». Pour apprendre à voler Gabriel avait séjourné plus d'un mois d'été à même le hangar de bois avec d'autres copains.

Sophie écoutait son récit, fascinée. Dans ses paroles et dans la ferveur qu'il mettait à raconter les multiples détails de la vie de l'aéro-club, elle découvrait en même temps que Rose et Pierre Soubirous ce monde à part qui était en train de naître au pied des Pyrénées : l'aviation. Un monde de passion, d'inconnu et d'aventure, mais aussi de rigueur, de savoir et de science. Ces jeunes hommes qui s'élevaient dans les airs à frôler les nuages concevaient leurs appareils, étudiaient la vitesse du vent, la portance, l'équilibre, ils faisaient s'emboîter les savoirs et rivalisaient avec Dieu. Ils mélangeaient ce qu'il y a de plus merveilleux : la création et la réalisation de leurs rêves. Gabriel rayonnait. Plus il parlait, plus il s'animait.

— Mais où sont-ils donc passés ? dit Pierre en riant. Maintenant il me tarde de les voir. (Puis, toujours prêt à voir le bon côté des choses, il conclut :) Ils ont dû aller nous chercher le casse-croûte et on va pique-niquer.

— Pique-niquer ! Avec un froid pareil ! Mais tu es fou ou quoi ! fit Rose inquiète tout à coup de ne voir à l'horizon aucun endroit pour se restaurer. Pas la moindre auberge, pas la moindre guinguette.

— Vraiment je n'y comprends rien, fit Gabriel, abattu, on avait convenu d'annuler seulement s'il pleuvait. Mais là... Bien sûr il y a quelques nuages mais...

Le vrombissement d'un moteur l'interrompit. Il leva la tête, ne vit rien mais poussa un cri de joie :

— Ils sont là ! Ils sont là, je les entends, venez vite ! Vite !

Les trois s'extirpèrent de la voiture juste à temps pour voir un aéroplane jaune avec de grandes lettres noires sur les ailes sortir des nuages et tourner au-dessus de leurs têtes puis atterrir sur le grand pré devant eux. Sophie était émerveillée. Elle regardait Gabriel courir vers l'avion heureux comme un enfant. Deux hommes descendirent de la carlingue et lui donnèrent l'accolade puis, après quelques palabres, ils vinrent les rejoindre. Gabriel exultait, ses yeux brillaient, et il était en grande conversation avec l'un des deux. Un grand gaillard aux belles moustaches vêtu d'un bleu de chauffe, avec aux pieds des bottes fourrées de mouton aux épaisses semelles de caoutchouc. Quand ils furent près de la torpédo, Gabriel fit les présentations :

— Mes amis, dit-il en désignant l'autre aviateur, le plus longiligne et le plus svelte, voici Orville Wright dont je viens de vous parler longuement et voici la surprise dont il m'avait fait part. (Il se retourna cérémonieusement vers l'aviateur aux grosses moustaches.) Voici l'homme qui a réussi le plus grand exploit de l'aviation à ce jour en traversant la Manche le 25 juillet 1909. Je vous présente Louis Blériot !

Louis Blériot en personne ! Sophie, Rose et Pierre n'en croyaient pas leurs yeux. Le Français était une célébrité et tous les journaux de l'époque avaient parlé de son exploit. Et maintenant il était là devant eux. Blériot rit et tapa sur l'épaule de Gabriel puis, à la suite d'Orville, il serra les mains de Sophie, de Rose et de Pierre qui s'étaient hâtivement défaits de leurs lunettes et de leurs gants épais. Orville Wright expliqua que son frère et un autre aviateur, Jules Védrines, étaient partis chercher un casse-croûte et que si tout le monde était d'accord ils le partageraient dans le hangar parce qu'ils n'avaient pas le temps d'aller déjeuner en ville.

— Védrines est en plein travail sur le monoplan Deperdussin, dit-il à Gabriel. Il est en train de l'équiper d'un moteur Gnome monosoupape rotatif et il ne veut pas perdre une minute.

— Il veut aller plus vite que le vent ! dit Blériot en riant. (Puis se tournant vers Rose et Sophie il ajouta :) Lui aussi veut son exploit. Vous voyez comme sont les aviateurs, ils ne pensent qu'à leurs machines ! Ah ! mesdemoiselles, ne tombez jamais amoureuses d'un aviateur, ou alors, apprenez à voler.

Orville saisit la balle au bond.

— Oui, dit-il, d'ailleurs, si vous voulez votre baptême de l'air il vaut mieux le faire tout de suite, cet après-midi le temps peut changer...

Gabriel s'empressa. Ni Sophie ni Rose ni Pierre n'avaient imaginé un seul instant monter dans un de ces merveilleux aéroplanes. Mais seule Rose se récria, jurant ses grands dieux qu'elle ne voulait absolument pas entendre parler de quitter le sol. Sophie, bien qu'ayant très peur, n'osa pas le montrer et fit bonne figure ainsi que Pierre. Gabriel organisa le premier vol et, sous prétexte de faire honneur aux dames, avec l'assentiment de Pierre, il fit monter Sophie. Elle n'eut pas le temps de réaliser. Blériot lui avait passé son casque de cuir souple et ajusté ses lunettes et il l'avait aidée à s'installer à l'avant en lui faisant un clin d'œil :

— Comme ça après vous aussi vous aurez envie de voler, comme votre amoureux !

Elle avait juste eu le temps de voir le large sourire de Gabriel et maintenant, effrayée et heureuse, étourdie par le vacarme du moteur et le bruit de l'hélice, calée dans un siège minuscule, elle avançait sur le pré face aux Pyrénées dans une carlingue qui vibrait de toutes parts et semblait prête à s'effondrer à chaque seconde. Puis, soudain, alors qu'elle croyait sa dernière heure arrivée, l'avion quitta le sol, le bruit se fit moins intense et son cœur se souleva : Sophie volait... Les repères habituels s'effacèrent, la ligne d'horizon disparut et un étrange vide se fit au creux de son ventre. Elle volait, elle était dans les airs. Autour d'elle, partout, le vide. Elle jeta un coup d'œil en contrebas et vit les prés et les bois comme jamais elle n'avait imaginé les voir un jour. D'en haut comme les oiseaux ! Elle poussa un cri et ferma les yeux. C'était trop fort, trop beau et trop effrayant. Une main se posa sur son épaule et lui imprima une douce pression. Rassurée par la présence de Gabriel, elle ouvrit à nouveau les yeux. Sans le voir puisqu'il pilotait derrière elle, elle découvrait son pays vu du ciel et il n'y avait plus rien au monde que la présence de cet homme, cet air vif qui les environnait et cette barrière des Pyrénées face à eux, blanche de neige et de glaciers bleus. En bas, découpé de formes diverses et coloré de taches claires et plus foncées, de villages et de rivières, le paysage était devenu enfantin.

Gabriel vola jusqu'à la limite de son réservoir et quand il se posa à nouveau sur la piste près du hangar il s'était écoulé plus d'une heure.

Sonnée, saoulée d'air, Sophie ne bougeait pas. Il l'aida à descendre de la carlingue, lui enleva ses lunettes, son casque, et comme elle restait là, hébétée, d'un geste tendre il lui ébouriffa les cheveux, passant ses doigts dans la lourde chevelure noire. Elle pencha la tête comme il lui semblait que cela devait se faire pour inciter l'homme dont elle avait tant rêvé à se rapprocher d'elle et, tout naturellement, ils s'embrassèrent.

Ils se fiancèrent à peine un mois plus tard. Gabriel était pressé et Sophie plus encore.

Le vol en aéroplane et le pique-nique qui avait suivi avec ces jeunes hommes si enthousiastes, si gais et si confiants dans l'avenir lui avaient donné des ailes. Ces pionniers d'un nouvel univers rêvaient de traverser les plus grands océans, de relier les mondes inconnus, ils défiaient les lois de ce qui semblait raisonnable et ils y croyaient avec passion. Ils étaient simples et vaillants. Rose et Sophie, bouche bée, les avaient écoutés parler et rire, elles les avaient regardés se pencher sur la mécanique de la machine volante, discuter âprement de tel ou tel boulon à visser à tel ou tel endroit, de tel changement à effectuer pour telle ou telle raison. Bref, elles n'avaient rien compris à leurs étranges manipulations techniques mais elles étaient sous le charme et le repas frugal fait dans le hangar, assis sur des caisses de bois, avait été d'une rare intensité. Même Rose avait oublié qu'il n'y avait pas eu de dessert. Elles étaient rentrées étourdies, pleines de vie.

Sophie avait voulu tout apprendre des sports de Gabriel. Le rugby, le bobsleigh, le ski, elle fut insatiable de grand air et de mouvement. Elle, si précieuse et sophistiquée, se découvrit un tempérament de sportive que rien ne laissait entrevoir auparavant où, au contraire, tout effort physique qui était susceptible de déranger l'ordre impeccable de ses vêtements et de son apparence soignée la rebutait énormément. Désormais, cheveux au vent, visage doré par le grand air, elle affichait une nouvelle allure, saine, plus naturelle. Son tempérament si autoritaire s'en trouva considérablement nuancé.

Catherine, qui avait été à deux doigts de quitter la maison après l'incident de la dentelle roussie et qu'Anne avait réussi à convaincre de rester, fut la première ravie de ce changement. Sophie était souriante, en forme dès le matin et même, de temps à autre, elle se mettait à donner un coup de main. Incroyable transformation ! Quant à Anne elle s'aperçut que, grâce aux vertus conjuguées de son amour pour Gabriel Lemmens et de la découverte du sport, sa fille délaissait totalement le boudoir où elle passait auparavant le plus clair de son temps. Tout s'arrangeait donc au mieux et, dans sa pharmacie, Fernand Claverie était enchanté. Marier sa fille unique avec le fils d'une famille aussi respectée et commerçant dans la grosse hôtellerie lui paraissait du meilleur augure qui soit.

La mésaventure vécue par les Davezac lorsqu'Yvonne s'était éprise d'un chanteur italien avait fait grand bruit et tout le monde compatissait à l'idée que ces parents auraient pu voir leur fille unique partir vivre au loin. En outre depuis que le jeune chanteur était reparti dans la péninsule, la jeune Yvonne ne s'alimentait plus ou quasiment. Les pauvres Davezac ne savaient que faire. Fernand Claverie et sa femme s'estimaient donc heureux de savoir que celui qu'avait choisi leur fille résidait dans la ville à quelques pas de leur propre maison.

C'est dire qu'ils acceptèrent sans difficulté de la voir accompagner son fiancé à diverses sorties en montagne et à l'aéro-club, à condition que les usages soient respectés et que d'autres amis, dont Rose et Pierre Soubirous, soient systématiquement de la partie. Ce qui ne posa aucun problème : ils étaient enthousiastes eux aussi et cette période fut la plus insouciante et la plus libre qu'ils avaient jamais eu la sensation de vivre. Pour la première fois, Sophie et Rose allèrent skier avec les garçons. Elles chaussèrent des planches recourbées, douves de barriques hâtivement transformées en skis de fortune et prêtées par des gamins de la montagne, cependant que Gabriel et Pierre, eux, possédaient de vrais skis en frêne fabriqués par Marcel Palasset, un menuisier d'un petit village des Pyrénées, Esterre près de Luz. Marcel avait vite compris l'intérêt qu'il avait à inventer des planches faites exprès pour ces nouveaux adeptes de la montagne, citadins avant-gardistes qui venaient parfois de très loin pour glisser sur les pentes neigeuses. Il fut le seul et le premier à tirer un petit profit économique de cette activité. Car parmi le peuple de la montagne, les sportifs de la neige n'étaient pas très bien vus. Ils appartenaient à une classe sociale aisée, cultivée et ils arrivaient des villes sur le terrain des montagnards les plus pauvres et les plus rudes. Ils s'émerveillaient de la blancheur poudrée de cette neige alors que les montagnards avaient tous croisé le drame terrible d'une avalanche. Que savaient ces touristes de la violence de la neige immaculée ? Rien. Ils regardaient même avec un sourire condescendant ces « petits paysans qui avaient peur de tout ».

Gabriel le premier. Insouciant, il entraîna Pierre à braver

les pentes les plus rudes car en présence de Rose et de Sophie il voulait montrer tout son talent. De loin Sophie le vit dessiner avec aisance des lignes aux courbes parfaites sur les pentes vierges. Encore une fois elle fut éblouie. Mais ce jour-là leur joie fut gâchée, car dans le café de Cauterets où ils s'étaient arrêtés pour se restaurer, un guide très connu, le grand François Salles de Gavarnie, avait pris Gabriel à partie.

— Dis donc, toi, le Lourdais, avait-il dit à la volée devant tout le monde, il faudrait pas que tu recommences trop souvent tes figures dans la neige fraîche parce que nous on n'a pas envie de payer la note, si tu vois ce que je veux dire !

Contrarié d'être ainsi apostrophé devant Sophie, Gabriel s'était cabré :

— Je skie où je veux comme je veux. La montagne est à tout le monde !

— Non, justement, tu ne skies pas où tu veux ! avait tranché le guide d'une voix grave. Et la montagne n'est à personne ! Simplement elle cohabite avec ceux qui la connaissent et qui la respectent. Et toi en faisant ce que tu as fait là, tu prouves que tu ne la connais pas. Tu avais une chance sur deux de provoquer une avalanche. À ces hauteurs, quand la neige se met en marche on sait pas où elle s'arrête. Si tu en doutes on a une liste de martyrs à te fournir. Des familles entières et des gosses ensevelis. (Il pointa le doigt dans des directions successives en énonçant à chaque fois :) novembre 1883, le minuscule hameau de Listo près d'Ossau, huit hommes emportés sur les neuf que comptait le village. Depuis le hameau est foutu, mort, abandonné par les veuves et les gosses qui n'avaient plus de quoi manger. Ils sont descendus chez toi, tiens, à Lourdes. Ils bossent dans les hôtels maintenant...

Gabriel saisit la balle au bond :

— Heureusement qu'on est là ! fit-il, rageur.

— J'ai pas dit le contraire, poursuivit calmement le guide. Mais si tu veux mon avis, à choisir ils auraient peut-être préféré rester chez eux. (Puis il reprit sa liste d'un ton qui ne permettait plus qu'on l'interrompe :) Orlu, 1895, seize maisons détruites, quinze personnes tuées. Gavarnie, chez moi, onze hommes qu'on n'a retrouvés qu'à la fonte des neiges. Et Barèges ? T'as pas vu Barèges, il y a cinq ans ? Le 2 février 1907. Tout le village sous la neige, les maisons effondrées. On s'y est tous mis, tous les gars de la vallée et ceux des environs, un régiment est venu de Bagnères et de Tarbes et pourtant il a fallu deux jours et deux nuits entières pour dégager les rues. Monte là-haut, tu verras, tout est à reconstruire.

Dans le café où nombre de skieurs se désaltéraient, l'intervention du guide avait jeté un froid. Les conversations et les rires avaient cessé dès son interpellation et on l'avait écouté dans un silence religieux. François Salles appartenait à une famille de montagnards au courage indéniable. Originaires de Luz et d'Esterre, villages juste au-dessous de Gavarnie, ils pratiquaient la montagne depuis la nuit des temps. Des dangers de la montagne à vache jusqu'aux inaccessibles sommets où grimpent les isards, leurs ancêtres leur avaient transmis un savoir oral et pratique qu'ils possédaient parfaitement. Et quand François avait vu Gabriel skier sur les pentes de neige lourde juste au-dessus de Luz, son sang pyrénéen n'avait fait qu'un tour. Il aurait suffi que la neige soit à peine un peu moins froide pour que l'adhérence cède et que des tonnes de neige basculent sur les maisons en contrebas.

Quand le guide eut terminé, Gabriel ne répondit rien. Il savait qu'il avait tort. François Salles eut l'élégance d'en rester là et pour ne pas créer de gêne supplémentaire, maintenant qu'il avait dit ce qu'il avait à dire, il partit.

— Ah, fit Pierre Soubirous à haute voix, toujours soucieux de voir le bon côté des choses et pour décrisper l'ambiance générale, les gars de Luz quand ils s'y mettent, ils nous ratent pas ! (Puis il fit une bourrade amicale à Gabriel et ajouta, complice :) Qu'est-ce que tu veux, il faut le reconnaître, ici ils sont meilleurs que nous. Mais, reprit-il, on vous donne tous rendez-vous à Lourdes, au stade de rugby après les gelées. Sur notre terrain avec le ballon ovale ça m'étonnerait qu'ils fassent les malins !

Et il s'esclaffa de bon cœur en commandant une nouvelle tournée. Les rires fusèrent et les conversations reprirent de plus belle. Tout le monde avait une anecdote à raconter sur une friction avec ces « montagnards » qui, un jour ou l'autre, cherchent noise aux skieurs. L'un d'eux, très élégant, dandy à la belle moustache vêtu d'un gros pull blanc, de knickers de velours sombre et de guêtres de cuir serrées jusqu'aux genoux, extirpa de ses poches une carte postale qu'il avait achetée à Eaux-Bonnes, autre station pyrénéenne et qu'il montra à la cantonade :

— Regardez comment ces montagnards nous voient ! Et après ils viennent nous faire la leçon ! Ils n'ont qu'à mieux nous respecter s'ils veulent qu'on les écoute. Non, mais ! Ils se croient tout permis !

La carte circula. On pouvait y voir quatre citadins ressemblant fort à ceux présents dans le café et qui, installés dans un bobsleigh, se faisaient hisser par un mulet pour remonter la pente qu'ils venaient de descendre. Un paysan tirait sur la bride du mulet et il marmonnait ces mots écrits en béarnais et traduits en français : « *Hurousamen que ja acquestes pecs t'a ganha cuate sos.* » Autrement dit : « Heureusement qu'il y a ces imbéciles pour nous faire gagner quatre sous. »

Les jeunes femmes présentes poussèrent les hauts cris en jouant les effarouchées et les skieurs rirent de plus belle, confortés dans l'idée que, décidément, avec ces paysans ils avaient affaire à des « péquenots » d'un autre âge !

Sophie pensait comme eux. Elle allait même plus loin. Désormais, grâce à Gabriel et aux horizons nouveaux qu'il lui avait ouverts, elle ne se sentait plus appartenir à cette terre de paysans ni même tout à fait à cette ville de Lourdes qui en était directement issue. Elle se sentait étrangère à cet univers en permanente construction, hôtels, boutiques, églises, statues de tous côtés. Ça n'en finissait pas. Trop de malades, trop de petites gens en souffrance qui arrivaient de partout. Elle avait vu trop souvent la mort et la maladie avec sa mère à l'hospice. Que de fois elle avait failli vomir, que de fois elle avait claqué les portes pour éviter de s'apitoyer. Elle s'était endurcie pour se protéger et aujourd'hui plus que jamais elle voulait une autre vie. Une vie enivrante et légère, celle qui s'offrait à elle grâce à son mariage avec Gabriel.

Ensemble ils en fixèrent la date pour le mois d'août, en plein cœur de l'été. Cette courte période fut pour Sophie la plus belle qu'elle eût jamais connue. Grâce à ses fiançailles avec Gabriel et à la publication des bans, elle bénéficiait d'une liberté qu'elle n'avait pas connue jusqu'alors. Et c'est à l'occasion du congrès eucharistique de Lourdes en juillet 1914 qu'elle entra pour la première fois dans les deux cafés, la *Poste* et le *Français*. Sa présence y fit sensation.

Sophie aurait donc en toute logique dû devenir Mme Lemmens, et le cours des choses eût certainement été très différent pour elle. Mais voilà il en fut autrement.

La Grande Guerre, qui commença le 4 août 1914 et se termina en novembre 1918, devait marquer au fer rouge l'histoire intime de millions de femmes et d'enfants qui attendirent en vain le retour du père protecteur ou de l'homme aimé.

Pourtant ni Gabriel, ni ses frères, ni Pierre, ni Buron, ni aucun de ceux du *Café de la Poste*, des petites vallées environnantes et de ces minuscules hameaux qui tissent le pays de Bigorre ne furent inquiets le jour où, d'une même voix, d'un même chant pyrénéen, ils quittèrent la gare de Lourdes pour le front d'une guerre à laquelle, dans la ferveur de leur jeunesse, ils ne croyaient pas vraiment. Ils virent s'éloigner dans la vapeur des trains les visages des mères, des fiancées, et des petits frères trop jeunes qui couraient, impatients, en agitant des drapeaux de couleur. Ils virent disparaître les montagnes bleues et filer le gave houleux vers la mer du côté de Biarritz.

Ils obliquèrent et partirent vers le Nord, sans crainte. Ce n'est que lorsque le pays qu'ils connaissaient tous si bien par la couleur de sa terre et celle de ses arbres eut totalement disparu, faisant place à des horizons plus vastes, qu'ils eurent pour certains un pincement au cœur. Gabriel fut de ceux-là car il pensait à Sophie. Mais il était si sûr de revenir vite ! Et puis d'un côté il était heureux : il allait retrouver ses copains de Pau et ils allaient constituer une escadrille pour faire la guerre. Ces derniers mois déjà ils s'entraînaient dans ce but et ils jubilaient à l'idée qu'enfin on allait les prendre au sérieux avec leurs machines et que grâce à cette guerre de quelques jours, quelques semaines au plus, on leur donnerait des moyens que jusqu'à présent on leur avait toujours refusés. C'est donc sans trop d'appréhension qu'il avait remis leur mariage au mois de décembre suivant.

— Tu verras, avait-il dit à Sophie, le pays sera tout blanc de neige et tu seras magnifique ! Nous irons au *Grand Hôtel* de Luchon ! On fera une fête inoubliable. On invitera les copains de l'aéro-club, du rugby, ceux de la Poste et... (Il l'avait prise dans ses bras solides et fait tournoyer dans les airs :) je t'épouserai en avion sur les pistes enneigées. Tu seras la première mariée de l'air ! Tu te rends compte ! On emportera monsieur le curé avec nous !

Sa gaieté et sa grande confiance avaient balayé les inquiétudes de Sophie. Dans ses bras elle se sentait invincible et elle s'était mise à rire, heureuse et fière :

— Alors, avait-elle répondu dans un grand éclat de bonheur, si j'ai bien compris je t'épouserai là-haut, dans le ciel bleu ?

Et levant son bras au plus haut, elle avait pointé son doigt vers l'azur infini.

— C'est ça, mon amour, dans le ciel ! avait-il répondu.

Ce n'est que lorsque Gabriel fut vraiment parti, quand il eut disparu dans la fumée des trains, que le souvenir de cette promesse étrange revint à la mémoire de Sophie : « Je t'épouserai dans le ciel ! »

Et sur ce quai de gare où toutes, mères, épouses, filles et sœurs agitaient leurs mouchoirs, elle fut prise d'un pressentiment : « Et s'il ne revenait jamais ? »

Ce pressentiment terrible, il semble que toutes les femmes

l'eurent en même temps. Les trains avaient disparu. Les hommes étaient partis pour de bon. Ils n'étaient plus là. Alors les mouchoirs blancs qu'elles agitaient tombèrent d'un seul coup. Elles baissèrent les bras le long de leurs corps saisis. Et en un instant, sur le quai de cette gare bruissant, il y a quelques minutes à peine, de promesses de retours rapides, de baisers et de rires, de recommandations aux enfants, sur ce quai rempli de femmes de tous âges et de toutes origines, il se mit à régner un silence de mort.

Un frisson d'effroi glissa le long du quai et une jeune mère, un nourrisson dans les bras hurla de peur. D'autres l'entourèrent aussitôt et l'apaisèrent. Petit à petit ses pleurs nerveux cessèrent. C'est alors, dans le calme revenu, qu'une voix anonyme se fit entendre :

— Venez, allons à la grotte ! On va aller prier pour eux. Notre-Dame de Lourdes les protégera.

Elles descendirent en silence, les plus jeunes soutenant les plus vieilles. Et tout au long du chemin qui les menait à la grotte sacrée, elles récitèrent d'une même voix le *Notre Père* et le *Je vous salue, Marie*. Elles avaient sorti des chapelets, les unes de leur tablier de coton, les autres des poches de leur tailleur ou de leur robe. Sophie égrenait un ravissant chapelet blanc et doré qui lui avait été offert pour sa communion solennelle et qu'elle avait toujours dans son sac à main.

Quand elles furent arrivées à la grotte, elles s'agenouillèrent dans un silence absolu. Cet imposant groupe de femmes au pied du rocher gris sous la madone de pierre blanche dégageait une force d'angoisse immense. Il était terrifiant. Le bleu du ciel de ce mois d'août n'y changeait rien. Au contraire, il y avait en lui quelque chose de figé qui le rendait dramatique. Même les enfants restaient muets, graves comme de petits hommes.

Ceux qui partirent dans les trains vers le Nord ce jour-là ne revinrent jamais.

Dans la ville de Lourdes et dans tout le pays de Bigorre la douleur fut profonde et s'enracina très loin dans le cœur de celles qui attendaient leur retour. Elles l'apprirent au coup par coup tout au long de ces trop longues années de guerre, par un pli, par les gendarmes, par le maire. Les villages s'endeuillèrent les uns après les autres, aucun n'en réchappa.

Les trois archanges étaient tombés l'un après l'autre au champ d'honneur, chacun de leur côté. Gabriel fut le dernier, il mourut en plein ciel, aux derniers jours de la guerre, dans l'un de ces avions qu'il aimait tant. Une « Antoinette » aux ailes légères, fragile et gracieuse comme une libellule de printemps. M. et Mme Lemmens faillirent en perdre la raison. Ils vendirent tout et quittèrent la ville. Ils n'eurent même pas la force de dire au revoir à Sophie.

Derrière les vitres de son boudoir, au premier étage de la maison familiale sur la place Marcadal, celle-ci vit leur voiture s'éloigner sur la route de Tarbes puis se perdre à l'horizon vers le Nord.

Elle resta un long moment immobile, fixant sans même les voir les dauphins de la fontaine de pierre qui recrachaient une eau glacée, brillante dans la luminosité de l'air.

L'eau tombait du ciel depuis la nuit des temps, elle s'enfonçait dans les profondeurs de la terre, se purifiait et s'écoulait en de multiples sources qui semblaient ne devoir jamais se tarir. Sophie pensait à cette guerre d'une violence inouïe. Une guerre si longue enlisée dans sa boue et qui avait vidé tout le pays de son jeune sang. Une guerre qui laissait des milliers de femmes et de jeunes filles comme elle exsangues de leurs hommes, exsangues d'amour. Dans beaucoup de hameaux, dans beaucoup de petits villages au fond des vallées pyrénéennes, il n'en restait plus un seul.

Un rayon de soleil éclata sa lumière dans les gouttelettes bleues. Hier, aujourd'hui et demain, semblait-il dire, l'eau coulera toujours.

Mais Sophie n'était pas prête à entendre des paroles d'éternité. Elle laissa retomber sur les fenêtres le rideau brodé de fines arabesques et quitta le boudoir. Elle ne croyait plus en rien. Aujourd'hui, elle doutait même de l'eau des fontaines.

II

1919

La force du destin

En entrant dans sa chambre, elle suffoqua. La pièce lui parut d'une tristesse effrayante. Les voiles tarabiscotés empêchaient la vue sur la place et les doubles rideaux l'assombrissaient. Pourtant, contrairement au boudoir, la chambre de Sophie, qui était autrefois celle de sa grand-mère, avait été refaite. Mais sa mère s'était contentée de changer les tissus et avait gardé les meubles. Un lit haut avec un dosseret massif en chêne foncé, deux chevets assortis surmontés d'une plaque de marbre rose de Campan et une armoire encombrante et noire. Le tout était d'un style indéfinissable néo-historique comme le voulait le goût d'alors.

— Sophie ! Sophie ! Où es-tu ?

Elle frissonna. Sa mère l'appelait en bas de l'escalier. Quelqu'un venait de sonner et on la demandait. Qui cela pouvait-il bien être ? Elle descendit l'escalier quatre à quatre. Dans le hall, Anne était en grande conversation avec la veuve du menuisier Courtade qui venait de faire déposer une commode de la part de M. et Mme Lemmens.

— Mon Dieu ! dit Sophie en voyant près de la veuve le meuble emballé dans de grosses couvertures grises. La commode ! Je l'avais oubliée.

L'arrivée de ce petit meuble la bouleversa. La veuve dénoua les ficelles et la couverture glissa, dégageant la commode. C'était une merveille en frêne plaqué, façon ébène de Macassar, rehaussée sur tout son contour de baguettes claires polies comme de l'ivoire. Au centre de chacun de ses trois tiroirs, Paul Courtade avait réalisé une ornementation de fleurs stylisées copiées sur un chef-d'œuvre de Ruhlmann. Une petite encoignure que Benoîte Soubirous, la mère de Rose, avait vue à Paris. Sophie était là le jour où Benoîte était allée chez Courtade lui demander de lui réaliser la même.

Fascinée par tout ce qui était nouveau, Benoîte Soubirous avait repéré le style de Ruhlmann au salon d'automne de 1913 à Paris. Raffiné, ce grand ébéniste d'origine alsacienne se voulait l'héritier de la tradition française du XVIIIe siècle et des débuts du XIXe. Benoîte, qui avait toujours manifesté un goût sûr pour le luxe et la modernité, avait été éblouie par l'utilisation qu'il faisait des matières les plus rares et des essences les plus précieuses. Amarante, loupe d'amboine, acajou de Cuba, palissandre, incrustations d'écaille de tortue ou de nacre, d'ivoire, tout chez Ruhlmann était extrêmement élégant. D'autant que, par contraste avec cette sophistication des matières, les formes même des meubles étaient des plus simples. L'ébéniste était un inconditionnel de la ligne droite. Hélas pour Benoîte, il ne travaillait que pour quelques clients privilégiés et elle ne put rien lui acheter. Tout était déjà vendu sur commande et pour longtemps. Mais Mme Soubirous était obstinée et, elle qui avait si longtemps manqué de tout, admettait difficilement qu'aujourd'hui quelque chose lui soit inaccessible. Elle apprit que Ruhlmann, n'ayant pas d'atelier, faisait exécuter ses dessins chez Fenot, une maison du faubourg Saint-Antoine. Et comme elle ne manquait pas d'entregent, elle avait réussi à se faire donner un dessin de cette encoignure par le patron de cette maison où, chance et hasard, elle était déjà connue comme bonne cliente car elle avait pris là tout le salon de son hôtel. Une fois revenue à Lourdes, pressée, elle s'était rendue chez Paul Courtade, le meilleur menuisier de Lourdes. Grand, massif, face ronde et grosses moustaches retournées en leur bout à la mode du temps, Paul Courtade excellait dans les meubles du pays, de lourdes armoires sculptées ou des tables massives taillées dans du chêne centenaire. Le « chêne centenaire », c'était son luxe à lui et celui de ses clients qui voulaient du solide avant tout. Aussi, quand il avait vu le dessin si délicat de Ruhlmann, il avait poussé un juron et s'était mis à rire :

— Mais, voyons, madame Soubirous, comment voulez-vous que je fasse une chose pareille ! C'est trop délicat, trop fin, vous avez vu mes mains ? Et puis, avait-il ajouté d'un ton dubitatif, c'est pas pour chez nous et...

— C'est pas pour chez nous ! s'était exclamée Benoîte en colère. Décidément ! J'en entends des âneries. Là-haut à Paris ils veulent pas m'en vendre parce les riches bien placés ont tout pris et toi, Paul, tu veux pas m'en faire parce que c'est trop beau pour chez nous ! Et alors ! On a droit à quoi « nous » ?

Mme Soubirous en colère, ce n'était pas bon pour Courtade, et, malgré sa stature, le menuisier n'en menait pas large. Sophie revoyait la mère de Rose comme si c'était hier. Dans son incontournable robe de laine noire à l'ancienne avec son tablier de drap noué autour de sa taille lourde, Benoîte tapotait le bout de son parapluie et elle avait pris son air des mauvais jours. Un air buté qui signifiait qu'elle n'en démordrait pas. Courtade tenta une explication :

— Mais regardez bon sang ! Là, là – de son gros doigt qu'il appuyait avec énergie sur le dessin, désignant le magnifique bouquet Art nouveau qui ornait la porte du meuble. Je vous dis pas les bois qu'il faut pour faire ça ! Et ils sont pas donnés ces bois, en plus il faut les trouver... Et puis même, comment voulez-vous que je fasse un truc pareil ! C'est trop délicat.

— Trop délicat ! Trop délicat ! Et pourquoi tu le serais pas un peu toi délicat ! Qui te dis que tu ne saurais pas ? Tu sculptes bien des guirlandes de fleurs dans le chêne, non ? Alors pourquoi tu saurais pas faire du découpage, c'est quand même moins dur !

Courtade poussa un gros soupir. Appeler « découpage » l'art si parfait de la marqueterie, c'était bien Benoîte. Elle avait l'art de simplifier les choses les plus compliquées de manière à vous les faire entreprendre. Et une fois que vous étiez embarqué, il fallait bien finir. Elle lui avait fait exécuter comme ça des meubles Art nouveau pour l'hôtel parce qu'elle avait acheté une chambre à un certain Majorelle de Nancy, et il avait dû se mettre aux courbes et aux entrelacs. Il avait sué sang et eau pour travailler les bois sur la longueur mais finalement il n'avait pas été trop mécontent du résultat. Seulement la marqueterie c'était autre chose. Pourtant il finit par accepter. Juste peut-être pour n'avoir plus à discuter avec Benoîte qui, de toute façon, ne le lâcherait pas.

Sophie avait vu l'encoignure de Benoîte et avait été émerveillée. Informés par Gabriel, M. et Mme Lemmens avaient discrètement décidé de lui faire plaisir en leur offrant une chambre de mariés sur ce modèle et ils avaient confié le travail à Courtade. Mais le menuisier n'avait eu que le temps de faire la commode et encore dans des conditions difficiles. Impossible d'avoir des bois précieux en cette période. Il avait donc bricolé, teinté et poli du hêtre et il y avait mis tant d'amour que la marqueterie était splendide. Quand il était parti au front il l'avait couvée de l'œil, caressée du plat de la main, impatient de revenir pour attaquer le lit. Comme on protège une pièce précieuse, il l'avait enveloppée dans cette couverture grise et mise dans un coin de son atelier. Elle était restée comme ça quatre longues années. Et voilà qu'elle réapparaissait alors que Sophie l'avait oubliée.

— Où veux-tu qu'on la mette ? dit Anne qui ne savait trop comment prendre la venue de cette commode. Peut-être dans ta chambre, mais si cela te fait mal de la voir on peut la ranger ailleurs...

— Non, répondit Sophie sans réfléchir. Dans ma chambre, c'est très bien.

Le meuble n'était pas très lourd et elles réussirent sans mal à le monter. Le visage de la veuve était à quelques centimètres de celui de Sophie. Où était la jolie femme brune qu'elle avait croisée à la menuiserie, pleine d'énergie et de gaieté et qui, un bébé dans les bras et les deux autres agrippés à ses jupes, riait en racontant à Benoîte les merveilleux projets qu'ils avaient pour la menuiserie ? Le joli visage avait disparu, il n'y avait plus qu'une veuve rongée de douleur. Seule avec trois enfants, elle avait dû revendre le commerce dans de très mauvaises conditions car ils avaient fait de gros emprunts pour s'équiper avec les dernières machines. Juste avant la guerre la menuiserie Paul Courtade était en pleine expansion et il travaillait de mieux en mieux. Sa femme l'épaulait et le soutenait car elle croyait en lui, il était vaillant et doué, ses meubles s'arrachaient. Mais les jours heureux étaient loin. Maintenant il était sous terre et elle survivait grâce à une place d'employée dans un hôtel de la ville.

Quand elles arrivèrent à l'étage et après qu'elles eurent posé la commode dans la chambre de Sophie, la veuve expliqua que M. et Mme Lemmens avaient réglé la note. Puis elle partit discrètement.

Tout ce qui lui rappelait le travail de son mari la bouleversait. Anne la regarda descendre l'escalier et refermer derrière elle la porte d'entrée. On aurait dit une vieille femme. Ses yeux s'emplirent de larmes mais elle ne dit rien. Personne ne disait plus rien aujourd'hui sur les blessures de la guerre. On ne pouvait plus se permettre de pleurer sur le sort de personne, on n'aurait fait que ça. Il fallait avancer. « Avancer ! » C'était un mot qui revenait tout le temps dans toutes les bouches. Une sorte de leitmotiv censé couper court à tous les états d'âme.

Anne et Sophie installèrent la commode au seul endroit possible, près de l'armoire.

Quand elle vit les deux meubles côte à côte, Sophie eut un choc. La grosse armoire du passé dégageait une terrible impression. Par contraste, dans sa grâce et sa légèreté, la petite commode évoquait une promesse d'avenir radieux.

Sophie les regardait tour à tour. C'était comme deux mondes, deux univers qui avaient fait partie de sa vie mais qui n'étaient plus. Ni l'armoire massive ni la commode légère n'avaient tenu leurs promesses. Le bonheur du passé était mort avec sa grand-mère et l'avenir radieux s'était envolé avec Gabriel dans les ciels du Nord. Aujourd'hui il ne restait que le présent, morne dans cette fin d'automne 1919. Qu'allait-elle devenir ? Vers où aller ? Vers quoi ?

— À quoi penses-tu ? lui dit sa mère qui l'observait avec inquiétude.

Et comme Sophie ne répondait pas, elle insista :

— Il faut faire confiance à la vie. Tu verras, tu feras à nouveau des rencontres, tu iras à nouveau à la montagne faire du ski, tu...

Sophie l'interrompit d'un geste agacé :

— Arrête, maman !

— Mais c'est pour toi, pour que tu voies d'autres jeunes comme toi, pour...

— Arrête ! Tu n'y crois pas une seconde. Ils ne sont plus là les jeunes ! Les jeunes ! Mais je ne suis plus si jeune que ça et tu le sais. Je t'ai entendue parler avec ces dames de l'Hospitalité. Vous vous lamentez sur notre sort en disant que c'est bien triste toutes ces vieilles filles ! Et tu me regardes chaque fois d'un air apitoyé ! Il faut arrêter de mentir, nos hommes sont morts, il n'en reste plus. Fini pour nous, ce sera pour d'autres !

— Mais enfin, reprit Anne pleine de bonne volonté, ne dis pas ça. Regarde tes amies. Yvonne va bientôt se marier, alors toi aussi tu...

— Moi rien du tout ! la coupa Sophie d'une voix dure, tranchante et tout à la fois lointaine, presque indifférente. Je ne veux rien. Je n'attends rien et ne me parle plus jamais de mariage. Yvonne va épouser le premier venu, c'est son affaire. (À ce moment elle sembla ne parler que pour elle-même et son regard s'envola loin, loin, par-delà les fenêtres de la chambre.) Moi je voulais autre chose.

— Mais que dis-tu ? Je sais bien que Gabriel était un garçon merveilleux, mais tu dois penser à ton avenir et tu es injuste. Le fiancé d'Yvonne est loin d'être le premier venu comme tu dis. Il est très bien, je l'ai vu et...

Sophie sembla revenir à elle. Elle regarda sa mère froidement et quitta la chambre en laissant tomber ces mots :

— Pendant toutes ces années je n'ai vu que des gueules

cassées, des demi-portions coupées au tronc, des unijambistes, des demi-fous. Il y a bien longtemps que je n'ai pas croisé un homme de mon âge entier avec tout son corps et toute sa tête et quand j'en vois un je me demande comment il a fait pour revenir. Plus rien n'est pareil. Pour moi, en tout cas, plus rien n'est comme avant.

Anne resta seule, bras ballants, sans voix. Encore une discussion avec sa fille qui se terminait mal. Les années de guerre avaient creusé entre elles un fossé qui devenait de plus en plus visible et qui se manifestait à la moindre occasion par des propos cinglants.

En écoutant sa fille, Anne revoyait de plus en plus souvent sa propre mère. Même port de tête, même beauté et même absence.

L'absence ! Il avait fallu toutes ces années pour qu'Anne accepte de mettre un nom sur une souffrance qui avait accompagné toute son enfance. Elle retrouvait aujourd'hui dans l'attitude de Sophie ce symptôme très particulier qu'elle avait ressenti auprès de sa mère. La Belle Chocolatière avait toujours été là, du moins physiquement là. Mais la petite fille qu'elle était alors l'aurait juré, les pensées de celle qu'elle n'avait appelée maman que fort tard avaient toujours été ailleurs.

Heureusement ! Il y avait eu Louisette, la vieille cuisinière.

Chaque fois qu'Anne se remémorait le visage de cette dernière, un flot d'émotion la submergeait. Avec Louisette tout n'avait été que tendresse, douceur et présence. Une cuisine chaude, des odeurs de gâteaux, le poêle qui ronronne, des petits câlins pleins d'affection, des gronderies aussi quand il y avait quelque bêtise de faite, et le soir avant de s'endormir les longues histoires que Louisette racontait. Des histoires lointaines que la vieille cuisinière rendait toutes proches en y mettant une multitude de détails qui faisaient revivre un monde qu'Anne n'avait pas connu : celui des petits paysans de Bigorre qui vivaient dans la boue, le froid et la misère mais qui jouaient de rien dans les champs l'été en plein soleil et qui avaient peur des ours des Pyrénées.

— Mon dieu ! L'ours ! Mon ours ! Où l'ai-je mis ?

Puis elle se souvint. L'ours que lui avait tricoté Louisette un Noël dormait au grenier. Elle l'avait troussé elle-même il y a plusieurs années dans du papier fin qui enveloppait un des vieux chapeaux de sa mère et elle l'avait mis avec soin et amour, comme on met un bébé dans son petit lit, dans une boîte à chaussures rangée dans la vieille armoire là-haut. À ce souvenir de l'ours de Louisette, son visage s'éclaira et elle faillit aller le chercher, puis elle changea d'avis : « À quoi bon remuer ces souvenirs, se dit-elle, il est très bien là-haut. »

Anne savait instinctivement qu'il n'était pas bon de trop se pencher sur le passé. Pourtant le sien avait été heureux. Du moins c'est ce qu'elle avait longtemps cru. Mais depuis quelque temps, depuis que Sophie lui rappelait sa mère, elle entrevoyait une autre réalité possible. Le passé enfoui la rattrapait de plus en plus souvent. Une image lui était particulièrement insupportable et son souvenir déclenchait chez elle une angoisse incontrôlée

C'était l'image de sa mère debout face aux hautes fenêtres de son boudoir qui regardait fixement l'horizon vers Tarbes. Dans ces moments-là, et ils étaient nombreux, sa mère était inaccessible.

Anne suffoqua.

Sans comprendre pourquoi ce souvenir l'étreignait à ce point, elle porta ses mains à son cou et s'approcha des fenêtres pour les ouvrir et respirer. C'est là qu'elle vit Sophie sortir de la maison, traverser la place et partir vers la rue de la Grotte. Elle eut un mauvais pressentiment.

— Mon Dieu, lâcha-t-elle dans un souffle. Que va-t-il arriver ?

— Et que voulez-vous qu'il arrive, madame ! À qui parlez-vous ?

Anne sursauta. Catherine venait d'entrer dans la chambre avec une pile de linge à ranger.

— Oh ! fit-elle éblouie en voyant la commode. Quelle merveille ce petit meuble ! Ces fleurs ! Que c'est beau !

Catherine tombait bien, elle sortit Anne de son angoisse.

C'est avec une joie enfantine que la domestique entreprit de modifier le rangement habituel de l'armoire et de mettre le petit linge et les chemises dans les tiroirs. Elle le fit comme si on venait de lui donner un jouet extraordinaire. Son enthousiasme et sa gaieté gagnèrent Anne et elles se mirent à la tâche avec une grande complicité. Faire et défaire, plier, déplier, replier, rien n'effrayait Catherine. Dès qu'il s'agissait de linge sa minutie extrême et son sens de l'organisation faisaient des merveilles. La réputation de ses armoires était connue auprès de toutes les bonnes ménagères de la ville de Lourdes.

— Ah ! soupira Anne, si Sophie pouvait faire les choses comme vous Catherine, avec bonheur. Pourquoi faut-il qu'elle soit si sombre. Tout le monde a eu des malheurs, vous aussi vous avez perdu votre frère et pourtant... Elle, elle fait comme si tout lui était devenu indifférent. Je n'arrive pas à la faire réagir.

— Oui, fit Catherine qui, pour éviter de repenser à ce frère, s'appliquait à bien marquer le pli d'une chemise de nuit de manière à faire une tranche impeccable. J'avoue même que parfois elle est inquiétante. Vous avez remarqué ? Elle est tout le temps fourrée à côté, là – elle désigna du menton la porte du boudoir –, dans les vieilleries de sa grand-mère qui n'ont pas bougé. Quelle horreur ! Cette pièce pourrait être si belle avec le soleil qui y rentre toute la journée. Au lieu de ça y'a que des vieux trucs fanés, brrrr ! Et cette poupée dans le fauteuil qui me dit rien qui vaille.

— C'est vrai, fit Anne. Je suis comme vous, moi non plus je n'ai jamais aimé cette poupée, elle a des yeux trop... trop gros, trop... enfin je ne sais pas mais quelque chose qui me dérange. Mais je croyais que vous l'aviez rangée. Il y a longtemps que je ne la voyais plus, d'ailleurs je l'avais oubliée. Comment est-elle revenue ?

— Je ne sais pas, fit Catherine. J'avais réussi à la fourguer dans le fond du meuble à broder de votre maman. À l'époque Sophie ne s'en était même pas aperçue. Elle avait d'autres chats à fouetter avec son Gabriel, plus rien ne comptait. Le ski, l'avion, les sorties ! Mais l'autre jour j'ai vu qu'elle l'avait remise sur le fauteuil.

Un voile d'inquiétude passa dans le regard d'Anne.

— Je n'aime pas voir Sophie revenir sans cesse dans ce boudoir, dit-elle.

— Surtout qu'elle passe son temps devant la fenêtre. À regarder quoi, on se le demande, ajouta machinalement Catherine plus préoccupée de la belle ordonnance du tiroir qu'elle venait de remplir que du contenu des pensées de Sophie.

Anne resta silencieuse et ne répondit pas. À nouveau l'angoisse l'étreignit.

Sophie avait décidé d'aller voir Yvonne. Elle descendait la rue de la Grotte tout en prenant bien soin de marcher sur le trottoir afin ne pas salir ses chaussures, des kneps en cuir dernier modèle qu'elle avait trouvés chez Cazalot. Sophie aimait beaucoup les chaussures et elle avait une grande confiance dans le goût de Françoise qui tenait la boutique.

— Prends-les, lui avait dit Françoise en lui montrant les chaussures à talons plats, tu en seras contente. Tu sais, aujourd'hui à Paris les filles chic se mettent de plus en plus à l'aise. C'est fini de se tordre les chevilles pour rien. Assez de tralala. C'est démodé ! Tu vois, fit-elle en désignant ses propres pieds chaussés de ravissants petits escarpins à talons et à bride en chevreau marron, pour la boutique je mets ce modèle. Il le faut, pour la clientèle et l'élégance, c'est normal. Mais regarde ! Tout en parlant, elle extirpa du dessous de son bureau une paire de kneps identiques à ceux qu'elle vendait dans la boutique. Dès que je sors, je ne peux plus m'en passer ! C'est tellement pratique ! Et chez nous avec ces rues qui descendent et qui montent, les talons ! Pffttt, c'est épuisant. Surtout qu'ici tu sais bien, entre l'hospice, la grotte et les messes, on en fait des kilomètres !

Convaincue, Sophie, qui était venue pour une paire de petits talons mais qui avait le souvenir de ses pieds brisés lors des interminables processions et les allées et venues à l'hospice, était repartie avec les kneps.

Aujourd'hui elle les mettait pour la première fois et elle était ravie. Françoise avait raison, ça lui donnait une allure plus décontractée, plus moderne et Sophie adorait être toujours à la pointe de la mode. Yvonne serait surprise et ne manquerait pas de lui en parler.

Les deux amies s'étaient réconciliées durant les années de guerre. Elles s'étaient retrouvées à l'hospice auprès des malades qu'elles venaient soigner bénévolement et elles avaient fait la paix devant le lit d'un jeune poilu d'à peine vingt ans qui s'était éteint dans leurs bras. Il était mort comme ça, dans un râle, alors que depuis plus de six mois il se maintenait en vie on ne sait par quel miracle.

On l'appelait « le bleuet ». Sans qu'elles n'en sachent rien, l'une le matin, l'autre le soir, elles s'y étaient particulièrement attachées. Yvonne lui portait de l'eau de la grotte et lui lavait le visage et les mains. Puis elle lui en faisait boire un peu en lui soulevant la tête. Il ne pouvait pas parler mais il avait à chaque fois un sourire rayonnant. Yvonne en était sûre : l'eau miraculeuse le sauverait. L'après-midi c'était au tour de Sophie. Elle, elle lui parlait le plus longtemps possible. Elle mettait des mots sur la vie, sur les sentiments, sur tout ce qui se passait, elle se confiait aussi à lui dans le désordre de ses souvenirs. Elle lui parlait de l'avion avec Gabriel, des nuages blancs, si blancs, de la neige poudreuse l'hiver et des soleils de l'été à Biarritz qui déclinaient lentement sur la côte des Basques. Il écoutait, éperdu, les yeux grands ouverts. Par les mots de Sophie il avalait la vie. Sophie en était sûre : avec la force des mots elle le sauverait.

Mais ni l'eau miraculeuse ni les mots ne sauvèrent le petit soldat. Il mourut par un jour de grand vent alors que la veille, il allait mieux. Appelées par la sœur Thérèse qui était de garde, les deux amies accoururent et se retrouvèrent chacune d'un côté de son lit. Il respirait à peine. Elles se regardèrent, stupéfaites de se trouver là, ensemble. Puis, comme si de rien n'était, elles se mirent au travail.

Yvonne lui lava le visage avec l'eau miraculeuse et Sophie lui parla, encore et encore, de la vie, du soleil et du vent qui soufflait ce jour-là et qui venait d'Espagne, apportant avec lui les odeurs d'un Sud merveilleux et inconnu. Il mourut en souriant, heureux. Et elles restèrent désemparées, anéanties.

Il leur fallut longtemps pour que la douleur de l'avoir perdu s'amenuise. Il fut leurs premières conversations. C'est à travers lui qu'elles reparlèrent de Giovanni, de Gabriel et des autres. Le petit poilu les avait réunies.

C'est ainsi que Sophie avait appris qu'Yvonne avait retrouvé son chanteur italien. Sitôt la guerre finie, il avait retraversé la frontière et cette fois-ci la vieille Lucile, traumatisée par la disparition de son petit-fils, le frère d'Yvonne, et par celle de tous ces jeunes hommes morts à la guerre, avait accepté le mariage sans plus de réticence. Il restait si peu d'hommes ! Que le mari d'Yvonne soit italien ou français n'avait plus aucune importance. Le mariage aurait lieu cet hiver en plein mois de décembre, quand tout le monde serait disponible et que les boutiques et les hôtels seraient fermés. Aujourd'hui Yvonne avait demandé à Sophie de l'accompagner au couvent des clarisses. Les sœurs brodaient son trousseau et avant le repassage et l'amidonnage des pièces elle devait aller voir si tout convenait.

Sophie arriva à la boutique de Mme Davezac en même temps qu'une jeune femme qui portait un gros sac mal ficelé d'un côté et qui de l'autre tenait la main d'une petite fille de trois ou quatre ans à peine. En voyant leurs chaussures usées jusqu'à la corde, leurs vêtements rapiécés et leurs visages épuisés de fatigue, Sophie comprit tout de suite que la mère cherchait du travail. Effectivement la jeune femme demanda à parler à la patronne et expliqua qu'elle venait de faire tous les magasins de la rue. On lui avait dit que la saison était finie mais que peut-être ici on lui indiquerait quelque chose. Ce n'était pas la première fois qu'on envoyait des femmes en difficulté chez la grand-mère d'Yvonne. On savait qu'elle était capable de remuer ciel et terre pour les aider. Elle l'avait prouvé à de multiples reprises pendant toutes ces années de guerre où des mères perdues, seules dans les grandes villes du Nord, débarquèrent à Lourdes avec leurs enfants, chargées d'espoir. Un espoir d'autant plus lourd que bien souvent il était le dernier. Où aller si ici non plus on ne voulait pas d'elles ? Après, il ne restait que la barrière des Pyrénées et l'Espagne. Aidée de Benoîte Soubirous et des sœurs de l'Immaculée, Lucile Davezac s'arrangeait et elles finissaient toujours par trouver une solution. À l'époque on avait besoin de petites mains en grand nombre. La ville était en effervescence continuelle à cause des réfugiés qui arrivaient de partout dans les hôtels, et à cause de l'activité des hôpitaux débordant en permanence de blessés et de mutilés. On les envoyait là quand leur état était tel qu'on savait bien qu'ils ne pourraient jamais repartir au front. Mais depuis l'armistice la ville s'était vidée de la plupart des réfugiés, et les mutilés étaient repartis chez eux. Lourdes allait reprendre son rythme saisonnier et une fois fini le premier pèlerinage des armées tous les commerces et la plupart des hôtels fermeraient jusqu'au printemps suivant. L'arrivée de cette jeune femme et de son enfant tombait bien mal. C'est du moins ce que pensait Sophie.

Mais pour Lucile, une mère en souffrance ne tombait jamais mal, elle pouvait arriver au plus fort du travail ou en saison creuse, la commerçante de Lourdes ne pensait qu'à l'aider. Yvonne, sa petite-fille, mais aussi Arlette sa belle-fille et Lucette son employée étaient immanquablement réquisitionnées et elles y mettaient à chaque fois toute leur énergie. Déjà Lucette avait avancé deux chaises pour les faire asseoir. La jeune femme avait du tempérament, Mme Davezac le vit de suite. Elle ne geignait pas, elle ne réclamait rien. Elle voulait du travail, c'est tout et quand Arlette, qui ne pouvait s'empêcher de toujours vouloir nourrir son monde, avait filé en haut à l'appartement leur chercher de quoi se restaurer, elle s'était récriée :

— Non, non merci, ne vous dérangez pas, on n'a pas faim, on ne mendie pas, on veut juste du travail.

— On sait bien que vous ne mendiez pas, dit calmement Lucile, mais peut-être que la petite mangera un peu, les enfants ils dévorent, c'est normal ils sont tous pareils.

Lucette avait remarqué une chose. « Madame », comme elle l'appelait, était très attentive dans sa façon de parler aux femmes qu'elle aidait. L'employée avait noté qu'il suffisait qu'il y ait des enfants pour que sa patronne fonde littéralement. Elle qui était si dure au travail prenait le temps de s'arrêter, et elle qui regardait à la dépense et ne supportait pas le gaspillage aurait donné sa chemise pour sortir ces petits de la misère et de la faim. Plus rien ne semblait compter dans ces moments-là. « La petite est bien tombée », c'est ce que se disait Lucette qui connaissait la maison. La jeune mère, elle, se raidit sur sa chaise, inquiète. Les paroles de

Mme Davezac étaient si « normales », elle s'adressait à elle d'un ton si correct que face à cet accueil inhabituel elle resta sur ses gardes. C'est qu'elle avait eu son lot de déceptions, Valentine ! On lui en avait fait des promesses, jamais tenues, on lui en avait fait miroiter des emplois qu'elle n'avait jamais eus !

Lucile Davezac reconnaissait les femmes blessées. Elle avait été une des leurs et elle savait ce qu'il fallait faire. Doucement, posément, elle parla. Son avocat de mari lui avait appris la force des mots. Il lui avait fait partager cette science immense de la parole et la petite serveuse muette qu'elle était autrefois avait, grâce à lui, compris qu'il y avait là une richesse à portée de tous et qui aidait à dénouer bien des problèmes. La parole rapprochait immédiatement Mme Davezac de ces femmes. Elles sentaient vite derrière la « patronne » quelqu'un qui connaissait leurs souffrances et ne s'y trompaient pas. Il y a des choses qu'il faut avoir vécues pour pouvoir les exprimer. Aux mots que Lucile employa, à ce qu'elle dit et aux questions qu'elle posa, Valentine comprit qu'elle était enfin arrivée au bon endroit et elle baissa sa garde. Elle s'affaissa légèrement sur la chaise, ses yeux se mouillèrent de larmes longtemps retenues et elle raconta son histoire. Autour d'elle et de sa petite, debout près de Lucile, Lucette, Yvonne et Sophie l'écoutèrent.

Valentine était veuve de guerre, elle arrivait de Bordeaux où elle n'avait pas de famille. Son mari travaillait chez un imprimeur qui fabriquait des affiches et des images mais qui lui aussi était mort à la guerre. L'imprimerie avait fermé. Alors ne pouvant plus payer son loyer, elle avait rassemblé le peu qu'elles possédaient dans ce sac et elle était naturellement descendue vers le Sud. Quand on ne sait pas où aller, on ne part pas vers le Nord. Elle avait travaillé dans les vignes du Bordelais chez des paysans, et c'est là qu'elle avait rencontré une femme qui remontait à Paris avec ses enfants et qui avait vécu deux ans à Lourdes. « Allez-y, lui avait dit cette dernière. Là-bas, il y a du travail pour les femmes. »

— Et voilà, conclut Valentine. Je suis venue.

Toutes quatre avaient écouté le récit de la mère sans dire un mot. Seule Lucette s'était absentée quatre ou cinq fois pour servir des clients mais elle était revenue aussitôt la vente faite. Yvonne regardait la fillette qui s'était endormie contre sa mère. Sophie observait la grand-mère d'Yvonne dont la personnalité l'avait toujours intriguée. Qu'allait-elle faire de cette femme et de son enfant ? Les magasins allaient fermer, les rues seraient bientôt désertes, le froid allait arriver et à cette époque de l'année, on n'embauchait plus. Mais visiblement cela ne semblait pas perturber Mme Davezac outre mesure.

— Bon, dit-elle posément comme si cela ne posait aucun problème, si je comprends bien vous venez d'arriver et vous voulez du travail. C'est ça ?

Oui, c'était ça. Une seule chose obsédait Valentine : le travail. Et elle sentait que cette femme qui l'écoutait l'avait comprise plus que quiconque. Elle ne lui parlait pas comme quelqu'un à qui on fait la charité, elle la questionnait comme quelqu'un avec qui on fait affaire.

— Vous tombez bien, continua Lucile à la grande surprise de sa belle-fille et de son employée, nous avons de lourds inventaires et on ne sera pas de trop.

La main de Valentine se crispa sur le bras de sa petite, on lui donnait du travail ? Avait-elle bien entendu ? Elle n'osait y croire. Lucile enchaîna immédiatement et entra dans le concret de leurs nouveaux rapports. Valentine avait bien compris, on l'engageait.

— Je suppose que vous n'avez pas eu le temps de trouver un logement...

Un logement ! Valentine n'avait pas le premier sou pour le payer. Mais elle ne dit rien et se contenta de hocher la tête en signe d'assentiment.

— Ça m'arrange, fit Mme Davezac, parce que si vous voulez bien les premiers temps vous logerez ici. Ce sera plus facile, au moins vous serez à l'heure au magasin et croyez-moi y a de quoi faire. On a bien de la chance, ajouta-t-elle, l'an passé il y a eu tant de neige que Lucette a été coincée pendant plus d'un mois et on a dû faire les inventaires seules. Cette année au moins avec vous, on est parées.

Yvonne resta bouche bée. « Vous logerez ici », qu'est-ce que ça voulait dire « ici » ? Elle n'eut pas le temps de retourner la question, sa grand-mère lui donna la réponse.

— Yvonne, emmène madame et la petite là-haut et dis à ta mère de les faire manger. Pendant ce temps prépare le lit de ton frère, elles y dormiront le temps qu'on s'organise.

« Madame ! » Valentine n'en revenait pas, c'était bien la première fois de sa vie qu'on lui donnait ce titre-là. Quant à Lucette elle était perplexe. Elle était bien placée pour savoir qu'elles arrivaient à faire le travail toutes les quatre. Est-ce que par hasard la patronne tenterait de se séparer d'elle parce qu'elle était moins alerte qu'avant ? « Trente ans de maison ! C'est pas possible, et elle mettrait cette jeune femme à ma place ? Elle me ferait pas ça quand même ! Je la connais, elle est dure mais droite. » Pourtant Lucette ressassait, ce « au moins vous serez à l'heure au magasin » et cette allusion au mois de neige où elle s'était trouvée coincée au village la turlupinait.

Mais elle n'eut pas le temps de s'interroger plus avant. À peine Yvonne avait-elle disparu dans l'escalier avec la mère et l'enfant que « madame » explosa :

— Qu'est-ce que c'est que ces façons ! Cette femme a fait toute la rue et personne ne lui a donné quoi que soit ! On l'envoie ici comme à la charité ! Ah ! Mais ça ne va pas se passer comme ça ! Lucette, donne mon manteau et ma canne, s'il te plaît.

— Mais où allez-vous ? fit Lucette stupéfaite.

— Voir celles de la rue de la Grotte. Tu vas voir que je vais lui en trouver moi du travail !

— Ah ! fit Lucette soulagée, je comprends mieux ! Je me disais bien aussi qu'ici il n'y avait pas de quoi la faire travailler...

— Si, il y a de quoi, trancha Lucile, mais pour une semaine ou deux pas plus. Et il faut tenir jusqu'en mars, après les pèlerins reviennent.

— Mais, et où vous allez alors ? Dans toute la rue elles sont comme nous, d'ici deux jours elles ferment et elles font l'inventaire...

— Justement ! Je commence à en avoir assez !

Lucette et Sophie étaient stupéfaites. Mme Davezac n'avait jamais un mot plus haut que l'autre et même ses réprimandes étaient toujours très posées. Là, visiblement, elle était hors d'elle.

— Pendant toute la saison, continua-t-elle, elles nous ont envoyé je ne sais combien de femmes pour leur donner du travail. C'est facile, une fois qu'elles ont leurs employées ou leurs extras, elles se désintéressent des autres et elles me les envoient parce qu'elles savent que je vais m'en occuper. Tant d'indifférence ! Ça devient grave, je ne peux plus l'accepter ! Je vais aller leur dire à toutes ce que j'en pense !

— Mais... il y a un bon moment que vous n'avez pas remonté la rue. Vous pouvez pas y aller seule, avec votre mal au dos et votre canne vous n'irez pas loin !

— Mais si, mais si, laisse-moi faire et surveille bien le magasin.

— Je ne vous laisserai pas partir seule, fit Lucette au comble de l'inquiétude. Et si vous vous trouviez mal par là avec tous ces pèlerins dans la rue ? Vous allez vous faire bousculer, je vais appeler Mme Arlette.

— Laisse ma belle-fille tranquille et fais ce que je dis ! Je peux marcher quand même ! Et puis, j'irai à mon pas.

Voyant qu'Yvonne était prise et qu'elle n'était pas prête de se libérer pour aller voir les broderies de son trousseau au couvent des clarisses, Sophie intervint et se proposa d'accompagner Mme Davezac.

Celle-ci, très étonnée de pareille proposition, remercia Sophie et accepta. « Jamais auparavant cette jeune femme si occupée avec son beau sportif et toutes ses sorties ne m'aurait accordé une minute de son temps se disait-elle, décidément cette guerre a changé bien des choses. »

La rue de la Grotte était animée et bruyante. Même en fin de saison, en bas, à cet endroit de la ville, près des sanctuaires, il y avait toujours foule. Les deux femmes firent quelques mètres et entrèrent dans le premier magasin. Comme tous ceux de la rue montés à la fin du siècle dernier par d'anciennes lingères, ramasseuses de bois, saisonnières aux champs, et autres travailleuses de misère, il était aujourd'hui tenu par leurs héritières de la deuxième et troisième génération. Mme Davezac y entrait comme chez elle car partout elle était très respectée. Celui-là appartenait maintenant à Sidonie, la petite-fille de Marthe Larrouy, une ancienne de la rue des Petits-Fossés. Les commerçantes de Lourdes savaient ce qu'elles devaient à Lucile Davezac, la première à avoir osé monter un commerce. Elle avait ouvert la voie et les autres avaient suivi. Sidonie travaillait au magasin avec ses deux filles et elle menait son affaire tambour battant, un peu trop d'ailleurs au goût de Lucile Davezac, qui trouvait ses méthodes excessives. Ayant hérité du tempérament extraverti et explosif de sa grand-mère, Sidonie n'hésitait pas à interpeller le chaland jusque dans la rue et ses filles suivaient hardiment ses méthodes. Cela contrariait Lucile Davezac mais, à part une remarque de temps en temps, elle laissait faire car jusqu'à présent cela n'allait pas bien loin. Aujourd'hui par contre, à la mine qu'elle affichait en entrant dans le magasin, Sidonie comprit qu'il allait y avoir une sérieuse entrevue. Elle fut d'autant plus inquiète que ces temps derniers elle et ses filles en avaient peut-être un peu trop fait. Leurs étalages sur le trottoir laissaient à peine le passage aux piétons tant elles en avaient rajouté. Elle accueillit pourtant sa voisine avec un grand sourire et lui tendit immédiatement un fauteuil qu'elle gardait à portée au fond du magasin pour ce genre de visite. À Lourdes il arrivait souvent que l'on ait à parler entre femmes de tel ou tel problème de commerce et cela se passait toujours au magasin. Pas question de laisser la boutique. On s'arrangeait sur les lieux même du travail, en famille. Mais Lucile Davezac n'avait pas envie de s'asseoir. Elle se planta devant Sidonie, se tenant la plus droite possible malgré son dos voûté :

— Et alors ! Qu'est-ce qui vous prend à toutes, cette année ?

— Écoutez, madame Davezac, fit Sidonie très ennuyée et toujours à son affaire d'étalage, je n'avais pas fait attention, c'est mon aînée qui a fait les étals et pourtant je lui avais dit qu...

— Je ne suis pas là pour parler des étals, coupa Lucile. Je suis là pour vous parler des femmes que vous avez envoyées chez moi tout au long de la saison. Pas plus tard que ce matin cette pauvre mère avec sa gamine ! Et si j'ai rien à leur donner, moi, qu'est-ce qu'elle fait cette femme ? La rue ? Vous savez ce que c'est, la rue, Sidonie ?

Les deux filles de Sidonie s'étaient rapprochées. Il ne s'agissait pas des étals mais de cette miséreuse qui était venue ce matin et qui cherchait du travail. Bien sûr qu'elles l'avaient vue.

— Mais, ajouta Sidonie pleine de bonne foi, vous savez bien que c'est la fin de saison. Il n'y a plus de travail. Que voulez-vous que je lui fasse faire à cette femme ? On est assez de trois pour l'inventaire, et en plus on a quatre mois d'hiver devant nous.

— Et alors ! jura Mme Davezac en tapant de sa canne sur le sol, parce que vous êtes assez de trois, vous la laisseriez à la rue ! Avec sa petite !

Sidonie, ses deux filles et Sophie étaient stupéfaites. Jamais elles n'avaient connu Mme Davezac dans un tel état. Visiblement ce n'était pas le moment de tergiverser.

— ... Je vous préviens qu'il faut lui donner du travail, de quoi dormir et de quoi manger avec sa petite jusqu'en mars. Alors vous allez faire comme moi, vous allez partager ! Le travail et le reste !

— Mais, tenta Sidonie, on n'a pas de quoi la coucher. Vous savez bien qu'on n'a que deux chambres, avec les maris et les petits de mes filles on est huit. Moi je dors avec les deux gosses de Jeanne et les deux autres qui sont dans un lit à côté du mien...

— Tu t'arranges, tu la mets dans la salle à manger. Personne y va jamais dans les salles à manger. On mange dans les cuisines. Pour deux semaines vous allez pas en mourir !

Sidonie n'était pas mauvaise femme, son commerce marchait bien mais il était encore fragile. La concurrence sur la ville devenait de plus en plus forte et beaucoup d'anciennes Lourdaises, pas assez prudentes, avaient été obligées de revendre. La spéculation allait bon train et il devenait difficile de s'agrandir. Le magasin, la pension de famille ou le petit hôtel était le seul bien de ces familles qui vivaient dessus à trois générations. La gestion était donc des plus rigoureuse.

— Mais, et... pour la payer ? La saison a été correcte mais sans plus. Vous savez, Mme Lucile, si on s'arrangeait pas en famille on pourrait pas tenir. Et dans les magasins de la rue c'est pour tout le monde pareil. On se plaint pas, au contraire on vit bien. Mais on fait pas de folies, on travaille du matin au soir, on mange même au magasin, alors...

Lucile Davezac comprenait mais elle savait aussi pour l'avoir vécu qu'avoir un toit et de quoi manger c'était déjà le paradis :

— Dis-toi que tu as déjà de la chance de manger ! Tu crois que je sais pas tout ça ? Rien n'est jamais gagné, chez nous aussi c'est comme ça et on a beaucoup de chance. Trop peut-être si ça doit nous faire oublier le malheur des autres ! Tu ne sais pas ce que c'est que de voir ses gosses crever de faim, Sidonie, de faim et de froid ! Si tu avais connu ça, tu ne pourrais pas hésiter une seule seconde !...

Sidonie ne répondit rien. « Crever de faim ! » ce n'était pas une expression habituelle dans la bouche de Lucile Davezac qui s'exprimait dans un langage châtié. Tout le monde à Lourdes savait qu'elle avait perdu un frère et une sœur lors de l'épidémie de choléra qui avait à l'époque tué les plus faibles, les moins bien nourris. On connaissait aussi les petits bouquets blancs qu'elle mettait en pensant à eux sur la tombe de ses parents. Les deux enfants avaient été jetés dans la fosse commune.

Mais la colère de Lucile Davezac était retombée. Car la

colère ne menait à rien, elle le savait. Elle s'assit sur le fauteuil de Sidonie et continua d'une voix adoucie :

— On ne se remet jamais de n'avoir pas pu sauver ses enfants, Sidonie. Ma mère s'en est sentie coupable toute sa vie, elle n'a jamais trouvé la paix. Elle se reprochait chaque bouchée qu'elle avalait comme si, même des années après, elle avait encore voulu la garder pour eux. Moi aussi j'ai eu du mal à oublier... Pourtant j'étais si jeune...

Sidonie était émue :

— Vous avez raison, Lucile, dit-elle. Nous devenons égoïstes, ça ne me coûte rien ou si peu. Je vais la prendre deux semaines, pour le travail il y a toujours à faire. Elle dormira dans ma chambre avec la petite. Pour si peu de temps les gosses dormiront avec leurs parents, ils en mourront pas.

Mme Davezac se leva et serra avec ferveur la main de la commerçante :

— Merci, Sidonie. Tu verras, je suis sûre que ça vaut la peine d'aider cette mère et qu'elle le mérite. Et maintenant je vais à côté chez Lucienne et après chez Gabrielle. À toutes, on va y arriver !

Lucile Davezac était fatiguée mais elle voulait aller jusqu'au bout. L'ambiance de sa ville changeait petit à petit sans que personne ne s'en aperçoive vraiment. Rien de précis, rien de grave, mais les préoccupations des Lourdais se tournaient trop exclusivement vers leurs commerces et les comportements s'en trouvaient modifiés. La preuve, Sidonie venait de la lui donner. Ce n'est pas qu'elle ne voulait pas aider la jeune femme, mais elle n'avait pas pris le temps d'y réfléchir et elle l'avait envoyée voir plus loin. C'était plus simple. Il n'y avait plus à y penser. Les femmes de Lourdes n'étaient pas égoïstes, bien au contraire. Mais elles étaient vigilantes. La misère de leurs ancêtres remontait à une génération à peine et elle était très présente dans les mémoires. L'odeur de la terre battue, la dureté des paillasses et le froid des pièces où l'on s'entassait en famille, les grand-mères qui avaient connu cette époque avaient bien martelé la leçon et elle avait été transmise de génération en génération : travail, travail, travail et toujours... travail. Quant à dépenser ce que l'on gagnait, il n'en était pas question, c'eût été considéré comme du gaspillage. On mettait de côté au cas où... Une toiture à refaire, une maladie, un enfant qu'il faudrait aider plus tard pour qu'il s'installe lui aussi. Les mères économisaient avec un sens aigu des responsabilités. Alors partager le peu d'aisance à peine acquise avec les premiers venus n'était pas facile. D'autant qu'il en passait du monde ! Et puis Lucile Davezac était bien placée pour le savoir, il y avait une morale induite dans ces familles : on ne « profite pas » du bien que les anciens vous ont laissé. On le transmet intact et si possible solidifié, agrandi. Il n'y a que les riches de longue date qui connaissent la paix de l'argent. Les autres ont toujours au creux du ventre la peur de manquer, elle les tenaille et les tient à la proue, prudents face à tout ce qui pourrait détruire le bien familial si fragile.

Gabrielle accueillit Lucile Davezac avec le même respect que Sidonie. Elle la fit asseoir et l'écouta. Mais elle n'eut pas le temps de lui répondre, la gérante du magasin suivant arriva immédiatement puis une autre et ainsi de suite. Il y eut bientôt une dizaine de femmes de la rue dans le magasin.

— Il paraît qu'il faut qu'on vienne vous voir, madame Lucile, Sidonie vient de passer avec Jeanne, elles remontent la rue et nous ont demandé de les rejoindre ici.

Surprise, Lucile sourit. Il y avait bien longtemps, à part pour les messes, qu'elle n'avait pas vu pareille réunion.

— Bon, bon, dit-elle, eh bien, on va attendre.

Et cependant que les commerçantes de la rue, heureuses de ce moment inattendu qui les sortait de l'ordinaire et de leur boutique, bavardaient en attendant Sidonie et en se demandant ce qui pouvait bien se passer de si extraordinaire, Lucile Davezac les observait tour à tour. Depuis quelques années, elle ne sortait presque plus sauf pour aller à la messe. Ses amies d'autrefois étaient mortes et c'était les petites-filles qui tenaient les commerces. Elle ne les connaissait pas toutes mais elle reconnut dans leurs visages des traits lointains qui lui rappelaient le passé. En les voyant réunies là toutes ensemble, elle prit conscience du changement qui s'était opéré en deux générations à peine. Ces jeunes femmes étaient toutes soignées, simples et élégantes. On voyait qu'elles étaient bien nourries et leurs visages et leurs mains délicates ne portaient pas la trace des rudes travaux des champs et des bois, des lessives qui avaient tant abîmé leurs grand-mères. Un détail la frappa, mais qui avait son importance. Elles s'étaient libérées d'un carcan abominable : le corset. Ah ! Ce fameux corset ! Que Lucile Davezac en souffrait ! Droite derrière sa caisse, elle étouffait depuis des années, sanglée dans les atroces lacets qu'il avait toujours fallu serrer au maximum pour relever la poitrine et affiner la taille. Le moindre kilo superflu était terrifiant, le corset ne pardonnait rien. Pourtant avec les années et les enfants qui étaient nés, Lucile, comme toutes les autres, s'était alourdie et le corset était devenu une véritable torture. Mais elle s'était tellement habituée à en porter un qu'aujourd'hui si elle n'en mettait pas elle se sentait tout avachie, sans tenue. Tous les matins encore, malgré son âge, sa belle-fille venait le lui lacer. « Quel calvaire ! se dit intérieurement Lucile en y pensant. Ces jeunes femmes ont l'air si légères, si à l'aise. »

L'une portait une jolie robe bien coupée, à la mode, libre, taillée dans un tissu fluide lâchement ceinturé sous la poitrine, sans taille et resserrée dans le bas sous le mollet. Une autre avait une jupe toute simple avec un corsage et une veste assortie dans un lainage souple, confortable. Elles parlaient entre elles gaiement, se faisant des compliments sur leurs tenues respectives. Une robe coupée droite avec la taille abaissée sur les hanches selon la toute dernière mode, accaparait l'attention. L'une tâtait l'étoffe, l'autre étudiait la façon dont la couturière avait placé le bandeau de taille. Lucile en fut surprise, de son temps on restait discrète et il ne fallait surtout pas montrer qu'on se préoccupait de sa toilette.

« Pourtant, se dit-elle, il y en avait des colifichets et ça occupait du temps et du soin, plus sans doute qu'aujourd'hui, vu le temps qu'il fallait pour lacer et délacer corsets et bottines... Les bottines ! »

Lucile regarda les pieds des jeunes femmes. Pas une seule paire de bottines. Toutes les femmes présentes exhibaient des souliers bas et ceux de Sophie Claverie étaient même totalement plats. Lucile Davezac qui portait une ferveur quasi religieuse aux bottines qui dans sa jeunesse étaient le comble du luxe en fut très surprise :

— Ça alors ! fit-elle. Et vous n'avez plus de bottines !

— Des bottines ! Vous n'y pensez pas, madame Lucile, lui répondit une jolie brunette qui la fit penser à Toinette, l'amie de Bernadette Soubirous, il manquerait plus qu'on doive les lacer tous les matins ! Si vous croyez qu'on a le temps ! Y a pas que ça à faire, les souliers, on les enfile d'un coup et voilà.

Et démonstration à l'appui, elle sortit prestement l'un de ses pieds d'un joli escarpin marron et l'y reglissa en un clin d'œil.

— Quand je pense à ma belle-mère ! fit une autre sans malice. Elle mettait deux heures à lacer ses bottines ! Que de temps perdu !

Et elles se mirent à rire, chacune y allant d'une anecdote familiale sur les mères et belles-mères et les incontournables laçages de corsets et de bottines. Lucile les écoutait parler de ces choses intimes, ébahie.

« Encore la guerre qui est passée par là », se dit-elle

Les hommes n'étaient plus là. Ces jeunes femmes avaient travaillé à leur place et avaient adopté des tenues faciles qui avaient changé leurs comportements. Jamais Lucile Davezac n'avait eu comme aujourd'hui l'occasion de s'en apercevoir et elle ne savait que penser. Ces jeunes femmes avaient-elles raison de libérer leur corps ou allaient-elles bientôt manquer de tenue ?

« Le corset nous obligeait à nous tenir bien droites, impossible de plier », se disait Lucile Davezac. Et elle ne put s'empêcher de penser que cette rigueur avait peut-être du bon.

Elle constatait que la parole semblait s'être libérée en même temps que les robes et elle en fut un peu inquiète.

Qu'est-ce que ce relâchement allait donner dans le futur ? La question l'effleura. « Jusqu'où ira-t-on ? » pensa-t-elle. En même temps elle ne pouvait s'empêcher de trouver que la liberté gagnée dans les mouvements donnait à ces femmes une grâce et une légèreté incomparables. « Nous étions si raides », se dit-elle et elle envia leurs rires et la façon dont elles se parlaient de choses futiles, sans complexes.

« Tant mieux, tant mieux pour elles ! Au moins elles profitent de la vie. »

— Tout le monde est là ?

Sidonie venait d'arriver avec Rosalie et Colette, les dernières commerçantes du haut de la rue. Elle s'avança et expliqua à haute voix qu'elle était allée les chercher parce que Mme Davezac avait quelque chose à leur dire.

Jamais de sa vie Lucile Davezac n'avait eu l'occasion de parler en public. En tête à tête ou en petit comité elle n'avait aucun problème, au contraire. Mais là, elle resta sans voix. En voyant tous ces visages attentifs tournés vers elle, elle se demanda au nom de quoi elle allait imposer à ces femmes de partager avec une inconnue le gîte et le couvert. Elle aurait préféré les voir les unes après les autres, c'eût été plus facile. Sidonie avait cru bien faire et elle était mise devant le fait accompli. Seulement elle n'arrivait pas à commencer, elle ne savait pas par quel bout prendre la question.

C'est alors que Sophie intervint. La fille du pharmacien était restée totalement en retrait et elle avait fini par s'asseoir derrière la caisse où Gabrielle avait laissé place libre. Elle avait toujours aimé la vie de ces magasins où l'on voyait de tout, du pire et du meilleur. Elle pensait que la grand-mère d'Yvonne en rirait aussi mais quand elle vit son visage elle comprit qu'il se passait quelque chose d'anormal. Visiblement Mme Davezac n'arrivait pas à sortir le premier mot et Sophie sentit immédiatement qu'elle devait lui venir en aide. Elle prit alors la parole avec un grand naturel et se surprit à raconter l'histoire de la jeune mère et de sa petite fille qui avaient « échoué » à Lourdes arrivant de Bordeaux. Les autres l'écoutaient, ébahies. Pourquoi leur parlait-on de cette femme qu'elles avaient à peine vue passer dans leur magasin à la recherche d'un travail et qui n'était qu'une femme parmi tant d'autres qui passaient tout au long de la saison en quête de la même chose ?

— Je vais vous dire pourquoi je vous en parle.

Lucile Davezac venait de reprendre la parole. Elle avait écouté Sophie raconter l'histoire à sa place avec un grand soulagement. Elle n'aurait su dire pourquoi mais tout à l'heure quelque chose s'était noué dans sa gorge, quelque chose que les paroles de Sophie avaient dénoué au fur et à mesure.

— Je vous parle de cette femme, reprit-elle, parce qu'elle est à la rue et qu'on ne peut pas la laisser comme ça !

— Mais il y en a tout le temps qui...

— Oui, je sais, trancha Lucile d'un ton où perçait la colère, mais celle-là, c'est celle de trop. Nous sommes sur le mauvais chemin. Qu'est-ce qui nous prend de ne plus voir la misère des autres ? Cette femme ne demandait pas la charité, ça se voit au premier coup d'œil qu'elle est pas du genre à baisser les bras. Faut en vouloir pour faire tout ce chemin avec rien sur la peau et une gosse pendue à son bras ! Elle arrive de Bordeaux, elle a mis six jours à venir ! Vous avez vu ses pieds ? Vous les avez regardés au moins ? Et ceux de la petiote, vous les avez vus ?

Les commerçantes ne savaient plus que dire. Quelques-unes avouèrent que non, elles n'avaient pas regardé.

— C'est ça qui ne va pas, fit Lucile dont la colère grandissait en repensant au visage épuisé mais volontaire de la jeune mère. On ne regarde plus ! On ne veut plus savoir ! On ne cherche pas à comprendre ! Mais si personne ne nous avait aidées quand on était dans la boue autrefois, où on serait aujourd'hui ? Hein ! Où on serait ?

— Mais..., intervint alors d'une voix délicate la jeune femme à la robe dernier cri, si on m'a bien raconté l'histoire, personne n'a aidé nos grand-mères à l'époque, elles se sont aidées toutes seules.

Lucile la regarda, interloquée. Comment cette jeune femme que la vie avait gâtée pouvait-elle dire une énormité pareille ?

— Et... et la Sainte Vierge alors ! fit-elle d'une voix où perçait sa stupéfaction, elle est venue pour rien ? Elle a aidé personne ?

— Oui, bien sûr, fit la jeune femme en dodelinant de la tête, la Sainte Vierge d'accord, elle est venue dans la grotte mais elle a pas construit les chalets ni organisé l'accueil, ni...

— Mais elle a fait mieux que ça ! hurla Lucile. Elle a donné aux femmes qui n'avaient plus rien une chose extraordinaire qui s'appelle l'espoir ! L'ESPOIR ! Mais savez-vous seulement ce que c'est que de ne plus avoir d'espoir, de ne plus croire en rien, de n'avoir même plus envie de croire en quelque chose ! Vos grand-mères seraient toutes mortes dans la nuit de la misère sans que personne ne les écoute ni ne les voit s'il n'y avait pas eu cette miraculeuse apparition. Elles s'y sont accrochées avec une foi que vous n'imaginez même pas ! Et elles ont survécu juste à cause de cette petite lumière. Elles y ont cru, comme on croit au paradis. C'est pour ça que vous êtes là aujourd'hui. Ne l'oubliez pas, ne l'oubliez jamais ! Comme moi, vous venez toutes du néant et vous devez aider ceux qui crient au secours avant qu'il ne soit trop tard. Ouvrez vos portes ! Ne faiblissez pas ! Accueillez. Aidez les autres à votre tour. Agissez ! Vous le devez ! Vous m'entendez ! Cette mère va sombrer, on doit lui tendre la main !

Les femmes étaient glacées. Mme Lucile Davezac avait jeté à leurs pieds la misère de cette femme et de son enfant, elle venait de les faire sortir d'une longue torpeur et de faire battre leur cœur. Elles se sentirent alors effrayées de leur propre indifférence. Comment avaient-elles pu laisser cette mère et sa petite fille à la rue dans un tel dénuement ?

Sophie n'avait pas bougé. Assise à la place de Gabrielle derrière la caisse, elle s'était figée comme les autres en écoutant monter la violence du ton. Elle avait vu se transformer la grand-mère d'Yvonne, si policée d'ordinaire, si maîtresse d'elle-même. Et elle se demandait maintenant, en la voyant calmée, dans quel tréfonds de son âme Mme Lucile Davezac était allée chercher les mots. Un vent de douleur venait de secouer ces femmes confortables.

L'affaire se régla en cinq minutes. Chaque famille les prendrait tour à tour et Valentine aurait du travail et un toit jusqu'au début de la saison. Après, l'activité redeviendrait intense, les emplois saisonniers reprendraient à plein régime et ce ne serait plus un problème. Les commerçantes regagnèrent leurs magasins, bouleversées et heureuses.

— Tu vois, fit Colette à Rosalie en remontant la rue, il y a une heure je m'en serais fait une montagne d'accueillir cette femme, parce qu'il faut pas croire, ça va faire du tracas. Mais maintenant je me dis que c'est rien au fond. Deux semaines pour deux vies à sauver ! Quand même ! On devient égoïstes...

— Eh oui, c'est rien, fit Rosalie, mais quand la femme vient quémander au magasin et que tu es en train de travailler, tu penses pas à organiser les choses. Avec tout ce qu'il faut faire ! Mais en s'y mettant à toutes comme l'a dit Mme Davezac, c'est faisable.

Colette plissa les yeux en signe d'assentiment puis secoua la tête. Elle venait de penser à quelque chose :

— Elle a bien parlé, tu trouves pas ? Pour une femme qui dit presque jamais rien.

— Euh, oui, oui, c'est vrai, fit Rosalie en réfléchissant... Mais tu sais j'ai entendu dire qu'autrefois c'est sa mère qui avait parlé au procès des femmes de Lourdes et il paraît qu'elle avait été extraordinaire ! Elle non plus ne savait parler et pourtant...

— Comme quoi, fit Colette d'un air pensif, quand on sait ce qu'on a à dire et pourquoi on le dit, ça vient tout seul.

Quand on lui annonça la nouvelle, Valentine serra sa petite contre elle à l'étouffer :

— On est sauvées, mon amour, on est sauvées ! lui chuchotait-elle à l'oreille en pleurant, on est sauvées.

Lucile Davezac songea en les voyant que la vie n'était qu'un éternel recommencement. La vie et la misère, la misère et la vie. En finirait-on un jour ?

Tant pis pour ses chaussures et pour ce qu'en dirait Catherine, Sophie décida de monter au chateau admirer le paysage avant d'aller rejoindre Yvonne à son magasin.

L'herbe avait tant poussé qu'elle avait disjoint les cailloux qui tapissaient le chemin qui menait au fort. Avec le ravinement des eaux de pluie, il y avait partout de larges plaques de boue. Même en faisant très attention il était impossible de les contourner totalement et de ne pas s'en remplir les chaussures, mais Sophie aimait aller là-haut. Aucun autre endroit dans la ville ne lui apportait autant de paix. On ne pouvait pas rentrer dans la forteresse elle-même car elle était cadenassée, mais on pouvait accéder librement à la cour intérieure et au chemin de ronde. Désertée, abandonnée au vent, elle dominait l'ensemble des maisons, des hôtels et des sanctuaires, et on voyait au loin l'horizon vers le Nord. Sophie n'y avait jamais croisé que des gamins qui jouaient aux soldats. En pleine journée en tout cas, et en cette période de fin d'automne juste avant l'entrée dans l'hiver, il n'y avait pas âme qui vive. Sophie ne s'attardait jamais longtemps mais elle avait besoin de venir. Elle s'accoudait sur le bord d'un créneau et laissait son regard plonger dans la ville. Une légère rumeur montait des ruelles, parfois les échos du vent apportaient des bribes de chants qui semblaient venir de la grotte et une brume permanente rôdait aux alentours, prête à tout envahir.

Sophie avait en mémoire le jour où, redescendant, elle était tombée sur Gabriel à l'angle de la rue du Fort. Elle revit sa chevelure bouclée, son sourire. De petites notes de musiques interrompirent ses pensées. Les cloches de la basilique sonnaient l'*Ave Maria*. Elle connaissait par cœur ces notes grêles. C'était une litanie obsédante qu'elle aurait pu chanter n'importe où et en tous lieux sans jamais l'oublier. Lourdes ! Sa ville ! Tout était si beau avant ! Où était leur jeunesse, où était l'amour de Gabriel ?

Sophie avait beau faire, partout elle se cognait à son souvenir. Les jours heureux étaient-ils définitivement perdus ?

Penchée sur le comptoir de bois du magasin avec sa grand-mère, Yvonne admirait la nouvelle statuette que Joseph Dupont, le fabricant de vierges, leur avait apportée la veille.

— Elle est magnifique, s'extasiait Yvonne en la tournant dans tous les sens. Tu as vu ce drapé, et ces voiles. Nous n'en avons jamais eu d'aussi belle !

Lucile Davezac devait le reconnaître, le modèle était, et de loin, le plus beau qu'elles aient jamais eu. Elle en était contente pour les Dupont qui travaillaient en famille et qui apportaient beaucoup de soin à leur travail. Les Dupont étaient des gens du pays. Autrefois ils fabriquaient de petits sujets régionaux pour les touristes qui venaient aux Pyrénées. C'est Mme Dupont qui la première avait eu l'idée de faire une petite statuette de la Vierge. Elle l'avait réalisée elle-même et pendant quelques années ils avaient bien vendu son modèle. Mais d'autres vierges, sculptées par des professionnels, n'avaient pas tardé à apparaître sur le marché et la petite Vierge de Mme Dupont soutenait difficilement la comparaison. La fabrique familiale était en danger. M. Dupont s'était donc rendu à Toulouse et il avait fait appel à un sculpteur renommé. Il venait juste de terminer la première livraison de son nouveau modèle et tout le monde en voulait tant il était réussi.

Dans la petite fabrique familiale des Dupont tout se faisait à la main. Lui faisait le plâtre et remplissait les moules qu'il mettait ensuite à sécher sur de grandes étagères de bois. Puis dans un deuxième temps il les passait dans un séchoir. Quand le plâtre avait bien pris, ses fils démoulaient et lissaient les statuettes une à une de manière à gommer toutes les imperfections. Quand ils avaient terminé c'était au tour des belles-filles de finir le travail. Elles peignaient la ceinture de la Vierge dans un délicat bleu d'azur, et ajoutaient les taches des roses claires sur le rocher noir. Même les boîtes en carton où l'on mettait les statuettes de plâtre étaient faites maison, une à une. Lucile Davezac aimait beaucoup se rendre à la fabrique où régnait une ambiance particulièrement chaleureuse. On se serait cru dans l'atelier de quelque sculpteur.

— Regarde, dit Lucile à Yvonne en se dirigeant vers une vitrine, on pourra les mettre ici.

— Non non, pas sous vitrine, mamie. Surtout pas. Il faut que les gens puissent les toucher, les voir de près, sinon ils ne se rendront pas compte. On fera faire une série d'étagères larges. Chez Padoni, au magasin de la veuve de Toulouse, ils ont mis leurs modèles sur la rue, à portée de main. Et ils ont raison, pour les petits modèles on pourrait faire pareil. Quand les gens en ont pris une dans les mains, ils veulent plus la lâcher. C'est bon pour la vente.

À ce moment une longue adolescente d'à peine seize ou dix-sept ans entra dans le magasin. Elle voulait rapporter à sa mère un souvenir de Lourdes mais elle ne disposait que d'une toute petite somme. Yvonne s'avança vers elle en souriant et lui montra une série de médailles et d'images qui correspondaient au prix qu'elle pouvait mettre. La jeune fille hésitait, elle regardait autour d'elle quand elle tomba sur la vierge de M. Dupont.

— Oh ! fit-elle émerveillée. Comme elle est belle !

Yvonne prit la Vierge et la lui montra en souriant, ravie de voir qu'elle plaisait déjà.

— C'est notre tout dernier modèle et l'unique que nous ayons, il vient juste de rentrer. Nous installerons les autres la saison prochaine.

La jeune fille n'en demanda pas davantage. Elle avait bien

compris que le modèle n'était pas dans ses prix et, qu'en plus, il n'était pas encore disponible. Un voile de tristesse passa dans ses yeux. Elle se résigna et choisit une médaille en métal recouverte d'un émail bleu. Comme elle venait payer, Lucile, qui était à la caisse, bavarda un peu tout en l'observant. Elle avait quelque chose de triste et de réservé qui émut Lucile.

— Tu es venue seule ? lui demanda-t-elle, inquiète.

— Oh, non ! Je suis avec le pèlerinage de Normandie.

— Ah bon, fit Lucile, et ta maman...

— Elle n'a pas pu venir, dit vivement l'adolescente.

Lucile n'insista pas. Parfois les pèlerins aimaient à se confier, d'autres fois ils préféraient se taire. Sans rien dire elle prit la vierge de M. Dupont, l'enveloppa dans un papier de soie et la rangea dans sa petite boîte en carton. Puis elle ficela le tout et tendit le paquet à la jeune fille stupéfaite.

— Comment t'appelles-tu ? lui demanda-t-elle.

La jeune fille sourit, son visage s'éclaira. Elle avait un très beau visage mat et son sourire la tranformait.

— Je m'appelle Jessica, dit-elle.

— Tiens, Jessica, fit Lucile gentiment, cette Vierge est pour toi. J'ai vu que tu l'aimais, elle te protègera.

Quand la jeune fille s'en alla, elle était rayonnante.

Yvonne ne fit aucune remarque. Sa grand-mère avait tenu son commerce avec une grande rigueur et comptait sa monnaie au centime près. Mais elle avait toujours eu des gestes comme celui-là. Elle savait donner.

D'aussi loin que Mme Davezac se souvienne, des chapelets qu'elle avait installés dans sa toute première boutique jusqu'à ce jour, elle avait toujours eu conscience de vendre quelque chose d'unique qui s'accordait mal avec un étalage excessif. Sa boutique avait quelque chose d'austère. Elle y présentait les articles à l'ancienne, en très petit nombre, donnant à chacun une place précise pour le mettre en valeur. Dans ses tiroirs, dans ses placards sous les vitrines, elle avait ses réserves, mais au client elle vendait toujours la pièce qu'elle présentait et qu'elle remplaçait ensuite. Dans chaque objet, dans chaque médaille, dans chaque chapelet qu'elle avait vendus, Mme Davezac avait mis quelque chose de son cœur. Elle connaissait la réelle valeur des vierges de plâtre.

Machinalement, elle porta son regard vers une statuette jaunie et abîmée posée dans une petite vitrine tout près du comptoir. Cette Sainte Vierge ne l'avait jamais quittée. Elle venait de loin, du temps où avant d'être la très aisée Mme Davezac elle avait été la misérable Lucile Abadie. Son cœur se serra d'émotion. Que d'espoirs ! Que de prières avec sa mère Marie devant cette statuette de plâtre ! Remontèrent alors la dureté des nuits glaciales, la suffocation des soirs d'été, les ténèbres du misérable logis de terre battue, et la terreur au fond du ventre de ne pas savoir ce qu'on mangera demain. Survivre ! Survivre ! Dans la boue, dans la nuit, mais à tout prix survivre ! Toutes les douleurs, toutes ses peurs et celles de sa mère s'étaient jour après jour déversées en prières suppliantes sur ce morceau de plâtre.

Et puis la Sainte Vierge était apparue à Lourdes et la faim avait disparu.

C'était comme ça. On en pensait ce qu'on voulait mais, depuis, Lucile Davezac croyait en la force des vierges de plâtre.

Sophie venait à peine d'entrer dans le magasin quand Yvonne cria :

— Mamie ! Mamie ! Vite Sophie, aide-moi. Regarde ! Mamie ne va pas bien, elle tombe. Vite ! Vite !

D'un geste vif, Sophie posa son sac à terre, glissa son bras sous celui de la grand-mère de son amie et l'aida à s'asseoir près du comptoir. Lucile Davezac venait de faire un malaise. Yvonne était effrayée :

— Mamie ! Mamie ! Mais qu'est-ce qu'il y a ? Réponds ! Réponds !

Lucile Davezac sourit et prit la main de sa petite-fille :

— Ne t'inquiète pas, lui dit-elle dans un souffle, ce n'est rien, juste un peu de fatigue...

Puis elle ajouta en serrant plus fort sa main dans la sienne :

— ... mais n'oublie jamais ce que je t'ai déjà dit souvent. Nous ne vendons pas n'importe quoi. Pour le pèlerin qui nous l'achète, sa vierge de plâtre sera une Vierge sacrée. Dans chacune de celles qui sortira de notre magasin tu dois mettre un peu de ton amour...

— Eh ben, fit Yvonne en roulant de grands yeux, il va m'en falloir de l'amour ! Tu sais, Mamie, des vierges on n'en vend pas dix par jour comme à ton époque, mais cent, et au rythme où ça va je ne pourrai pas faire comme tu dis !

— Le nombre ne doit rien changer à l'esprit. Les vierges de M. Dupont sont peut-être très belles, mais elles ne seront rien si tu ne commences pas toi-même par leur donner la vie. N'oublie jamais, Yvonne, les vierges de Lourdes doivent partir vivantes. Tu m'entends ! Vivantes !

Émue, Yvonne embrassa sa grand-mère et jura de ne jamais oublier même si elle ne voyait pas très bien comment elle allait s'y prendre. Sophie n'avait pas bougé. Elle regardait maintenant la boutique d'un autre œil.

La lumière accrochait le bois ciré des meubles et brillait au verre des vitrines. Sur les murs, dans les présentoirs, au cœur de chaque médaille, de chaque statuette, les regards des madones vibrèrent doucement. Jamais Sophie n'avait porté une grande attention à ce qui se vendait dans sa ville. Quand elle était née il y avait déjà des médailles partout, des saintes vierges et des chapelets à chaque coin de rue. Pour elle, ils faisaient partie du décor. D'une certaine manière elle ne les voyait pas. Les paroles de la grand-mère d'Yvonne venaient de leur donner une consistance inattendue.

Sophie et Yvonne partirent au couvert après le retour de Lucette au magasin. Sœur Cécile les introduisit dans la salle d'accueil. Le linge d'Yvonne attendait, étalé sur une longue table de bois sombre. Sophie regardait le profil énergique de son amie, sa coiffure bien rangée sous son chapeau de velours cloche à bord sage et son manteau cossu de laine mérinos. La jeune amoureuse éperdue qui, quelques années plus tôt, pleurait son Giovanni, avait disparu. Yvonne était devenue une jeune femme sûre d'elle qui, après les salutations d'usage, se mit à vérifier méthodiquement le détail des broderies qu'elle avait commandées. Souriante, sœur Cécile guettait la surprise, le cri admiratif. Mais il ne vint pas. Yvonne vérifiait le linge de son trousseau comme elle vérifiait les livraisons de ses fournisseurs. Avec sérieux et précision, traquant l'erreur ou le défaut.

Pendant ce temps, Sophie détaillait les merveilles brodées par les religieuses : serviettes fines chiffrées en lin, tissées nid-d'abeilles et œil-de-perdrix, incrustées pour certaines pièces d'entre-deux de dentelle de Venise et bordées de longues franges nouées à la main. Service de table en lin au pourtour orné d'un rinceau de feuillages brodés dans les bleus, ton sur ton, service damassé aux motifs de vigne avec jours de Venise et serviettes monogrammées dans la grande tradition. Tout était pure merveille. Son regard fut attiré par une parure inhabituelle. C'était un ensemble, draps et taies d'oreillers, en fin coton d'Égypte, qui s'ornaient d'applications modernes de fleurs stylisées blanc et écru, cousues à la main par un point piqué.

— C'est sœur Josèphe qui les a réalisées, fit sœur Cécile, délaissant l'inspection d'Yvonne et ravie de voir l'attention portée par Sophie à leur travail. Anaïs Lacrampe lui fait passer les nouveaux modèles qu'elle trouve dans le journal des modes qu'elle utilise pour son magasin. Moi je préfère les anciens dessins, c'était moins géométrique, plus fin. Mais bon, d'après sœur Josèphe, il paraît que maintenant, vous, les jeunes femmes, vous aimez ça, alors.

— Ma sœur, c'est magnifique ! Quel travail superbe ! Et pas un défaut. Pas une erreur. Merci, merci beaucoup ! Vous remercierez toutes celles qui ont travaillé, c'est une fierté pour moi d'avoir un pareil trousseau.

Sœur Cécile sursauta et se retourna. Yvonne avait terminé son inspection et manifestait sa joie de façon chaleureuse et enthousiaste.

Sœur Cécile souffla. Remuée et touchée, elle ajouta en souriant en direction de Sophie :

— Et maintenant on est disponible pour compléter le vôtre, mademoiselle Claverie. Dès que vous voudrez, on...

Mais elle laissa sa phrase en suspens et comprit aussitôt sa bévue. Le visage de Sophie s'était fermé d'un coup. Sœur Cécile était la seule de sa communauté à sortir des murs du couvent et à aller en ville. Elle avait su pour le décès du fiancé de Sophie, mais c'était il y a plus d'un an et elle pensait que maintenant Sophie avait peut-être d'autres projets.

Sœur Cécile s'était trompée. Sophie ne pensait à rien et ne voyait aucun homme parmi les rescapés qui lui donne envie de passer sa vie à ses côtés.

Elle quitta son amie dès la sortie du couvent et, sans but précis, elle descendit la rue de la Grotte vers les sanctuaires. Il avait suffi de cette remarque innocente de sœur Cécile pour la plonger dans une mélancolie insupportable qu'elle ne parvenait pas à dominer. Elle passa le pont Saint-Pierre, plongea un moment son regard par-dessus la balustrade de fer jusque dans les eaux bouillonnantes du gave et longea les façades de pierre des grands hôtels. Des oriflammes flottaient aux balcons en hommage au premier pèlerinage des armées qui devait avoir lieu en fin de semaine, le 11 Novembre.

Un peu partout circulaient des groupes de militaires et de soldats qui préparaient les cérémonies avec les curés de leurs paroisses et les autorités ecclésiastiques de Lourdes. Que faire ? Où aller ? Sophie se dirigea vers l'entrée des sanctuaires, passa le lourd portail aux grilles ouvragées et descendit sur l'esplanade. Deux cornettes blanches pressaient le pas vers l'accueil Notre-Dame, la robe sombre d'un curé entrait furtivement dans la basilique. Il y avait dans cet immense espace de pierre grise dominé par la présence de hautes statues un mélange d'angoisse et de fascination qui serrait le cœur de Sophie. Elle se dirigea vers la grotte. Depuis la mort de Gabriel, elle n'avait jamais voulu revenir ici.

Un sanglot étouffé lui fit tourner la tête. À quelques mètres à peine, un vieil homme, debout, mains jointes, portait vers la Sainte Vierge un regard fatigué et éperdu. Visiblement, cet homme était un paysan. De grosses larmes roulaient sur son visage. Il les laissait tomber, sans retenue, sans pudeur et sans honte, indifférent à tout. Gênée, Sophie n'osait pas bouger. Elle restait là, saisie. Que pouvait bien avoir cet homme pour pleurer ainsi et pour implorer aussi fort du regard la statue de marbre blanc ? Un fils perdu ? Une maladie à guérir ? Un décès ? D'habitude, ici, c'était les femmes qui versaient des larmes et c'était bien la première fois qu'elle voyait un de ces rudes paysans dans cette situation. D'ordinaire ils venaient en procession avec les paroisses et, toujours, ils se tenaient un peu en retrait, béret à la main. Ils participaient à tout, chants, baiser au rocher, prières, mais ils avaient toujours l'air moins concernés que leurs femmes. Ils suivaient les cérémonies avec respect mais sans passion aucune. Ils paraissaient même un peu indifférents. Mais depuis cette guerre beaucoup de choses avaient changé. Surtout les hommes. Ils semblaient plus fragiles, désemparés.

Le vieil homme avait fermé les yeux, il semblait apaisé. Il fit un signe de croix, alla déposer un baiser sur le rocher et partit. Sophie songea qu'il devait venir d'un petit hameau des coteaux voisins et que la douleur d'un fils perdu avait dû le faire venir là, seul endroit où il avait pu trouver la paix. Car elle le savait bien puisqu'elle-même y était revenue, la grotte de Lourdes apportait la paix.

Un brancardier aux épaules solides poussait une jeune fille allongée dans un lit installé sur un chariot spécialement conçu à cet effet. Sophie le reconnut. C'était un joueur de rugby de Lourdes qui venait de temps à autre aider les Hospitalités. Avec une délicatesse dont Sophie ne l'eût pas cru capable, il souleva la jeune malade et la porta près du rocher. Puis, toujours le plus délicatement possible, il l'aida à allumer un cierge et à le poser devant Notre-Dame de Lourdes sur un grand présentoir prévu à cet effet. La jeune malade rayonnait. Elle ne sortait jamais de la chambre de son hôpital. Cette sortie en plein air était pour elle extraordinaire. Elle en était bouleversée. Le rugbyman souriait lui aussi, heureux de la voir si bien. Une femme s'approcha et vint leur parler. Sophie les entendit rire. Il régnait un calme et une douceur uniques.

On n'entendait plus maintenant que le chuchotement des femmes qui égrenaient leurs chapelets, à genoux, recroquevillées sur elles-mêmes. Deux d'entre elles disparaissaient sous le capulet noir du pays et on devinait qu'elles priaient au léger mouvement de leur tête. Tout était calme, doux et tranquille. Sophie alla s'asseoir sur l'un des bancs installés pour les pèlerins face à la Vierge et elle glissa dans une vague attente. Elle n'avait envie de rien, ne pensait à rien. Elle ressentait un vide immense et il lui semblait que rien ni personne, jamais, ne pourrait le combler.

Porté par les eaux du gave, un souffle de vent s'en vint frôler la paroi du rocher. Les lierres frissonnèrent. D'aussi loin qu'elle se souvienne, Sophie était toujours venue à la grotte. Dès l'enfance avec sa mère et son père, à l'adolescence avec les enfants de Marie et plus tard, de temps à autre, avec Rose et Yvonne, ou même seule, comme ça, sans raison particulière. La seule période où elle n'y était plus allée avait correspondu à ses fiançailles avec Gabriel. Et puis, petit à petit, durant les longues années de guerre et d'absence elle en avait retrouvé le chemin. Mais le *Notre Père* et le *Je vous salue Marie* qu'elle disait machinalement comme on le lui avait appris, avaient cédé la place à des sortes de pauses. Elle s'asseyait et elle attendait. La grotte donnait aux vagabondages de sa pensée quelque chose d'unique. Ici, Sophie ne pensait pas comme ailleurs. Les soucis, les questions sans réponse, les affres de l'avenir, tout cela s'apaisait et le rythme en elle ralentissait. Son chaos intérieur s'ordonnait et le monde lui paraissait plus doux.

Sans doute les eaux du gave proche, le bruissement des feuilles, mais aussi et surtout ces voix qui psalmodiaient des prières profondes à peine chuchotées. Des prières, emportées par le vent léger qui soufflait sans cesse, tourbillonnaient devant la Vierge, puis remontaient le long de la roche humide, disparaissant enfin dans le ciel immense.

La tonalité de la lumière baissa. Sophie releva la tête.

Venus de l'Atlantique, des nuages chargés de pluie passaient au-dessus du gave, Sophie les vit filer à la barrière de la roche qui dressait au-dessus de la grotte son mur sombre et noir.

Vers où, vers quel dieu inconnu le vent emportait-il les prières des hommes ?

Une angoisse soudaine étreignit le cœur de Sophie.

« J'en étais sûre, je ne voulais plus venir ici, je savais bien que je penserais à Gabriel. À quoi bon ! »

Mais l'infernale machine de la mémoire était en route. Impossible de revenir en arrière. Le souvenir des mains de Gabriel, la force de sa chevelure blonde sous ses doigts quand elle lui caressait la tête, et sa voix, sa voix si douce, si... son rire, sa peau, la certitude de leur amour et l'innocente joie de leur jeunesse... Il était mort. Plus jamais elle ne le reverrait. Un sanglot l'étouffa.

Elle s'agenouilla et laissa son visage tomber entre ses mains jointes. Les larmes coulaient le long de ses doigts sans qu'elle puisse les arrêter, et bientôt tout son corps fut secoué de sanglots. Enfin ! Sophie pleura longtemps, sans retenue. C'était la première fois qu'elle laissait s'échapper ainsi toutes les douleurs qui s'étaient accumulées en elle depuis longtemps, depuis ce jour d'été 1914 où les hommes étaient partis dans les trains pour ne jamais revenir.

Quand elle releva la tête, la lumière des cierges brillait de plus en plus fort aux pieds de la Vierge, l'ombre du soir tombait sur la grotte et sur les eaux du gave.

Sur le chemin du retour, loin de se dissiper, le malaise de Sophie se transforma. Elle pressa le pas, saisie d'un pressentiment soudain. Elle voulait retrouver le plus vite possible son boudoir. Elle se voyait à la fenêtre qui regardait la place Marcadal du côté de l'avenue Maransin vers Tarbes. Et là... Et là... Elle se mit à courir, d'abord à peine, puis de plus en plus vite. Elle fila sur le Pont Vieux et remonta la rue de la Grotte à toute allure, bousculant au passage les derniers militaires attardés qui rejoignaient leurs hôtels. Un groupe la siffla mais elle ne les entendit même pas et quand elle arriva chez elle, complètement essoufflée, elle dut reprendre sa respiration. Elle monta à sa chambre directement sans même passer par la cuisine pour dire qu'elle était rentrée, comme elle le faisait d'ordinaire. Elle se défit précipitamment de sa grosse veste de laine croisée et de son sac qu'elle jeta sur son lit. Puis elle ouvrit la porte du boudoir et, à pas mesurés, se dirigea vers les hautes fenêtres. Juste avant de lever les rideaux, elle ferma les yeux. Ses tempes se mirent à battre et son cœur sembla s'arrêter. Elle respira profondément et, lentement, souleva le voilage. Quand elle rouvrit les yeux une voiture quittait la ville. Elle la reconnut, c'était la Ford T de Maisongrosse, le boulanger. Et puis, plus rien. Sans trop savoir pourquoi Sophie fut déçue, même si elle n'avait rien de précis en tête. La place était vide, désespérément vide comme elle l'était souvent à cette heure-là et en cette saison. Et même un peu plus peut-être. Oui, Sophie s'en fit machinalement la remarque, la place était plus vide que de coutume. D'habitude il y avait toujours quelqu'un pour la traverser, quelque retardataire pressé de rentrer, un habitué du *Café Français* ou de celui de la *Poste*. Là, depuis plus de cinq minutes qu'elle fixait la place, Sophie n'avait pas vu âme qui vive.

— Ah ! Tu es rentrée ? Tu aurais pu le dire, on s'inquiétait. J'étais en train d'écosser les haricots avec Catherine. On comptait sur toi pour nous aider à finir...

Sophie se retourna. Sa mère venait aux nouvelles.

— Mais je n'en savais rien, et puis quelle idée de faire les haricots en fin de journée !

— On n'a pas eu le choix, figure-toi. Par sa cousine, Catherine a pu en avoir dix kilos, des tarbais, ce sont les meilleurs. C'est pas facile d'en trouver ! Au marché il y a un moment que j'en ai pas vu...

Agacée d'avoir été interrompue dans un moment aussi étrange et fort, déçue qu'il ne se soit rien passé, Sophie lâcha son rideau, s'éloigna de la fenêtre et, quittant le boudoir, repassa dans sa chambre. Elle enleva sa jupe de tweed, ses kneps et ses bas de coton. Puis, cependant que sa mère suspendait son manteau, elle enfila sa tenue préférée, celle de

« tous les jours ». Ah ! Elle avait bien changé Sophie ! Avant la guerre, marquée par l'éducation de sa grand-mère qui estimait qu'une femme digne de ce nom devait être impeccable en toutes circonstances, Sophie n'aurait jamais accepté d'être tant soit peu négligée.

Mais les restrictions des temps de guerre et surtout l'absence douloureuse des hommes dans la vie de tous les jours avaient fini par vaincre la forteresse de Sophie. À quoi bon se faire belle, et pour qui ?

Désormais, le soir, elle aimait quitter ses vêtements de ville pour mettre de bonnes vieilles choses pratiques qui ne craignaient rien et qui ne la gênaient pas aux entournures. Gros pulls, jupes informes et les fameuses chaussettes tricotées de Campan. D'aussi loin que les Lourdais se souvenaient, on avait toujours parlé de la qualité de la laine des brebis de Campan, un village à la limite de la haute montagne juste au-dessus de Bagnères dans la vallée de l'Adour, la belle rivière bleue du pays de Bigorre. Là-bas il y avait de vastes estives, les prés étaient bien irrigués et les brebis et les moutons ne souffraient pas des rugosités de la haute montagne où on les envoyait d'ordinaire. On disait que c'est pour cette raison que leur laine était plus douce. En tout cas, les longues chaussettes écrues que les femmes tricotaient avec le fil que les femmes de Campan filaient encore à la quenouille, avaient beaucoup de succès. C'est Benoîte Soubirous qui en avait parlé à Anne. Benoîte affirmait que le fil à la main était meilleur que celui qui sortait de l'usine de Bagnères. On en trouvait au marché du jeudi et il fallait se dépêcher quand une fileuse était là parce que la marchandise ne restait pas et pour être sûres d'en avoir, beaucoup de Lourdaises passaient commande à l'avance. C'est que pendant les années de guerre il avait fallu se débrouiller. On trouvait peu de bas et à la mercerie de la rue du Bourg ils étaient très chers. Pour les jours de cérémonie, pour les dimanches, pour sortir, Benoîte voulait bien que ses filles en mettent mais pour tous les jours elle avait jugé que c'était une dépense inutile et même « indécente » selon ses propres termes.

Habituées au confort des beaux cotons, ses filles, Rose la première, n'en voulaient pas, mais elles avaient vite compris qu'il valait mieux s'y habituer. Benoîte ne reviendrait pas là-dessus :

— Les garçons sont au front dans la boue, la pluie et le froid et vous, vous viendriez vous plaindre pour de malheureux bas de laine qui grattent soi-disant ! Estimez-vous heureuses ! Parce que dans les tranchées ils seraient bien contents de les avoir vos chaussettes de Campan. Vous avez lu la dernière lettre de Pierre ! C'est si humide qu'il dit ! Tout est mouillé ! Mon dieu ! Et les froids qui arrivent, comment vont-ils faire ?...

La voix de Benoîte s'était nouée, elle n'avait pu finir sa phrase. Mais ses filles, en pensant à leur frère, mirent les chaussettes de laine sans plus jamais faire de commentaires.

Ce fut plus difficile pour Anne de convaincre Sophie. Mais les restrictions étaient telles qu'elle non plus n'eut pas le choix, elle dut s'y mettre. Fini le doux coton, les laines fines ou même la soie. Directement tissé au fuseau et tricoté à la main, le fil de laine du pays grattait. Mais, à l'usage, Sophie découvrit non sans surprise les qualités extraordinaires de ces chaussettes. Au bout d'un moment, chauffé par le contact avec la peau, le rugueux fil de laine s'adoucissait et on ne sentait plus qu'une très grande chaleur. Jamais Sophie ne s'était sentie aussi bien protégée. Depuis, même si les bas redevenaient plus accessibles sur le marché, elle avait gardé l'habitude d'enfiler chez elle ses chaussettes tricotées. Elle les portait aussi quand elle allait à l'hospice ou à la grotte emmener les malades.

« Pour ceux qui nous voient ! » avait-elle dit à Rose qui s'étonnait. Bref, elle ne pouvait plus s'en passer tant c'était pratique et confortable.

— Ah ! soupira-t-elle, en y glissant ses pieds, je me sens mieux !

— Tu vois, fit sa mère qui rangeait les habits au fur et à mesure que Sophie les quittait, quand je pense que tu ne voulais pas en entendre parler de ces chaussettes ! Et ces pantoufles ! Quelle scène tu m'as faite le jour où je les ai ramenées ! On mange dans une demi-heure, continua-t-elle avec douceur. Qu'on n'ait pas à venir te chercher, la soupe n'attendra pas.

Assise sur le rebord du lit, vaguement avachie, Sophie acquiesça. Mais une fois sa mère partie elle se redressa, regarda ses chaussettes et ses pantoufles d'un autre œil et se prit à regretter amèrement de s'y sentir aussi bien.

La soupe fut très bonne. C'était une garbure solide où Catherine mettait tout ce qui lui tombait sous la main avec un bon morceau de jambon pour parfumer les légumes. Sophie, gourmande, en reprit trois fois et passa une nuit agitée. Elle pensa qu'elle avait abusé. Comme elle ne dormait pas elle se leva à plusieurs reprises et, poussée par un instinct inhabituel car elle n'aimait pas se lever la nuit et affronter la fraîcheur de l'air, elle alla jusqu'aux fenêtres du boudoir dont elle ne fermait jamais les volets. En bas, la place Marcadal était sombre et vide. Sophie s'en détourna et ses yeux tombèrent alors sur la poupée dans le fauteuil crapaud. Le regard du jouet était particulièrement immense. Sophie en fut si surprise qu'elle alla prendre la poupée.

La lueur de la lune était très blanche et inondait la pièce.

À ce moment précis Sophie réalisa qu'elle n'entendait plus rien. Inquiète, elle reposa la poupée sur le fauteuil et s'approcha des fenêtres. Elle prit délicatement le bord du rideau et, doucement, très doucement souleva le voile. Quand il arrivait qu'à l'aube la petite Sophie vienne ici rejoindre sa grand-mère et qu'il y avait cette lumière dans l'air, la vieille dame disait :

— Tu vois, c'est « l'heure bleue ».

Sur la place, tout avait l'air d'un décor irréel. La pierre des riches maisons semblait plus blanche que jamais et les ardoises grises des toits étaient devenues d'un bleu outremer, un bleu profond de nuit ou de fond d'océan.

Comme sa grand-mère l'avait fait tous les jours, tout au long de sa vie, Sophie porta son regard vers la route de Tarbes.

Seul, dans une sorte de contre-jour à la lisière de la place, il était là. Immobile.

C'était un homme à la haute silhouette, avec un manteau noir. Quelque chose d'inconnu qui venait de très loin serra le cœur de Sophie. Ce fut pour elle la révélation fulgurante de l'attente de toute sa vie. Elle sut à cet instant qu'elle avait attendu cet homme dès le premier jour. Ce jour où, ici même, sa grand-mère avait pointé son doigt vers l'horizon et lui avait dit ces mots qui aujourd'hui prenaient tout leur sens :

« Tu vois, il est parti par là. Mais un jour, il reviendra. »

L'homme s'avança. Sophie ne sentait plus rien d'elle-même. Elle ne voyait que « lui ».

Il s'arrêta au centre de la place, leva les yeux vers ses fenêtres. Ils se regardèrent ainsi pendant très longtemps, sans bouger.

« D'où vient-il ? Il n'est pas de chez nous. »

Curieusement, alors que tout son être était transporté vers cet inconnu, ce fut sa seule remarque avant que ses jambes ne se dérobent et qu'elle ne tombe, évanouie.

Quand elle revint à elle, il n'était plus là.

L'heure bleue avait disparu depuis longtemps déjà, les commerçants de la place levaient leurs volets et il régnait une agitation intense.

En moins de temps qu'il n'en faut pour le dire Sophie fut lavée, habillée et prête à sortir. Elle était pressée de sortir, elle voulait revoir cet homme. Depuis Gabriel, jamais elle n'avait ressenti pareille envie. Elle prit soin d'enfiler un ensemble en tweed élégant, des bas de fin coton peigné et ses jolis souliers à talons.

En sortant, tout occupée à regarder ses pieds et vérifier sa tenue, elle manqua se faire renverser par le cheval de l'hippomobile qui servait à transporter les clients d'un hôtel. Mais au dernier moment une jeune femme la tira en arrière par la veste lui évitant de passer sous les roues. Le cocher tira sur le mors de sa bête avec une telle force que cette dernière poussa un effroyable hennissement de douleur.

— Et alors vous y voyez pas ou quoi ! cria l'homme en occitan, oubliant son français.

— Quel idiot ! fit Sophie qui avait eu très peur et ne voulait pas le montrer.

Elle allait remercier la femme quand elle la reconnut. C'était Valentine, la jeune veuve qui était arrivée chez Lucile Davezac, accompagnée de sa petite fille. Bien mises, simplement mais très nettes, elles n'avaient déjà plus rien à voir avec les deux miséreuses épuisées dont Sophie avait le souvenir. La petite souriait et tenait bien fort la main de sa mère :

— Grand merci, dit Sophie à Valentine en caressant les cheveux de la petite. Puis, pour ne pas partir comme ça et pour dire quelque chose elle ajouta en se penchant vers l'enfant : Et toi, comment tu t'appelles ?

— Léa, répondit l'enfant en se collant aux jambes de sa mère.

— Léa ! Comme c'est joli ! Et que tu es belle avec tes yeux dorés et ta peau claire. On dirait de la porcelaine !

Puis s'adressant à Valentine et la remerciant à nouveau :

— Encore un grand merci. Sans vous je serais à l'hôpital mais... excusez-moi je dois me dépêcher. À une autre fois.

Et tout en faisant un signe de main elle se dépêcha de filer vers la rue de la Grotte. Pensive, Valentine la regarda qui s'éloignait. Elle se revoyait, énergique et gaie, du temps où son mari était encore là. Avec lui elle aurait pu tout affronter. Des larmes montèrent à ses yeux. Le temps n'y changeait rien, l'émotion était là, intacte.

Sophie était loin. Sa nuit étrange l'avait bouleversée.

Elle avait besoin de parler et elle avait décidé d'aller voir Rose. Plus douce qu'Yvonne, Rose était idéale pour la confidence. Elle écoutait gentiment et savait toujours trouver les mots qui apaisent. Toute à ses pensées, Sophie était arrivée devant l'*Hôtel Moderne*. Trois militaires hauts gradés se tenaient devant la porte. La voiture venait d'aller les prendre à la gare et ils attendaient qu'on descende leurs bagages. Bien droits dans leurs sombres manteaux de laine ceinturés à la taille, lourdement épaulés de passementeries dorées, jambes sanglées dans des bottes de cuir noir impeccablement cirées, képis de feutre rouge vif rebrodé de feuilles de chêne dorées, barrettes de médailles au revers, mains gantées, on devinait que ces militaires-là n'avaient pas connu la boue des tranchées. Rien sur eux n'évoquait les terribles années de souffrance physique et le fracas des lignes de front. Indemnes de toutes traces, leurs visages rigides semblaient ne vouloir s'attarder sur rien. Ils ne virent ni Sophie, ni ne saluèrent le chauffeur Marcel qui, avant de remonter dans la splendide berline noire, lustra machinalement d'un revers de manche la poignée de nickel du coffre que les bagagistes avaient marquée de leurs doigts. Et ils ne s'attardèrent pas plus sur François, le petit portier en livrée grise et boutons dorés, qui, bombant le torse de fierté, leur ouvrit grand la belle porte de l'hôtel en verre gravé, ceint d'acajou. Ils entrèrent d'un pas sûr, sans un sourire.

— *Diu biban !* fit le petit François impressionné en direction de Marcel, Foch, c'était lequel ?

Marcel retroussa ses fines moustaches et répondit d'un air entendu :

— Le premier, celui qui avait les moustaches blanches et le bâton étoilé d'or. Tu as vu, petit ! C'est quelqu'un, hein ! Quelle allure !

Pour une fois Marcel était impressionné. Il venait de transporter le commandant de toutes les armées, le maréchal, un fils du pays.

— Tu sais, il est né comme toi et moi, hé, dit-il à François.

— Ah bon ! fit le petit tout étonné. Il faisait les foins ? Il était de la ferme ?

Marcel eut un haussement d'épaule :

— Non, pas quand même. Mais il est né à Tarbes, dans une maison bigourdane ! Une vraie, de chez nous ! C'est lui qui l'a dit dans la voiture, et il a dit aussi que sa famille

« était de vieille souche pyrénéenne ». Il parlait avec l'autre là, Joffre, je les ai entendus.

— Ah bon, fit le petit perplexe, ne voyant pas trop en quoi cela pouvait tant réjouir Marcel qui, tout à sa fierté d'une pareille similitude dans les origines, en oubliait que l'humble ferme de ses propres parents perdue au fond du bois de Julos n'avait qu'une pièce de terre battue cependant que la très cossue demeure du père de Ferdinand Foch, ancien avoué de Tarbes et Lourdes, avait des parquets de chêne ciré et des encadrements de pierre à chaque fenêtre d'une magnifique façade, dans le quartier de la préfecture près de la cathédrale.

Sophie n'avait rien perdu de la scène. Depuis un an que Marcel était le chauffeur attitré de l'*Hôtel Moderne*, elle avait eu l'occasion de monter dans sa voiture avec Rose, quand Benoîte voulait aller faire des achats à Pau ou à Tarbes. Elle connaissait ses vantardises. Il était fier de son rôle et de sa magnifique livrée noir et rouge. Avec Rose, un jour où il faisait le malin plus que d'ordinaire, elles s'étaient moquées de lui. Cela avait failli mal tourner. Marcel était très susceptible. Benoîte les avait vertement remises à leur place.

— Que je ne vous y reprenne pas ! Un chauffeur comme lui ça se trouve pas tous les jours ! Il manquerait plus qu'il prenne la mouche et qu'il aille voir ailleurs ! Ça alors ! Il aura pas de mal à être débauché, tout le monde me l'envie. Méfiez-vous ou la prochaine fois vous irez à pied !

— Mais, maman, avait cru bon d'expliquer Rose, avoue qu'il en rajoute. C'est pas parce qu'il porte des gens de la haute qu'il en fait partie. Il se monte la tête et confond sa vie avec...

— Et qu'est-ce que tu en connais toi de la vie de Marcel, hein ? Qu'est-ce que tu en sais ? Rien ! Alors tais-toi et fais ce que je dis ! À la moindre remarque, gare à vous !

Penaudes et surprises d'un tel éclat, Rose et Sophie étaient restées coites. Quand Benoîte Soubirous piquait une colère, on attendait que l'orage passe.

Benoîte avait trouvé Marcel par le plus grand des hasards, un jour de novembre il y a tout juste un an. Jusqu'alors elle avait un ancien cocher qui faisait office de chauffeur, mais il ne connaissait que les vrais chevaux qui mangent de l'avoine et aucunement ceux qui carburent à l'essence. Il était incapable de réparer quoi que ce soit. À la moindre panne on devait aller chez Perrucq, le garagiste. Que de fois il avait fallu atteler la vieille jument pour tirer le véhicule jusqu'à son garage. Et pour presque rien ! Une bricole qui aurait pu être réparée sur place. La facture commençait à être salée. Sans parler de la perte de temps ! Benoîte en regrettait presque le cabriolet et l'attelage à l'ancienne.

Donc ce jour-là elle était en train de discuter le coup avec Perrucq quand ce grand gaillard de Marcel s'était approché de la voiture que le mécanicien était en train d'ausculter. Il avait piètre allure mais, devant le capot ouvert de la voiture, son regard s'était illuminé et il s'était jeté sur le moteur à côté du mécanicien comme si sa vie en dépendait. Benoîte l'avait entendu dire des mots étranges : « ... boîte de vitesse... coussinets... limer les joints... »

Perrucq, intrigué, lui avait demandé s'il s'y connaissait.

— Et comment ! avait répondu Marcel, je peux vous le dessiner votre moteur, je le connais par cœur.

C'est là que Benoîte montra son extraordinaire talent. Elle avait un sens incroyable des situations et avait pris Perrucq de vitesse :

— Ah ! Et vous savez conduire ? avait-elle demandé à Marcel en s'immisçant dans la conversation.

— Euh ! Oui, enfin j'ai pas conduit souvent, mais je sais quand même, avait-il répondu.

— J'ai une place pour vous, avait dit Benoîte devant Perrucq stupéfait. Ça vous dirait, chauffeur ?

— Chauffeur ! Et chauffeur de quoi ! avait fait Marcel.

— De ça ! avait répondu Benoîte en désignant la somptueuse limousine qu'elle venait de s'offrir pour transporter les prestigieux clients de l'*Hôtel Moderne*.

Marcel en était resté bouche bée. L'affaire s'était conclue en deux minutes. Benoîte était très fière de ce coup-là. Comme elle devait le raconter plus tard, elle « avait coiffé

Perrucq au poteau » ! Lui aussi était intéressé par Marcel, mais comme disait Benoîte : « Il aurait fait traîner l'embauche, ne serait-ce que pour négocier ses gages. »

Femme de décision, efficace, ne rechignant pas à bien payer ce qui doit l'être, Benoîte avait mis un bon salaire sur la table. En plus Marcel était logé, blanchi, nourri, chauffé, et il n'avait jamais à subir la moindre remarque sur ce qu'il faisait avec la voiture. En échange il était disponible vingt-quatre heures sur vingt-quatre.

Benoîte était ravie. À l'époque, pour un particulier, le grand luxe c'était d'avoir un mécanicien-chauffeur. Pas un valet ou un cocher reconverti ! Non, ça, on en trouvait en veux-tu en voilà. Mais un mécanicien capable de réparer lui-même les pannes du véhicule, c'était inespéré ! Bref Marcel était une denrée rare. Un petit détail étonnait pourtant Benoîte : c'était un petit crayon à papier fort laid et abîmé qu'il avait suspendu à la clef de la voiture. Elle l'avait questionné à ce sujet sans jamais avoir de réponse.

Lui, de cette embauche inespérée, il n'en revenait pas. Car ce que Benoîte ne pouvait soupçonner, c'est qu'il n'était pas mécanicien, qu'il ne l'avait jamais été.

Fils d'un petit paysan qui louait une misérable ferme dans un village au pied des montagnes, Marcel n'avait jamais rien réparé ni conduit d'autre que le char à bœufs de son père et la carriole pour aller au marché. C'est à la guerre, dans la boue des tranchées, qu'il avait tout appris du secret des voitures. Grâce à Paul Miniet, un gars du Nord qui était mécanicien. Paul avait la passion des moteurs et de la mécanique et il avait besoin d'en parler. Avec Marcel il avait trouvé une oreille attentive. Et il ne s'était pas privé. Il avait parlé des heures, des nuits entières, il avait expliqué en long et en large les rouages de ces merveilleuses automobiles, il avait détaillé les moindres pièces qui faisaient rugir les moteurs. Il les dessinait même tellement cela lui manquait de ne pas pouvoir les toucher pour de vrai. À force de l'entendre Marcel était devenu incollable. Et puis, un jour d'août 1917, Paul fut tué à deux pas de lui et mourut dans ses bras à Moulin-sous-

Touvent dans le canton d'Attichy lors des grandes offensives allemandes de Picardie. Sur le corps de son ami, Marcel pleura de désespoir. Il prit dans sa poche le crayon usé avec lequel Paul dessinait les moteurs et il le glissa dans la poche de son pantalon juste avant qu'un obus ne l'enterre vivant. Enseveli, oublié dans la boue, il s'était cru mort. Aussi quand, le 20 novembre 1918, par les vitres du train qui le ramenait au pays, il avait revu la ligne bleue des Pyrénées, il s'était juré de revivre. Et surtout d'oublier. Il brûla sa longue capote de laine bleu horizon usée jusqu'à la corde et ses brodequins éventrés et décida de changer de vie. Pas question de succéder au père dans les rudes travaux de la misérable ferme, pas question de dormir ne serait-ce qu'une nuit de plus sur la paillasse de la pièce en terre battue ! La nuit, la terre, la boue, Marcel n'en voulait plus.

Le cœur meurtri mais refusant de se laisser attendrir, il avait laissé là ses parents usés de fatigue et il était reparti à pied sans un sou en poche vers les chaudes lumières de la ville de Lourdes. Marcel voulait vivre ! Pas faire semblant. Ses parents avaient toujours trimé comme des bêtes et ils mourraient comme des bêtes. Sur la paille, sans rien à eux. Avant la guerre il aurait tout repris et fait les choses sans se poser de questions. Maintenant il ne pouvait plus. Il serra les dents, se blinda le cœur et il les abandonna là sur le seuil de la porte, sans explication. Parler, à quoi bon ? On ne parlait pas chez Marcel, et dans les tranchées il écoutait les autres. Alors, même s'il l'avait voulu, il n'aurait pas su.

En descendant le coteau, il pleura comme pleurent rarement les hommes, librement, fort, il hurla même de douleur. Et quand il fut sur la grand-route qui menait à Lourdes, son cœur s'était vidé. Il le sentait dur au fond de lui, comme de la pierre. Il se disait que désormais plus rien ne pourrait lui faire de mal. Pour le travail il était sans illusion, déjà prêt à en baver pour se faire une place. Lourdes était une ville en pleine expansion mais ce n'était pas la main-d'œuvre qui manquait. Des Espagnols qui crevaient de faim et traversaient la frontière, prêts à travailler pour presque rien, sans compter le millier d'Annamites, Indochinois, Martiniquais, Malgaches, que le gouvernement avait fait venir des colonies pendant les années de guerre pour soutenir la main-d'œuvre féminine à l'arsenal de Tarbes. Une vingtaine de canons et plus de six cent mille cartouches de fusils sortaient chaque jour des ateliers de l'arsenal : c'est le « beau résultat » qu'avait pu constater Louis Loucheur, le sous-secrétaire d'État aux munitions, quand il était venu faire sa visite d'inspection, le 29 avril 1917. Mais aujourd'hui la guerre était finie et les Annamites étaient toujours là. Sans compter le flot de réfugiés, de blessés descendus du Nord et dont beaucoup restèrent. Marcel ne serait pas seul sur le marché du travail. Plus il avançait vers la ville miraculeuse, plus il en prenait conscience.

Juste au dernier tournant, un endroit en surplomb d'où on pouvait embrasser Lourdes d'un seul coup d'œil, il s'était arrêté. Comme ça, sans raison apparente. Il avait pensé à Bernadette Soubirous. Il ne connaissait d'elle que les dessins naïfs qui ornaient les paquets de bonbons à trois sous que lui achetait sa mère à l'occasion du pèlerinage du village, au Rosaire, une fois l'an. Il aimait ces images colorées d'une grotte aux couleurs suaves qui n'avaient rien à voir avec la réalité et il aimait aussi ces bonbons de sucre cuit. On les appelait les « cailloux du gave » parce qu'ils imitaient les petits galets gris et blancs qui tapissent les bords du gave qui longe la grotte et file vers Pau. Est-ce le souvenir des bonbons dans sa bouche ou la petite image de Bernadette ? Toujours est-il que Marcel retrouva instinctivement le geste que faisait son père en entrant à l'église le dimanche. Rapidement du bout du pouce sur le front il se signa.

Et là, seul face à son pays, démuni, ayant perdu plus que lui-même, il fit ce qu'il n'avait pas fait depuis bien longtemps, même quand sur le champ de bataille il avait cru sa dernière heure venue. Il fit une prière à Notre-Dame de Lourdes. Ce fut un « Je vous salue Marie, pleine de grâces... » dit sans intention précise, et dont les mots revinrent à sa mémoire avec une étonnante facilité.

Marcel ne demandait et n'attendait rien. Peut-être avait-il tout simplement besoin de dire des mots d'amour, et comme il n'en connaissait pas, il pria.

Il ne devait jamais oublier cette prière. Juste après l'avoir faite il tomba, quelques kilomètres plus loin, sur le garage Perrucq et sur Benoîte. Et depuis ce jour-là, tous les matins, qu'il pleuve, qu'il vente ou qu'il neige, Marcel allait à la grotte remercier Notre-Dame de Lourdes et Bernadette, la petite fille de son pays.

Désormais, au volant de la plus belle automobile de Lourdes, conduisant des personnalités riches et puissantes qu'il n'aurait jamais imaginé côtoyer un jour, Marcel était devenu quelqu'un d'important. Tout le monde le connaissait et le respectait. On lui parlait avec déférence.

Pour revivre, il avait choisi un jour de tout oublier. La ferme de Julos, son père et sa mère qui attendaient en vain ses visites, Paul et tous les autres, morts à la guerre dans les cris et les hurlements.

Il en avait trop vu de ceux qui se souviennent et ne se remettent jamais debout. De temps à autre il croisait Firmin, si beau autrefois, titubant aujourd'hui de café en café. Ou Émile, la gueule cassée, qui faisait la manche aux abords de la gare. Au début Marcel s'effondrait en les voyant, il était allé leur parler, il avait essayé de les aider. En vain. On ne peut ressusciter des morts. Le cerveau de Firmin avait été broyé par le bruit des canons et celui d'Émile était parti avec la moitié de sa figure. Quant à tous ceux qui avaient repris les fermes et se retrouvaient à tirer le fumier dans la puanteur des étables, ceux-là il n'en voulait pas non plus.

Marcel voulait la lumière, la beauté. Il voulait respirer la douceur des parfums qui remplissaient voluptueusement l'espace intérieur de son automobile lorsqu'il transportait quelque riche étrangère. Désormais il vivait protégé des réalités par les vitres de son engin et s'y trouvait au paradis.

Mais pour cela il avait payé le prix de l'oubli. Et il savait au fond de lui-même qu'un jour on lui présenterait l'addition. Mais pour l'heure il ne voulait pas y penser. Il vivait, même si, de temps à autre, sans raison, il se refermait sur lui-même. Un voile passait dans son regard et il devenait inaccessible. Dans ces moments-là il n'était plus parmi les vivants et même Benoîte attendait que ça passe. Mais aujourd'hui Marcel semblait heureux.

— Tiens, mademoiselle Claverie ! fit-il en voyant Sophie, alors à quand cette balade à Biarritz avec Mlle Rose ?

— Oh ! Marcel ! répondit Sophie en s'approchant de la voiture et en se penchant vers la vitre où le chauffeur était appuyé... Dès que vous pourrez, vous imaginez bien que Rose et moi on n'attend que ça, mais je suppose qu'en ce moment Mme Soubirous ne serait pas trop d'accord.

— Mais si, mais si ! fit Marcel avec autorité. Pas tout de suite mais quand les militaires seront repartis, vers la mi-décembre, on trouvera une journée. De toute façon je dois y aller pour des pièces. Là-bas, au garage Echoa avec toutes les voitures qu'ils voient passer, ils ont des occasions...

Puis, après un dernier sourire et un signe de sa main gantée, il fit vrombir le moteur de son engin qui démarra doucement et disparut à l'angle de la rue.

Biarritz ! Ses palaces, sa plage d'écume blanche, ses riches touristes, ses fêtes somptueuses et son marquis d'Arcangues ! Rêveuse, Sophie entra au *Moderne*.

L'arrivée du maréchal Foch était un événement et le personnel de l'hôtel était sens dessus dessous. Benoîte avait elle-même installé le maréchal dans ses appartements et avait confié à sa fille le soin de rester en cuisine pour vérifier les livraisons de légumes et l'arrivage du poisson. Sophie trouva Rose à l'office au milieu des pommes de terre et des poireaux, en train de compter des bottes de carottes et de navets sous l'œil aigu d'une paysanne.

« Zut ! se dit Sophie. Quelle galère ! Elle est en plein travail, on ne pourra pas parler. »

Et elle ragea intérieurement contre cette ville où les gens étaient toujours occupés et où il n'y avait plus de temps pour se rencontrer et bavarder. Qu'elles semblaient loin ces journées où elles se retrouvaient après la messe au cimetière ou les après-midi qu'elles passaient ensemble chez l'une ou l'autre à inventer la vie. Là aussi la guerre avait tout accéléré. Rose et Yvonne étaient passées aux affaires quasiment du jour au lendemain et désormais elles y étaient totalement impliquées. Finie l'insouciance ! L'enfance et la jeunesse avaient disparu. Sophie ravala ses larmes ou sa colère, entre les deux elle n'aurait pu dire.

Dans la cuisine voisine, une dizaine de marmitons s'agitaient autour du magnifique fourneau de fonte et de cuivre qui occupait tout un pan de la pièce. Dans l'un des grands éviers une employée lavait une montagne de choux encore terreux cependant qu'une autre ôtait leurs feuilles abîmées et en coupait la base. Sur la longue table de bois centrale deux autres émincaient des montagnes d'oignons, hachaient minutieusement quantité de gousses d'ail et de persil à l'aide d'un hachoir berçoir, cependant qu'une dernière émiettait de gros morceaux de pain rassis qu'une jeune apprentie d'une quinzaine d'années réduisait en chapelure à l'aide d'une moulinette. Cela faisait un joli tas tout blanc. Dans un « cul-de-poule » en cuivre calé sous l'un de ses bras, un aide cuisinier battait des œufs d'un énergique coup de fouet. Sophie respira à plein poumons, elle aimait cette bonne odeur de légumes frais, d'ail et d'oignons qui baignait la cuisine et l'office.

Au milieu de toute cette agitation, Rose était d'un calme olympien. Seule peut-être une légère inquiétude ridait son front :

— Ah, fit-elle en voyant son amie, si tu savais ! Figure-toi que je pressens une catastrophe et...

— Alors il est là oui ou non ?

La voix tonitruante de Joseph le chef cuisinier, qui revenait de la salle, son éternel couteau de cuisine à la main, l'interrompit. Les légumes étaient bel et bien arrivés mais Rose attendait toujours le poisson. Le chef cuisinier se mit à hurler :

— Il est pas là ? Mais tu as vu l'heure ! Qu'est-ce qu'il lui a pris à ta mère de vouloir des truites ! Et un jour pareil en plus ! C'est pas la saison, on les aura pas. Aller faire des truites juste quand on a le maréchal Foch qui vient manger ! C'est pas des poulets les truites, on va pas les attraper au poulailler ! Mais ta mère qu'*ey cabourude*[1] ! Tiens ! Elle a la tête au moins comme ça !

Et il tapa du poing sur un énorme billot de bois qui servait à découper la viande.

— Ne vous énervez pas, Joseph, fit Rose à peine troublée. Vous verrez, on aura les truites. Louis Salles les a promises à maman. C'est le meilleur pêcheur de toute la vallée de Luz, il n'a jamais manqué à sa parole.

— Et toi tu crois que Salles il fait comme il veut ? Tu crois que ça se pêche comme ça, les truites ! Et qu'est-ce que tu y connais aux eaux du gave là-haut à cette saison ! Salles il a beau être un *toy* de Luz, il fera comme il pourra, et nous on n'est pas dans la merde ! En tout cas, fit Joseph, menaçant Rose avec le long couteau, si dans une demi-heure il est pas là, tu files chez Mouret prendre des rôtis. Mais attention hé ! Faut pas traîner ! À la salle ils attendent aussi pour mettre les couverts, c'est pas les mêmes si c'est de la viande ou du poisson. J'ai été les calmer. C'est pas simple tous ces changements ! Nom de Dieu, quelle idée ! Des truites !

— Promis Joseph, promis, ne vous inquiétez pas, répondit Rose calmement.

Joseph grogna et, houspillant les femmes qui émincaient les oignons, il se mit à préparer les farces pour les choux.

Rose attrapa sur une étagère une boîte de fer-blanc décorée qui avait contenu des biscuits Lefebvre Utile et dans laquelle Benoîte rangeait de la monnaie et quelques billets. Ell régla ce qu'elle devait à la paysanne. Cette dernière partit en la remerciant, ravie. Elle avait eu son compte payé rubis sur l'ongle comme toujours. Depuis le temps qu'elle venait

1. Elle est têtue.

ici, ma foi, elle n'avait jamais eu à se plaindre. Benoîte Soubirous était une femme sûre.

— Salue ta mère pour moi, fit-elle à Rose, et dis-lui que les choux-fleurs seront bientôt à point. Je peux lui en fournir dix kilos samedi prochain. *Adichats mounde*, à samedi !

Gentiment Rose la raccompagna jusqu'à la porte et revint vers Sophie en souriant :

— Alors, ma Sophie ! Qu'est-ce que tu viens faire un jour pareil dans nos cuisines ? Tu veux un tablier pour peler des oignons ?

Sophie eut un vague sourire. À quoi bon ? se disait-elle. Comment raconter au milieu des truites et des salades ce qu'elle avait vécu la veille ? Comment raconter ici, dans cette cuisine agitée de marmitons, cet homme inconnu dans les brumes de l'aube bleue sur la place et ce sentiment au fond d'elle de quelque chose d'unique ? Elle préféra se taire et dit qu'elle passait juste comme ça pour savoir si Rose se joindrait à elle le lendemain pour la grande messe et les cérémonies du 11 Novembre.

— Mais..., fit Rose en désignant l'agitation autour d'elles, je peux pas. Il y a à faire ici, tu as vu ? Et il y a pas que les cuisines ! À l'hôtel maman reçoit tout l'état-major de l'armée plus l'archevêque de Reims, le cardinal Luçon et tous les évêques ! Tu te rends pas compte, on est surchargés de travail.

— La procession, c'est pas avant 15 heures. D'ici là le repas sera fini et la vaisselle rangée non ? Alors ?

Rose dodelina de la tête pour marquer sa perplexité :

— Mais je dois aider maman, il y a les petits déjeuners. Le matin je dois surveiller le compte des pains et des viennoiseries, après il y a les légumes et les viandes et après...

— Viens, insista Sophie, j'ai besoin de toi.

— Alors ! hurla une grosse voix depuis la cuisine, ces truites ? Nom de Dieu, je fais un malheur !

À ce moment, un homme entra et d'un geste énergique jeta sur la table deux bascoyes qui s'ouvrirent sous le choc. De magnifiques truites luisantes et fraîches s'en échappèrent. Elles brillaient comme si l'eau du gave d'où elles venaient courait encore sur leurs flancs.

— Ça ira ?

— Monsieur Salles ! Monsieur Salles ! cria Rose en sautant de joie, je savais bien que vous y arriveriez.

Un grand rire secoua le pêcheur. Son visage respirait une santé insolente et son regard brillait de malice :

— Je vous parie que le Joseph il était en train de dire que je ferais faux bond ! Pas vrai, Joseph !

Le chef cuisinier était accouru. Il regarda les poissons d'un air entendu.

— T'es un bon, Salles. Ce sont de belles truites du gave. Comment t'as fait ?

Et, pour se défouler de la tension qu'il avait accumulée, soulagé et heureux d'avoir sa marchandise, le cuisinier lança au pêcheur une solide bourrade amicale.

Joseph ne mesurait pas sa force et Louis Salles se frotta l'épaule en riant. Puis, sur une mimique mystérieuse, il reprit ses bascoyes et, sans attendre son règlement, il repartit aussitôt en disant :

— Simple. À la main comme d'habitude. Vous direz à Benoîte que la prochaine fois elle m'avertisse avant, c'est tout. La veille pour le lendemain, c'est juste. Allez, *adichats mounde* ! À la prochaine !

Rose n'eut même pas le temps de le rattraper pour le régler :

— T'inquiète pas, fit Joseph, il s'arrangera avec ta mère.

Sophie voyait bien que Rose n'arriverait pas à se libérer vu le rythme des événements et elle savait qu'il y aurait toujours quelque chose ou quelqu'un pour la retenir.

— Écoute, Rose, lui dit-elle, demain j'irai aux cérémonies toute seule.

Rose poussa un soupir de regret :

— Il vaut mieux, va, mais passe après tu me diras.

« Passe après, tu me diras... »

Il suffisait d'une phrase comme celle-là pour que Sophie se sente plus seule que jamais. Dans ces moments-là tout lui paraissait noir, terrible. Elle avait été la jeune fille la plus en vue de la ville, courtisée par tous les garçons, adulée par ses deux amies, comment se faisait-il qu'elle se retrouve aujourd'hui si seule ?

Rose travaillait à l'hôtel de sa mère et Yvonne tenait désormais le magasin de sa grand-mère. L'une et l'autre pouvaient s'y investir entièrement. Tout était à faire, c'était enthousiasmant ! Ses amies croisaient toutes sortes d'étrangers, elles parlaient italien, anglais, espagnol, elles s'adaptaient aux mille détails de ces différentes cultures européennes. Les monnaies, la cuisine, le goût. Entre les clients et les fournisseurs, le temps passait si vite que Rose et Yvonne n'avaient pas le temps de s'ennuyer. Sophie mesurait le fossé qui les séparait d'elle. Elles étaient entrées dans la vie active alors qu'elle restait sur le bord du chemin, sans fiancé, sans travail et sans but. Bien sûr elle aurait pu s'intéresser à la pharmacie de son père, mais elle n'aimait pas cet univers de maladies, de potions. Elle s'y sentait inutile. Il y avait un préparateur professionnel qui faisait les décoctions et une employée pour servir au magasin. Les rares fois où elle avait voulu faire une tentative, elle était restée derrière la caisse toute la journée. Plus jamais ! avait-elle dit à son père. Que faire alors ? Si elle avait été mariée, Sophie se serait occupée de ses enfants, de sa maison. Mais là, à part les bonnes œuvres de l'hospice et la broderie ! En y pensant elle eut un haut-le-cœur car rien ne la déprimait plus que d'avoir le sentiment de vaquer de droite à gauche simplement pour « tuer » le temps.

« La guerre m'a tout pris. » Elle ressassait et réalisait au fur et à mesure combien tout pour elle avait basculé à ce moment-là.

Pendant les années de guerre, avec les réfugiés et les blessés déversés tous les jours en masse par les trains qui descendaient du Nord, elle n'avait pas eu une minute à elle et les journées n'étaient jamais assez longues. Les blessés arrivaient du front dans des états désastreux et ils avaient besoin de force et d'espoir. Elle en avait donné sans réfléchir aux conséquences. Emportée par cet immense flot de douleur humaine elle était devenue tour à tour infirmière, confidente, mère aussi parfois. Elle avait donné tout ce qu'elle pouvait, le meilleur d'elle-même. Elle s'était surpassée, étonnant tout le monde autour d'elle. On la disait égoïste, voilà qu'elle avait été la plus disponible et la plus généreuse. Le contact avec ces hommes désespérés l'avait complètement changée. Autrefois elle ne s'était jamais posé aucune question sur elle-même et sur sa vie. Tout était fait de certitudes et de rites immuables.

La guerre avait ouvert un gouffre. Gabriel était mort, Sophie avait perdu le goût de vivre et ne le retrouvait pas. Aujourd'hui elle marchait sans but précis au hasard des rues.

La ville bourdonnait de soldats venus pour le pèlerinage. Curieusement ces hommes semblaient avoir oublié ce qu'ils avaient vécu sur les champs de bataille, alors que leurs douloureuses confidences résonnaient encore à ses oreilles. Ce soir ils chantaient, emplissaient les cafés de rires et de chahuts, déambulaient en groupes. Mais Sophie avait appris à lire derrière la façade des choses. Elle croisa par hasard certains regards et elle y lut un vide immense qui lui fit froid dans le dos.

Y avait-il encore des hommes de son âge pour croire en la vie ? Et celui de la nuit dernière sur la place Marcadal ? Où pouvait-il être ? Qui était-il et que voulait-il ?

Elle attendit le soir, espérant peut-être qu'il reviendrait.

Valentine et sa petite revivaient petit à petit.

Dans leur mansarde elles étaient au paradis. Sidonie leur avait procuré cette pièce minuscule dans le grenier d'un hôtel qui appartenait à sa famille. Tous les soirs, quand Valentine avait terminé sa journée, elle montait avec Léa par l'escalier de service. Elles poussaient une grande porte de bois qui donnait sur le grenier dans lequel, sur de longues cordes tendues, séchaient les serviettes et les draps de l'hôtel. Dans le noir, à tâtons, elles cherchaient leur chemin entre les pièces de linge jusqu'à trouver la porte de leur refuge. Au début elles avaient logé chez Mme Davezac et elles y avaient trouvé un confort qu'elles n'avaient jamais connu auparavant. Dans la famille, tous les avaient bien accueillies et à aucun moment elles ne s'étaient senties de trop mais quand Sidonie lui avait parlé de cette mansarde, Valentine n'avait pas hésité. Là, elle ne dérangeait personne et elle sentait qu'elle pouvait s'installer vraiment pour souffler, reprendre les forces que la vie lui avait volées ces dernières années. Elle voulait connaître la paix dans le fait d'avoir un endroit à soi dans lequel elle élèverait sa petite.

Un petit lit avec de bonnes couvertures et un gros édredon dans lequel elles se serraient, une petite table et une vieille commode pour ranger leurs maigres affaires, plus un petit poêle à charbon, ce fut pour Valentine une émotion très grande que de retrouver un univers intime qui n'était qu'à elles deux et qui fermait à clef comme une véritable maison. Tous les soirs, Valentine s'appuyait dos à cette porte qu'elle venait de repousser derrière elles et tous les soirs, sourire aux lèvres malgré l'épuisement du travail de la journée, elle bénissait le ciel d'être là. Léa s'effondrait de fatigue et s'endormait immédiatement. Elle la portait au lit, la déshabillait et la bordait, pleine d'amour, confiante dans cette ville qui les protégeait.

Avant, elles mangeaient à l'office chez Benoîte Soubirous à l'*Hôtel Moderne*. C'était convenu. Benoîte avait organisé les choses. Tant qu'elles ne seraient pas sorties d'affaire, la mère et la fille auraient le couvert à la table de l'office comme les employés de l'hôtel. En échange, et à sa demande, Valentine donnait un coup de main à la vaisselle du dîner. Pendant ce temps Léa jouait avec un ours que lui avait donné Anne, la mère de Sophie, et qu'elle ne quittait plus. Marcel avait pris l'enfant en affection et, de temps à autre, il lui faisait faire un tour dans la belle automobile. Léa n'avait jamais été aussi heureuse.

Ce soir, Valentine était fébrile. Elle avait été voir les paysannes des environs qui venaient tous les jours s'installer le long des grilles de la grotte avec de grands parapluies bleus de berger ouverts, posés à l'envers, dans lesquels elles vendaient des chapelets ou même des cierges. On appelait ce coin de Lourdes le Tonkin, à cause de ces parapluies ouverts qui rappelaient les grands chapeaux des paysans d'une province d'Indochine. Elle avait lié connaissance avec l'une de ces paysannes, plus causante que les autres, et elle avait décidé de faire comme elles les jours où il aurait moins de travail dans les commerces. Elle venait d'acheter un parapluie d'occasion et la femme s'occuperait de la fournir en chapelets fabriqués l'hiver dans les villages. Pour les cierges c'était un fournisseur de Tarbes qui avait un dépôt à Lourdes. Elles y allaient une fois par semaine et elles le payaient la fois suivante quand la marchandise était vendue.

La nuit était tombée, Léa dormait profondément et Valentine voyait le bout de son museau qui dépassait de sous le gros édredon. Elle alla poser un baiser sur sa tempe et lui caressa doucement les cheveux. Depuis qu'elle était arrivée, elle n'avait pas perdu une minute et elle savait déjà qu'elle s'en sortirait. Tout était possible à Lourdes. Valentine l'avait vite compris. On lui avait parlé des marchands du temple, des profiteurs de la misère humaine, elle avait, au contraire, découvert des gens qui bâtissaient leur vie et travaillaient du matin jusqu'au soir au service des désespérés de toutes sortes. Des gens qui affluaient de partout, ayant enfin trouvé une ville tout entière où on ne les jugeait ni à leur mise ni à leurs difformités, ni, justement, à leurs désespoirs. Du plus petit chagrin au plus grand, tout se déversait à Lourdes comme si cette ville était destinée à guérir l'humanité de ses douleurs. L'espoir était partout, à tous les coins de rue, sur tous les visages et dans tous les regards. Il y avait dans l'air une telle envie de renaître que même celui qui arrivait avec les pires intentions avait des chances de redevenir meilleur. Il lui suffisait de regarder les autres. Ici, les certitudes tombaient et tous ils allaient, au gré des rencontres. Jamais Valentine n'avait vu un brassage de personnes aussi disponibles à tout. Oui, cette ville portait l'espoir en elle et, à cette époque-là, il suffisait d'être vaillante pour gagner sa vie. Valentine l'était.

Sophie surveillait la place et attendait son inconnu. Mais la place restait vide et la poupée dans le fauteuil inerte.

Sophie l'observa longuement sans parler. Ce jouet avait eu une grande importance dans sa vie. Pendant des années elle n'avait pu se passer de sa présence. Elle lui parlait comme à une personne, comme si elle était sa grand-mère. Jusqu'à la mettre près d'elle dans son lit la nuit. Et puis, Sophie ne savait plus comment cela s'était fait mais la poupée avait disparu de son univers. Et elle ne s'en était pas souciée. Ce n'est qu'il y a peu, quelques mois à peine, qu'elle l'avait retrouvée au fond de la table à ouvrage en velours dans le boudoir. Les yeux grands ouverts, silencieuse, la poupée attendait qu'on la délivre.

Elle avait alors repris tout naturellement sa place au creux du fauteuil crapaud. Avec la poupée, c'est l'odeur de sa grand-mère qui revint d'abord. Précise. Celle de son parfum poudré. Puis revinrent les souvenirs des heures passées avec elle, son élégance et aussi le mystère de sa mélancolie. Les moments interminables à la fenêtre et les silences lourds. Les pleurs parfois qu'elle essuyait délicatement avec un mouchoir de dentelle. Qu'il est dur pour une petite fille de ne pas comprendre pourquoi les larmes mouillent les yeux tant aimés ! Qui faisait du mal à sa mamie ? Des jours entiers, des nuits parfois où elle se réveillait à cause d'un cauchemar, la petite Sophie s'était posé la question. Puis le temps était passé, posant le voile épais de l'oubli sur sa vie d'enfant.

Mais ce soir tout revenait, limpide et douloureux comme au premier jour. Quel était ce fameux secret dont sa grand-mère avait voulu lui parler avant de mourir, ici même dans cette pièce ? La poupée avait-elle la réponse à ce mystère pesant ?

Bouleversée, Sophie reposa le jouet de porcelaine dans le petit fauteuil. Elle allait regagner sa chambre quand la lune inonda le boudoir. « C'est la même lumière que l'autre soir ! » pensa Sophie. Elle s'approcha des fenêtres et écarta délicatement le rideau.

La place était déserte. Elle la balaya du regard, perçant l'ombre jusqu'aux moindres recoins sous les porches et près de la fontaine. En vain. Juste un chien qui fila vers l'ancienne rue des Petits-Fossés. Machinalement, juste avant de laisser retomber le rideau, elle jeta un œil sur le château.

Haut perchée au centre de la vieille ville sur son rocher monumental, la citadelle de Lourdes découpait la masse épaisse de sa tour. La blancheur inquiétante du ciel éblouit Sophie. Puis, quand sa vue se fut habituée, elle reconnut la haute silhouette de l'homme sur le chemin de ronde. Il ne bougeait pas.

Jamais Sophie ne comprit d'où elle tirait cette certitude, mais c'est ainsi, ce soir-là, elle sut que cet homme l'attendait.

Elle ferma les yeux et sortit dans la nuit sans même prendre le temps de couvrir ses épaules nues ni de changer les délicats escarpins à bride qu'elle avait aux pieds. Sa robe de satin était bien trop légère mais qu'importait ! Elle traversa la place Marcadal, coupa par le square de l'ancienne place du Porche puis remonta la rue du Baron-Duprat qui menait à la rue du Fort. Elle ne se cacha pas, ne vit personne, n'entendit pas le moindre bruit, ne croisa aucun chien ni aucun animal d'aucune sorte.

« Je marchais dans l'image d'un livre qui était écrit pour moi depuis bien longtemps, devait-elle dire plus tard à Rose et à Yvonne quand elle essaya de retraduire ce moment. Je connaissais le chemin par cœur. Je n'avais peur de rien. Je savais qu'il ne m'arriverait rien. Ce doit être ça qu'on appelle le destin ! »

La légèreté avec laquelle elle monta là-haut ressemblait à celle qu'on imagine dans les contes de fées. Irréelle.

L'homme venait vers elle. À quelques pas l'un de l'autre ils s'arrêtèrent et, à ce moment-là, elle le jura plus tard, il était autant bouleversé qu'elle-même. La nuit était d'une profondeur bleu marine. Il fit les derniers pas, l'enlaça sans mot dire et ils s'embrassèrent avec une douceur et une intensité que jamais plus, de leur vie entière, ils ne devaient retrouver.

L'étoile du berger brillait là-haut si fort, ce soir-là, que le sacristain qui la vit de son lit par la fenêtre de sa chambre se leva, intrigué. Portant machinalement son regard vers le château, il découvrit au bout du chemin de ronde deux silhouettes collées l'une à l'autre et qui ne faisaient qu'une. Même d'aussi loin, il eut la certitude que ces deux-là formaient un bloc si dur que rien jamais ne pourrait en venir à bout.

Du sacristain on savait peu de chose. Sauf qu'il était vieux garçon, qu'il s'appelait Léon, qu'il était né à Paris et qu'il était arrivé à Lourdes quelque temps avant la mort de la Belle Chocolatière. Sa tante Antoinette Peyré, une ancienne couturière qui avait reconverti sa maison de la rue du Bourg en pension de famille, la lui avait léguée à sa mort. Il était descendu de Paris, avait trouvé une place de sacristain aux sanctuaires et confié la gestion de la pension à sa voisine Mauricette Laborde. Dans la rue du Bourg comme dans la quasi totalité des maisons de la ville, tout le monde faisait pension et la moindre mansarde trouvait preneur. On avait beau construire hôtel sur hôtel, il semblait qu'il n'y aurait jamais suffisamment de chambres pour accueillir le flot grossissant des pèlerins. Mauricette était ravie de cette opportunité car la pension d'Antoinette Peyré avait excellente réputation et l'ancienne couturière s'était fait une clientèle sérieuse et fidèle de génération en génération. Ceux qui, enfants, étaient venus avec leurs parents, la fréquentaient maintenant avec leurs propres enfants et petits-enfants.

De plus, Léon lui faisait entièrement confiance. Elle ne le voyait jamais. Il était toujours fourré à la sacristie de la basilique et il se contentait de prendre son petit déjeuner et ses repas dans la salle commune comme les clients. Pour lui il avait juste gardé l'ancienne chambre de sa tante.

— Il n'est pas pénible, y a rien à lui reprocher, disait Mauricette en parlant de Léon. La seule chose, c'est que je ne peux pas mettre le nez dans sa chambre. Il ferme à double tour comme si sa vie en dépendait. Je peux même pas y faire du ménage. Mais je suis sûre que c'est impeccable, ajoutait-elle d'un air entendu. Il est comme sa tante, c'est un maniaque.

— Alors y a pas à se faire de souci, lui répondait invariablement Odette, la voisine d'en face.

— Oui, mais quand même, disait Mauricette, je me demande ce qu'il y a de si terrible dans sa chambre.

— Et que voulez-vous qu'il y ait ? C'est un vieux garçon, ils sont tous pareils. Faut pas toucher à leurs petites affaires ! Si vous voulez mon avis dans sa chambre il y a rien du tout ! renchérissait Odette.

— Ça, j'en suis moins sûre que vous, concluait immanquablement Mauricette.

Léon savait parfaitement à quoi s'en tenir sur la curiosité de Mauricette et, d'une certaine manière, il la cultivait car cela tissait des liens et il aimait qu'on s'inquiète de lui. D'un naturel porté à la contemplation, il trouvait dans sa profession la solitude qui lui convenait. Il passait des heures à nettoyer les ciboires, lustrer les autels et ranger les habits sacerdotaux dans leurs immenses tiroirs de chêne. La sacristie de la grande basilique était plus que son lieu de travail. C'était sa maison, sa grotte, sa cabane, son repaire. Il y arrivait tôt le matin et repartait à la nuit tombée. Il aimait ces moments où, après avoir refermé la lourde porte de la basilique sur le dernier fidèle, il se retrouvait seul dans l'immense navire de Dieu. Sous la hauteur de la voûte, dans la grandeur des lieux, il se sentait porté vers un autre univers. Le religieux qui l'entourait se mêlait au profane de ses pensées et, sans qu'il en maîtrise bien les effets, celles-ci prenaient une coloration sacrée. Les pensées de Léon étaient variées. Mais il avait une obsession. Un paquet noué d'un ruban rouge qui dormait dans son armoire et qu'une élégante dame italienne était venue apporter à sa tante il y avait bien longtemps.

Léon, en vacances à Lourdes, avait assisté à la scène. Il était enfant et il se souvint du tremblement des mains d'Antoinette et de ses larmes au fur et à mesure que sa visiteuse parlait. Lui n'avait pas compris car la conversation s'était déroulée en italien, langue que sa tante parlait. Après ce jour il n'avait plus jamais revu ce paquet et sa tante ne lui en avait jamais parlé. Il était ensuite rentré à Paris et avait oublié. Ce n'est que la veille de sa mort, alors qu'il était assis près de son lit, qu'Antoinette avait tiré le paquet de dessous son oreiller. Léon avait reconnu tout de suite le ruban rouge sang.

— J'ai fait quelque chose qui n'est pas bien, Léon, avait-elle dit.

La voix chevrotante de sa vieille tante ne lui ressemblait pas. Toute sa vie elle avait été la rigueur même. Alors, elle, faire quelque chose de « pas bien » ? C'était impossible !

— J'ai quelque chose à me faire pardonner, avoua-t-elle. Même au confessionnal je n'en ai jamais parlé à monsieur le curé...

Il s'était raidi. Mentir à monsieur le curé ! Sa tante ! Mais c'était le monde à l'envers. Comment cela était-il possible ? Elle lui avait pris la main.

— Oui, je sais, Léon, c'est mal, avait-elle continué. Mais cette histoire j'ai pensé que ça ne regardait pas le bon Dieu. J'ai préféré en parler en tête à tête à Notre-Dame de Lourdes dans la vieille église...

Ici sa voix avait faibli. Jamais Antoinette n'avait pu accepter la démolition de la vieille église romane et jamais elle n'avait pu s'attacher à une autre.

— ... elle m'a pardonnée, j'en suis sûre et d'ailleurs elle

m'a fait comprendre que j'avais bien fait. À quoi bon remuer ces souvenirs, ça lui aurait fait plus de mal qu'autre chose.

— Mais de quoi tu parles ? De quelle histoire ? À qui ça aurait fait du mal ?

Antoinette s'était soulevée dans son lit. Appuyée sur son avant-bras gauche, elle s'était penchée vers Léon et avait chuchoté comme si on avait pu l'entendre :

— Je parle de Sophie Pailhé, la Belle Chocolatière. Le paquet était pour elle mais je l'ai gardé. Si elle n'était pas morte si vite je lui aurais sans doute donné. Mais comme sa fille Anne n'a jamais rien su d'Abel, ce n'était plus possible.

Léon était abasourdi. Qui était Abel ? Que venait-il faire là ?

— Ne cherche pas à savoir, avait péniblement ajouté Antoinette. Si tu veux tu donneras le paquet à la jeune Sophie Claverie mais pas tout de suite, attends quelques années.

Quelques années... Elles étaient passées.

Restait le fameux paquet. Au début, Léon n'y avait pas prêté attention plus que ça. Il l'avait rangé dans l'armoire et l'y avait presque oublié. Et puis, un jour, il avait croisé Sophie Claverie au bras de Gabriel Lemmens. Elle riait, elle était belle et insouciante et il s'était dépêché de rentrer chez lui. Il avait pris le paquet et il s'était dit que peut-être il tenait là quelque chose qui changerait la vie de cette jeune femme rayonnante. Ce pouvoir qu'il pensait détenir avait fini par obséder Léon. Il y pensait dans sa sacristie et tous les soirs, en rentrant, il prenait le paquet et le tournait dans tous les sens, se demandant ce qu'il pouvait bien contenir. La guerre avait eu lieu, Gabriel était mort et Léon n'avait toujours pas donné le paquet. Et puis un soir, n'y tenant plus, il avait tiré sur le ruban rouge libérant le mystérieux contenu.

Désormais lui seul savait de quoi il s'agissait et Mauricette avait raison de s'interroger.

Léon avait un secret.

Yvonne se dépêchait. Sophie devait passer la prendre pour aller aux cérémonies et elle était descendue très tôt pour mettre les cierges en place avant de laisser le magasin entre les mains de sa mère et de Lucette. La veille, après la fermeture, sans le dire à sa grand-mère et en dépit des récriminations de sa propre mère, Arlette Davezac, elle avait décidé de changer la présentation des vitrines pour mettre en avant des souvenirs spécialement fabriqués pour les « anciens combattants ». Des petits cadres sur lesquels on voyait un poilu en prière, hâtivement rajouté sur fond de grotte de Lourdes.

— Pourquoi as-tu acheté ces cadres sans le dire à Mamie Lucile, soupirait Arlette. Tu sais que ça va faire des histoires. Elle est très stricte sur la marchandise et il y a des choses qu'elle n'aime pas et dont elle ne veut pas entendre parler. Qu'est-ce que tu as besoin de prendre des initiatives comme ça !

Yvonne haussa les épaules, agacée.

— Mamie n'en saura rien, elle ne descend plus. Avec son mal au dos ça m'étonnerait qu'on la voit. De toute façon on ferme demain non ? Alors !

Yvonne avait décidé de prendre les choses en main et de donner un nouvel élan au magasin puisque, après sa grand-mère, c'était à elle qu'il reviendrait et elle ne supportait pas d'entendre sa mère faire en permanence référence à ce qu'aurait fait ou non Lucile. De son côté, Arlette se sentait en porte-à-faux. Dès qu'elle avait épousé Charles Davezac elle s'était soumise à l'esprit maison sans y trouver à redire, les règles de sa belle-mère avaient toujours été très claires et lui convenaient.

« On ne vend pas des médailles comme des petits pains ! » C'était la première phrase qu'avait entendue Arlette le jour où elle avait mis le pied dans le magasin. Ah ! Le magasin ! C'était le plus ancien de Lourdes. Lucile et sa belle-fille Arlette y avaient toujours cohabité dans la plus totale harmonie, avec Lucette qui revenait à chaque saison depuis plus de quinze ans, et voilà qu'Yvonne commençait à bousculer cet ensemble parfaitement rodé.

— Toi bien sûr ça t'est égal, tu n'as jamais rien dit à Mamie. Tu t'es écrasée et résultat tu n'as rien fait.

Arlette sourit. Sa fille se trompait. C'est vrai qu'elle n'avait jamais cherché à changer des choses dans le magasin mais puisqu'elle s'y sentait bien, quelle importance. Elle avait fait certaines concessions et tout le monde s'en était trouvé bien. Elle la première.

— Je n'ai rien fait, je n'ai rien fait, dit-elle juste pour rétablir sa vérité. Et m'occuper de la maison là-haut tu crois que c'est rien ! Quand il y avait encore ton grand-père et ton frère on était six. Crois-moi, heureusement que j'ai pas cherché à m'imposer au magasin, j'avais d'autres choses à faire et d'ailleurs je m'en occupe encore tous les jours. Ton lit est toujours bordé, ton linge impeccable et le repas prêt à l'heure. Comment tu crois que ça se fait ça ? Par l'opération du Saint-Esprit ?

— Oh, écoute, maman, tu veux bien le faire parce qu'on pourrait prendre quelqu'un. Dans les villages les filles elles demandent que ça de venir travailler dans des maisons comme la nôtre !

— Mais tu as le porte-monnaie bien large, toi. Et tu crois que l'argent ça se gagne si facilement. Tu vas voir, tu vas vite te rendre compte que tout est fragile et qu'il vaut mieux avoir trois sous de côté. On ne sait jamais. Un commerce c'est difficile. Il y en a beaucoup qui ont essayé d'en monter en pensant que parce qu'il y avait des pèlerins c'était gagné. Penses-tu, il y a de la concurrence et ta grand-mère en a connu beaucoup qui ont dû revendre. Elles n'étaient pas assez organisées, elles ne calculaient pas. Pour réussir il faut tout calculer. Le moindre centime, la moindre médaille, tout compte.

— Oui je sais ! coupa Yvonne, mamie me le ressasse sans arrêt. Tout compte peut-être mais tout évolue aussi, maman, et si tu ne changes rien à ta manière de vendre, tu ne vas pas compter longtemps parce que plus personne ne viendra rien t'acheter ! Ça fait des mois que je vous le répète ! Promène-toi un peu rue de la Grotte et le long du boulevard, ça va te faire drôle. Chez Cazaux, chez Arti, chez Marthe, partout ils ont amélioré. Mais comme tu ne sors jamais, tu ne vois rien, tu es toujours ici avec Mamie ou en haut à l'appartement avec ton ménage. Moi je circule et je sais qu'on a du retard. Il ne suffit plus de bien compter, il faut inventer.

Yvonne aimait sa mère et sa grand-mère qui l'avaient toujours entourée et gâtée. Elle ne transgressait pas les règles de l'esprit familial sans un pincement au cœur car elle aussi y était attachée mais elle prenait conscience de l'évolution de sa ville et elle sentait bien qu'il ne fallait plus s'en tenir à ce que ces femmes lui avaient appris. Insensiblement les commerces comme celui de la veuve Viccini devant lequel elle passait chaque fois qu'elle allait dans la ville du haut titillaient son esprit commerçant. Plus chargés, plus attractifs, ils commençaient à se répandre et, si elle n'y prenait pas garde, d'ici peu leur magasin aurait l'air triste et mal achalandé. Désormais Yvonne multipliait les initiatives.

— Tu es prête ?

Sophie venait d'arriver.

— Oui, fit Yvonne, juste le temps de mettre les gros paquets de cierges debout sur la table du fond. On les voit mieux. Tiens, aide-moi.

Sophie posa son sac à main et s'exécuta : décidément, il fallait toujours donner un coup de main ici ou là !

Arlette les regarda partir avec un sourire. Elles croisèrent Lucette qui arrivait d'un petit pas pressé comme à son habitude.

— Ah, Lucette ! lui dit Yvonne, pour les cadres, il faut essayer de les vendre tous aujourd'hui, il n'en reste pas tant que ça, on devrait y arriver. Je reviens après la bénédiction à la grotte. On mangera au magasin sur le pouce parce qu'ils vont tous passer à ce moment-là avant de regagner leurs hôtels.

Lucette acquiesça d'un petit mouvement de chapeau et s'en fut rapidement se défaire de son manteau étriqué pour enfiler son éternel tablier bleu à manches longues l'hiver, sans manches l'été. Depuis plus de quinze ans c'était sa tenue incontournable.

— Vous l'avez entendue, fit-elle à Arlette. Elle a voulu ces cadres et maintenant elle se rend compte que si elle les vend pas aujourd'hui, c'est foutu. Parce que la saison prochaine moi je peux vous dire que des soldats avec la Vierge plus personne en voudra. La guerre, y en a marre ! Faut plus en parler, faut oublier ! Ah là là ! Mme Lucile faisait pas des erreurs pareilles, tiens... On est fraîches avec ces cadres !

— Laissez-la faire !

Mme Davezac était descendue.

— Mamie Lucile ! fit Arlette effrayée de la voir là, vous n'auriez pas dû descendre !

— Écoute, Arlette, tant que je peux, je le fais. Et je sens que ça va pas durer éternellement, pour moi c'est fini...

— Oh, madame ! s'exclama Lucette, ne dites pas ça, je suis sûre que la saison prochaine vous serez là pour l'ouverture, comme toujours.

Aidée de sa canne, Lucile Davezac passa derrière le comptoir et alla s'asseoir pesamment sur sa chaise, à la caisse.

— Voyons voir, dit-elle, montrez-moi ces fameux cadres, Arlette. À qui elle les a achetés ?

— Ah vous savez !

— Je l'ai entendue. Il y a un petit moment que j'étais là en bas de l'escalier derrière la porte...

— Ah Mamie, je n'y suis pour rien, elle ne m'avait même pas mise au courant.

— Mais je sais, Arlette, ne vous tracassez pas, je la connais mon Yvonne, j'étais comme elle. C'est bien. Elle a raison, il faut changer des choses. Moi je ne peux pas, je n'ai plus envie. Tout va trop vite. Il est temps pour moi de passer la main.

Arlette, un peu étonnée de voir sa belle-mère soudain si compréhensive alors que sur les affaires du magasin elle avait toujours été intraitable, ne trouva rien à répondre.

— Vous ne dites rien, continua Lucile, mais je sais que ça

n'a pas dû être facile tous les jours pour vous d'être ici. Ni pour vous, Lucette. J'ai bien souvent été autoritaire et sans donner trop d'explications...

Stupéfaites, Arlette et Lucette se récrièrent. Elles étaient très bien et tout était parfait.

— Allons, allons ! Ne mentez pas. Bien souvent je vous ai senties au bord de la crise de larmes ou de colère. Mais, à part faire la tête quelques jours, jamais vous n'avez été désagréables et vous avez toujours suivi mon chemin. Je voulais vous en dire merci à toutes les deux, du fond du cœur...

Émues, les deux femmes ne bougeaient plus. Dans son tablier de grosse toile bleue, avec ses bas épais d'un beige terne, ses petites chaussures de cuir marron usées, Lucette n'avait jamais eu l'air d'autre chose que de ce qu'elle était ici : une employée modèle. Et ce n'étaient pas les compliments qu'elle n'avait jamais reçus dans sa vie qui lui avaient gâché le tempérament. Ce « du fond du cœur » prononcé par sa patronne la tourneboula. Elle releva ses lunettes cerclées pour se donner une contenance et chercha le regard d'Arlette qui, bien que belle-fille de la maison et à ce titre ne portant pas de tablier, faisait en fait le même travail qu'elle et avait eu à subir de la même façon l'autorité de Madame. Une autorité souvent juste mais dure. Sous sa coiffure frisée et ses rondeurs de bourgeoise dodue, Arlette était aussi remuée que Lucette. Elle tira sur son gilet gris souris pour l'ajuster correctement sur sa lourde poitrine et croisa les bras, ne sachant où les mettre. Jamais au cours de ces longues années passées à vivre toutes les trois dans ce magasin celle qu'on appelait tour à tour Mme Davezac ou Mamie Lucile n'avait parlé ainsi. La confidence n'était pas dans ses habitudes. « Elle va bientôt mourir ! » C'est la pensée qu'échangèrent par un regard sa belle-fille et sa vendeuse.

— J'ai fait comme il me semblait qu'on le devait pour vous mettre toutes à l'abri du besoin le plus longtemps possible, continua Lucile Davezac. Jamais de dettes ni de crédit, sauf au tout début pour acheter mon premier commerce. Depuis, j'ai été prudente, peut-être un peu trop. Désormais vous devez aider Yvonne et faire comme elle dit. Tant pis si elle se trompe un peu au début, elle est sérieuse et elle va réussir, faites-lui confiance. Maintenant qu'elle a son Giovanni ! D'ailleurs... À ce propos, je voulais vous dire à toutes les deux, celui-là, il faudra lui faire une place ici. Qu'il s'y sente bien, comme ça, il ira pas voir ailleurs et elle l'aura sous la main.

— Oh ça, Mamie ! fit Arlette spontanément, c'est un chanteur vous savez, et italien en plus ! Je ne vois pas ce qu'il pourrait faire au magasin ! Il tournera en rond et ça ne lui conviendra pas.

— Mais si ! Mais si ! Il tournera pas longtemps, va, je me fais pas de souci, il va très bien s'intégrer dans la ville.

Dehors, dans la rue, les soldats commençaient à descendre vers les sanctuaires. Ce soir, après la dernière procession aux flambeaux, les trois femmes et Yvonne fermeraient le magasin jusqu'à la saison prochaine. Lucile Davezac savait qu'elle ne serait plus là. Cette journée serait la dernière, mais loin de l'attrister cette certitude mit son cœur en paix.

— Au fait, dit-elle comme pour se rassurer, et Valentine, elle en est où avec la petite ?

— Vous inquiétez pas, fit Lucette. Elle a fini chez Sidonie et elle part chez Gabrielle. Maintenant qu'elle a sa chambre, elle est si heureuse ! Et la petiote a retrouvé toutes ses couleurs.

Le visage tout ridé de la vieille Mme Davezac s'éclaira :

— C'est bien, dit-elle simplement. Elles sont tirées d'affaire.

Puis, après s'être calée le plus confortablement possible sur les coussins de sa chaise, elle ouvrit sa caisse.

La messe commença à 11 heures précises, juste après la cérémonie d'inauguration du monument aux morts que l'évêque du diocèse de Tarbes-Lourdes avait fait ériger face aux sanctuaires.

L'ambiance s'était modifiée par rapport aux jours précédents et les soldats qui se regroupaient au bas de la ville pour former les différents corps d'armée avaient un air sérieux et grave. Fini les rires, plus de chahut. Ils attendaient que l'évêque, Mgr Schoepfer, bénisse le monument aux morts avant de rentrer dans les sanctuaires pour assister à la messe et former ensuite la procession qui irait à la grotte baiser le rocher et prier la Vierge. Quand les hommes tirèrent sur le drap blanc qui protégeait le monument des regards et que l'hymne national retentit, Yvonne, qui était dans la foule avec Sophie, lui désigna du menton un soldat à quelques mètres :

— Tu as vu ? C'est Marcel.

— Marcel en poilu ! Ça alors !

Sophie eut du mal à le reconnaître sous son casque Adrian avec son fusil Berthier à l'épaule. *La Marseillaise* résonnait, dominant le silence de la foule. Des larmes coulèrent sur les joues de Marcel sans qu'il cherchât à les essuyer. Jamais Sophie n'aurait pensé que Marcel puisse pleurer. Il avait l'air toujours si indifférent à tout, si lointain même... Elle regarda la statue.

Au sommet d'une lourde colonne de bronze, l'artiste avait dressé un soldat anonyme, vêtu de la fameuse capote du poilu soulevée par un vent imaginaire. De chaque côté du soldat deux cariatides drapées, bras écartés, supportaient des voiles lourds. Le sculpteur avait voulu donner à l'ensemble une aura de gloire. Trop exalté, froid, bien loin de la réalité que ces hommes avaient vécue, le monument aurait pu ne pas les toucher. Pourtant, il remuait le fond de leur cœur. Parce que dans ce soldat dressé ils ne voyaient pas la représentation faite par l'artiste mais des copains disparus et des morceaux de leur propre histoire. En regardant le vent imaginaire qui soulevait la capote du poilu, Marcel se souvint du vent réel qui sifflait l'hiver au fond des tranchées et qui collait son pantalon raide de boue contre ses jambes glacées. Dans la réalité du front le vent n'était pas élégant, il était meurtrier.

Rarement il y eut un pareil silence dans une pareille foule.

Rarement il y eut pareille émotion et pareille douleur.

La messe qui suivit fut poignante, les visages de tous ces hommes portaient dans leurs chairs abîmées la trace des champs de bataille, des éclats d'obus, de la faim, de la fatigue, de la chaleur et du froid. On y lisait la violence des années de guerre.

À l'intérieur de la basilique, toutes les chapelles qui encerclaient la nef centrale étaient allumées et les grands lustres brillaient de mille feux. La cérémonie déploya les ornements sacerdotaux les plus beaux et l'assemblée des fidèles essentiellement composée de tout l'état-major et des officiers dans leurs uniformes de parade, était prestigieuse. Tous se tenaient droits, conscients de l'intensité du moment. Certains, parmi les plus hauts gradés, avaient le regard sec et la moustache orgueilleuse. Ils avaient gagné la guerre et fait leur devoir. Les hommes étaient morts au combat et c'était dans l'ordre des choses. Ailleurs, dans la foule, flottait un autre sentiment et la plupart des officiers avaient dans les yeux quelque chose de trouble et de profondément meurtri. Au moment de la bénédiction, quand les chants s'envolèrent vers les mosaïques de la coupole, beaucoup levèrent le visage et prirent leur respiration pour ne pas pleurer. Ils gonflèrent leur torse plus que nécessaire. Pour ne pas s'effondrer en pensant à tous ces jeunes hommes qu'ils avaient conduits au charnier et auprès desquels eux aussi avaient beaucoup souffert.

À l'extérieur, sur le parvis et l'esplanade, exposée au vent et à la pluie qui commençait à tomber, la piétaille des soldats que n'avait pu contenir la nef ne recueillait que les bribes de la cérémonie.

— Ça change pas, dit un jeune garçon au visage encore imberbe, les gradés ils sont bien à l'abri et nous, on est en plein vent à se les geler.

— Et tu croyais que ça allait changer ? questionna un autre laconiquement. Dis-toi bien une fois pour toutes que les copains du front ils sont morts pour rien. Ça serait trop beau qu'ils soient morts pour quelque chose !

Un coup de tonnerre assourdissant les interrompit. Les milliers d'hommes présents levèrent la tête vers le ciel. En quelques secondes, sur l'esplanade de pierre grise, le silence fut total.

C'est alors, devant la monumentale façade de pierre de la basilique, que les sacrifiés de la Grande Guerre eurent droit à la messe la plus ahurissante qui puisse se voir.

Le ciel se mit à l'orage, ou plutôt ce fut comme un décor d'orage.

De lourds nuages d'encre se massèrent derrière les hautes aiguilles de la basilique, des éclairs violents brûlèrent le ciel. Des rouges somptueux, des trouées d'oranges pleins de lumières, des jaunes furtifs avec parfois d'étranges violines, apparurent dans le décor immense du ciel pyrénéen. Et çà et là, de temps à autre, des blancs éblouissants.

Venus de la France entière, des villes, des villages et même des hameaux perdus, des milliers de soldats hébétés assistaient à ce spectacle exceptionnel de l'orage dans le ciel de Lourdes. Il régnait sur l'immense esplanade un silence si grand que personne parmi cette masse de soldats et de civils ne bougea. L'immobilité de cette foule immense avait quelque chose de tragique.

Le tonnerre se remit à gronder, s'amplifia et vint se fracasser juste au-dessus des têtes. Là-haut dans le ciel les nuages couraient et, dans les yeux des soldats, les morts hantèrent ces nuages, fantomatiques silhouettes évanouies à peine dessinées... Défilèrent dans toutes les têtes les images des champs de bataille, la fumée des canons, les éclats des obus.

Puis le vacarme cessa, les nuages se dissipèrent peu à peu et il ne resta bientôt plus aucune trace des fantômes, plus aucune trace de cet orage incroyable.

Curieusement, c'est à ce moment précis que la cérémonie religieuse se termina dans la basilique et que l'archevêque sortit, entouré de tous les officiants, eux-mêmes suivis par le maréchal, les généraux et les officiers. Quand ils virent la foule muette des soldats face à eux, le prélat et ceux qui le suivaient eurent la conviction qu'ils étaient passés à côté de quelque chose. Instinctivement ils levèrent les yeux, mais ils ne virent rien, à peine au loin une lourde bannière de nuages noirs qui fuyait. Pourtant ils trouvèrent que le ciel était trop pur, la lumière trop forte et la foule trop émue. Que s'était-il donc passé de si grand ? Perplexes, ils se dirigèrent vers la grotte, leur esprit entièrement occupé à tenter de comprendre ce qui avait pu se passer.

La prière qui suivit à la grotte de Lourdes fut, en contraste, d'une délicatesse infinie. Les hommes de troupe étaient sous le choc de l'orage et, de leur côté, les officiels étaient gagnés par l'émotion collective qui se dégageait des hommes.

Jamais à aucun moment, même dans les heures les plus violentes de ces années noires, le maréchal Ferdinand Foch n'avait douté de ce qu'il faisait. Il avait mené les pères et les fils à la mort sans regret. Les défilés de la victoire, les remises de décoration, il avait tout parcouru la tête haute. Mais voilà qu'ici, dans cette ville de Lourdes et sur sa terre d'enfance, il sentit monter en lui une émotion nouvelle qu'il ne maîtrisait pas. Il leva les yeux. Dans la grotte de pierre juste au-dessus de lui, le visage clair de Notre-Dame de Lourdes était si tranquille ! Le maréchal plissa le front et détourna les yeux, l'archevêque venait de faire sa génuflexion et commençait le traditionnel *Je vous salue Marie...* Les milliers de soldats reprirent à voix basse la prière de l'enfance, ce fut un murmure étourdissant de douceur. Cette prière que les mères leur avaient apprise il y a bien longtemps affleurait à leurs lèvres meurtries comme un chant de pardon et d'espoir d'une tendresse infinie.

Un sanglot bref déchira ce moment émouvant. Le maréchal Foch ne comprit jamais de quel tréfonds de son vieux corps sourdaient ces pleurs qui le submergèrent un très court instant. Les généraux, l'archevêque, ce jour-là, eurent tous la gorge nouée.

Dans sa grotte de pierre, Notre-Dame de Lourdes les regardait doucement et tous emportèrent au fond du cœur son sourire radieux.

Aucun des soldats présents ce jour-là ne reparla jamais de cette étrange cérémonie venue du ciel pour ces hommes qui avaient tant souffert. Mais dans les terribles moments de solitude qui les accompagnèrent leur vie durant, ce souvenir vint apporter sa lumière et calmer les peurs qui hantèrent leurs nuits.

Sophie parlait comme dans un livre. Assises sur le banc de pierre du cimetière où elles se retrouvaient au temps des confidences de leur jeunesse et où elle leur avait demandé de la rejoindre, Rose et Yvonne écoutaient.

Sophie leur racontait l'histoire de l'homme en noir sur la place dans le demi-jour et ce baiser qu'il lui avait donné dans la nuit près du château. Rose était subjuguée, son naturel aimant et généreux la portait à ne douter de rien et elle buvait les paroles de Sophie, bouleversée de retrouver son amie telle qu'elle l'avait tant aimée autrefois, exaltée, romanesque et passionnée.

— Mon Dieu, Sophie ! fit-elle en enlaçant fougueusement son amie. Je savais que tu étais toujours la même, que tu ne pouvais pas avoir vraiment changé. Tu avais... Tu avais...

Rose s'arrêta. En parlant elle découvrait qu'au cours de ces longues années elle avait eu un manque profond de l'ancienne Sophie. Elle n'aurait su dire à quel moment Yvonne et elle l'avaient perdue mais en y réfléchissant elle savait que cela remontait juste avant Gabriel, quand Sophie rêvait encore du grand amour et ne l'avait pas rencontré. Depuis Gabriel, Sophie n'avait plus jamais été la même. Avant, se souvenait Rose, elle était hors du monde, particulière. Rose cherchait les mots les plus justes pour exprimer ce manque profond qu'elle découvrait en même temps qu'elle cherchait à l'exprimer :

— Tu avais des rêves si beaux !

C'est tout ce qu'elle trouva à dire, mais il y avait dans sa voix une telle vibration d'espérance que Sophie répondit :

— Mes rêves sont toujours là, Rose, je n'ai pas changé.

— Et qui est cet homme ? Où est-il maintenant ?

Sophie regarda Yvonne qui n'avait pas bougé du banc et qui, visiblement, se posait d'autres questions que celles de Rose. Yvonne n'avait jamais oublié le mépris de son amie au temps de sa rencontre avec Giovanni et son caractère très pragmatique l'empêchait d'avoir la même foi que Rose dans les rêves de Sophie.

En un mot, Yvonne se méfiait des exaltations de son amie.

Sophie le comprit. Un court instant les deux jeunes femmes se toisèrent d'un regard qui en disait long sur cet épisode de leur passé commun.

— Qui il est ? répondit-elle à Yvonne d'un ton plus sec. Je ne sais pas. De lui je ne sais absolument rien. (Puis elle se tut, sembla hésiter et ajouta :) Ah ! Si ! Je sais une chose.

Rose et Yvonne, perplexes, attendaient de savoir quelle était cette « seule chose » mais comme Sophie restait muette Rose demanda :

— Et qu'est-ce que tu sais ?

Devinant par avance la surprise que créerait sa réponse, Sophie ne put s'empêcher de sourire.

— C'est un Italien.

— Un Italien !

Yvonne était stupéfaite. « Quel étrange hasard ! » se dit-elle intérieurement. Quant à Rose elle n'en revenait pas :

— Un Italien ! Comme Giovanni le fiancé d'Yvonne ! Ça alors ! Et... et tu le revois quand ? Qu'est-ce que vous allez faire ?

Sophie ne savait pas. Sa rencontre avait été tellement incroyable ! D'ailleurs, sentant ce qu'avait d'excessif cette étrange fusion, elle s'était enfuie à peine l'avait-il embrassée et elle était redescendue de la forteresse aussi vite qu'elle y était montée. L'inconnu avait juste eu le temps de lui dire quelque chose mais il parlait en italien et elle n'avait pas compris ce qu'il disait. C'était des mots si doux qu'elle croyait les entendre encore.

— Ce qu'on va faire ? dit-elle d'une voix énamourée qui ne lui ressemblait pas... Je ne sais pas Rose, je ne sais pas. Mais... Je suis sûre qu'il va revenir. Il est fait pour moi et je suis faite pour lui, nos tailles, nos mains, nos cœurs, tout était à l'unisson. (Elle s'exaltait.) Tout était parfait, je l'ai compris immédiatement, cet homme et moi on est faits l'un pour l'autre.

À ce moment du récit elle prit une longue respiration, son cœur battait fort, elle regarda vers le château et prononça ces mots qu'elle semblait avoir retenus en elle sa vie durant :

— C'est lui que j'attendais.

Yvonne rassembla tout contre elle les pans de son manteau de laine pour empêcher le vent de s'y engouffrer et remonta son col châle jusque sous le chapeau de velours qui enserrait sa coiffure. Le froid était vif. Elle retrouvait la Sophie qui avait toujours eu le don de transformer la réalité pour la plier à ses désirs, celle qui faisait de grandes phrases, celle qui les avait mariées aux trois archanges et qui avait décidé à leur place des hommes qu'elles devaient aimer. Mais la vie ne s'était pas déroulée comme Sophie l'avait dite. Et, au goût d'Yvonne, Sophie était encore pleine de romances et de grands sentiments. « C'est lui que j'attendais. » Comment peut-on dire des mots pareils ! Voilà ce que se disait Yvonne. Pour elle Sophie n'avait pas retenu la leçon de la vie et elle se refabriquait une histoire. Tout cela était pour elle d'un romanesque excessif et même dangereux.

— Tu ne dis rien, Yvonne, à quoi tu penses ?

La question de Sophie l'obligeait à répondre et elle ne voulait pas mentir, pas plus qu'elle ne voulait faire semblant de s'enthousiasmer. D'ailleurs si elle l'avait fait, Sophie l'aurait tout de suite senti. Autant dire la vérité :

— Écoute, Sophie, dit-elle d'une voix douce, je... je... comment te dire ?

— Parle, j'écoute ! fit Sophie soudain dégrisée.

— Tu ne trouves pas curieux qu'un homme que tu n'as

jamais vu de ta vie vienne sous tes fenêtres, que tu le retrouves là-haut au château dans la nuit et qu'il t'embrasse aussi fort que tu le dis. Aussi passionnément que tu nous le racontes. De quoi est-il tombé si follement amoureux puisqu'il ne t'a jamais vue avant et qu'il ne t'a jamais parlé ? C'est du roman, ton histoire...

Sophie blêmit, elle écoutait Yvonne sans mot dire, Rose allait prendre la parole mais Yvonne continua. Elle n'avait pas fini d'exprimer son inquiétude :

— Enfin quand je dis que c'est du roman, je ne veux pas dire que tu mens. Je sais que ton histoire est vraie, je n'en doute pas un seul instant. Seulement... voilà. Je trouve tout ça un peu... étrange et même si tu veux le fond de ma pensée je trouve ça inquiétant.

— Inquiétant ! Mais pourquoi inquiétant, Yvonne ? répliqua Sophie vivement. Que les choses ne se passent pas comme convenu, dans un bal ou dans un salon avec invitation à la valse et au tango. Avec les préliminaires habituels. Mon histoire est inhabituelle je te l'accorde, mais je ne comprends pas pourquoi tu emploies des mots pareils. Inquiétant ! Inquiétant ! Qu'est-ce qui est inquiétant ?

Sophie n'était pas si à l'aise qu'elle voulait le laisser paraître. Visiblement Yvonne avait touché chez elle un point sensible. Le lendemain de ce baiser qu'elle avait vécu dans l'euphorie du moment elle s'était, tout comme Yvonne, interrogée sur les raisons d'une telle fougue. Après tout d'où venait-il cet homme qui avançait vers elle avec tant de précision ? Et pourquoi était-il si sûr de lui, et d'elle ? Cette manière de venir directement sous ses fenêtres, et ce baiser qu'il lui avait donné comme s'il la connaissait depuis toujours ? D'où venait cette passion ?

Mais les questions de Sophie s'étaient évanouies dans le souvenir de l'homme qui l'avait enlacée. Ses bras étaient si forts, si puissante la pression de son corps, il y avait en lui de quoi faire vibrer même le cœur le plus froid qui puisse se trouver en ce monde. Or, sous la carapace, le cœur de Sophie était brûlant et n'attendait qu'une seule chose depuis toujours : vibrer d'amour à en mourir. Qu'importait la raison quand on en était là ! Elle s'était totalement remise entre les mains du destin et maintenant que son choix était fait, maintenant qu'elle ne se posait plus les questions qui dérangent et qui auraient pu la troubler, elle ne supportait plus que quiconque vînt la mettre en garde. Elle avait choisi et elle se sentait suffisamment forte pour tout affronter. Rien ne briserait sa volonté farouche de réussir cet amour. Oui, le Bel Italien serait l'homme de sa vie.

Yvonne connaissait bien Sophie et rien qu'à regarder les traits de son visage changer elle suivait le cheminement de ses idées. Elle comprit que cela ne servirait à rien de la contredire, Sophie ferait comme elle l'avait dit. Pourtant, par amitié profonde, elle insista :

— J'ai dit « inquiétant » comme ça, Sophie, ne fais pas attention à ce genre de détail. Je voulais te mettre en garde, c'est tout, parce que cela ne me paraît pas bien clair.

— Mais, fit Rose s'interposant. Et ton Giovanni c'était clair ? Qu'est-ce qui te prend, Yvonne ? Tu devrais au contraire être totalement confiante vu ce qu'il t'est arrivé à toi.

— Ça n'a rien à voir, dit Yvonne, sentant qu'il fallait à tout prix insister sur ce point qui la dérangeait... Giovanni et moi nous nous sommes rencontrés par hasard, il n'y avait rien de prémédité. Nous nous sommes regardés, nous nous sommes parlé plusieurs fois et puis nous avons dansé, enfin tout ce qu'on fait quand on rencontre quelqu'un. Je savais déjà des choses de lui, je le trouvais beau, séduisant, lui aussi m'avait vue et je lui avais plu. Là, entre Sophie et cet homme, rien. Ils se voient une fois de loin, ne se parlent pas et tombent dans les bras l'un de l'autre comme s'ils s'étaient attendus toute la vie. Je dis que je trouve ça curieux.

— Mais pourquoi dis-tu que leur rencontre est préméditée ? fit Rose contrariée de voir qu'Yvonne gâchait par ses remarques insistantes ce récit merveilleux d'un fougueux baiser dans la nuit.

— Parce qu'avant ce baiser ils ne se sont jamais vus qu'une seule fois et encore de loin et dans la nuit !

— Et alors ! fit Rose remontée.

— Et alors ? éclata Yvonne qui voulait bien ménager Sophie mais ne comprenait pas l'attitude de Rose... Mais qu'est-ce qui te prend à toi ? Tu es trop romanesque !

— Romanesque ! Ça alors c'est la meilleure ! Et toi ! Tu as complètement oublié ton délire quand tu voulais Giovanni. C'était autre chose que Sophie, tiens ! Quelles crises tu nous as faites, on a cru que tu n'y survivrais pas. Et maintenant que madame va se marier, elle ne croit plus au grand amour. Déjà !

— Mais qu'est-ce que tu racontes, tu es folle ! ragea Yvonne.

— Non je ne suis pas folle, lança Rose fébrile, et je suis peut-être trop romanesque mais toi tu es trop raisonnable. Rai-son-na-ble ! Tu m'entends !

Rose frémissait, heureuse au fond de sentir vibrer à nouveau le souffle des colères qui avaient agité leur amitié de jeunesse.

Dans cette polémique naissante qui les liait déjà si fort, comme avant la guerre quand elles rêvaient ensemble à l'avenir et qu'elles se disputaient pour un oui ou pour un non, Rose voyait la promesse d'une histoire à la mesure du tempérament unique de Sophie.

Dans ce cimetière gris sous le ciel de novembre, dans cette ville où, l'hiver, tout entrait en sommeil, Rose pressentait que le Bel Italien de Sophie allait les emporter dans des mondes peu communs. Des mondes passionnés et dangereux dont les hommes se protègent par peur et par instinct. Des mondes auxquels ils n'ont pas la force de croire. Sophie, elle, croyait en tout.

Et Rose, transportée par son amie qu'elle retrouvait telle qu'autrefois, se sentait prête à la suivre au bout du monde pour vivre à travers elle ne serait-ce qu'une seule miette de ce paradis qu'on appelle l'Amour.

— Je serai à tes côtés, Sophie, dit-elle en lui prenant les

mains. Toujours ! Comme j'ai été aux côtés d'Yvonne. Si tu as besoin de mon aide tu l'auras. Je suis là.

Décidément Rose était une personne bien surprenante et les yeux de Sophie s'embrumèrent :

— Merci, Rose, dit-elle simplement.

Mal à l'aise, Yvonne se leva pour partir, défripant son manteau d'une main et rajustant de l'autre son petit chapeau. Elle ne voyait pas l'avenir sous un jour extraordinaire. Au contraire.

— Moi aussi je serai là, lui dit-elle, mais ne compte pas sur moi pour t'encourager à faire des rêves qui te feront du mal. Tu risques de tomber de haut avec ce genre d'individu.

Sophie se tenait à la fenêtre du boudoir. Le soir tombait. Un halo de brume s'était installé en fin d'après-midi et les lumières de la place faisaient des taches jaunâtres sur le sol de pierre. Où était l'Italien ? Depuis le fameux soir du baiser au château, Sophie l'avait attendu tous les soirs dès les premières ombres de la nuit. Elle avait le sentiment de vivre une histoire digne d'un roman et cela la rendait tout à la fois folle de joie et d'inquiétude.

« On ne vit pas des choses comme ça dans la vraie vie, se disait-elle. Yvonne n'a pas tort. » Mais en même temps elle ne pouvait s'empêcher d'avoir une furieuse envie de les vivre. Cela faisait une semaine qu'elle ne dormait pas et qu'elle se tenait là, debout, en vain. La veille, Rose était venue aux nouvelles, inquiète de ne plus la voir. Catherine lui avait raconté que Sophie passait ses journées entre la chambre et le boudoir, qu'elle était intenable et qu'on ne pouvait rien lui dire.

— Mon dieu ! Et qu'est-ce qui lui arrive ? avait dit Rose en joignant les mains, angoissée.

— Ça j'en sais rien, sa mère se fait du souci, lui avait répondu Catherine d'un ton grognon, mais elle a bien de la chance de pouvoir passer ses journées à rien faire. Je vais pas la plaindre en plus. Moi si je me lève pas à cinq heures tous les matins et si je prends pas le manche du balai j'ai pas de quoi manger le soir. Alors ses petites contrariétés, vous savez, je commence à...

Joignant le geste à la parole, s'appuyant sur son fameux

balai, Catherine avait laissé sa phrase en suspens tout en rasant sa joue avec sa main. Mimique qui en disait long sur ce qu'elle pensait de l'attitude de la fille de ses patrons.

Rose avait grimpé les escaliers quatre à quatre pour avoir une explication de la bouche même de son amie. L'explication fut rapide : l'Italien ne donnait plus signe de vie et Sophie dépérissait à l'attendre.

— Mais enfin ! avait dit Rose. Tu ne vas quand même pas rester là cloîtrée toute la sainte journée ! Viens un peu avec moi à l'hôtel, ou va à l'hospice.

— Ah ! Assez avec l'hospice ! avait crié Sophie. J'ai passé l'âge de jouer les aides infirmières. Si tu crois que ça m'amuse d'en être encore à aller avec maman bras dessus, bras dessous pour nettoyer les vieux et les éclopés ! J'en ai assez ! Il n'en est plus question ! Qui pense à me faire la charité à moi, hein ? Dis-moi, qui ?

Rose n'avait rien pu en tirer, Sophie ne bougerait pas tant que l'Italien ne reviendrait pas. Et elle était persuadée qu'il viendrait.

— Mais, avait osé Rose d'un ton feutré, et s'il n'était plus là, s'il n'avait fait que passer ? Il est peut-être reparti en même temps que les soldats, où veux-tu qu'il soit resté à Lourdes ? Un Italien en plein hiver, ça se remarque quand même, non ?

À peine avait-elle terminé sa phrase qu'elle l'avait aussitôt regrettée. Le visage de Sophie s'était empli d'une tristesse inhabituelle. Rose avait alors bafouillé trois mots pour tenter de rattraper la situation mais Sophie l'avait coupée d'un ton vif :

— Il n'est pas parti, j'en suis sûre. Et il va venir. Ça aussi, j'en suis sûre.

Tant de certitude ! Rose ne pouvait s'empêcher d'être admirative. Elle qui doutait tout le temps. Après avoir quitté Sophie et avant de regagner le *Moderne*, elle était passée informer Yvonne qui avait soupiré d'un air entendu :

— Déjà ! Je pensais que cette histoire ne serait pas simple, mais là ça va quand même très vite. En voilà un qui apparaît, qui l'embrasse comme si elle était unique au monde, et qui disparaît aussitôt. Je m'en méfiais. Souviens-toi, je vous ai averties l'autre jour au cimetière ! On est en plein roman.

Sur le chemin qui la ramenait à l'hôtel familial, Rose se disait que, décidément, ses deux amies étaient bien curieuses et qu'Yvonne avait un sacré toupet de parler de « roman » à propos de l'histoire de Sophie, vu ce qu'il lui était arrivé à elle avec son chanteur « qui avait roucoulé sous ses fenêtres comme Roméo et Juliette, pas moins » !

Huit jours déjà ! Mais où était-il ? Cette question, ce soir, Sophie la tournait et la retournait sans cesse.

Elle se tenait encore à la fenêtre et la nuit était tombée depuis bien longtemps déjà. Les sœurs Lacrampe avaient posé les volets de bois sur les vitrines de la chapellerie et les deux cafés avaient fermé leurs portes. Le dernier client avait dû partir depuis un bon moment. De là où elle se trouvait Sophie voyait la lumière des réverbères de la place Marcadal briller aux vitres des hautes maisons. Tout était noir, et vide. Elle poussa un soupir, laissa retomber le rideau qu'elle tenait soulevé d'une main pour mieux voir dehors, et alla s'effondrer sur la méridienne.

Pourquoi pensait-elle autant à cet homme ? Pourquoi était-elle prête à tout pour lui ? Et Gabriel ? L'oubliait-elle ? Comment des choses pareilles étaient-elles possibles ?

Une interrogation succédait à une autre. Mais à force d'y penser et d'y repenser, Sophie entrevoyait l'ébauche d'une réponse. Depuis très longtemps, depuis ce jour où sa grand-mère lui avait parlé d'un inconnu qui viendrait peut-être un jour, Sophie avait attendu une rencontre peu ordinaire. Et, tout au fond d'elle, elle avait toujours su que ce n'était pas Gabriel. Cet inconnu était venu réveiller ce sentiment étrange d'un homme qui lui serait destiné.

Elle s'endormit sans même s'en apercevoir, étonnée de ses propres sentiments.

Quand elle ouvrit les yeux une très lointaine lueur affleurait dans le ciel et jetait une étrange blancheur dans le boudoir. Mais la nuit était encore là, luttant avec l'aube. Face à Sophie, dans le petit fauteuil, la poupée semblait vivante.

Ce regard de verre ! Comme au premier soir !

Sophie eut un pressentiment, se leva d'un bond et courut à la fenêtre.

L'Italien était là. Debout dans la lueur du lampadaire, il attendait.

Il était toujours là. Il s'était même rapproché et elle put voir la fumée bleue de sa cigarette qui montait dans la nuit. Il la regardait.

Dire comment elle le rejoignit au château, elle n'aurait pas su. Mais elle y fut si vite ! Elle y courut sans réfléchir une seconde à ce qu'elle faisait. Elle descendit les escaliers quatre à quatre ne se préoccupant en aucune manière ni du bruit ni de réveiller ses parents ou Catherine. Elle tourna frénétiquement la clef et ouvrit grand la porte d'entrée. Quand elle ne le vit plus sur la place elle comprit qu'il était là-haut. La peur qu'il s'évanouisse à peine apparu la tenaillait déjà. Sans qu'elle s'en rende compte, Sophie Claverie venait de rentrer dans un esclavage dont elle était loin de mesurer la violence qu'il allait apporter dans sa vie. Pour l'heure elle ne connaissait que la vibration intense d'une promesse d'amour car encore une fois, elle en était sûre, cet homme l'aimait et il était là pour elle.

Il l'attendait, assis sur la muraille de pierre crénelée. Derrière lui le vide inquiétant tombait à-pic sur les eaux bruyantes du gave qui courait vers les sanctuaires. La grande basilique était encore plongée dans la nuit et les hauteurs de ses flèches attrapaient une lointaine clarté. À le voir assis là, si proche du danger, Sophie eut peur. Il le sentit, esquissa un sourire et fit mine de basculer vers l'arrière. Un seul faux mouvement et il s'écraserait sur les rochers en contrebas. Sophie fut refroidie. Cet accueil ne ressemblait pas du tout à celui de leur première rencontre. Elle s'arrêta à quelque distance de lui et ils restèrent ainsi un instant à s'observer. C'est alors qu'elle le vit vraiment pour la première fois.

Ce n'est même pas qu'il était beau. Il était autre chose. Il avait sur ses traits anguleux et dans son regard sombre une étrangeté qu'elle ne comprenait pas. Il se leva et elle ne put s'empêcher d'être soulagée de le voir quitter la proximité du vide. Il restait là, à la fixer, les mains aux poches de sa redingote noire. Lui non plus n'avait visiblement tenu aucun compte ni de l'endroit où il se trouvait, ni du froid de novembre. Le col de sa chemise était ouvert et les derniers boutons n'étaient pas fermés. Sophie baissa naturellement les yeux sur ce triangle de peau que la lumière de la chemise blanche assombrissait par contraste. L'Italien se laissait observer et ne bougeait pas. Au bout de quelques minutes, sans parler, il sortit quelque chose de la poche de sa redingote et le tendit à Sophie dans la paume retournée de sa longue main ouverte. Il avait un sourire doux mais pas rassurant pour autant. Sophie ne savait que faire, elle sentait que cette fois, et bien que les choses se soient exactement déroulées comme la fois précédente, l'homme avait mis entre elle et lui une certaine distance et elle sut qu'il ne l'embrasserait pas. Comme elle ne réagissait pas, effrayée de ce changement d'attitude qu'elle pressentait confusément, il s'approcha et mit le petit paquet dans sa main. C'était un très joli petit paquet blanc noué d'un délicat ruban de satin rouge sombre. Elle hésita et c'est ce court moment d'hésitation qu'il choisit pour lui parler dans sa langue italienne qu'elle ne comprenait pas :

— Je suis venu pour te faire souffrir, dit-il d'une voix douce. Et quand tu auras ouvert ce paquet tu souffriras. Au moins autant que j'ai souffert moi-même et aussi longtemps que ma grand-mère a souffert. Tu auras un court instant de joie quand tu respireras ce parfum sur ta peau pour la première fois et après, tu ne pourras plus jamais t'en passer. Parfume-toi, belle Sophie ! Mets-en partout ! Inonde ta vie de mon parfum, enivre-toi de moi. Je reviendrai, mais je pars déjà.

Qu'est-ce que cela pouvait bien vouloir dire ? Sophie ne comprit pas, mais elle avait écouté l'Italien lui parler dans la musique de cette langue étrange avec une grande attention.

Dans la douce mélodie elle avait perçu la fêlure de la voix. Saisie, le petit paquet blanc nerveusement serré dans ses mains, elle eut un moment de panique intérieure. Mais elle se reprit vite se demandant ce qu'il lui arrivait. Comme il l'avait dit sans qu'elle le comprenne, l'Italien partait. Il s'en allait par le chemin de ronde. Elle le vit s'éloigner, le suivit un moment à travers les créneaux, puis il disparut tout à fait. Elle n'avait pas bougé. L'aube commençait à poindre et les ombres disparaissaient emportant avec elles les angoisses des hommes qui ont parfois, au plus profond de la nuit, des visions d'une clarté terrifiante. Des visions qui leur montrent sous un éclairage cruel les détails de leur vie intérieure ou de leur vie à venir et qui les font se lever en sueur, effrayés et hagards. Des sortes de visions prémonitoires qui les font terriblement souffrir jusqu'à ce que vienne cette heure en demi-teinte, cette heure que l'on dit bleue et qui les calme, qui les réconcilie avec la vie qui monte dans l'aube naissante. C'est l'heure du premier café, du premier tramway, des premiers bruits de la ville et les hommes, rassurés, se demandent alors en riant de quoi ils ont eu si peur.

Personne cette fois encore ne s'était aperçu de l'absence de Sophie. Elle était maintenant assise sur le bord de la méridienne, le petit paquet entre les mains. Elle le regardait, songeuse, reprenant sa respiration. En descendant du château, dégrisée par ce départ brusque de l'Italien, sonnée, elle avait croisé le sacristain qui partait à la basilique dans son éternel tablier bleu sur lequel il avait posé une lourde cape marron du pays qui lui tombait presque jusqu'aux pieds. Il était planté juste à l'angle de la rue du Fort et de la rue du Bourg. Que faisait-il là à cette heure au lieu d'être chez lui ou dans sa sacristie ? En y repensant, elle eut un frisson. Ce sacristain l'inquiétait, elle se jura d'en parler à sa mère.

Mais pour le moment il y avait plus urgent. Le très ravissant petit paquet de l'Italien était là, sur ses genoux, pour lui prouver qu'encore une fois elle n'avait pas rêvé. Ce paquet qu'il lui avait offert atténuait son angoisse de l'avoir vu partir ainsi. Et il lui tardait d'en découvrir le contenu. Pourquoi l'Italien était-il parti comme ça si vite ? Et... reviendrait-il ? Y aurait-il une autre nuit ? Un autre baiser comme celui du premier jour ?

Sur le papier blanc et le ruban rouge, une petite étiquette bleu nuit ourlée d'or détachait deux noms qui firent rêver Sophie : Guerlain-Paris. « Un parfum ! » dit-elle à voix haute émerveillée d'avance. Fébrilement, du bout des doigts, elle tira sur l'une des pointes du ruban de satin rouge qui se dénoua délicatement de lui-même. Sous la première enveloppe du papier brillant, à la fibre blanche joliment pressée et au bord net, se cachait un papier de soie du même rouge que le ruban. La personne qui avait réalisé ce paquet devait être une experte de ce genre de travail car elle avait ouvragé ce papier de soie de plusieurs plis remarquablement équilibrés et qui, visiblement, avaient été faits à la main en dernière minute. Comme c'est raffiné ! se dit Sophie qui n'avait jamais eu l'occasion de défaire un paquet aussi travaillé et luxueux. Les plis du papier de soie protégeaient un flacon de cristal rempli d'un parfum à la couleur ambrée et qui portait ce nom qu'elle ne devait plus jamais oublier de sa vie : *L'Heure Bleue.*

Elle le prononça comme pour mieux se l'approprier en donnant à sa voix pour le dire un velouté inhabituel :

— *L'Heure Bleue* !

Puis, après que son cerveau se fut imprégné de ces mots magiques, elle tourna légèrement le bouchon de cristal orné d'une fine cordelette de soie effrangée. Il était taillé en forme de cœur et s'enchâssait parfaitement dans le col du flacon. Il se dégagea aisément. Un bouquet de vanille poudrée, d'anis, d'œillets, d'iris et de roses mêlées, d'effluves de musc et de jasmin se répandit dans l'air de la pièce. *L'Heure Bleue* venait pour la première fois de disperser sa senteur orientale dans le monde clos de Sophie, et une émotion subtile envahit le boudoir.

Au même instant, l'Italien regardait la ville et pensait à la sienne, là-bas, en Italie.

Sur la route en surplomb qui le conduisait à Pau, la cité béarnaise voisine, il avait fait arrêter son chauffeur et il était descendu pour admirer cette vue si émouvante de Lourdes dans son écrin de montagnes blanches.

De là où il se trouvait il balayait tout. En léger contrebas à sa gauche les toits gris des hôtels et des maisons, à droite la grande basilique et la grotte et, devant lui, le château où il se trouvait ce matin même avec Sophie, juste avant l'aube. En fond, le panorama pyrénéen déroulait ses montagnes de neige, blanches et bleues.

L'Italien pensait à Vérone d'où il venait et à la maison familiale où il était né. Une grande demeure imposante et triste. Il revoyait l'austère bureau où son père, industriel renommé, recevait du monde. Des hommes en costume sombre, sévères au regard de l'enfant qu'il était. Sa mère se levait tard et déjeunait rarement. En fin de journée elle se préparait pour sortir et il avait encore en mémoire son parfum envoûtant, la douceur de ses gants interminables et le claquement sec de la porte d'entrée qui se refermait derrière elle. Le silence du grand hall était alors immense et il se sentait si petit, si perdu.

Heureusement elle était là. Cette grand-mère à laquelle il pensait si fort en cet instant même et qui avait été la seule à lui manifester de l'amour. Un amour dévorant, quasi une idolâtrie. Avec elle il pouvait tout faire et tout demander, il sentait qu'il était toute sa vie. Il en usa et en abusa, elle lui passa tous ses caprices, acheta tous les jouets qu'il désirait et l'emmena en voyage sur de splendides paquebots. Avec elle il découvrit l'Égypte, l'Amérique, la Grèce et il prit des trains de luxe aux noms merveilleux dans lesquels il croisa une vie de fêtes. L'Orient-Express, le Transsibérien. Sa mamie avait la folie des voyages. Il comprit tard qu'elle s'y étourdissait, qu'elle fuyait Vérone. Mais elle finissait toujours par rentrer et il retrouvait l'ambiance déserte de l'austère maison patricienne et les longs couloirs vides. Alessandro alors ne pensait qu'à une chose, repartir. Reprendre le voyage, laisser les paysages glisser le long des vitres comme des lieux qui n'existent pas et s'accrocher désespérément à cette tendre complicité avec son aïeule afin que se calment pour un temps les vides douloureux de son cœur d'enfant.

D'où venait la souffrance des siens, d'où venait ce mal usant qui avait rongé son enfance et toute sa jeunesse et qui s'était incrusté dans son cœur ?

Longtemps, trop longtemps, Alessandro ne l'avait pas su.

Le soleil brillait maintenant dans le ciel d'hiver.

De petites brumes s'échappaient des eaux du gave et montaient en de fines volutes. Que l'air était léger ! Que la lumière était pure dans ce ciel de France au pied des Pyrénées ! Il y avait dans cet endroit une grâce infinie et discrète qui donnait envie de devenir meilleur. Mais le regard noir d'Alessandro, un instant distrait par tant de paix, se durcit brusquement. L'Italien eut un mauvais rictus. D'un geste précis et nerveux il ferma les boutons de sa redingote, releva son col, monta dans sa voiture et fit signe au chauffeur. Bientôt les paysages défilèrent, mais il ne retrouva pas la paix de son enfance quand il voyait passer les arbres et les champs, les villes et les villages, les fleuves ou la mer.

Il y avait de la haine en lui.

Léon bougonnait. Il ne se souvenait plus dans quel confessionnal il avait caché la veille la grosse clef de la sacristie. Un vieux truc à lui, une manie. Pour éviter d'emporter la clef tous les soirs, et comme il était du genre soucieux, il avait planté un clou dans l'angle intérieur sombre des quinze confessionnaux de la grande basilique et il en changeait tous les soirs. Régulièrement il se perdait dans ses cachettes mais il s'obstinait. Avec les prêtres français ou étrangers qui venaient accompagner et confesser les pèlerins de tous les pays il estimait qu'il fallait être prudent. Il fulminait contre lui-même quand il trouva la fameuse clef : « Enfin ! » fit-il en poussant un soupir de soulagement et en regardant à la dérobée autour de lui comme s'il pouvait être observé. Or, à cette heure très matinale, les pèlerins dormaient et il savait bien qu'il n'y avait pas âme qui vive puisque c'est lui-même qui ouvrait chaque matin les portes de la basilique. Mais Léon était un inquiet. Dans ces lieux silencieux et immenses, sous le dôme de pierre décoré d'une splendide fresque de mille petits carrés de céramique de couleur où seuls les yeux de mosaïque des anges et des saints l'observaient, il éprouvait parfois une grande liberté et, à d'autres moments, planait sur lui une sorte de menace. Les années passant, il avait développé une méfiance quasi maladive. Léon aimait ce monde clos, même s'il l'isolait du monde réel. Sans l'avoir cherché, mais en raison de son travail qui le maintenait dans les lieux de l'aube au couchant, il avait fini par considérer les saints de mosaïque et les statues de plâtre comme sa famille.

Depuis qu'il avait appris l'histoire de l'ornementation de « sa basilique », elle ne lui en était que plus précieuse :

« Quand on pense, disait-il aux pèlerins qui l'interrogeaient parfois, qu'il a fallu des siècles pour orner Venise. Ici on a deux mille mètres carrés de mosaïque, c'est la moitié du patrimoine vénitien, et il y a quatre mille cinq cents nuances de couleurs. C'est dire si les tableaux des maîtres sont fidèlement reproduits ! »

Et quand l'un de ces visiteurs s'attardait, ou paraissait intéressé, il enchaînait. On ne l'arrêtait plus : il racontait l'histoire de l'artiste qui avait réalisé ce chef-d'œuvre et à qui il vouait une admiration sans bornes. Gian Domenico Facchina, un Italien né dans le Frioul, berceau de la céramique. En 1877, Facchina avait monté la première école de mosaïque de la région. Son art était issu de la plus ancienne tradition artisanale et il voulait le faire revivre. Il avait tout fait pour conserver et développer les savoir-faire traditionnels des mosaïstes et surtout il voulait donner aux siens, à tous ces artisans de son petit pays de quoi sortir de la misère.

« C'est lui qui a conçu pour Garnier les mosaïques de l'Opéra de Paris. Les voûtes et les coupoles ! Les ornements et les panneaux ! Sans lui l'architecte était fichu, s'enflammait Léon. On lui demandait des fortunes et dix ans de travaux. Impossible, trop cher, trop long. Et la basilique du Sacré-Cœur à Montmartre ! Et les façades des grands magasins à Paris ! Et l'école des Beaux-Arts, et les mosaïques du Petit Palais et du Grand Palais ! Et les grandes salles de l'Hôtel de Ville ? Tout ça, c'est Facchina. Et vous savez comment il a pu réaliser tout ça ? »

Le visiteur hochait alors la tête en signe de perplexité. Ravi, Léon expliquait :

« Parce qu'il a inventé une méthode révolutionnaire qu'il a utilisée ici à Lourdes. »

Et devant le visiteur accroché il enchaînait :

« On colle provisoirement les céramiques, face décorée, sur du papier. Et après, hop ! expliquait-il geste à l'appui, on retourne et on colle le carré, face libre sur la surface à décorer. Puis, quand c'est sec et que la céramique a bien adhéré on décolle le premier papier et le dessin apparaît. C'est propre, rapide et efficace. »

Le pèlerin hochait alors la tête d'un air concentré cherchant à reproduire mentalement le geste dans sa tête. Et Léon ajoutait pour bien le convaincre :

« À Venise ils ont mis trois siècles pour coller leurs mosaïques, petit carré par petit carré. Ici l'Italien nous a fait ça en deux temps trois mouvements comme il a fait à Paris pour l'Opéra. »

Le pèlerin devenait alors sceptique. Ce qu'on avait réalisé en trois siècles à Venise ne pouvait en aucun cas se comparer à ce qu'on fait en deux temps-trois mouvements à Paris ou à Lourdes. Sentant leurs réticences, Léon s'en agaçait profondément. Il ne pouvait s'empêcher d'ajouter que, depuis, les industriels du carrelage se penchaient sur l'adaptation de la méthode de Facchina à la fabrication industrielle et que la renommée du mosaïste italien était devenue mondiale.

Mais, ce matin, Léon avait la tête ailleurs qu'aux mosaïques. Pressant le pas vers la sacristie, il tourna la grosse clef dans la serrure, entra, et referma la porte de chêne derrière lui. La lumière du matin qui tombait des vitraux sur le dallage de pierre éclairait la pièce d'une lueur à peine suffisante. Il cligna des yeux vers le grand christ en bois sombre accroché face à la porte sur le mur de plâtre, se signa rapidement du bout des doigts, fit une légère génuflexion et s'affaira à ses tâches quotidiennes. Il réfléchissait. Devait-il ou non parler de ce qu'il savait et de ce qu'il croyait avoir deviné ? Devait-il laisser faire cet Italien sans rien dire ? Ces questions le torturaient. Il sentait venir quelque chose de grave mais ne voyait pas quoi et essayait de se rassurer :

« Après tout, se disait-il, il ne fait que lui parler et l'embrasser ! Bien sûr il fait ça la nuit, là-haut au château, c'est curieux. Mais bon, les Italiens sont romanesques... »

Léon n'avait aucune connaissance précise du romanesque en amour mais il savait que le Roméo de Juliette était italien, et il se disait que les très célèbres amants de Vérone avaient dû influencer les manières d'approche des séducteurs de la péninsule.

Léon se trompait sur un point, tous les Italiens n'étaient pas romanesques. Mais il n'avait pas tout à fait tort, car il arrivait qu'ils le soient.

Dans les bras de Giovanni, Yvonne vivait les heures les plus merveilleuses que puisse rêver une jeune femme amoureuse. Élégant, gai, une chanson en permanence à la bouche, Giovanni savait complimenter les femmes et donner à toutes le sentiment qu'elles existaient. Pourtant il n'en aimait qu'une, sa femme, Yvonne. Elle le sentait bien, ne s'y trompait pas et, à ses côtés, elle vivait la plus douce histoire qui soit. Après leur mariage et le décès de la vieille Lucile Davezac, ils s'étaient installés dans sa chambre qu'Arlette et Charles avaient fait refaire pour eux. Les deux couples vivaient sous le même toit et cela se passait très bien. Les deux hommes étaient l'opposé l'un de l'autre mais s'entendaient parfaitement. Autant le père d'Yvonne était sérieux et porté sur les affaires, toujours préoccupé par son cabinet d'avocat, autant Giovanni était insouciant. Ne pas s'entendre avec lui eût été difficile. Le naturel de cet Italien le portait à aimer et à être aimé. Il descendait tranquillement le matin après avoir pris son petit déjeuner. Son beau-père était parti au cabinet fort tôt et les trois femmes, dont la sienne, s'activaient depuis un bon moment. Soit au ménage, soit en cuisine, soit en bas au magasin où il y avait toujours à faire en saison ou hors saison. Rangement, étiquetage, réception des livraisons pour les stocks. Il donnait sans problème les coups de main qu'il fallait mais il avait vite compris que le terrain du travail était déjà occupé, que l'organisation était bien rodée et il prenait donc rarement des initiatives sauf quand, de temps à autre, il sentait les femmes débordées. Il se révélait alors très efficace. Mais, la plupart du temps, il s'accommodait de cette situation sans trop de difficultés et, avec intelligence, trouva rapidement son terrain d'action. Giovanni donnait du bonheur et apaisait les conflits qui naissaient comme au sein de toute famille. Par sa présence, ses gentillesses et la sérénité qui se dégageaient de lui depuis qu'il était là toute la famille profitait de ses bienfaits. Au magasin, Arlette et Lucette l'adoraient. Arlette disait souvent :

— Ah si Mamie Lucile les voyait ! Comme elle serait heureuse. Elle s'est fait tellement de soucis. Si elle avait su !

— Comme quoi, répondait Lucette ravie, il faut jamais avoir d'*a priori* sur les étrangers. C'est vrai, ce Giovanni, on aurait jamais imaginé qu'il soit si gentil et si attentionné. Tenez, madame Arlette, hier j'étais à la cave en train de remuer les cartons des vierges, eh bien, il a dû m'entendre parce qu'il est venu et il a fait tout le travail. Et... en chantant en plus.

Ah ! La voix d'or de Giovanni, elles en étaient folles. Maintenant d'ailleurs il arrivait qu'elles lui passent commande :

— Voyons Giovanni et si vous nous chantiez, euh... Mais oui vous savez, cet air-là que vous fredonniez toute la semaine dernière...

— Si, si, disait Giovanni en souriant. C'est *ouna canson* napolitaine.

Et sans se faire prier davantage, il entonnait l'air tant attendu. L'extase se lisait alors sur les visages des trois femmes. Yvonne, Lucette, Arlette s'abandonnaient au velouté de sa voix et à la magie de ces mots qui résonnaient avec une sensualité infinie.

Giovanni avait changé leurs vies, il avait introduit une forme de séduction masculine qu'elles n'avaient jamais connue ni même côtoyée. Une séduction toute en finesse, en attentions délicates, en vocalises et diverses roucoulades. Dans toute la rue de la Grotte, les femmes connaissaient l'Italien d'Yvonne et, en tout bien tout honneur, toutes l'aimaient. Tout comme l'aimaient les hommes des deux cafés, le *Français* et la *Poste* qu'il fréquentait indifféremment avec autant de plaisir. Il apportait sa différence et ces messieurs ne s'y trompaient pas. Avec Giovanni ils avaient des choses à apprendre sur la manière de s'y prendre avec les femmes vu comme il savait les mettre dans sa poche sans même y toucher.

— Mais qu'est-ce que tu leur fais pour qu'elles t'adorent comme ça ! lui disaient-ils en riant.

— Ma, rien, disait Giovanni, zé souis natourel, cé tout. Cé ça, peut-être ? Si ?

— Moi je vous dis que c'est son accent qui les fait chavirer, disait Jean Cantet, le patron du *Café de la Poste*. Vous avez entendu comme il parle, on dirait qu'il a du sucre dans la bouche avec ses « zé souis ». Et le sucre, les femmes, elles aiment ça. Ah ! Si seulement on avait l'accent italien, on serait aussi bons que lui. Mais voilà, nous, on parle comme elles et c'est moins exotique.

— C'est toujours pareil, répliquait un autre, depuis qu'on a les étrangers ici elles ne voient qu'eux.

— Oui enfin, répliquait un troisième, surtout les Italiens ! On dirait qu'il y a qu'eux à savoir pousser la chanson.

— Mais arrêtez, disait un quatrième, et qu'est-ce que vous croyez ! Venez un peu avec nous à la chorale quand elles nous entendent pousser « Montagnes Pyrénées » (sur ce il se mit à entonner :) « Vous êêêtes nooos aaaaamours »... ça marche autant que les rossignolades de ces latinos ! Ils sont trop doucereux. Au bout d'un moment, elles en ont marre. Elles veulent du muscle, et nous quand on l'ouvre, ça vibre !

Et, se penchant sur la table comme pour une confidence, il ajoutait en riant et en tapant du poing sur la table :

— Et je peux vous dire que moi, j'en ai eu pas mal comme ça, avec le coup de la voix. Je la pousse et ça les impressionne, elles me tombent dans les bras toutes rôties !

Et il faisait mine de tomber dans ceux de sa chaise provoquant les rires de toute l'assemblée masculine qui, du coup, galvanisée, entonnait d'une même voix le fameux hymne pyrénéen.

Dans le café d'à côté, les intellectuels du *Français* tendaient l'oreille. Ils chantaient plus rarement. En tout cas ils ne démarraient jamais. Mais quand ils entendaient les sportifs de la *Poste* s'y mettre tous ensemble et que leurs voix puissantes arrivaient jusqu'à eux, gagnés par la ferveur des chants, ils entonnaient les mêmes couplets. La place Marcadal résonnait alors de ces splendides voix pyrénéennes et, Giovanni en convenait, on trouvait difficilement mieux. Ces moments de chants masculins qui naissaient spontanément étaient d'une très grande chaleur et d'une émouvante beauté. Quand ils étaient partis, on ne les arrêtait plus. Au début mal ajustées entre celles du *Café de la Poste* et celles du *Français*, les voix finissaient, après quelques strophes discordantes, par se répondre et s'harmoniser. C'étaient les seules fois, avec les finales de rugby, où les hommes des deux cafés pouvaient coopérer. Mais ils y mettaient tout leur cœur, laissant à penser que le reste du temps ils ne se disputaient que pour finalement pouvoir mieux entonner d'une seule voix les chants de leur pays. Ils y passaient la journée, une grande partie de la nuit, et ils en ressortaient heureux, souriants comme des gosses qui auraient bien joué.

Au premier étage de sa maison entre les deux cafés, assise seule sur son lit, Anaïs Lacrampe ne dormait pas. Les voix montaient jusqu'à elle et emplissaient sa chambre, apportant cette sensibilité masculine si particulière qu'elle n'avait jamais connue. Et ces soirs-là, qu'il pleuve, qu'il gèle ou qu'il vente, elle ouvrait sa fenêtre et les écoutait gravement, mains jointes comme pour la prière, des larmes plein les yeux.

Le temps s'était mis à la neige et Sophie le sentait. Comme tous ceux du pays elle connaissait par cœur la blancheur suspecte du ciel. Dans le boudoir où elle se trouvait, *L'Heure Bleue* de Guerlain, avec laquelle elle s'était parfumée, ajoutait sa note troublante à la magie de ce moment d'hiver, quand on attend la neige, qu'on sait qu'elle viendra.

Depuis plus de quinze jours elle n'avait pas revu le Bel Italien. Tous les soirs elle l'attendait et tous les soirs elle s'endormait, épuisée de fatigue à même la méridienne du boudoir. Personne dans la maison, ni son père, ni sa mère, ni Catherine ne comprenait ce qu'elle avait. Questionnée sur ce parfum dont elle s'enveloppait et qui emplissait sa chambre, Sophie avait répondu évasivement que Rose l'avait eu par une cliente de l'hôtel qui lui en avait fait cadeau. Mise au courant de ce mensonge, Rose, gênée, avait pourtant confirmé la chose quand Anne lui avait posé la question. Mais elle était dans une grande colère contre Sophie qui l'obligeait à faire des choses qu'elle réprouvait.

— Ne me mets plus dans une situation pareille ! avait-elle dit la veille à Sophie. J'ai horreur de mentir, surtout à ta mère. Si elle savait pour cet Italien, elle se ferait du souci.

Rose et Yvonne s'arrangeaient à tour de rôle pour passer voir leur amie et savoir ce qu'il en était de son histoire d'amour. Le récit du deuxième rendez-vous les avait plongées dans une grande perplexité. Yvonne pensait qu'il fallait en parler aux parents de Sophie :

— Ça fait deux semaines qu'elle se morfond, on peut pas

laisser sa mère s'inquiéter comme ça ! Et puis c'est pas clair cette histoire d'Italien qui ne lui dit même pas son nom et qui lui offre ce parfum si cher sans même la connaître ! martelait Yvonne.

— Comment tu sais qu'il est cher ? fit Rose, tu l'as même pas vu.

— Il n'y a pas besoin de le voir, il suffit de savoir que c'est un Guerlain ! Tu trouves ça où toi, à part à Paris ou dans des palaces ? En tout cas tu trouves pas Guerlain à Lourdes.

— Et alors ! Il a voyagé sans doute cet Italien, il a le droit de lui faire plaisir, non ? Ne t'en mêle pas, elle nous en voudra à mort ! tempérait Rose.

Mais Yvonne insistait :

— Lui faire plaisir ! Tu as de ces expressions ! Moi je te répète que cette histoire n'est pas claire. À part nous deux, personne n'est au courant. Ça fait deux fois qu'elle le retrouve la nuit au château. Drôle d'endroit pour une rencontre, non ? On devrait au moins le dire à Catherine. Tu vois pas si un soir Sophie part avec lui et qu'elle ne revient pas. On l'aura sur la conscience ! Et s'il voulait lui faire du mal ?

Yvonne plissait les yeux en signe de grande méfiance et pointait le doigt comme une menace. L'argument portait, Rose s'effrayait. Elle fit part de leurs craintes à Sophie :

— Et s'il voulait t'assassiner ?

Sophie partit dans un grand éclat de rire. Sa confiance dans le bel inconnu était totale :

— Mais Rose, c'est tout le contraire ! avait-elle répondu avec ferveur. Quand il est là je me sens protégée de tout, il ne peut rien m'arriver. Je l'ai vu deux fois et il fait partie de ma famille depuis toujours, j'en suis sûre. Il me semble le connaître mieux que moi-même.

Rose l'écoutait, suspendue à ses lèvres. Sophie était métamorphosée quand elle parlait de l'Italien.

— Ne vous inquiétez pas, j'en parlerai moi-même à maman dès qu'il y aura quelque chose de sûr.

Puis elle avait marqué un temps d'hésitation.

Elle avait réussi à calmer l'inquiétude de Rose mais au

moment même où elle avait prononcé ces mots : « quelque chose de sûr », son cœur s'était serré. Avec cet homme, le mot « sûr » ne convenait pas.

Elle balaya ses doutes avec colère, à quoi bon être toujours méfiante ! Après tout si cet Italien avait envie que les choses se passent comme ça, c'est qu'il était plus romantique que la plupart des hommes, moins banal. Elle voulait se convaincre qu'elle était en train de vivre une histoire hors normes, une histoire d'amour exceptionnelle comme toutes les femmes rêvent d'en vivre une fois au moins dans leur vie. Sophie se souvenait des contes de fées de son enfance. Le soir, près du poêle de la cuisine, après le repas, il n'était pas rare que sa mère lui lise une de ces histoires merveilleuses dans laquelle un prince charmant emporte fougueusement celle qu'il aime et l'embrasse au clair de lune en lui promettant l'éternité. Elle revoyait avec précision les images d'un grand livre. Allongée sur un lit tout blanc aux draps ourlés de fines dentelles, une princesse à la chevelure d'or s'éveillait. À ses pieds un prince l'attendait et dans l'image suivante ils valsaient tendrement enlacés sur fond de ciel bleu nuit sous une belle lune jaune. D'une certaine manière ce prince de rêve ne s'était jamais effacé de sa mémoire et le désir d'être emportée par lui dans une valse sans fin était toujours là. Le désir de vivre cette sorte de miracle qui fait se rencontrer deux personnes et les fait s'aimer pour toujours, Sophie l'avait en elle et, pour l'avoir vécu, elle savait que le coup de foudre, cela existait. Le Bel Italien pouvait l'emmener au bout du monde, elle le suivrait. Sans savoir qui il était, sans savoir d'où il venait, sans poser de questions. Elle sentait qu'elle était capable avec lui d'aller au bout de tout. Balayées les certitudes, balayée la raison, balayé même l'avenir. À quoi bon ? Une fois, avec Gabriel, elle avait rêvé sa vie de femme, de mère. Elle avait imaginé des choses, une maison, des enfants. Le destin lui avait tout pris. Alors cette fois-ci, et puisque cet homme était venu, qu'importe qu'il soit arrivé à la nuit noire, qu'importe son mystère ! Elle voulait vivre le présent sans se poser aucune question, et surtout pas de celles qui dérangent.

Le Bel Italien revint en même temps que les premiers flocons. Le cœur de Sophie cessa de battre quand elle vit sa silhouette toujours à la même place, immobile, un peu en retrait. Les blanches « manines » tourbillonnaient, très légères, dispersées dans la lueur du réverbère. Sophie jeta son manteau sur ses épaules et fut dehors en un rien de temps, fébrile comme le sont tous les êtres quand ils croient éprouver une passion. Un sentiment irraisonné s'empare d'eux, ils se laissent submerger et courent rejoindre l'objet de leurs désirs sans que rien d'autre ne compte, ni les difficultés, ni la distance, sans que même au fond il y ait véritablement de l'amour. Car dans ces moments-là, pour certains êtres, il s'agit aussi de ce vertige dans lequel ils se prennent d'autant plus fort qu'ils veulent s'y laisser prendre, s'y anéantir. Ils croient pouvoir ainsi combler ce vide qu'ils sentent au fond d'eux-mêmes et ils s'y accrochent, y tourbillonnent, persuadés qu'en lui réside la clef de tout. Et Sophie avait tant de choses à rattraper de sa vie.

Quand elle descendit, il était encore là. Il ne s'en alla pas comme les fois précédentes vers le château. Tel un guide, il la devança et partit vers la rue de la Grotte. Les magasins avaient tous posé leurs volets de bois et la rue aurait paru sinistre s'il n'y avait eu ces jolis flocons qui dansaient autour de chaque réverbère. Sophie avançait sans penser un seul instant à ce qu'il y avait d'incongru à marcher ainsi derrière un homme que l'on ne connaît pas en pleine nuit d'hiver. Ils passèrent la rue du Bourg, celle de l'Égalité, laissèrent le quai Saint-Jean à droite et longèrent le couvent des clarisses. En voyant ces hauts murs de pierre du couvent, fermé comme le sont les tombeaux, Sophie eut la vision soudaine d'un grand dortoir glacé. Elle imagina les corps des moniales allongés, solitaires, dans des lits austères et étroits. À quoi bon être une femme si c'était pour dormir ainsi sa vie durant dans la solitude d'une couche stérile ? Le merveilleux trousseau de mariage d'Yvonne lui revint en mémoire. Elle aussi avait un trousseau. Comme cela se faisait pour les filles dans les maisons où il y avait quelque bien, sa grand-mère avait passé les premières commandes aux religieuses quand Sophie n'était encore qu'une enfant et les clarisses avaient entremêlé ses initiales délicates sur le lin immaculé. Le souvenir de ces draps inutiles rangés dans l'armoire de sa chambre, et qui n'avaient jamais eu l'occasion de servir, la ramena à ceux d'Yvonne. Elle imagina son amie qui y dormait en cet instant même, blottie entre les bras de son Giovanni. Les pensées de Sophie n'avaient duré qu'un instant, mais l'Italien avait disparu. Effrayée de l'avoir perdu et de se retrouver seule en un endroit pareil à cette heure du soir, elle serra bien fort son manteau contre elle et se mit à courir pour le rattraper. Tout en bas de la rue un courant d'air glacé annonçait les eaux du gave. Sophie arrivait au Pont-Vieux, celui que la petite Bernadette Soubirous traversa autrefois. À quelques pas du pont elle s'arrêta et posa sa main sur son cœur pour reprendre sa respiration. L'Italien était là et l'attendait, appuyé à la balustrade. Elle réalisa combien elle avait eu peur. Elle ferma les yeux, joignit les mains et des larmes coulèrent sur ses joues. Elle savait maintenant que si cet Italien devait disparaître un jour, elle en mourrait. À la suite de sa grand-mère, et comme si leurs destins étaient liés, la petite-fille de la Belle Chocolatière venait à son tour d'entrer dans un enfer. Celui de la passion amoureuse.

Elle s'approcha, il la laissa venir. Et quand elle fut tout près, il l'enlaça et chuchota dans sa langue ces mots à son oreille :

— Ce soir je vais t'épouser. Tu veux bien m'épouser ?

Elle se dégagea un peu de son étreinte pour le regarder. Les mots, bien qu'en italien, lui paraissaient limpides. D'une voix presque craintive, qu'elle ne reconnut pas, elle demanda :

— Vous dites que vous voulez m'épouser, c'est ça ?

Le Bel Italien sourit, et acquiesça avant de l'embrasser comme jamais elle n'avait imaginé qu'un homme embrasse. Qu'y avait-il entre eux de si particulier pour qu'un baiser pareil, un baiser à la fois aussi doux et aussi fort, puisse exister ? Le plus naturellement du monde, comme s'il était tout à fait normal de s'entendre poser pareille question dans des conditions aussi extravagantes, elle plongea son regard clair dans les yeux sombres du Bel Italien et s'entendit répondre :

— Oui.

Léon avait éclairé la petite chapelle. Un somptueux bouquet de roses rouges avait été apporté dans l'après-midi et il avait eu pour instructions de le mettre au pied de l'autel. Le père Sicard lui avait demandé de se tenir prêt dès la nuit tombée, il lui avait expliqué qu'il devait célébrer un mariage mais que cela devait se faire en toute discrétion, le marié y tenait beaucoup. Léon n'avait pas posé plus de question, il arrivait parfois que certaines cérémonies se fassent de façon très secrète et ce pour de multiples raisons. Professionnellement, il avait tout organisé, installé les nappes de dentelles blanches, allumé les bougies car le marié ne voulait pas de cierges, puis il avait préparé la coupelle pour déposer les anneaux. Et maintenant il attendait. Le père Sicard était arrivé et se changeait dans la sacristie. Soudain Léon vacilla. Sophie Claverie venait d'entrer dans la chapelle. Ainsi, le mariage c'était elle ! Il aurait dû s'en douter.

Que faire ? Il s'affola. Il ne pouvait pas ne rien dire, il avait ouvert ce paquet qui ne lui était pas destiné et, si cette jeune femme avait eu connaissance de son contenu, peut-être n'épouserait-elle pas cet homme. Ou en tout cas elle le ferait en toute conscience. Rien ne pouvait se lire sur les traits de son visage, et pourtant Léon était dans un état de tourment extrême quand le père Sicard arriva, prêt pour la cérémonie.

« Je dois dire quelque chose, ce n'est pas possible. Il faut que je parle. »

Mais les mots restaient coincés au fond de sa gorge. C'est alors que le père Sicard demanda les alliances :

— Mais mon père, fit l'Italien surpris, je vous les ai confiées hier.

— Mon Dieu ! fit le prêtre affolé en filant vers la sacristie. Pourvu que je ne les aie pas oubliées !

Inquiet, le Bel Italien le suivit et Léon se retrouva seul avec Sophie. Un signe du ciel ! Une chance ! Il fallait parler.

Fébrile, il jeta un coup d'œil rapide vers la sacristie, s'approcha de Sophie et dit nerveusement :

— Ne l'épousez pas ! Sa grand-mère...

Mais il n'eut pas le temps d'en dire plus, le Bel Italien revenait déjà suivi par le père qui avait retrouvé les alliances.

Depuis qu'elle avait dit « oui » à l'Italien sur ce pont, sous la neige, Sophie était dans un état étrange. Ce qu'elle vivait, elle le vivait comme dans un rêve. La vue du sacristain la ramena brutalement à la réalité, et une peur presque panique s'empara d'elle. « Ne l'épousez pas ! » Mais pourquoi lui avait-il dit une chose pareille ? Pourquoi avait-il cet air de conspirateur ? De quoi se mêlait-il ? Il ne la connaissait même pas. « Sa grand-mère... » Il n'avait pas fini sa phrase.

— Quelque chose ne va pas ?

Le Bel Italien se penchait sur elle et lui prenait les mains. Elle leva les yeux. Pour la première fois, elle voyait à la lumière le visage de l'homme qu'elle allait épouser à l'instant même. Malgré sa jeunesse, il avait des traits marqués par la vie. Deux ou trois cicatrices, un front soucieux, et quelque chose de trouble, de changeant dans le regard. Mais qui était cet homme et que voulait-il ? Pourquoi le sacristain l'avait-il mise en garde ?

Sophie sentit une pression. Les mains de l'Italien serraient les siennes, son regard était devenu infiniment doux et elle crut même y voir affleurer des larmes. Bouleversée de le voir ainsi, elle retrouva le sourire. Elle ne savait plus où elle en était, ne savait plus que penser. Elle se laissa faire et se dit que le monde était un conte de fées merveilleux puisqu'il permettait qu'arrivent de pareilles rencontres, puisqu'il venait de lier pour toujours son destin à celui d'un homme dont elle ne connaissait même pas le nom.

Elle regardait l'anneau qu'il venait de glisser à son doigt. Elle ne savait pas comment elle s'appelait désormais. Ensuite tout alla très vite. Les mariés partirent à peine les vœux prononcés. Le chauffeur de l'Italien avait garé la voiture juste à la sortie des sanctuaires. Sans rien demander il les conduisit dans un hôtel de Tarbes où visiblement ils étaient attendus. C'est ce soir-là que Sophie vécut sa première nuit d'amour.

À aucun moment et d'aucune façon elle ne résista à ce qu'attendait d'elle le Bel Italien. Il était son mari, elle était désormais sa femme et pour elle c'était pour toujours.

Ils s'enfermèrent dans cette chambre d'hôtel. Ils parlèrent sans se comprendre, s'unirent en comprenant tout et ils rirent ensemble d'être là, hors du monde, hors du temps, hors de tout sauf d'eux-mêmes, heureux. Le bonheur que Sophie n'espérait même plus était venu et, en un seul soir, il avait rempli sa vie, son cœur et son corps comme cela arrive très rarement tant il faut de circonstances réunies pour créer une intensité aussi puissante. Toutes les barrières, celles de la raison, de l'éducation, de la famille, aucune n'avait résisté à la puissance de ce fleuve d'amour qui emporta Sophie et son Bel Italien.

Le deuxième matin elle se réveilla de ce rêve qui avait duré deux jours et deux nuits. Son mari lui annonça qu'il devait partir momentanément, qu'il reviendrait et qu'il valait mieux qu'elle retourne chez elle en attendant. Elle obéit à tout comme une somnambule. Le Bel Italien avait retrouvé son regard sombre. Quand la voiture quitta l'hôtel en l'emportant, elle eut beau regarder par la petite vitre arrière le plus longtemps possible il n'était plus là. Elle ne put même pas lui faire un signe de la main. Le chauffeur la ramena chez elle. En la déposant sur la place il eut un sourire gentil, puis il partit, la laissant seule, désemparée.

Il fut impossible à ses parents et à quiconque de savoir ce qui s'était réellement passé durant ces deux jours. Sophie ne prononça pas un mot et s'enferma dans son boudoir.

Mis au courant de la relation de leur fille avec l'Italien par Rose et Yvonne, terrorisées de n'avoir rien dit avant et sûres qu'il était arrivé un malheur, Anne et son mari furent si heureux de voir leur fille revenir saine et sauve qu'ils n'insistèrent pas. L'affaire n'avait pas été ébruitée, on estima qu'il ne s'était rien passé. Sophie était là et pour ses parents qui avaient entrevu l'enfer en pensant ne plus jamais la revoir, ou pire, ne pas savoir ce qu'elle était devenue, c'était déjà le paradis. Alors, ce que Sophie avait fait ou pas, c'était pour eux sans aucune importance.

Léon ne vivait plus, il ne mangeait presque rien et Mauricette s'inquiétait :

— Il se passe quelque chose de pas très catholique, confia-t-elle à sa voisine tout en balayant comme chaque matin le devant de sa porte. Il est encore plus renfrogné qu'avant. Hier soir j'avais fait une bonne garbure, il adore ça. Eh bien, il y a même pas touché ! C'est dire !

Plongé dans ses pensées, Léon ne voyait ni Mauricette ni sa garbure. Il n'avait qu'une seule chose en tête, le mariage secret de la fille Claverie qui lui laissait un goût très fort de culpabilité. Il était passé devant Mauricette et sa voisine en les saluant furtivement sans même remarquer leur attitude interrogative. Depuis la veille il avait réfléchi. Il ne pouvait pas rester comme ça. Il fallait faire quelque chose, parler à quelqu'un. Mais à qui ? Et puis, au petit matin, il avait eu une lueur. Il y avait un autre Italien dans la ville dont on parlait beaucoup.

Giovanni ! L'Italien d'Yvonne Davezac !

Mais comment s'y prendre ? Comment l'aborder ? Il ne le connaissait pas du tout, d'ailleurs il ne connaissait personne. Et il s'était dit qu'il allait attendre un peu et qu'au lieu d'aller à la sacristie il irait au *Café de la Poste*. Là, il savait le trouver.

Mais quand Léon arriva au *Café de la Poste* il n'y avait personne ou quasiment. Léon n'allait jamais au café, il n'avait aucune idée des horaires de la vie des autres. Lui se levait en général vers quatre heures et demie du matin et il partait à sa sacristie en suivant. Quand, à sa très grande surprise, le patron du *Café de la Poste* le vit arriver dans son établissement, il était à peine huit heures. Autrement dit, l'aube pour Jean Cantet et le milieu de matinée pour Léon qui, à cette heure-là, avait rangé depuis un bon moment les ornements des deux messes matinales. Cantet, au contraire, après s'être couché à la fermeture de son établissement sur les deux heures du matin, venait à peine d'ouvrir l'œil et de se faire un café en même temps que celui qu'il servait à ses deux clients habituels, le cantonnier et le facteur qui passaient, l'un avant sa tournée, l'autre avant son premier coup de pioche. Silencieux comme un chat, seul dans son monde clos, le petit Belge balayait la salle. Il y avait de quoi faire ! La veille il y avait eu fiesta, ceux du club de rugby fêtaient une victoire qui datait du dimanche précédent mais qu'ils faisaient durer, et ceux du groupe de chanteurs leur avaient mis l'ambiance. Du coup Cantet avait mal au front et c'était pas le moment de venir l'embêter aux aurores. Qu'est-ce que ce sacristain de malheur venait faire avec sa tête d'enterrement ? Il prit la commande à voix haute de loin, sans bouger de son comptoir.

— Vous prenez quoi ?

— Un café ! répondit Léon.

Mais Cantet ne se précipita pas pour autant, et avant de préparer le café que venait de lui commander Léon, il but tranquillement le sien.

— Alors, lui fit d'un air goguenard Émile le facteur, tu changes de clientèle maintenant. Tu vas les chercher à l'église ?

Mais le mal de crâne de Cantet augmentait et il n'était pas prêt à goûter les plaisanteries mi-figue mi-raisin du facteur, grand radical devant l'éternel et qui ne ratait pas une occasion de taper sur les curés.

— Hé ! l'Émile, tu vas pas nous sortir tes grands raisonnements à cette heure-ci, non ?

— Doucement, fit Émile qui n'aimait pas qu'on parle des idées « radicales » avec cette désinvolture. Tu peux pas tout avoir. Les grenouilles de bénitier, ils ont qu'à aller au *Fran-*

çais. Qu'est-ce t'en penses toi, Latapie, tu dis rien aujourd'hui ?

Le cantonnier tourna son béret sur sa tête d'arrière en avant et d'avant en arrière, signe d'une grande contrariété.

— J'en dis que ceux du *Français*, en ce moment je les évite. Ils s'engueulent tout le temps et pas à cause des curés.

— Ah bon, fit Émile intrigué et ils s'engueulent pour quoi alors ?

Seul client des deux cafés à la fois, le cantonnier Latapie était toléré à la *Poste* parce qu'il jouait au rugby, et au *Français* parce qu'il était employé municipal et que c'était le café des politiques. Il voulait pas se les mettre à dos. Dans les deux endroits on le trouvait utile car il colportait les nouvelles de l'un dans l'autre et vice-versa.

— Ils se mettent dessus à cause du platane ! lâcha-t-il.

— Encore ce platane, fit Cantet, c'est pas encore réglé cette affaire !

Depuis plus de quarante ans on ressortait l'histoire du platane de Lourdes. Situé sur l'ancienne maison Larrieu qui avait été démolie pour construire l'école laïque des garçons, le platane, un arbre magnifique, le plus ancien de la ville, étalait ses branches splendides rue de Lengelle. Il faisait l'admiration de tous, sauf des riverains qui se plaignaient d'avoir tous les hivers les gouttières obstruées par les feuilles mortes de l'arbre qui s'agloméraient. L'un d'eux, M. Marcellin, avait même fait établir un procès-verbal de constatation et voulait aller en justice. Mais l'arbre avait ses défenseurs et justement, la veille, Latapie en avait entendu un au *Français*. Il raconta l'affaire :

— Tiens monsieur Bouriot, je lui ai dit, vous tombez bien. Ce matin le chef il m'a demandé d'élaguer le platane, et pas un peu. Il m'a dit de pas « y aller de main morte ». Vous voyez ce que je veux dire !

Le dénommé Bouriot, un amoureux du patrimoine sous toutes ses formes, président d'une association qui avait demandé par écrit « la conservation de ce vieux souvenir de nos ancêtres », ne fit qu'un bond, furieux.

« Encore ! Ah, il y en a assez ! C'est un coup de l'architecte. Il démolit tout ! Ça fait quinze ans qu'il opère. Après l'église, le platane ! Cette fois je mets la commission départementale des sites sur le coup ! Ils m'ont promis de le classer. Vous allez voir ce que vous allez voir ! C'est une honte, pour trois malheureuses fèuilles et un peu de travail à faire chaque année ils couperaient un arbre centenaire sans ciller, un arbre vigoureux qui donne de l'ombre aux enfants de l'école et aux vieux du quartier. C'est un crime ! »

Latapie revivait la scène.

Il imita l'architecte qui s'était levé, indigné :

« Mais monsieur Bouriot, vous ferez comme bon vous semblera et moi aussi. Allez voir votre commission des sites, moi je fais mon métier et comme je le demande dans mon rapport au conseil municipal, il faut un élagage complet voire une coupe totale de l'arbre. Et même, ajouta-t-il d'un ton autoritaire, je demande à ce qu'on y ajoute le cèdre voisin. »

— Et là, ajouta le cantonnier en roulant de gros yeux et en mettant ses mains autour de son cou, j'ai cru que Bouriot allait l'étrangler. Ils ont failli en venir aux mains ! Ça a gueulé je vous dis pas. C'était hier soir, vous avez pas entendu ?

Émile et Cantet buvaient les paroles de Latapie.

— Tu parles, fit Cantet, hier on fêtait la victoire contre Pau. On était aussi sourds que le petit Belge.

Indifférent à tout, le jeune homme balayait la salle.

Léon regarda le garçon. Il le connaissait bien puisqu'il le voyait tous les matins venir à la première messe de cinq heures, se mettre dans un coin et prier, seul. Puis, après l'office, le petit Belge filait vers la grotte.

— Celui-là ! fit Latapie, depuis le temps qu'il prie la Sainte Vierge elle pourrait quand même faire quelque chose pour lui. Ça fait au moins onze ans qu'il est là, non ? Alors ! hurla-t-il soudain dans la direction du sourd-muet comme s'il pouvait l'entendre, t'as pris rendez-vous pour ton miracle ? C'est pour quand ?

Régulièrement Latapie avait un mot à dire sur la foi du petit Belge. Il savait que ça contrariait Cantet qui, bien que radical, était aussi lourdais et n'aimait ni qu'on se moque trop ouvertement des miracles de la grotte, surtout dans son café, ni qu'on se moque du petit Belge.

— Ris pas trop fort, fit Cantet redevenu sérieux tout d'un coup. Après tout, on sait jamais. Y en a bien eu déjà des guéris, et pas des moindres. Alors pourquoi pas lui ?

— Bon allez, fit Latapie en renversant la tête et en levant bien haut son verre de vin pour avaler la dernière goutte, je file à mon platane.

Émile avait fini son café, il prit sa sacoche de cuir marron, passa la longue lanière derrière son cou et salua la compagnie. Mais avant de sortir il revint près du comptoir et Léon l'entendit qui disait à Cantet :

— Fais gaffe avec Latapie, il va aller raconter à côté que ça fait onze ans que t'as le petit Belge et il laissera entendre que peut-être tu lui donnes qu'un peu de monnaie et que tu le fais dormir à la souillarde.

— Je sais va, fit Cantet, j'ai entendu quand il m'a dit : « Ça fait au moins onze ans qu'il est là », j'ai bien compris. Mais je suis tranquille, j'ai rien à me reprocher. Le petit Belge il est pas trop mal sinon il aurait été voir ailleurs. Il a le choix. Ça embauche de partout à la saison alors ! Et pour ce qui est de dormir dans les coins tu crois pas que dans les hôtels, même les patrons ils pioncent où ils peuvent quand il faut louer les chambres ! Tiens, Courtet, l'été dernier il l'a passé avec sa femme dans la remise, là où il met les outils. Sa chambre il l'a louée et il a eu raison. Faut boucler l'année. On se débrouille. Quand il y a des clients à loger, je laisse mon lit. On sait d'où on vient et on pourrait vite y retourner. Mes parents, eux, ils dormaient sur la paille. Ils avaient pas le choix. Alors moi je peux bien dormir à la souillarde et le petit Belge aussi. On n'en mourra pas.

Émile leva la main d'un geste approbateur mais comme il sentait que la question pouvait tourner au vinaigre, il préféra lever le camp, salua, et partit faire sa tournée.

Contrarié, Cantet lava les verres en grommelant tout en observant Léon du coin de l'œil. Cela faisait maintenant plus d'une demi-heure que le sacristain était là. Gêné, Léon se leva, alla payer au comptoir, et, avant de remettre la petite monnaie dans sa poche, pour se donner une contenance il demanda à Cantet « vers quelle heure il pourrait trouver ici l'Italien de chez Davezac ».

— Oh ! fit Cantet, l'Italien ? C'est pour le voir que vous êtes venu ? Hé bé, c'était pas la peine de venir aussi tôt. Pour le café il arrive pas avant 11 heures. Et... je peux lui faire une commission peut-être ? ajouta-t-il en souriant, prêt à rendre service et en même temps à en savoir un peu plus sur cet intérêt mystérieux du sacristain pour l'Italien d'Yvonne.

Mais Léon remercia et s'en alla rapidement pour n'avoir pas à donner plus d'explications.

— Décidément, fit Cantet en le regardant filer vers la rue de la Grotte, ils ont tous un grain ce matin !

Puis, avisant le petit Belge qui avait terminé de nettoyer la salle et passait maintenant le chiffon sur les vitres, il l'appela à sa façon en agitant largement son bras. Et il lui servit un gros café bien chaud :

— T'inquiète pas, va, lui dit-il gentiment, tu l'auras ton miracle. Et si tu l'as pas t'es pas le plus à plaindre. Au contraire. Avec toutes les conneries qu'on entend ! Reste dans ton monde, t'entends rien, tu dis rien, comme ça au moins tu passes au travers. T'es au calme.

Le petit Belge sourit. Depuis qu'il travaillait avec Cantet il comprenait au moins une chose : la tendresse bourrue que son patron lui manifestait, même si devant tout le monde il faisait le sévère pour bien montrer qu'il avait les choses en main. Ce qui ne trompait personne.

Léon rentra directement dans sa chambre, au grand étonnement de Mauricette qui le vit passer. Jamais au grand jamais il ne venait à cette heure-là. Mauricette en eut pour la journée être intriguée. Et dire qu'il lui faudrait attendre demain l'heure de passer le balai pour en causer avec la voisine ! Léon ne se souciait pas des commérages de Mauricette, il ne voulait rien de mal. Il voulait simplement réparer ce qu'il avait fait et puisqu'il n'avait pas vu l'Italien, il décida de lui écrire.

« Après tout, pensa-t-il tout à coup, je n'aurai même pas besoin de signer ma lettre, on saura pas qui c'est, ce sera plus simple. »

Et sans prendre bien conscience qu'il faisait quelque chose de répréhensible, il s'installa à sa petite table avec un papier blanc et un stylo plume dont il se servait parfois pour écrire à sa sœur qui vivait à Paris.

Monsieur,

Je vous connais à peine mais je sais que vous êtes apprécié dans cette ville. Et, surtout vous êtes italien comme lui, cet homme qui est venu ici pour la fille Claverie, et ça m'étonnerait qu'il lui veuille du bien. Il a de la rancœur à cause d'une histoire ancienne trop longue à vous raconter ici et qui le ronge. Une histoire qui a créé beaucoup de douleurs. Il veut se venger et la fille du pharmacien, Sophie, paiera pour tous. Il la fera payer, j'en suis sûr. Protégez-la, allez voir l'Italien. Je sais qu'il loge à Pau, il va souvent au golf et il fréquente un cercle très huppé place Henri-IV. Vous saurez lui parler et lui tirer les vers du nez. Il a fait quelque chose de grave : il a épousé Sophie Claverie en secret à la petite chapelle de la basilique.

— Une lettre pour Giovanni et qui a été postée à Lourdes !

Yvonne fut très surprise et même contrariée quand Lucette lui tendit la lettre que venait de lui donner Émile en même temps que le courrier du magasin. Elle pinça les lèvres et posa l'enveloppe bien en évidence sur le comptoir non sans refréner une furieuse envie de l'ouvrir pour en connaître le contenu. Mais comme Lucette était là, elle n'osa pas car cela aurait signifié qu'elle n'avait pas confiance dans son mari. Or ce n'était pas le cas. Il n'empêche, il lui tardait bien, tout comme d'ailleurs à Lucette, de savoir ce que contenait cette intrigante missive. Machinalement elle commença à compter les statues de vierges qui restaient de la saison passée pour établir une commande pour la saison suivante, mais son attention revenait sans cesse à l'enveloppe. Aussi, quand Giovanni, lustré et parfumé, descendit tranquillement comme tous les matins aux alentours de 10 heures prendre des nouvelles et voir si on avait besoin de lui avant qu'il n'aille faire son tour au *Café de la Poste*, Yvonne lui sauta dessus :

— Tu as du courrier !

— Dou courié, fit Giovanni surpris.

— Eh oui, fit Yvonne d'un ton pincé qui se voulait joueur, une admiratrice sans doute.

Giovanni partit dans un grand éclat de rire et ouvrit la lettre :

— Ouné admiratrice ! Ma, ma chérie, tou té trompé. Ma, qué esté cosé ?

Puis, il parcourut la lettre, et, à sa mine, Yvonne et Lucette, qui s'impatientaient, comprirent que ce n'était pas ce qu'elles pensaient :

— Yo ni comprends rien, dit Giovanni dans ce mélange savoureux de français et d'italien qui donnait de la magie à la moindre de ses paroles. Et il tendit la lettre à Yvonne qui s'en empara et la parcourut d'une seule traite. Quand elle l'eut finie, elle avait complètement changé de mine. Lucette qui s'était rapprochée et pensait profiter de la lecture dut déchanter. Yvonne plia le précieux document et le rangea prestement dans le sac à main en cuir grenat qu'elle trimballait toujours avec elle et qu'elle posait dès le matin près de la caisse au magasin.

Son sac d'un côté et son mari de l'autre, elle annonça à Lucette et à sa mère qui venait de descendre de l'appartement qu'elle avait une course urgente à faire avec Giovanni.

— Et où ils vont comme ça ? fit Arlette stupéfaite.

— J'en sais rien, elle me dit rien, comme si je n'existais pas ! fit Lucette dépitée de voir qu'on lui cachait quelque chose « après tout ce qu'elle avait donné à cette maison ! »

selon l'expression favorite qu'elle employait quand elle éprouvait quelque contrariété.

Arlette reconnaissait au son de sa voix les humeurs de Lucette. Elle se dit que sa fille avait dû encore une fois être maladroite. Depuis que Mamie Lucile était morte, sa belle-fille et son employée faisaient comme elle avait dit. Yvonne avait pris la responsabilité des affaires et elles la soutenaient dans tout ce qu'elle entreprenait. Et « dieu sait qu'il y en avait du changement », comme disait Lucette. Mais entre la jeune patronne et la vieille employée ça ne se passait pas toujours très bien. Lucette supportait difficilement d'obéir à cette pimprenelle qu'elle avait vue dans les langes et qui venait chambouler toute l'organisation qu'elle avait mise en place sous les ordres de Madame. Lucette avait trouvé la parade. Quand elle en avait assez, elle se retournait vers Arlette et faisait comme si Yvonne n'existait pas. Ce qui avait le don d'exaspérer cette dernière.

— C'est moi la patronne, non ! hurlait Yvonne.

— Ça fait trente ans que je suis là, elle va pas m'apprendre le métier ! trépignait Lucette en ajustant ses grosses lunettes cerclées.

Prise entre sa fille et son employée, la pauvre Arlette jouait en permanence le rôle de « tampon ». Certains jours, on frôlait la crise.

Lucette, habituée avec Mme Lucile à obéir et à se taire, avait développé un sens très grand de la dissimulation. Avant de lui faire « cracher ce qui coinçait » selon l'expression d'Yvonne, il fallait du temps. Seule Arlette y parvenait, et pour cause, elle-même était un peu comme ça. Sa méthode était simple et inchangée, parler d'autre chose de façon à mieux revenir plus tard au vrai sujet pour comprendre où était le véritable problème.

— Voyons, et si on comptait les médailles, fit-elle gentiment. Il va falloir des réassortiments, je crois qu'on n'a plus rien en 12 et en 9.

Lucette approuva en maugréant, et cependant qu'Arlette ouvrait les vitrines et sortait délicatement les plateaux de présentation des médailles elle descendit à la réserve chercher les cartons remplis de petits sachets rangés par catégories de tailles. Compter les médailles était un travail long et fastidieux. Mme Lucile y tenait beaucoup car elle aimait savoir très exactement où elle en était de ses ventes et, d'une année sur l'autre, elle faisait des comparaisons. Yvonne, elle, trouvait que compter les médailles c'était du temps perdu et qu'il valait bien mieux réfléchir à la réorganisation du magasin, à la vente de nouveaux produits plus attractifs et à la présentation des vitrines.

— Je ne la comprends pas, dit Lucette quand elle fut un peu calmée. Les médailles c'est quand même ce qu'on a de plus important avec les vierges, non ?

Arlette approuva d'un mouvement de tête tout en continuant à vider les sachets et à compter les cercles de métal argenté sur lesquels une tête de vierge émaillée brillait de ses reflets bleus.

— Vous savez ce qu'elle a pris à Mouret pour la saison prochaine ? ajouta alors Lucette sachant qu'elle allait faire bondir Arlette. Et elle raconta que sa fille avait dans leur dos, passé commande d'une série d'articles de bois verni, cendriers, isards, petits piolets, davantage destinés aux magasins de montagne qu'à ceux de Lourdes.

Arlette sursauta et lâcha ses médailles :

— Non ! Encore ! Et qui va nous acheter ça, elle est inconsciente. On n'est pas à Cauterets quand même !

Heureuse d'avoir atteint son but, Lucette renchérit :

— Jamais Mme Lucile n'aurait pris des trucs pareils. On va en faire quoi ? Nos pèlerins ils vont pas aller prier à la grotte avec des piolets et des isards, non mais ! Et en plus elle s'en va avec Giovanni je ne sais où. Tout ça parce que son mari a reçu une lettre.

« Ah voilà ! Nous y sommes, se dit Arlette. C'est cette lettre qui a dû contrarier Lucette. » Mise au courant, elle aussi s'inquiéta. Qui pouvait écrire à son gendre ? Elle revint alors à ce qu'avait dit Mamie Lucile : « Celui-là, il faudra l'occuper au magasin. »

— C'est bien beau de le garder avec nous, fit Lucette qui semblait avoir deviné les pensées d'Arlette, mais il restera pas. Vous le voyez à tourner comme nous ici toute la journée ? Un peu ça va, mais après il faut qu'il aille faire son tour au *Café de la Poste*.

— Il est pas le seul, dit Arlette pour le défendre. Ils y vont tous au café. Et s'ils sont pas à la *Poste* ils sont au *Français*. D'ailleurs, ajouta-t-elle, je me demande bien ce qu'ils y font toute la journée ?

— Ce qu'ils y font ? fit Lucette qui n'en revenait pas qu'on puisse se poser une pareille question. Hé... ils refont le monde pardi ! Y'a qu'à écouter Émile quand il fait sa tournée, il a toujours quelque chose à critiquer. Sur le maire, sur le député, sur le gouvernement ! Tiens aujourd'hui il râlait après le maire à cause d'une histoire de platane. Il a dû apprendre ça au café ce matin et ça lui fait sa journée. Et quand c'est pas la politique, c'est le rugby. Si on va en finale cette année on n'a pas fini de les entendre !

— Remarquez quand ils sont là, au moins on sait où ils sont.

— Oh ça, fit Lucette, pas si sûr. Ils s'arrangent entre eux pour leurs petites combines. Toujours prêts à se soutenir dans notre dos. Tiens, prenez Marcel de chez Benoîte, hé bé, il trimbale des demoiselles de temps en temps, et elles sont pas toujours pour lui.

— Comment ! fit Arlette. Marcel !

— Et qu'est-ce que vous croyez ? Elle a raison, Yvonne, sortez un peu de votre cuisine, vous allez en apprendre ! Et pas des roses je vous assure, plutôt des vertes et des pas mûres.

Arlette cessa de compter les petites médailles. Sortir de sa cuisine ! Et pourquoi faire si c'était pour trahir les siens ! Elle pensa à son Charles et une légère douleur comprima son cœur. Elle se souvint d'une certaine époque de leur vie où il y avait presque chaque soir une réunion ou un travail urgent qui le retenait au bureau plus tard que nécessaire. Elle avait bien eu quelque soupçon, mais elle s'était raisonnée. Charles était son mari, il l'avait épousée et aimée, ils élevaient leurs enfants, elle avait confiance en lui. Il ne pouvait pas la trahir sans se trahir lui-même puisqu'elle lui était fidèle et qu'elle menait vaillamment le chemin qu'ensemble ils avaient choisi. Pourtant, dans la solitude de son travail quotidien, quand elle passait la cire et qu'elle s'usait à frotter les parquets de leur maison pour que tout soit beau et sente bon, quand elle pétrissait la pâte des gâteaux et qu'elle mitonnait de bonnes daubes, celles que son Charles aimait tant, quand elle travaillait pour que tout soit doux et chaleureux et que la maison respire la paix d'une famille, il arrivait souvent dans la solitude de son travail quotidien qu'elle pleure en regardant son corps lourd et abîmé, ses mains fatiguées de frotter et de nettoyer. Elle savait bien qu'il y avait dans les bureaux du tribunal des femmes disponibles. Que pouvait faire Arlette ? Elle n'allait quand même pas passer une robe du soir en l'accueillant devant les fourneaux ? Elle n'allait pas jouer les séductrices entre la porte du couloir et celle de la salle à manger pour faire monter son adrénaline comme cela pouvait se passer entre deux portes de bureau ! C'était si facile d'émoustiller un homme quand on n'était pas dans son quotidien ! Arlette avait un autre rôle. Il l'avait voulu et elle l'avait accepté. Elle avait mis ses enfants au monde et tenait le cocon de cette famille. Elle le faisait avec bonheur. Elle les aimait, tout simplement. Alors le souvenir de ces heures du soir de Charles, la distance qu'il avait prise avec elle, dans ses paroles, ce regard lointain qu'il avait eu en pensant à autre chose, ces colères, ces sautes d'humeur, en silence elle en avait terriblement souffert. Ces heures, ces jours avaient été une torture. Elle s'était sentie méprisée, trompée et elle avait subi sa douleur dans la solitude la plus absolue.

Et puis il y avait eu la guerre et, au retour, Charles n'était plus le même.

Finies les heures tardives au bureau, finis les regards lointains. Un soir, il venait de rentrer, la table était joliment mise, le repas était chaud et elle était en train de saler la soupe qu'elle venait de goûter en se disant qu'il la trouverait trop fade quand il s'était rapproché d'elle, lui avait entouré l'épaule de son bras et l'avait embrassée sur la tempe avec beaucoup de tendresse. Elle en avait été saisie, toute remuée. Et le soir dans leur chambre, la lumière éteinte, il avait parlé.

— Tu sais Arlette, dans les tranchées on revoit sa vie. On pense à ce qu'on a fait. La mort est si proche... Je n'ai pas toujours été parfait avec toi, mais tu vois je suis toujours là. Et... je vais te l'avouer, heureusement pour moi. Notre vie à tous les deux, la lumière allumée quand je rentre le soir et la douce odeur de la maison, ton amour, c'est grâce à ça que je tiens toujours debout. J'en ai vu des hommes qui sont partis pour rien, j'en ai vu des saletés dans ma vie d'avocat tu sais ! Des gens qui se déchirent, des familles qui se défont, des gosses qui se perdent, des maisons qu'on abandonne. Tout est détruit et c'est jamais pour le meilleur. C'est toujours pour le pire. À l'époque je me sentais faible par moments, il me semblait que je gâchais ma vie. Aujourd'hui, avec toi, avec ce qu'on a bâti ensemble, je suis fort du chemin parcouru. Il y a peut-être mieux, moins bien, ce n'est pas ça qui compte. L'important c'est d'avoir fait le chemin et d'y avoir guidé ses enfants. L'important c'est d'avoir su aimer. Je voulais te dire merci d'avoir tenu le coup.

Charles était ému, les yeux d'Arlette s'étaient embués, et elle avait éclaté en sanglots. Jamais elle n'en avait su plus, jamais elle ne saurait ce qui s'était vraiment passé lors de ces heures tardives. Mais ce qu'elle savait aujourd'hui c'est que ça valait la peine de se battre et de croire toujours au meilleur des siens et de la vie. Elle avait eu raison d'aimer Charles. Il avait été largement à la hauteur de cet amour et par ces mots d'un homme pour sa famille à travers la mère qu'elle était, il effaça en une seule fois les tourments de la femme. Arlette était une mère comme il y en avait des milliers, comme il y en avait toujours eu. Une mère vaillante, obstinée. Elle continua la route sans aucune rancœur, avec, la même générosité et la même intelligence du cœur. Avec le même amour.

La force de leur fille venait pour beaucoup de cette union solide de parents responsables. Yvonne avait une famille, une maison, elle avait un pays. Dans cette régularité, dans ces jours éternellement reconduits, dans ces montagnes pyrénéennes immuables, elle avait puisé un sentiment d'éternité et accumulé des forces telles qu'elle pouvait tout entreprendre et tout affronter.

Rose tenait la lettre ouverte entre ses doigts et, les yeux écarquillés, regardait Yvonne et Giovanni assis face à elle dans les fauteuils du petit salon de l'hôtel. Voilà plus d'une heure maintenant qu'ils parlaient de ce qu'il fallait faire pour aider Sophie et ils tournaient en rond. Ainsi Sophie était mariée ! Yvonne et Rose étaient sonnées, se demandant si leur amie n'avait pas perdu la raison. Même Rose ne percevait plus du tout la chose sous l'angle romanesque qu'elle s'était plu à y voir jusqu'à maintenant.

— J'ai une idée ! fit-elle soudain.

— Et quoi ? demanda Yvonne.

— On va envoyer ton mari à Pau avec Marcel qui connaît la ville par cœur, il y va à tout bout de champ pour une raison ou une autre. Il connaît plus de monde qu'il ne le dit.

Yvonne acquiesça immédiatement et pendant que Rose allait expliquer la situation à Marcel, elle entreprit de convaincre son mari. Giovanni ne se fit guère prier. Une virée à Pau en voiture, il y avait pire comme corvée. Rose revint annoncer que Marcel était d'accord.

— Mais, fit Yvonne, tu lui as dit ce que Giovanni allait faire exactement ?

— Penses-tu, se récria Rose. Il faudrait lui parler du mariage de Sophie sinon il comprendrait pas pourquoi on surveille cet Italien. J'ai dit que Giovanni cherchait un ami. Ils y vont demain, Marcel est libre.

— Demain ! Déjà ! fit Yvonne contrariée.

— Mais c'est mieux, dit Rose. Faut faire vite.

— Oui, mais enfin...

Rose comprit alors qu'Yvonne ne voyait peut-être pas

d'un bon œil le départ de Giovanni avec Marcel pour une ville où, disait-on, se déroulait une vie mondaine très riche et très désinvolte. Elle prit les devants en disant qu'après tout c'était pour elles l'occasion d'aller faire une promenade.

Yvonne se fit prier pour la forme. Le rendez-vous fut fixé le lendemain matin à 9 heures. Ils auraient la journée pour explorer la plupart des endroits où pouvait se trouver l'Italien.

Giovanni avait pris place à l'avant près de Marcel, et Rose et Yvonne étaient confortablement installées à l'arrière. Yvonne n'avait que très rarement utilisé la voiture de Benoîte, une ou deux fois peut-être avec Rose et Sophie quand elles étaient allées à Tarbes, à une dizaine de kilomètres. Là, pour rejoindre Pau, il y avait bien quarante kilomètres, il fallait une bonne heure et demie. Bien calée dans l'angle, le bras posé sur l'accoudoir recouvert de cuir de la portière, Yvonne se laissa bercer par le ronronnement du moteur, par le luxe de cet intérieur, par le paysage qui défilait et par les voix de Marcel et de Giovanni qui bavardaient. De rugby apparemment si elle se fiait aux quelques mots qui arrivèrent jusqu'à elle : « belle percée du demi de mêlée », « jeu d'avant ». De l'autre côté de la banquette, Rose somnolait. Yvonne voyait devant elle la nuque de son époux, ses cheveux noirs et brillants qu'il lustrait et maintenait coiffés à la Rudolph Valentino avec une Gomina très forte. Juste au-dessus du col de son manteau brun dépassait un col roulé raffiné en laine mérinos de couleur claire. Son large cou n'en paraissait que plus sensuel. Il tirait délicatement sur son fume-cigarette de laque noire et riait aux paroles de Marcel. Yvonne l'écoutait rire avec bonheur. En rencontrant Giovanni elle avait rencontré l'insouciance, chose qu'elle n'avait jamais connue. Bien qu'elle n'ait jamais eu de vrais soucis dans sa vie, sa grand-mère lui avait inculqué une sorte de peur et d'angoisse de l'avenir qui ternissait ses plaisirs. Lucile martelait inlassablement le mot « Travail » qu'elle plaçait au-dessus de tout et Yvonne, bien qu'ayant été très gâtée, avait toujours senti planer au-dessus d'elle la terrible menace du mot « chômage ». Pourtant la misère était loin, et la famille avait parcouru suffisamment de chemin pour pouvoir profiter des bienfaits acquis. Mais « profiter » n'avait jamais été dans la culture familiale donnée par Lucile. Cesser de travailler, ne serait-ce qu'un après-midi pour discuter autour d'un café ou pour feuilleter une de ces revues de mode que recevait sa belle-fille, c'eut été quasiment courir à sa perte. Elle avait en horreur le mot « relâchement ». Inlassablement il fallait faire, agir. Yvonne ferma les yeux et se détendit. Elle prit une profonde respiration, cessa de penser à sa grand-mère et à ses mises en garde continuelles, et songea à ses nuits avec Giovanni. Il était si amoureux, si aimant. Il lui donnait tout, il se donnait tout entier à elle. Elle ne savait pas qu'on pouvait donner autant d'amour avec autant de gentillesse et de puissance mêlées. Giovanni lui avait apporté ce dont elle n'avait même jamais rêvé, la force de la passion et, dans le même temps, la sereine puissance de l'amour qui dure. Yvonne sourit intérieurement et ouvrit les yeux. La petite-fille de Lucile avait tout ce que son arrière-grand-mère, la misérable lingère Marie Abadie, n'aurait jamais osé rêver pour elle. L'amour, l'argent nécessaire pour vivre bien, et le travail. Yvonne pensait à tout cela, elle était consciente de sa chance et profitait de la vie. Les longs peupliers qui bordaient la route de Pau pliaient sous le vent. Le rire de Giovanni éclatait de temps en temps, léger. Marcel devait lui en raconter de bien bonnes. Il aimait les blagues et en connaissait une quantité.

— Et au fait, dit Marcel content d'avoir fait rire l'assemblée. J'ai repensé à votre copain, l'Italien là, je crois que je vois qui c'est. Y en a un qui vient des fois à Lourdes, un drôle de zigue. Là-bas, à Pau, il fait une fiesta terrible et ici on dirait qu'il longe les murs.

— Et vous, fit Giovanni, sourire aux lèvres, il paraît que vous vous y entendez aussi en fiesta.

Marcel, surpris, se rétracta, offusqué :

— Ah, pardon ! fit-il, c'est du passé. Et d'ailleurs, j'ai

jamais rien fait de bien terrible. Si on vous dit quelque chose, ce sont des racontars.

Puis il se plongea dans sa conduite comme si elle nécessitait toute son attention et n'ouvrit plus la bouche jusqu'à Pau.

Rose se pencha vers Yvonne et lui dit à l'oreille :

— Maman l'a surpris qui faisait la cour à Valentine, tu sais la jeune veuve que lui a envoyée ta grand-mère. Alors maintenant il veut plus qu'on parle de ses extravagances d'autrefois.

— Valentine et Marcel ! Ça alors, fit Yvonne étonnée.

— Eh oui ! Comme dit maman, tant mieux. Ils sont bien assortis et Marcel fera un très bon papa pour la petite.

— Et comment tu sais qu'ils veulent se marier ?

— Oh ! chuchota Rose, c'est pas compliqué à comprendre. Marcel est là tout le temps, il mange à l'office à tous les repas alors qu'avant il avait toujours une bonne excuse pour courir. On ne le voit plus au café le soir et il n'est pas à l'hôtel non plus. Alors, il est où ?

— Ben, où veux-tu qu'il soit ?

— Chez Valentine. Maman le sait par la sœur de Sidonie qui tient l'hôtel où elle a sa mansarde. Elle le laisse monter là-haut parce qu'il n'y passe jamais la nuit. Il accompagne Valentine et la petite et il les aide du mieux qu'il peut. Puis il repart. Comme dit Sidonie, ils font du mal à personne, au contraire. Qu'ils soient heureux. Tant mieux pour eux et aussi pour la gamine. C'est vrai, c'est trop dur pour une mère seule. Nous, on n'espère qu'une chose, c'est qu'il l'épouse le plus vite possible. Ça fera la cinquième noce cette année.

Yvonne sourit intérieurement et se cala à nouveau dans son siège. Elle songea que ce n'était pas le premier mariage qu'il y aurait à Lourdes entre deux solitudes. Que de femmes seules, jeunes ou vieilles, d'hommes, de veufs, se rencontraient ici.

Ils arrivèrent à Pau et se mirent en quête du Bel Italien. « Trouvons la voiture et son chauffeur, on saura où il est », avait dit Marcel. Ils se rendirent en premier au cercle, puis au golf où il pouvait être à cette heure, et de là ils partirent au tennis, passèrent à la promenade des Anglais et finirent au très chic *Bar américain* du Casino. Marcel reconnut immédiatement la voiture et le chauffeur qui l'attendait en fumant une cigarette tout en conversant avec d'autres chauffeurs venus de toute la région qui, eux aussi, attendaient leurs patrons. Appuyé au comptoir, un verre à la main, une cigarette dans l'autre, un homme brun souriait à une femme assise près de lui sur un haut tabouret, jambes croisées dans une pose aguicheuse.

— C'est lui, fit Giovanni à voix basse tout en s'installant avec Yvonne et Rose tout près de l'Italien.

Comment le sait-il ? se demanda Yvonne. Mais elle ne posa pas de question, bouleversée de se trouver aussi près de celui qui faisait tant souffrir leur amie et qui était en train de faire le « joli cœur » avec cette femme.

— Tu as vu ? fit Rose à son oreille. Elle est mariée, elle porte une alliance.

À ce moment l'Italien posa son verre et embrassa la femme. Yvonne était révulsée. Elle sentit monter en elle une violente colère mais Giovanni lui prit la main avec douceur.

— Tu ne vas pas t'énerver quand même ! susurra-t-il à son oreille. Cet Italien n'est pas ton mari. Ton mari, c'est moi. Et moi je ne suis pas un truqueur, je suis un homme. Le tien. Laisse-moi faire.

Et il déposa un baiser délicat dans son cou. Yvonne en eut les larmes aux yeux. Les paroles de Giovanni sonnaient juste. Il n'était pas un truqueur, et c'est pour cette raison qu'on acceptait en lui le séducteur. Du coup, elle regarda froidement le Bel Italien de Sophie et lui trouva l'air stupide. Il ne pouvait faire ce qu'il faisait que parce qu'il mentait. Et son mensonge le rendait ridicule. Sa chemise, son costume sombre, son nœud papillon, qui se voulaient élégants, tout fondait au soleil de ce ridicule. Il se tenait droit, prenait la pose, jouait à l'homme mais n'en était pas un.

— Vous avez du feu ?

Giovanni se penchait vers l'Italien avec une cigarette au bout des doigts. Celui-ci se retourna et, tout en lui allumant la flamme de son briquet, il lui dit en italien :

— Vous êtes un compatriote, non ?

— Si ! fit Giovanni

— D'où venez-vous ?

— Et vous, répliqua Giovanni qui était là pour en apprendre sur cet Italien et non l'inverse.

— De Vérone, répondit l'autre, surpris de ce ton énergique.

— Ah si ! Vérone, fit Giovanni soudain charmeur. Ah, mais j'ai des souvenirs de Vérone, des souvenirs... disons de jeune homme. Avec des amis nous étions allés en balade dans votre région. Vous voyez ce que je veux dire.

— Si, si, fit l'autre en souriant, un peu déstabilisé d'être interrompu dans le rôle glamour qu'il était en train de jouer, et en même temps soucieux de plaire à ce compatriote qu'il trouvait là par hasard.

Avec un naturel inégalé et un savoir-faire qui laissa Yvonne médusée, Giovanni baisa la main de la femme, s'excusa de lui ravir son compagnon pour quelques minutes et, sans demander l'avis de ce dernier, il l'entraîna vers les grandes baies vitrées du casino sous le prétexte de lui demander quelque chose.

Leur conversation se poursuivit en italien, Giovanni en rajoutait volontairement, il était volubile et faisait de grands gestes. Les deux riaient comme s'ils se connaissaient depuis toujours. Très contrariée de cette diversion, la femme tirait nerveusement sur sa cigarette. L'Italien était en train de lui faire la cour, elle roucoulait et prenait la pose, cherchait à dire des paroles inoubliables, et voilà que ce trio venait mettre son grain de sel, lui ravissant sa compagnie. Elle était si bien, face à face avec son séducteur, dans ce lieu propice !

Pourvu qu'on les laisse en paix, sinon, finie la soirée ! Quel gâchis !

Rose et Yvonne la regardaient discrètement. C'était une femme ordinaire, sans aucune classe particulière. Rien dans son allure, dans ses traits ou dans la manière dont elle était habillée, n'était remarquable.

Giovanni avait terminé sa conversation. Il revint avec l'Italien au bar, s'excusa de nouveau auprès de la femme sans se laisser démonter le moins du monde par son regard furieux et, comme si de rien n'était, sourire aux lèvres, il paya, fit porter les manteaux de ces dames et donna le signal du départ. Yvonne en avait assez appris. Elle n'avait même pas besoin de savoir qui était cet homme au juste, ni d'où il venait, ni ce qu'il voulait. Elle savait seulement qu'il devait aller se faire voir ailleurs et qu'il fallait à tout prix faire réagir Sophie. Et pour cela il fallait faire retomber le suborneur du château haut perché où il était allé se mettre en scène sur le sol maculé de taches du bar où les amis de Sophie venaient de le découvrir.

— C'est un homme curieux, expliqua Giovanni. Il manque d'assurance et par moments il en a beaucoup.

Au retour, informées par Giovanni que l'Italien irait le dimanche suivant à Biarritz avec cette femme dont le mari serait absent, Yvonne et Rose décidèrent d'y emmener Sophie, prétextant une balade. Marcel et Giovanni furent réquisitionnés.

Le voyage à Biarritz fut une splendeur.

Rien ne laissait prévoir le drame qui allait se produire.

Marcel conduisait calmement, comme un seigneur. Il laissait se dérouler le paysage, conscient de mener le plaisir de ses passagers. Le chauffeur de Benoîte Soubirous était devenu un véritable épicurien, il jouissait de tout ce qu'il pouvait et il aimait la vie par-dessus tout. Cela se sentait dans sa façon de tenir la route. Il ne conduisait pas de la même façon selon qu'il allait à Tarbes pour affaires, ou à Biarritz pour le plaisir.

Sophie avait dit oui sans hésiter, trop heureuse d'échapper pour une journée à ses tourments. Elle était dans un tel état d'anxiété qu'elle ne se posa même pas la question de savoir comment ses deux amies, si prises par leurs affaires, avaient pu se rendre disponibles, ensemble et aussi vite. Cela évita à Rose de s'embourber dans les explications alambiquées qu'elle avait préparées. Marcel fit un détour par l'intérieur du Béarn qu'il trouvait si beau, puis ils arrivèrent à Bayonne par les bords de l'Adour. Le fleuve roulait lentement, bordé de grosses fermes et d'opulentes demeures. L'une d'elles retenait à chaque voyage l'attention de Marcel. C'était une grosse bâtisse de construction récente de style basco-andalou. De grosses ferronneries ouvragées fermaient ses hautes fenêtres cintrées et un énorme portail rouge sang interdisait toute vue du parc clos par de hauts murs de pierre. Dans le mur de la demeure, dos à la route, on devinait en plein centre un magnifique vitrail représentant un navire. Cette maison dégageait quelque chose de sensuel et de mystérieux. Quand il arrivait à sa hauteur, Marcel ralentissait presque jusqu'à ne plus avancer. On le sentait sous le charme. Puis il se résignait et continuait la route. À Bayonne il ralentissait à nouveau sur le pont de l'Adour. L'Adour ! Le fleuve lourd s'élargissait vers l'horizon maritime, on devinait l'écume de la baie au loin. Il y avait dans le port des cargos aux noms indéchiffrables. On rêvait de départs. Marcel ne s'en lassait pas. Ensuite, ils traversèrent la ville que tous aimaient. La Nive et ses maisons blanches aux volets rouges. Bayonne ! Tout le Sud-Ouest vibrait dans la lumière de ce port ! Et après, enfin, Marcel gara la voiture près du phare, à l'entrée de Biarritz. C'était un rituel. Il fallait absolument s'arrêter pour saluer l'Océan, même une minute seulement. Giovanni, Rose, Sophie, Yvonne descendirent de voiture. Le vent souleva leurs cheveux et s'engouffra dans leurs manteaux. En contrebas et sur tout l'horizon, l'Atlantique déroulait des kilomètres de vagues mousseuses qui s'écrasaient violemment contre les rochers gris, éclaboussant le ciel de mille gouttes d'eau. C'était furieux et fort. C'était poignant comme un paysage qui vous transporte ailleurs, hors de vous-même, dans un monde où tout semble plus intense, plus pur et plus beau.

D'aussi loin qu'elle se souvienne, chaque fois qu'elle venait à Biarritz l'été, Sophie regardait la mer depuis la corniche. Elle pouvait y passer des heures assise sur un rocher en plein soleil, avec juste un chapeau de paille. Elle attendait quelque chose ou quelqu'un et jamais autant qu'en ce bord de mer elle n'avait eu le sentiment qu'il viendrait un jour.

Mais il était arrivé à Lourdes et on était en décembre. Sophie se disait qu'il eût été plus logique pour un Italien qu'elle le découvre ici, en plein soleil. Mais dans leur rencontre rien n'avait été logique et dans leur histoire tout allait si bizarrement.

Sophie se disait en regardant la mer qu'elle emmènerait un jour son Italien sur cette terre basque. Elle était certaine que sur lui comme sur tous ceux qui venaient le charme opérerait et qu'ainsi plus jamais il ne repartirait. Que plus jamais il ne la laisserait seule.

Comme tous les Bigourdans, comme tous les Béarnais, les Lourdais aimaient Bayonne et Biarritz. Ils aimaient ce Pays basque unique au monde, ils aimaient cette langue qu'ils ne comprenaient pas mais qui était aussi la leur. Ils se sentaient chez eux sur cette terre puissante, face à cette mer sauvage et dangereuse. Rien chez les Basques n'était tout à fait comme ailleurs. Il y avait du mystère dans tout. Des Béarnais brillants aux Bigourdans sensibles, on avait coutume de dire que des trois B du Sud-Ouest, les Basques étaient les plus fous. Et d'un bout à l'autre du Sud-Ouest, on adorait les Basques. Dans chaque famille, par alliance, on était sûr d'en trouver au moins un.

— Tu crois qu'on aura le temps de passer dans la famille de Tonton Arneguy, demanda Rose à Marcel.

— Ben, fit celui-ci interrogatif, ça dépend pas de moi. Faut aller jusqu'à Guétary, c'est pas loin mais, bon...

Prise au piège, Rose rougit. Elle avait presque oublié le but de leur sortie. Seule Sophie ne savait rien. Elle regardait la mer et pensait à celui qui était désormais son mari. Où était-il ? Quand reviendrait-il ? Pourquoi était-il parti ?

Ils remontèrent en voiture et Marcel roula jusqu'à Biarritz.

Sur cette terre antique faite de certitudes et de rituels immuables, Biarritz s'était posé comme une bulle de champagne extravagante et futile qui fascinait. Depuis que sous le Second Empire l'impératrice Eugénie y avait fait bâtir un palais face à l'océan, entraînant à sa suite toutes les cours du monde, ce petit port de pêche s'était métamorphosé. Les princes les plus riches et ensuite les industriels fortunés, les grosses familles anglaises, tous y avaient fait construire des villas somptueuses qui rivalisaient de luxe mais aussi d'originalité. Depuis le début du siècle il s'y donnait des fêtes dont on parlait dans l'Europe entière. Construit sur la côte des fous, le palais d'Eugénie était devenu un hôtel de grand luxe où se pressait une clientèle huppée.

Marcel pénétra dans l'enceinte du Palais de l'Impératrice

comme s'il était chez lui. Au portail il salua le gardien de l'entrée qui lui rendit son salut puis s'engagea dans la longue allée et alla se garer juste sous le porche, là où descendent les clients qui se rendent au bar ou au restaurant du Palais. À la manière d'un grand chauffeur de maître, il alla ouvrir la portière et aida les jeunes femmes à sortir de la voiture. Sophie descendit la première, impressionnée par les lieux mais adoptant néanmoins immédiatement l'attitude qui convenait. Élégante, belle, elle se tenait bien droite et avançait fièrement, on aurait dit qu'elle était toujours descendue dans des palaces. À sa suite, Yvonne et Rose paraissaient moins à l'aise et on sentait chez elles un manque d'habitude totalement invisible chez Sophie. Marcel tenait son rôle à la perfection. Avec Benoîte, il ne pouvait pas ouvrir les portières, elle n'aimait pas se faire servir de cette façon. Il se sentait parfois un peu frustré de ne pas être chauffeur de maître jusqu'au bout. Tant qu'à faire, il aimait montrer qu'il était au service d'une famille prestigieuse lui aussi car cela rejaillissait sur sa propre personne. Il y avait des castes de chauffeurs et elles étaient directement liées à deux choses, le luxe des voitures et la position des maîtres. Pour le luxe de la voiture ça allait, pour la position des maîtres, c'était autre chose. Difficile de rivaliser avec la clientèle hors norme de l'hôtel, la plus riche et la plus prestigieuse qui se puisse trouver non seulement en France mais dans l'Europe tout entière. Pourtant visiblement, et Rose ne manqua pas de le noter, Marcel « connaissait la maison ».

— Tu as vu ? glissa-t-elle à l'oreille d'Yvonne. Il a pas hésité, je suis sûre que les bruits qui ont couru à Lourdes sur ses balades galantes sont vrais.

Yvonne plissa les yeux et hocha la tête. Il était arrivé que, malgré les prix exorbitants de l'endroit, Marcel soit venu y conduire quelque mari infidèle et sa jeune maîtresse. Ils s'arrangeaient entre hommes et le chauffeur restait discret. À Lourdes on savait vaguement qu'un temps il avait servi d'intermédiaire à quelque gros hôtelier pour ce genre de frasques mais Benoîte avait dû faire les gros yeux et il s'était calmé.

— Vous l'avez ici votre copain, fit-il à Giovanni, j'en mettrais ma main à couper. Faites vos affaires, moi je bouge pas, je vous attends au garage avec les chauffeurs.

Dès le grand hall, le palais d'Eugénie dégageait quelque chose d'écrasant. Même Sophie fut impressionnée. Les fastes du Second Empire envahissaient tout. Serviteurs impeccables, lustres énormes, tapis lourds et chamarrés, fenêtres immenses avec vue sur l'Océan houleux, tentures aux étoffes opulentes et voilages richement drapés, bouquets de fleurs somptueux. En entrant dans l'*Hôtel du Palais* on entrait dans un autre monde, où les bruits et les préoccupations du commun des mortels n'avaient plus cours. Ici tout était feutré, ne reflétant que « luxe, calme et volupté ».

Trois garçons s'avancèrent. Ils débarrassèrent ces dames et Giovanni de leurs manteaux et pardessus. Parfaitement à l'aise, Giovanni, qui dans ses tournées de chanteur avait eu l'occasion de fréquenter les grands hôtels de la péninsule italienne, prit sa femme par la taille et entraîna ses amies vers le grand salon, face à la mer, là où se faisaient les conversations et où se prenaient les apéritifs avant les repas.

Un maître d'hôtel les accueillit cérémonieusement et les installa dans de magnifiques fauteuils « club » de cuir jaune près d'une table basse.

C'est seulement quand elles furent bien assises, quand l'apéritif fut servi et qu'elles eurent un peu regardé autour d'elles, qu'Yvonne et Rose, dégrisées, se rappelèrent pourquoi elles étaient venues. Giovanni avait allumé un long cigare. À le voir fumer tranquillement, bien enfoncé dans son large fauteuil, on aurait pu imaginer qu'il avait lui aussi oublié le but de leur voyage. Or il était sur ses gardes, terriblement inquiet de la tournure que pourraient prendre les événements. Il n'était pas sûr que sa femme ait eu raison de vouloir ouvrir les yeux de Sophie, il le lui avait dit. Mais Yvonne lui avait posément expliqué qu'il n'était pas question qu'elle laisse le mari de Sophie la tromper sans rien dire.

— Tu ne sais pas ce qui se cache derrière tout ça, avait tenté de dire Giovanni, la vie des gens est si particulière.

Chacun réagit selon les mille signes qui lui sont adressés, tu ne connais rien de ce qui lie ton amie à cet Italien. Je pense que tu ne devrais pas t'en mêler. C'est si fragile les relations humaines. On se trompe parfois en voyant les choses de l'extérieur.

Yvonne l'avait écouté, elle avait longuement réfléchi mais elle ne pouvait accepter de laisser Sophie dans le mensonge. Et maintenant ils étaient là. Rose fit un signe discret à Yvonne et, d'un coup d'œil, elles se comprirent. Sophie, inconsciente du drame qu'elle allait vivre, semblait visiblement ailleurs. Elle n'avait pas touché à son verre et regardait les clients et les couples évoluer dans le magnifique salon. Sous prétexte d'aller se repoudrer, Rose se leva, suivie par Yvonne. Giovanni les accompagna du regard. Dans les très belles toilettes de l'hôtel, appuyée contre le rebord de marbre rose des lavabos, dos à la grande glace qui renvoyait son reflet, Rose se tordait les mains :

— C'est de la folie ! Je me demande comment on a pu avoir une pareille idée ! Quelle cruauté !

— Mais de quoi tu parles ? Quelle cruauté ? demanda Yvonne.

— Mais de Sophie ! L'endroit est magnifique, on n'est jamais allées dans un lieu pareil et c'est là que Sophie va découvrir son mari dans les bras d'une autre femme ! J'en mourrais, moi, s'il m'arrivait une chose pareille.

Rose se mordait les lèvres. Que faire ? Elles n'avaient pas bien réalisé le choc que cela serait d'apprendre cette trahison ici, dans un endroit si beau.

Yvonne, au contraire, trouvait que plus le choc serait grand, mieux ce serait :

— Qu'est-ce que tu racontes, elle l'apprendrait à Lourdes au coin de la rue, la douleur serait la même. Quand on aime, tu sais ! Ici elle le verra tel qu'il est. Elle croyait avoir affaire à un homme sensible et sentimental, elle découvrira un séducteur gominé des plus banals comme on en trouve à la pelle.

Mais Rose n'était pas convaincue et elle se demandait si elles avaient le droit de briser une histoire qui, après tout...

— Une histoire ! siffla Yvonne. Mais de quelle histoire tu parles ? Il n'y a rien entre eux, que mensonge ! Cet homme n'est pas clair, la lettre anonyme le dit. Ne l'oublie pas. Il faut que tout cela cesse et le plus vite sera le mieux. Allez, viens.

Resté seul avec Sophie, Giovanni se tourmentait de plus en plus. Il voyait le profil de la jeune femme, il sentait sa tristesse. Que faire maintenant ? Peut-être après tout qu'il ne se passera rien, se dit-il en essayant de se convaincre.

Dans leur inquiétude montante, dans l'angoisse diffuse qui leur serrait le cœur, ce qu'Yvonne, Rose et Giovanni sentaient venir, c'était le destin. Celui de Sophie et de son Italien allait peut-être se jouer là, à cet instant, dans ce palais où valsèrent autrefois les crinolines de l'impératrice Eugénie et où la petite-fille de la Belle Chocolatière allait définitivement perdre dans son cœur ce qui commençait à peine à naître dans sa vie : l'amour.

Derrière les grandes baies vitrées on entendait gronder l'Océan, malmené par un vent qui soufflait de plus en plus fort. De lourdes vagues s'écrasaient sur la plage et venaient lécher les abords de l'hôtel. Les serveurs souriaient, croisant leurs plateaux chargés de verres aux boissons de couleurs. Un bruissement discret animait le lieu élégant.

Sophie laissait son regard traîner au hasard, suivant les mouvements des uns et des autres. Dans le fond de ses pensées le Bel Italien occupait toute la place et du bout des doigts elle caressait à travers une poche l'alliance qu'elle y avait dissimulée. Son amour était bien vivant et son Italien bien avec elle puisque cet anneau d'or était palpable et réel. C'est à ce moment précis de ses pensées où elle essayait de se rassurer qu'elle vit son mari arriver au bras d'une autre. Ce fut comme dans un rêve. Elle le regarda comme on regarde un inconnu tout en se disant qu'on le connaît déjà.

Le Bel Italien ne vit pas Sophie tout de suite. Il s'installa à une table proche. Visiblement il était connu car sans qu'il eût besoin de rien demander on vint le servir. Il avait ses habitudes.

Une énorme vague, plus puissante que les autres, éclata sur la terrasse et fit en retombant un bruit effrayant. On eût dit que les eaux allaient envahir le salon, glisser sur les tapis autour des fauteuils jusque sur les pieds délicats des clients attablés. Plusieurs femmes poussèrent un cri de frayeur et se levèrent comme si la mer s'était engouffrée. L'Italien souriait, attentif à se tenir bien droit, soucieux de sa prestance. Il prit la femme qui l'accompagnait par les épaules d'un geste qui se voulait manifestement protecteur. C'est en se tournant légèrement pour accomplir ce geste qu'il vit Sophie.

Elle le regardait fixement, pâle comme une morte.

Lui se figea sous le choc de cette rencontre improbable. Et, petit à petit, cependant que les clients rassurés commentaient l'incident de la vague et que la femme, inconsciente de ce qui se déroulait, se blottissait contre son épaule en minaudant, jouant à l'effrayée, le Bel Italien se décomposa. Son visage si ferme il y a seulement quelques secondes s'affaissa, sa bouche souriante de séducteur s'amollit, le dessous de son menton se relâcha et jusqu'à sa coiffure impeccablement gominée qui prit soudain un air de casque lustré parfaitement idiot.

Dans le dernier espace qui la reliait encore au réel pour quelques minutes à peine, Sophie eut juste le temps de voir cette métamorphose s'opérer devant ses yeux horrifiés. L'homme si viril qui l'avait épousée, l'homme dont elle avait tant rêvé et qu'elle avait attendu toute sa vie, ce prince d'amour qui venait des contes de l'enfance et de la promesse faite aux petites filles pour les faire rêver, cet homme n'existait plus. Il ne restait qu'un pantin mou et enlaidi dont les artifices superficiels venaient de s'effondrer.

Giovanni fut le premier à réagir. Le séducteur sensible, l'homme de cœur qu'il était, se leva précipitamment, s'agenouilla près de Sophie qui n'avait pas bougé, et prit sa main :

— Nous vous aimons, Sophie, lui dit-il d'une voix douce.

Et tous les hommes sont prêts à vous aimer. Celui-là ne vous mérite pas.

Sophie tourna à peine son regard vers le mari d'Yvonne, et cet imperceptible mouvement lui fut déjà insupportable. Elle essaya de parler mais aucun son ne sortit de sa bouche. Comment le choc se produisit, elle n'en eut pas conscience. Elle n'eut pas le temps. Toutes ses sensations s'éteignirent d'un coup. Le monde disparut dans une masse épaisse et cotonneuse. Tout s'effaça. Il ne restait dans ses oreilles qu'un bruit de fond entêtant qui ressemblait à celui de la mer.

Le vent sifflait contre les vitres et la houle grondait au loin anormalement fort. La main de Sophie se raidit dans celle de Giovanni. En quelques secondes elle devint dure comme du marbre. Effrayé, Giovanni se tourna vers Yvonne et Rose qui comprirent immédiatement que quelque chose de très grave venait de se produire.

Certaines réalités sont trop fortes, certaines désillusions sont pires que mortelles. À l'extérieur l'Océan et le vent continuaient leur combat acharné, Sophie se sentit partir au loin avec la houle profonde, elle se sentit glisser au fond de l'Océan violent. Elle qui avait tant aimé et tant attendu l'amour, elle qui s'en était fait une idée si belle, elle quitta à cet instant précis le monde conscient.

Sophie qui riait, qui parlait, qui bougeait n'existait plus. Il ne restait d'elle que son corps et son cœur battant encore dans sa poitrine. Elle venait de se paralyser entièrement. De ce jour dont ils se souvinrent toute leur vie, Rose, Yvonne et Giovanni portèrent sur leurs épaules un poids abominable.

Comment expliquer à Anne et Fernand Claverie ce qui s'était passé ? Comment dire sans trahir le secret de Sophie et son mariage ? Ils ne surent que faire et choisirent le silence. Ce fut une torture. Et la souffrance des parents de Sophie fut atroce.

Trois mois passèrent. Trois longs mois au cours desquels on vit les plus grands médecins de la région venir chez Claverie se pencher sur ce cas rarissime de paralysie soudaine. En vain, aucun d'eux ne comprit, aucun d'eux n'apporta l'ombre d'une solution ni même d'une thérapie quelconque. On évoqua bien sûr un choc psychologique, un médecin parla d'un traumatisme si violent que le corps de Sophie avait réagi à sa place. Mais comme personne ne voyait quelle aurait pu être la cause de ce choc, on n'en parla plus. Les médecins repartirent les uns après les autres comme ils étaient venus.

Laver Sophie, la coiffer, l'habiller. Toutes ses journées, Anne les passait près de sa fille. Elle lui parlait comme si de rien n'était, souriante et gaie. Elle ouvrait les volets, faisait entrer l'air du matin et la belle lumière. Puis, aidée par Catherine, elle la soulevait, la mettait sur un fauteuil et lui faisait sa toilette. Anne parlait, racontait toujours quelque chose. Jamais de grandes nouvelles, des bribes de vie. Ce qu'elle avait vu à l'épicerie la veille, qui Catherine avait croisé le matin en venant, ce qu'elle avait appris en bavardant avec un tel ou telle autre en allant à la messe. Anne soignait ses petits récits et les rendait les plus vivants possibles. Elle décrivait la tenue de ses interlocuteurs, leurs mimiques, le temps qu'il faisait, les odeurs. Avec ses paroles elle recréait la vie qui avait disparu du corps de sa fille.

Sophie ne réagissait pas. Son regard ne contenait plus ni émotion, ni peur, ni joie, ni gaieté. Les yeux de celle qui avait tant fait rêver les garçons de Lourdes étaient devenus désespérément vides. Ravalant sa douleur et ses larmes, Anne luttait. À l'affût, elle insufflait de la vie dans tout, tissait autour de sa fille toutes les mailles possibles et imaginables pour la tenir éveillée, pour entrevoir ne serait-ce qu'un semblant de lueur dans ce regard mort. Elle s'émerveillait de tout ce que faisait Sophie, c'est-à-dire de rien. Mais elle faisait semblant, approuvant telle chose qu'elle-même avait faite comme si ç'eût été Sophie qui l'avait réalisée. Par exemple elle avait enlevé les voilages des hautes fenêtres du boudoir et félicitait Sophie d'avoir eu cette idée pour mieux voir la place.

Fernand avait surpris sa femme dans ces conversations solitaires avec leur fille et il en avait été bouleversé. Anne niait la réalité. Plus les jours passaient, plus elle s'attardait auprès de Sophie et plus elle bavardait, certaine que, par la parole, elle maintenait sa fille en vie même si on n'en voyait rien :

— S'il ne reste qu'une minuscule étincelle de vie dans son cerveau, ce sera suffisant pour la faire revenir, disait-elle avec ferveur. Notre fille vit et bientôt elle guérira. Il n'y a que son cerveau qui s'est mis en sommeil. Il faut le réveiller, c'est tout. Dès qu'il fera beau je l'emmènerai à la grotte, Notre-Dame de Lourdes la guérira. D'ici là je dois lui donner des forces. Tu comprends ?

Fernand comprenait surtout que sa femme fondait tous ses espoirs sur un « miracle ». Et lui, l'homme de science, il ne croyait pas aux miracles. Mais il était perdu. Autant sa femme semblait développer une énergie considérable, autant, jour après jour, elle semblait plus forte et plus déterminée à guérir sa fille, autant lui déclinait et perdait tout espoir. Il connaissait bien le docteur Boissarie. Ce médecin était le responsable du Bureau des constatations médicales, créé en 1884 et qui rassemblait des hommes de science et des hommes d'église. Selon divers critères, ils étaient chargés d'établir la véracité des guérisons inexpliquées qui se produisaient à Lourdes et, selon l'avis qu'ils en donnaient, on parlait ou non de « miracle ». Sans le dire à sa femme, Fernand était allé voir le docteur, pour chercher un soutien, demander un conseil. Il ne savait plus quelle attitude adopter. Le médecin lui avait fait part de sa très grande perplexité sur le cas de Sophie :

— Ta fille a dû subir un très grand choc, Fernand, avait dit Boissarie. Tout en elle est normal, tout fonctionne mais elle n'est plus là. Et je n'ai aucune solution médicale pour la ramener dans le monde des vivants. Alors laisse faire ta femme. La médecine ne peut rien mais ce n'est pas une raison pour refuser les autres solutions. Tente-les toutes et peut-être que tu découvriras des choses, je te le souhaite en tout cas.

Fernand hésita :

— Je vais te faire un aveu, Jean. Aux beaux jours ma femme veut emmener Sophie à la grotte. Pour être tout à fait franc, je n'y tiens pas. Aller prier Notre-Dame, oui, je le fais moi-même de temps à autre. Mais y aller dans un espoir de guérison, non. J'ai peur de l'engrenage. On se dit si on ne gagne pas cette fois-ci, ce sera la suivante. L'espoir de guérison, ça peut mener loin. Regarde le petit Belge de chez Cantet. La première fois qu'il est venu, il avait six ans. Il en a vingt et il est toujours là. Tous les matins il va s'agenouiller à la grotte. J'ai mal pour lui, Jean, et je ne veux pas que ma femme et ma fille vivent le même cauchemar.

— Le cauchemar, c'est toi qui le vis Fernand. Pas eux. Toi, tu es en bonne santé, tu n'as pas besoin d'espoir. Eux si. Que ta femme aille à la grotte avec Sophie ! Qu'elle prie ! Qu'elle lui communique tout ce qu'elle peut, laisse-la libre ! Mieux, encourage-la, aie confiance en elle ! Qu'est-ce que tu préfères ? Une femme qui ne croit en rien ? Une femme qui abdique parce qu'on lui dit que c'est perdu d'avance ! Mais rien n'est jamais perdu d'avance. Tu as une chance monumentale, Fernand, tu as une femme qui se bat. Je passerai voir ta fille d'ici quelques jours.

L'hiver était fini, le printemps était là et les pèlerins avaient retrouvé le chemin de la grotte. L'air était tonique et le soleil brillant.

Depuis le voyage à Biarritz, ni Rose, ni Yvonne ni Giovanni n'avaient revu l'Italien. Il avait complètement disparu. Le jour du drame à l'hôtel du Palais tout était allé si vite qu'aucun des trois ne s'était même demandé ce qu'il était devenu.

Tous les jours, l'une ou l'autre des jeunes femmes passait chez Claverie voir Sophie. La situation pour elles était intenable. Elles se sentaient responsables de ce qui était arrivé et pensaient qu'elles devraient en parler aux parents de Sophie mais elles ne pouvaient s'y résoudre. Chaque fois elles remettaient l'affaire et les jours passaient. Ce qui les retenait c'était la lettre anonyme et le mariage secret. Elles se demandaient si maintenant que Sophie était dans cet état, cela valait la peine de remuer toutes ces choses.

— On a fait une erreur dramatique, se lamentait Rose. Le choc a été trop rude, Sophie n'a pas supporté.

— Mais qui aurait pu prévoir une chose pareille ! disait Yvonne. Qui aurait pu imaginer !

Giovanni, qui se sentait lui aussi coupable, ne chantait plus. Rue de la Grotte les commerçantes avaient essayé de savoir pourquoi. En vain.

Benoîte se doutait qu'un événement s'était produit ce jour-là à Biarritz car aucun de ceux qui avaient fait le voyage n'en était revenu indemne. Mais il lui avait été impossible de savoir quoi que ce soit. Elle avait alors pris les grands moyens et était allée trouver Marcel. Il ne pouvait rien lui refuser. Seulement il ne savait rien de précis sauf que Giovanni était allé voir un de ses amis, italien lui aussi, à Pau et qu'ils avaient tenu à aller le retrouver à nouveau à Biarritz en emmenant Sophie Claverie. Le chauffeur les avait laissés devant l'*Hôtel du Palais* et à peine une heure plus tard on était venu le chercher en catastrophe, et il avait appris le drame. Il ne savait rien d'autre.

Qui était cet Italien ?

Benoîte confia à Marcel la délicate mission de se renseigner sans rien en dire à personne sauf à elle.

Sophie était entrée dans un monde de silence.

Elle ne savait plus comment cela s'était produit, elle avait tout simplement le sentiment qu'il en avait toujours été ainsi. Elle était bien. Elle se laissait porter. C'était comme une longue paix. Elle n'avait plus de mémoire, plus de souvenirs. Tout était léger ! Elle se souvenait seulement des visages et reconnaissait les gens autour d'elle. Rose et Yvonne ses amies, Anne, sa mère et Fernand, son père. Catherine et d'autres aussi qui lui rendaient visite. Mais si elle les voyait, elle ne les entendait pas. Elle n'entendait rien et son corps ne ressentait rien non plus. Pourtant, en ces derniers jours de mars, il lui semblait qu'une part d'elle-même revivait. Mais c'était une sensation vague et confuse.

Anne observait sa fille avec un amour immense. Elle se demandait pourquoi le ciel lui avait envoyé ce calvaire et elle était décidée à gagner envers et contre tout. Anne avait vécu avec le handicap. Mais jamais elle n'aurait pensé que cela arriverait un jour à cette enfant qu'elle avait mise au monde en parfaite santé. Une fille si belle, si racée, et qui se retrouvait aujourd'hui dans un fauteuil, inerte. Anne avait le sentiment qu'elle devait payer pour ces quelques années de bonheur où elle s'était émerveillée de voir grandir son enfant. Malgré sa foi profonde, Anne faillit douter de Dieu. Dans sa douleur, après avoir pensé qu'elle ne reviendrait jamais du fond de sa terrible peine, elle retrouva la force de croire. La Vierge sauverait Sophie ! La détermination d'Anne était à la hauteur des plus grandes volontés. Elle ne lâcherait jamais. La seule chose qui comptait, c'était que sa fille revive comme avant. Pour cela elle ne disposait que de trois armes : la parole, la prière et surtout l'amour. Elle était sûre que c'était largement suffisant.

Marcel rentrait de Pau. Il avait rendu là-bas quelques services de voiturage et avait de bons contacts. Il revenait avec les informations nécessaires pour Benoîte. Il savait qui était l'Italien.

C'était un dénommé Alessandro Di Verdi. Il était l'unique héritier d'une riche famille d'industriels de Vérone en Italie du Nord. Il avait été élevé par sa grand-mère et on disait que...

— Mon Dieu ! fit Benoîte. Mme Helena Di Verdi ! Une très ancienne cliente qui venait tous les ans avec son petit-fils. Je la connaissais très bien. Elle est décédée il y a quelques années chez elle en Italie. Je me souviens la dernière fois que je l'ai vue. Le jour où elle était repartie elle avait l'air très triste. Je lui avais dit en riant : « À l'année prochaine, Signora Di Verdi. Je vous réserve la chambre qui donne sur le château comme d'habitude. — Peut-être, avait-elle répondu. Peut-être. Je vous écrirai. » Et elle était partie, son petit-fils l'accompagnait comme tous les ans. Il était très beau mais lui non plus il n'était pas gai. Je l'ai rarement vu sourire à ce gosse.

Marcel renchérit :

— Il a bien changé alors. Parce qu'il paraît que c'est un sacré fêtard !

Benoîte fronça les sourcils :

— Oh ça, ça veut rien dire ! Les fêtards c'est pas obligatoirement les plus gais. Souvent même ils sont à pleurer.

Puis, après une courte hésitation, elle posa la question qui lui brûlait les lèvres :

— Et toi Marcel ? Tu fais moins la fête, paraît-il. On dit que tu fréquentes la jeune veuve. C'est sérieux ?

Marcel rougit comme jamais cela ne lui était arrivé. L'attachement qu'il avait pour Valentine et la petite était immense. Pour la première fois de sa vie et depuis cette foutue guerre où il avait cru définitivement morte en lui la capacité d'aimer, il sentait naître au fond de lui un amour profond. Mais il ne souhaitait pas en parler.

Benoîte comprit et n'insista pas.

Toute la journée elle chercha à se souvenir de la Signora Di Verdi. Avec qui elle parlait, qui elle voyait, où elle allait ? En vain, cette femme ne parlait à personne et on ne la voyait qu'avec son petit-fils. Ce n'est que le soir, au moment où Finotte qui était à l'accueil depuis l'ouverture de l'hôtel allait partir, qu'elle lui demanda si par hasard elle se souvenait de la Signora Di Verdi.

— Si je m'en souviens ! Pardi, elle était généreuse et pas embêtante, à part quelques services çà et là.

— Quelques services ? fit Benoîte intriguée. Lesquels, vous vous souvenez ?

Finotte se mordit les lèvres. Et si Benoîte se fâchait ?

— Écoutez Finotte, dit Benoîte, j'ai besoin de savoir. C'est important pour moi mais pas grave pour vous. Dites-moi ce que vous savez.

Finotte hésita puis raconta que la dame italienne avait tenu à rencontrer une vieille couturière de Lourdes qui faisait pension. Une certaine Antoinette Peyré. Elle allait la voir à chacun de ses séjours et au cours du dernier elle avait fait porter chez la couturière un paquet assez volumineux auquel elle avait l'air de tenir comme à la prunelle de ses yeux.

— J'ai même été surprise, dit Finotte, elle a fait mille recommandations à Eugenio à l'époque. C'est lui qui avait été porter le paquet.

Benoîte sentait que ces bribes d'histoire cachaient quelque chose de plus important et maintenant qu'elle avait commencé à chercher, il fallait qu'elle trouve. Elle alla chez Eugenio. Grâce à l'argent qu'elle lui avait donné, son ancien portier aragonais avait pu acheter une grosse carriole et un cheval. Il faisait la tournée des maraîchers dans la plaine de Tarbes et il revenait faire la distribution dans les hôtels. En cinq ans il avait triplé la mise et cinq employés travaillaient maintenant pour lui. Il reçut son ancienne patronne avec le sourire. Eugenio était fier de sa réussite et il savait que Benoîte partageait cette fierté. Sans sa générosité il n'aurait rien pu entreprendre. Elle lui expliqua ce qui l'amenait. Il n'hésita pas une seule seconde, Eugenio avait une mémoire incroyable.

— Le paquet que m'a donné la Signora était mou, dit-il. J'ai palpé à travers l'emballage et j'ai écouté le bruit. Je suis sûr que c'étaient des cahiers ou des lettres. En tout cas, c'était du papier. Dessus le paquet il y avait quelque chose d'écrit.

— Et quoi ? demanda Benoîte intriguée.

— « Pour mademoiselle Sophie Claverie, petite-fille de Mme Sophie Pailhé. »

— Eh ben, fit Benoîte perplexe, voilà maintenant revenir la Belle Chocolatière. Qu'est-ce que c'est que toutes ces histoires ?

Benoîte n'avait rien d'une enquêtrice.

Elle voulait tout simplement savoir ce qui s'était passé à Biarritz et comme elle n'obtenait rien de Rose ni d'Yvonne, elle s'était imaginé qu'en sachant quelque chose sur cet Italien, elle comprendrait ce qui avait pu arriver à Sophie Claverie. C'était l'inverse : elle se retrouvait à dérouler un fil qui n'en finissait pas et ne l'éclairait en rien. Elle hésita à continuer et décida qu'elle allait faire une dernière chose : rendre visite au sacristain de la basilique qui, aux dires d'Eugenio, était l'héritier de la couturière. Benoîte, qui connaissait tout Lourdes, connaissait aussi Mauricette. Quand celle-ci la vit arriver et sut qu'elle venait voir Léon, elle s'empressa de la faire asseoir dans la salle commune de la pension et de lui dresser un portrait complet du sacristain avec force détails sur ses habitudes et ses manies. Benoîte avait le tournis, mais au moins elle avait des informations. Sur ces entrefaites, Léon arriva. Avec Benoîte pas question de tourner autour du pot ni de faire du mystère. Elle était pressée et le mit rapidement au courant de ce qui l'amenait. Tout cela devant Mauricette et dans la plus totale clarté. Benoîte n'avait pas le sens de la mise en scène, elle estimait que la vie était suffisamment compliquée pour ne pas qu'on en rajoute et elle avait toujours pensé que la limpidité était la meilleure façon de débrouiller les problèmes. Elle alla droit au but.

— Qu'est-ce que c'est que ce paquet pour Sophie Claverie et où est-il passé ?

Le ciel serait tombé sur la tête de Léon que ce n'eût pas été pire. Pendant des années, il avait vécu avec un secret sous son lit, puis un secret dans sa tête qui lui dévorait le cerveau et voilà qu'un soir banal de semaine, sur la nappe à carreaux de Mauricette, une femme venait lui demander tout de go de quoi il s'agissait. Lui qui s'était contorsionné autour de ce paquet, voilà qu'elle l'étalait sans précaution aucune et en pleine cuisine.

Le sang se retira de son visage et il resta muet. Benoîte le regardait droit dans les yeux. Il allait s'abîmer dans son hébétude quand, d'un coup, d'un seul, devant cette attitude si nette de Benoîte, quelque chose en lui se débloqua. D'une seule traite il dit avoir le paquet et ne l'avoir jamais donné à Sophie Claverie.

— Eh bien ! soupira Benoîte en se relevant, il n'est jamais trop tard pour bien faire. Portez-le à sa mère, Anne Claverie. C'est elle qui en fera le meilleur usage. Qui sait ? Peut-être que ça servira à quelque chose ! En tout cas..., ajouta-t-elle avant de partir... Faites pas trop traîner, vous avez assez attendu.

Mauricette avait suivi toute la scène. Bras croisés sur la table elle roulait des yeux extravagants. Elle qui n'avait jamais osé interroger Léon, elle était époustouflée et se disait que, ma foi, quand on veut avoir les bonnes réponses il suffit peut-être de poser les bonnes questions.

Benoîte rentra chez elle soucieuse. À l'occasion il faudrait qu'elle dise deux mots de plus à ce sacristain. Il n'avait pas l'air mauvais bougre mais s'entortillait dans peu de chose et, comme tous les faibles, il pouvait être dangereux sans le vouloir. Benoîte ne voulait pas qu'on vienne porter l'intrigue dans sa ville. Rien ne la contrariait autant que les relations humaines où, presque toujours à cause de non-dits, il se créait des histoires compliquées pleines de rancœurs étouffées et d'incompréhensions. Des histoires au départ anodines mais qui finissaient par déboucher sur des drames irréversibles.

Tout en marchant elle réfléchissait.

Elle se disait que, plus que toute autre ville, Lourdes avait un devoir. Ceux qui y venaient devaient pouvoir déposer leurs fardeaux et trouver la paix. Or il fallait pour cela que ceux qui les accueillaient aient cette paix en eux. C'était une tâche incroyablement difficile pour les Lourdais qui, comme tous les êtres humains, avaient leurs propres soucis et leurs faiblesses, mais c'était un impératif. Et chaque fois que l'occasion se présentait pour elle d'aider à démêler les fils d'une histoire embrouillée, elle le faisait. Aujourd'hui elle devait aider Anne, et son intuition lui disait que tout commençait par le paquet de ce sacristain.

Dans sa voiture garée en haut des coteaux qui dominaient Lourdes, Marcel dessinait. Il avait commencé négligemment un jour. À force de voir le crayon de son ami Paul Miniet accroché à la clef de la voiture et de le tourner entre ses doigts, il s'en était servi. C'est Valentine qui la première l'avait encouragé en voyant des esquisses sur un calepin. Ce calepin était dans la voiture en permanence et il servait à noter un peu tout. Au début Marcel faisait des sortes de gribouillages, puis ces gribouillages avaient pris forme et insensiblement ils étaient devenus un banc, un vélo, une fenêtre avec des fleurs, des pans de paysages. Tout ce qui se trouvait devant ses yeux pendant qu'il patientait en attendant Benoîte qui était en courses. Petit à petit il s'était découvert un don, et un jour, alors qu'il dessinait la belle porte de l'*Hôtel Moderne*, Valentine s'était arrêtée. Il ne l'avait pas vue venir avec sa petite Léa. Elles étaient arrivées par-derrière pour aller à l'office et Valentine avait eu une exclamation admirative dont elle s'était d'ailleurs excusée aussitôt.

— Oh pardon, avait-elle dit, gênée. Mais ce que vous faites est tellement beau que je n'ai pas pu m'en empêcher.

Surpris et flatté, Marcel, qui depuis un moment désirait parler à Valentine mais n'osait pas, bafouilla. Lui d'ordinaire si hâbleur avec les femmes resta incapable de dire un mot. Heureusement pour la suite de leur rencontre, Léa avait passé le bras par la fenêtre ouverte et s'était saisie du calepin. Ils en avaient ri et une connivence s'était installée entre eux qui les avait rapprochés. Les jours suivants il s'était débrouillé pour lui montrer d'autres dessins. Ils en parlaient. Au début Marcel avait refusé le sentiment qu'il sentait naître en lui et Valentine en avait souffert car elle s'était tout de suite attachée à cet homme qui paraissait fanfaronner dans sa luxueuse berline mais cachait les blessures profondes qu'elle savait reconnaître chez tous les hommes revenus du front. Et puis un jour, il lui avait proposé une promenade sur les hauteurs de Lourdes sous prétexte de montrer à l'enfant la ville vue de loin. Ils étaient partis, Léa battait des mains à l'arrière et Valentine avait aux yeux des larmes de joie. Elle n'était jamais montée dans une voiture et elle ne connaissait que les autocars, les trains ou la marche à pied. Pendant ce premier voyage dans l'auto de Marcel elle s'était crue au paradis. Le ronronnement suave du moteur, le confort des sièges, tout l'avait éblouie. Mais elle s'était vite reprise : il était dangereux de se laisser aller à aimer des choses qui ne vous sont pas destinées. La promenade avait été merveilleuse pour Léa. Au retour, Marcel posa délicatement sa main sur celle de Valentine, et c'est là que leur histoire commença.

La vie de Marcel en fut totalement bouleversée. Finis les copains et les virées avec les uns et les autres, finies les soirées au *Café de la Poste*. Après que Valentine eut terminé sa corvée de vaisselle à l'office, il la raccompagnait avec sa fille jusqu'à leur mansarde sous les toits. Il se sentait si utile près d'elles, il les aimait tant. Et, par-dessus tout, il y avait une chose merveilleuse qui le réconciliait profondément avec la vie, lui qui croyait en avoir définitivement laissé le goût au fond des tranchées boueuses. Sous la caresse de ses doigts, Valentine revivait. Il le sentait.

Et il avait raison. L'amour de Marcel transformait Valentine. De jour en jour, elle développait une énergie et une passion communicatives. Elle avait eu une idée au contact des femmes du Tonkin. Toutes vendaient des chapelets et des cierges et la concurrence était rude. Il fallait être devant les sanctuaires à l'aube et n'en plus bouger jusque tard dans la nuit après la dernière procession. Plus on était proche de l'entrée plus le chiffre de vente était bon. Mais pour celle qui était tout en haut il était nettement insuffisant. Valentine avait réfléchi et, après avoir tourné et retourné la question dans sa tête, repensant aux esquisses de Marcel, elle s'était dit qu'il pourrait peut-être dessiner pour elle des petites scènes pieuses présentant la Vierge et Bernadette. Comme elle avait travaillé dans l'imprimerie elle savait comment faire imprimer des tirages peu chers des illustrations qu'elle pouvait alors vendre.

Lorsque la jeune femme lui avait part de ce projet, Marcel avait été très surpris. Lui qui n'avait jamais envisagé rien d'autre que de conduire la voiture jusqu'à la fin de ses jours, il s'était enthousiasmé. Ils avaient longuement discuté et il s'était empressé de lui montrer ses essais. Après diverses retouches, ils s'étaient décidés pour un premier modèle où Bernadette était agenouillée sur l'herbe verte face à la grotte. Près d'elle il avait rajouté deux petits moutons blancs et, pour que le projet voie le jour, il était allé à la banque et il avait mis toutes ses économies sur la table.

Le bonheur de Valentine avait été sa récompense.

— Et maintenant advienne que pourra ! avait-il dit.

— Surtout pas ! avait-elle rectifié. Il faut plutôt dire : « Et maintenant, au travail ! »

Dans son monde insensible, Sophie commençait à présenter quelques signes qui annonçaient un changement. Mais personne d'autre qu'elle-même ne pouvait le percevoir. C'est à la grotte qu'elle commença à réaliser. Quand sa mère l'y emmenait, au début, elle regardait sans la voir vraiment la Vierge dans le creux de la roche. Et puis, au fur et à mesure, lentement, le chaos qui était dans sa tête commença à s'organiser. La douce rumeur des prières psalmodiées, les mille vacillements des lumières des cierges, cet univers si posé où tous ceux qui sont là communient dans un même abandon, tout cela rejoignit doucement le silence muré de Sophie. Les notions de journée, de nuit, de repas, de sommeil, reprirent petit à petit leur place. Et quand cela fut fait, les premiers bruits réapparurent. Lointains tout d'abord, puis plus précis. Par exemple elle entendait maintenant très nettement le bonjour matinal de sa mère. Quelque chose l'entraînait à nouveau vers la vie. Rose venait tous les jours et Sophie l'attendait. Elle voyait les lèvres de son amie bouger, elle entendait à peine sa voix, mais elle comprenait que Rose lui parlait et elle prenait attention à ses paroles même si elles étaient encore confuses dans sa tête et si elle n'en comprenait pas le sens.

Un rayon de soleil traversa les rideaux, inondant la chambre. Sophie esquissa un doux sourire, Rose serait bientôt là.

Yvonne aussi trouvait toujours le temps de s'échapper et de venir dire un petit bonjour. Sa culpabilité dans l'histoire de Sophie était immense mais elle ne savait que faire. Elle en parlait souvent avec son mari qui depuis l'accident restait à ses côtés au magasin à la grande stupéfaction de sa belle-mère et de Lucette. Il sentait que sa femme souffrait de ce qui s'était passé et dont elle ne pouvait parler à personne. Il restait là pour l'épauler, uniquement pour qu'ils soient ensemble. Yvonne, en le regardant, se disait qu'elle avait eu une chance immense dans sa vie : lui. Et Giovanni en la regardant se disait la même chose. Elle était active et entreprenante, elle aimait le commerce et développait toujours quelque chose de nouveau. Depuis que son mari était au magasin un défilé grandissant d'Italiens, compatriotes de Giovanni, passaient pour demander à ce dernier de multiples renseignements.

Où pourrait-on dormir ?

Quel est le meilleur hôtel, le moins cher, le plus beau ?

Quel restaurant ?

Où aller faire des promenades, à qui s'adresser ?

Ça n'en finissait pas, à un point tel que cela commençait à perturber le commerce. Lucette s'agaçait :

— On rate des ventes ! fulminait-elle auprès d'Yvonne. Ils sont là autour de ton mari à discuter pendant des heures ! C'est un vrai guide touristique maintenant ton Giovanni.

La remarque fit mouche. Yvonne se souvint de ce que lui avait dit sa grand-mère Lucile :

« Vois d'ici quelque temps s'il n'y a pas quelque chose à entreprendre de particulier avec ton mari. Qui sait peut-être avec les Italiens ! C'est important pour vous, pour l'avenir. »

Yvonne eut une idée. Grâce à Giovanni elle allait centraliser toutes les demandes des Italiens et organiser des séjours où tout serait prévu : l'hôtel, les repas et, pourquoi pas, le billet de voyage. Mis au courant, Giovanni, qui rendait gracieusement service à ses compatriotes, éclata de rire.

— Mon Yvonne ! Mon adorée ! C'est bien de toi d'avoir une pareille idée. Jamais cela ne me serait venu à l'esprit.

Le projet fut mis à l'essai et, au bout de deux semaines à peine, le carnet de commandes d'Yvonne était plein. Giovanni croulait sous les demandes. Mieux, pour se simplifier la vie, les clients demandaient des souvenirs déjà emballés, de façon à ne pas avoir à s'en occuper.

Arlette et Lucette étaient stupéfaites.

— Elle est exactement comme ma belle-mère, dit Arlette épatée. Elle a un don pour le commerce, ça ne s'invente pas.

— Et quand je pense, renchérit Lucette, que tout a commencé par une histoire d'amour !

Yvonne en entendant ces derniers mots fut parcourue d'un frisson. Elle se disait que l'amour pouvait mener à tout, au meilleur quand on le voulait bien, mais aussi au pire si on laissait faire. Et elle repensa à Sophie et à son Italien. Pourquoi tous les hommes n'étaient-ils pas comme Giovanni qui ne cherchait à jouer aucun rôle pour se mettre en valeur, et qui était si attentionné ? En retour il était gagnant, sa femme l'aimait et il vivait bien.

— Dis-moi Giovanni, lui dit-elle un matin. Qu'est-ce qu'il est devenu cet Italien de Sophie ?

Giovanni sourit, il connaissait sa femme par cœur et il traduisit :

— Tu veux que je me renseigne, c'est ça ?

Yvonne avoua. Cette histoire ne la laisserait jamais en paix, elle voulait comprendre. Giovanni lui promit de tout faire pour avoir des nouvelles.

Léon fit comme Benoîte lui avait conseillé de faire et il déposa le paquet chez Anne Claverie très tôt le lendemain, en partant pour la première messe. Il faisait encore nuit. Il le glissa derrière un volet qui n'était pas bien fermé, sur une fenêtre du salon, place Marcadal. Son soulagement fut proportionnel au poids qu'il avait enduré durant ces dernières années. Il avait enfin fait le geste libérateur et il était ahuri. Comment avait-il pu garder ce paquet aussi longtemps et s'en faire un tel souci au lieu d'aller le porter. Tout simplement. En y repensant il était incapable de comprendre ce qui l'avait entraîné dans un pareil engrenage. S'il n'y avait pas eu cette Benoîte Soubirous et son franc-parler, il y serait toujours. Voilà ce qu'il se disait en repartant vers sa sacristie, plus léger de quelques centaines de pages d'écriture, étonné de se rendre compte combien les choses pouvaient parfois, juste avec un autre regard, redevenir si simples.

Anne avait trouvé le paquet sur la table de la cuisine, où Catherine l'avait mis.

— Il était coincé derrière les volets, dit la bonne. Je sais pas qui l'a laissé. Y avait pas de mot avec.

Grossièrement ficelé, le paquet était enveloppé d'un papier marron épais et solide. Anne dut attraper une paire de ciseaux pour le défaire. Il résista. Elle s'acharna en tirant avec ses mains et le paquet se déchira d'un coup, laissant échapper cinq gros cahiers bleus. Surprise Anne se baissa, en ramassa un et, machinalement, le feuilleta. Les pages étaient noircies d'une écriture élégante, très soignée. Intriguée, elle parcourut quelques lignes et son visage s'assombrit. Elle referma brusquement le volume et, sans rien dire, prit les cinq cahiers sous son bras et partit s'enfermer dans sa chambre. Cette attitude était si peu habituelle que Catherine en fut désarçonnée. Visiblement, ces cahiers contenaient des choses importantes.

Anne tremblait. Les premières lignes à peine parcourues lui avaient fait pressentir qu'elle allait apprendre des choses sur la vie de sa mère. En effet, les cinq cahiers avaient été écrits sur une période de plus de vingt ans par la même femme, une aristocrate de l'Italie du Nord, une certaine Helena Di Verdi de Vérone.

Seul le premier volume était daté : décembre 1860.

Quand Fernand vint déjeuner, Anne n'était pas redescendue. Averti par Catherine il monta et elle lui demanda à travers la porte fermée de la laisser tranquille, que tout allait bien, qu'elle n'avait pas faim. Inquiet il revint deux fois dans l'après-midi, sa femme n'était toujours pas là.

Anne ne réapparut que le soir. Elle confia à son mari qu'elle venait de faire un voyage incroyable dans la vie de sa mère et qu'elle venait d'en apprendre en un seul jour plus que depuis sa naissance. Tout cela tenait dans les lignes manuscrites des cinq gros cahiers bleus. Fernand l'écoutait avec un très grand intérêt. Elle se mit à raconter.

Helena Di Verdi écrivait qu'elle avait rencontré un hussard lors d'une cérémonie militaire à Vérone. Il s'appelait Abel.

À la façon dont elle en parlait, aux mots choisis qui étaient les siens pour le décrire, on comprenait qu'Helena avait beaucoup aimé ce hussard. Ils n'avaient passé qu'une seule nuit ensemble mais elle s'était donnée à lui comme on se donne pour la vie. De lui elle savait juste qu'il arrivait de France où il avait été en garnison dans la ville de Lourdes. Il y avait passionnément aimé une femme mais cette femme avait eu une petite fille et il avait estimé qu'il ne pouvait enlever la mère à son enfant. La mère s'appelait Sophie Pailhé et la petite fille Anne. Il n'avait pas dit un mot de plus que ceux-là et le lendemain il était reparti avec son régiment. Helena était toute jeune, Abel avait été son premier amour, il fut le dernier. Elle accoucha neuf mois plus tard d'un garçon qu'elle prénomma Carlo.

Au travers des lignes écrites par Helena, Anne découvrit avec émerveillement et horreur ce qu'avait été, après Abel, la vie de cette jeune fille de très bonne famille. Elle avait vécu enfermée entre les grands murs de la maison familiale de Vérone où ses parents étaient de riches industriels. Elle ne s'était jamais mariée et n'avait aimé aucun autre homme. Mais, à en croire son récit, elle devait connaître quelques années plus tard une joie qui valait toutes celles qu'elle n'avait pas reçues : son petit-fils, qui se prénommait Alessandro, ressemblait trait pour trait à son grand-père Abel, le hussard ténébreux.

Dès que l'enfant avait été assez grand, elle l'avait emmené avec elle pour un voyage auquel elle tenait beaucoup. Elle voulait aller en France, au pied des Pyrénées, dans cette ville de Lourdes dont on parlait tant. Elle voulait aller prier la Madone et rencontrer la Belle Chocolatière, cette femme dont l'existence l'avait tant fait souffrir et à cause de laquelle elle n'avait jamais pu trouver la joie.

Ce qui marqua le plus Anne à la lecture de ces cahiers, c'est l'incroyable souffrance de cette femme. Toute sa vie Helena Di Verdi avait eu mal. Toute sa vie elle avait attendu un homme qui était mort peu de temps après leur rencontre et toute sa vie elle avait cherché à imaginer le visage d'une rivale inconnue. Or cette rivale c'était la propre mère d'Anne et parce que c'était elle que le hussard aimait, cette nuit-là il n'avait pas prononcé un seul mot d'amour pour Helena. Ces mots qu'Abel n'avait pas dits avaient hanté Helena.

Anne découvrait que de l'autre côté de la frontière, en Italie, la vie de cette famille de Vérone avait été liée indirectement à la sienne sans qu'elle n'en ait jamais rien su. Que de choses s'éclairaient maintenant pour elle ! Que de choses elle voyait sous un jour nouveau. Car sa mère aussi avait souffert toute sa vie à cause du départ de ce hussard, Anne venait de le comprendre. Et cette histoire terrible de la souffrance de deux femmes et par répercussion de deux familles autour d'elles à cause d'un seul homme laissa Anne désemparée. Sophie et Helena avaient aimé le hussard au point d'en oublier le reste toute une vie durant. Elle pensa à ce petit Carlo qui était le fils d'Helena, comme elle était la fille de Sophie. Avait-il eu comme elle la chance d'avoir une bonne et douce Louisette pour lui donner la chaleur d'une mère absente dans son cœur ? Et sinon, comment avait-il vécu, ce petit garçon mal aimé ? Qu'était-il devenu ? Dans les cahiers de sa mère il était cité simplement comme « le bébé » et il était rapidement devenu « le père d'Alessandro ».

Entre c'est comme s'il n'avait pas été là, après, c'est comme si déjà, il n'existait plus. Anne se sentit toute proche de ce petit Carlo, elle réalisa soudain combien elle aussi avait ressenti les absences de sa mère, combien elle aussi inconsciemment avait connu le mal du père d'Alessandro. Cette révélation de sa propre vie à travers celle d'un homme qui avait grandi si loin d'elle, et qu'elle ne connaîtrait jamais, réveilla au fond du cœur d'Anne des sentiments angoissants.

Anne regardait son enfance autrement.

Hébétée par sa découverte, voulant comprendre jusqu'au bout elle poursuivit sa lecture. Elle découvrit des pages et des pages de douleurs, de souvenirs où chaque seconde passée avec le hussard avait été comme disséquée par Helena qui avait fini par focaliser sa vie autour de cette fameuse nuit. On sentait naître au fil des mots une obsession morbide. La femme qui écrivait ces lignes était devenue malade. Elle avait développé une sorte de haine qui se focalisait sur la Belle Chocolatière qu'elle jugeait responsable de tout. Elle voulait rencontrer sa rivale. Et elle alla à Lourdes plusieurs années de suite chez Benoîte. Dans le dernier cahier, l'Italienne racontait son ultime voyage à Lourdes avec son petit-fils et là, Anne eut le choc de sa vie. Elle revécut sous la plume de l'Italienne, minute après minute, cette toute première rencontre entre l'Italienne et sa mère, cette première et dernière fois, ce moment abominable où sa mère mourut en criant ces mots jusqu'alors inexpliqués : « L'Italien, là-bas, l'Italien, c'est lui ! »

Helena écrivait :

*« ... Je la vis entrer dans le grand hall accompagnée d'une jeune femme qui tenait la main d'une petite fille qui lui ressemblait comme deux gouttes d'eau et qui avait des airs bien affirmés pour une enfant de son âge. La patronne de l'*Hôtel Moderne *s'est avancée vers elles, empressée, on se demande bien pourquoi. Qu'avait donc cette simple chocolatière de si particulier ? Elle était élégante, c'est vrai, belle, c'est vrai aussi, et alors, et moi ? Je ne suis pas élégante et belle ? Enfin ! Mon heure était venue. Je savourais l'attente de ce moment, je la voyais s'asseoir, regarder*

à gauche et à droite fièrement. Visiblement elle était en admiration devant sa petite-fille mais je savais que dans un instant, quand son regard tomberait sur Alessandro, c'est Abel qu'elle reverrait. Et là... Mais il m'a fallu patienter, elle ne regardait jamais dans notre direction. Alors au bout d'un certain temps je me suis levée, j'ai pris Alessandro par la main et je me suis dirigée vers le salon. Je n'oublierais jamais son regard en apercevant mon petit-fils. Ses pupilles se sont dilatées, elle s'est mise à trembler et elle s'est levée en trébuchant et en dévorant mon Alessandro des yeux, comme si elle voulait l'avaler tout entier. Elle tendait les bras vers lui désespérément. Je sais ce qu'elle a éprouvé de violent dans cet instant parce que je l'ai vécu moi-même tant et tant de fois. Quand Alessandro ouvrait la porte de ma chambre le matin ou qu'il arrivait vers moi en courant le sourire aux lèvres, c'est toujours le visage et le sourire d'Abel qui venait à moi. Cette ressemblance inouïe m'a donné beaucoup de joie mais elle m'a été une inoubliable torture. J'ai voulu que cette femme connaisse aussi cette torture et j'ai pris ma revanche. Une revanche que j'attendais depuis plus de trente ans ! Je la voyais là, debout, si fragile, si vieille tout à coup. Mais j'ai voulu qu'elle souffre encore plus et je lui ai enlevé Abel au moment où elle croyait l'avoir enfin retrouvé. J'ai attiré mon petit-fils tout contre moi et je lui ai fait un doux baiser en le serrant bien fort. Comme il le fait souvent il a mis ses petits bras autour de mon cou. C'est à ce moment-là qu'elle m'a enfin regardée. J'ai senti sa terreur. Je suis sûre qu'elle a compris là qu'Abel m'avait aimée et que cet enfant était son petit-fils et le mien. Je l'ai bien observée, j'ai vu qu'elle étouffait, et puis elle a réussi à crier : « L'Italien là-bas ! L'Italien, c'est lui ! » Après, elle a voulu parler encore mais son cri s'est éteint dans sa gorge et elle est morte comme ça. En nous fixant désespérément. Elle avait retrouvé son Abel mais cette fois-ci il était dans mes bras... »

Anne laissa le cahier bleu lui glisser des mains. Il tomba et ses feuilles s'écrasèrent sur le plancher de la chambre. Ainsi, plus de quinze années après, elle avait l'explication de ce cri désespéré qui, à l'époque, avait soulevé tant de questions à Lourdes, un cri qui lui donnait encore la chair de poule aujourd'hui en y repensant. Anne réalisait combien les derniers instants de sa mère avaient été cruels.

On sonnait. Catherine alla ouvrir la porte. C'était le docteur Boissarie. Il tenait la promesse faite à Fernand et passait voir Sophie. Anne, encore sous le coup de l'émotion de sa lecture, le fit monter tout en s'étonnant :

— Fernand s'obstine, excusez-le, lui dit-elle. Il est persuadé que les médecins font des miracles. Mais comme je lui dis, les médecins ne font que ce qu'ils savent faire, ni plus ni moins. Ma fille souffre d'un mal que vous ne pouvez pas atteindre, docteur Boissarie, seule Notre-Dame peut quelque chose.

Encore ému lui aussi du récit de sa femme qui éclairait soudain tant de zones d'ombre, Fernand sourit et jeta un coup d'œil complice au médecin. Ce dernier soufflait en montant les marches de l'escalier, un sévère embonpoint l'empêchant de se mouvoir aisément. Quand il fut près de Sophie, en bon médecin de terrain qu'il était, il fut intrigué. Dans un premier temps il l'examina de manière superficielle puis il demanda à Anne s'il pouvait procéder à un examen plus poussé. Un quart d'heure plus tard il rendait son verdict :

— Mme Claverie, je ne sais comment vous allez prendre la chose mais je suis sûr de moi : votre fille est enceinte. Elle attend un enfant pour l'automne.

Il est des paroles que l'on n'entend pas bien la première fois qu'elles sont prononcées : leur incongruité est telle qu'on ne réagit pas. Anne continuait de sourire en regardant le docteur. À peine déstabilisée elle s'entendit répondre comme si cela était normal :

— Ah ! Et... comment le savez-vous ? Un enfant ! Mais... Euh ! Je pense que vous devez vous tromper. Enfin, je veux dire que non, il n'y a aucune raison que Sophie attende un enfant... elle n'est même pas mariée.

Le docteur Boissarie répondit calmement en prenant Anne par les épaules :

— Et pourtant, elle est enceinte. Croyez-en ma vieille

expérience. Je n'annonce jamais ce genre de nouvelles quand je ne suis pas sûr de moi. Il faut vous rendre à l'évidence Sophie a eu un amant sans que vous le sachiez et, si j'en juge par les dates, cela se rapprocherait du moment où le drame de sa paralysie s'est produit. D'ailleurs – et là le docteur Boissarie réfléchit gravement – je me demande si les deux ne sont pas liés et si...

Visiblement une idée lui était venue, mais elle était trop forte et il préféra se taire. Anne, bien qu'encore sous le choc de la nouvelle, remarqua sa retenue. Elle insista. Juste à cet instant, Fernand, averti par Catherine de la présence du médecin, entrait dans la chambre :

— Alors ? fit-il plein d'espoir en regardant son ami.

Gêné, celui-ci le mit au courant de ce qu'il venait de constater. Effondré, Fernand balbutiait. Sa fille ! Enceinte ! Mais qu'est-ce que c'était que ce cauchemar ?

— Tu te trompes, Jean, dit-il horrifié. Tu n'y connais rien en paralysie et sans doute que tes interprétations sont mauvaises.

— Je sais que c'est difficile à admettre, Fernand, mais crois-moi, j'ai une longue pratique des femmes enceintes, et des paralysés j'en ai vu beaucoup aussi. Les unes n'ont strictement rien à voir avec les autres. Je suis sûr de moi, mais je pensais que, peut-être...

Le docteur voulait dire quelque chose, mais il ne pouvait s'y résoudre. Pourtant... il le fallait.

— Oui, reprit-il, je pensais que peut-être sa paralysie venait d'un choc violent. Qui sait – il hésitait – comme...

— Comme quoi ! hurla Fernand qui n'en pouvait plus de ce qu'il apprenait.

— Comme un viol, lâcha enfin le docteur. Oui, un viol peut créer un traumatisme de cet ordre-là. C'est exceptionnel, mais cela arrive. Moi je n'en ai jamais vu mais je sais qu'on a trouvé des femmes murées dans le silence. Pour votre fille, c'est tout le corps qui a réagi. En tout cas, ça pourrait être une explication.

Anne et Fernand étaient anéantis. D'un côté ils avaient

peut-être l'explication tant attendue sur la paralysie de Sophie, mais d'un autre ils apprenaient en une seule fois que leur fille attendait un enfant et que cet enfant était peut-être le fruit d'un viol. Que faire ? Comment vivre avec cette nouvelle ? Comment attendre cet enfant et dans quelles conditions ? Comment accepter sa naissance ? L'horreur était entrée dans leur maison, du jour au lendemain.

Le docteur Boissarie comprenait le drame qui était en train de se jouer. Il conseilla aux parents de Sophie de garder pour l'instant la nouvelle pour eux. Il fallait réfléchir avant de décider quoi que ce soit.

— Mais décider quoi ? demanda Fernand.

— Pas grand-chose en fait, répondit le docteur. À part attendre la naissance.

Quand Rose arriva comme à son habitude, Fernand n'était plus là mais Anne, assise près de sa fille, lui tenait la main, complètement retournée. Ces après-midi passés côte à côte avaient rapproché les deux femmes, et Rose ne put s'empêcher de questionner la mère de son amie. Effondrée, Anne lui raconta ce qu'elle venait d'apprendre. Rose poussa un cri :

— Un enfant ! Sophie attend un enfant !

Elle n'en revenait pas. Imaginer qu'une vie était en train de naître et de se développer dans ce corps lui paraissait de la plus grande incongruité. Bouche ouverte, les mains jointes, elle était sous le choc. L'Italien ! L'enfant ne pouvait être que de lui. Elle lisait la douleur sur le visage d'Anne et se sentait coupable. Comment lui dire, comment parler du mariage secret de Sophie ? Elle s'en alla rapidement en prétextant un surcroît de travail et décida d'aller voir Yvonne et ensuite d'aller parler à sa mère. Benoîte était la seule qui pouvait apaiser la peine d'Anne et de son mari. Il fallait qu'ils sachent tous ce qui s'était vraiment passé. L'idée d'un viol leur était insupportable. Il fallait qu'on en finisse.

Mise au courant, Benoîte regardait Yvonne et Rose et elle se demandait comment des jeunes femmes, si responsables par ailleurs, pouvaient avoir joué ce rôle naïf et dangereux de « redresseuses de tort » et comment elles avaient pu garder ce secret si longtemps. De leur récit elle retenait deux choses. La plus importante, c'était que maintenant elle y voyait un peu plus clair dans le drame de Sophie Claverie, et la seconde c'est que le sacristain était suffisamment faible pour faire une lettre anonyme. Et les lettres anonymes c'est un engrenage qui peut devenir très grave, c'est du moins ce que pensait Benoîte. Il fallait remédier aux deux. Benoîte soupira, il fallait voir le sacristain de toute urgence !

Comme elle n'était pas du genre à laisser traîner les choses, elle mit immédiatement son éternel petit fichu noir de la paysanne qu'elle n'était plus, prit sa canne et sortit. Elle se rendit tout droit à la basilique. Dans la foule des pèlerins elle eut du mal à se frayer un passage, ils déambulaient déjà dans la rue par groupes compacts et sur l'esplanade ce fut pire. Une procession se préparait et ils étaient tous agglutinés avec, en tête de chaque cortège, des bannières brodées qui flottaient au bout de longues hampes de bois. Ils attendaient, patients, le moment du départ. Benoîte arriva enfin en haut des marches de la grande basilique devant le vaste portail. Par contraste avec la foule de l'esplanade, la basilique était quasi déserte, à peine quelques personnes éparses sur les bancs, plongées dans leurs prières. Benoîte trempa sa main dans l'eau du bénitier de pierre, traça sur son front un signe de croix, et se dirigea d'un pas ferme vers l'angle droit où, dans l'ombre, se trouvait la porte de la sacristie.

Léon était en train de lustrer l'argenterie. Ah, l'argenterie ! C'était son péché mignon. Il ne pouvait supporter de voir les riches parures de l'église se ternir. Il passait consciencieusement sur le métal précieux une pâte rose qu'il ôtait au bout de quelques minutes. Puis il frottait l'objet énergiquement. Le ciboire ou le candélabre brillait alors de mille feux dans la pénombre de la sacristie. Léon souriait devant le travail accompli. Il venait juste de donner le dernier coup de chiffon sur « l'offertoire » quand Benoîte ouvrit la porte sans frapper. En la voyant entrer dans sa sacristie où il ne voyait jamais personne d'autre que les prêtres de service, il resta saisi.

— Alors, lui dit Benoîte sans détour en venant se planter devant lui et en appuyant ses mains sur la grande table de bois où il avait posé ses objets du culte et ses produits. Vous écrivez des lettres anonymes maintenant ?

Que répondre ?

— Expliquez-moi. Quel intérêt de faire une chose aussi tordue et compliquée alors qu'il vous suffisait d'aller voir Giovanni et de lui parler de cette affaire. Au lieu de ça, vous voilà en train d'écrire en vous cachant comme si vous aviez entre les mains un secret d'État. Ça doit finir par être pesant toutes ces contorsions dans votre vie, non ? Allez, arrêtez-moi tout ça avant de devenir complètement maniaque. Remettez les choses à leur juste place et apprenez à parler. Ça vous simplifiera la vie.

Puis, après un mot aimable sur la sacristie qu'elle trouvait « très bien tenue », Benoîte se leva et partit. Léon avait toujours à la main le chiffon avec lequel il était en train de frotter l'argenterie quand elle était entrée et il avait encore aux lèvres le sourire crispé qu'il fit quand elle le félicita pour la tenue de sa pièce.

Le sacristain était resté coi, mais Benoîte avait touché quelque chose de profond en lui. Par deux fois elle avait mis l'accent sur ses dérapages sans pour autant le juger ni être négative. Sa franchise avait permis à Léon de prendre conscience de ses faiblesses. Qu'est-ce qu'il lui avait pris d'écrire une lettre anonyme ? Avec le recul il n'en savait trop rien, ça lui avait paru plus facile, c'est tout. Maintenant qu'il réalisait que cet acte avait entraîné le voyage à Biarritz et le drame qui s'en était suivi, il se jura d'être moins craintif et d'apprendre à parler. Pour le solitaire qu'il était ce serait difficile, mais il se jura d'y arriver. Et cette décision le rendit heureux.

Chez Anne Claverie, la visite fut plus subtile. Benoîte connaissait l'histoire d'amour de la Belle Chocolatière et de son hussard. Au fil du temps cette histoire avait pris un tour romanesque tout à fait exceptionnel dû à la personnalité de la Belle Chocolatière, mais aussi au mystère qui entourait leur rencontre car elle avait coïncidé avec le moment des apparitions. On avait beaucoup fantasmé à l'époque sur ce hussard inconnu qui avait quitté le château où était cantonné son régiment et qui s'en était allé un matin à l'aube sans qu'on sache trop pourquoi. On avait imaginé tant de choses compliquées, on avait fait tant de suppositions ! Alors qu'il n'y avait eu au fond qu'une seule histoire. Très simple. Celle d'un amour impossible qui avait laissé deux êtres désemparés. Pourquoi avait-on raconté tant de choses ? Pourquoi disait-on tant de choses sur tout ?

Elle parla à Fernand et à Anne Claverie le plus simplement possible, comme elle savait le faire. Elle raconta ce qu'elle avait appris par Yvonne et par Rose. Le mariage de leur fille avec le Bel Italien, et la raison réelle du voyage des trois amies à Biarritz après la découverte de la trahison du mari de Sophie.

— Le mari de Sophie !

Pour Fernand et Anne ce ne fut qu'un seul cri. Comment pouvait-il se produire un événement pareil dans leur maison sans qu'ils s'en soient aperçus ? Quand on n'a qu'un enfant et que le quotidien paraît si tranquille, comment peut-il y avoir tant de choses cachées ? Depuis quelque temps ils apprenaient chaque jour des choses nouvelles et très dures qui chamboulaient complètement leur esprit. Fernand était plus touché que sa femme. Très croyante elle trouvait dans sa foi un point de repère et d'appui que lui ne connaissait pas. La réalité qui l'entourait et le protégeait se disloquait et sa raison ne suffisait pas à appréhender ces changements. Il regagna sa pharmacie comme il le faisait quand il se sentait dépassé. Anne et Benoîte se retrouvèrent seules dans le petit boudoir. Devant la fenêtre où sa mère installait désormais son fauteuil afin qu'elle soit distraite par l'animation de la place, Sophie, toujours inerte, semblait ailleurs.

— Vous savez, dit Anne à Benoîte, moi aussi j'ai quelque chose à vous raconter.

Benoîte la regarda, surprise. Et Anne lui raconta la version vue par Helena Di Verdi de la scène qu'elles avaient vécue ensemble, le fameux jour où sa mère à l'*Hôtel Moderne* avait eu une attaque qui l'avait tuée.

— J'ai tout appris dans des cahiers qu'on a laissés un jour devant ma porte et que Catherine a trouvés.

— C'était donc ça qu'il y avait dans le paquet ! Des cahiers ! Eugenio avait raison !

Anne ne comprenait pas comment Benoîte pouvait être au courant de l'existence de ce paquet ni ce qu'Eugenio le maraîcher venait faire là-dedans. Mais l'hôtelière venait d'avoir une révélation et sans laisser à Anne le temps de lui poser la question elle dit d'une seule traite :

— Mais alors, maintenant, on va peut-être comprendre pourquoi cet Alessandro Di Verdi est venu épouser Sophie. Les filles m'ont raconté qu'ils se sont peu vus, à peine trois fois. Et ils se sont mariés à la troisième dans la basilique. D'après ce que raconte cette Italienne dans ces cahiers, ça ne m'étonnerait pas que l'histoire de votre mère et celle de votre fille soient liées. Cet Alessandro n'a pas eu une enfance tout à fait normale. Ça a dû lui chambouler le cerveau. Il va falloir comprendre ce qu'il voulait si on veut guérir Sophie.

Les deux femmes parlaient maintenant depuis plus de deux heures. Pour Benoîte qui avait tant à faire à l'hôtel, c'était beaucoup. Elle se leva pour partir, mais avant, elle regarda Sophie qui avait toujours l'air si lointaine et dit d'un ton grave qu'elle prenait rarement :

— J'ai toujours entendu ma mère raconter que certaines personnes, plus que d'autres, avaient un destin. Je me disais que c'était des mots en l'air. Tout le monde a un destin, même ceux qui meurent en cours de route. Aujourd'hui pourtant, je comprends mieux ce qu'elle voulait dire.

Giovanni avait fait ce que lui avait demandé Yvonne. Avec Marcel ils étaient allés à Pau, et là, par des amis d'Alessandro, ils avaient appris que l'Italien était tout simplement chez lui, à Vérone.

— Et j'ai aussi appris autre chose, dit gaiement Giovanni

à Yvonne qui était en train de compter les médailles, penchée sur les vitrines, quand il lui fit le compte rendu.

— Et quoi ? fit celle-ci lâchant ses médailles et faisant volte-face, tout de suite intriguée.

Giovanni la prit par la taille, l'entraîna dans un tour de valse et chantonna sur un air connu :

— « C'est la romance de Marcel, la-la-la, qui va ééépouser Vaaaalentine, la veuve à la petiiiiite fille, c'est la romaaaaaance de Marcel ! »

— Non ! C'est pas vrai ! crièrent en chœur Lucette et Arlette.

— Eh si, c'est vrai, fit Giovanni en cessant de valser et en maintenant sa femme tout contre lui, les belles histoires d'amour ça arrive partout. Surtout à Lourdes.

Valentine revivait. Depuis qu'elle avait rencontré Marcel, tout son être s'était transformé. Elle souriait et avait une démarche ample, légère. Son histoire de vente d'images avançait bien. Avec l'argent que Marcel lui avait prêté, elle était allée trouver l'imprimeur de Lourdes, un certain Carret, et elle lui avait expliqué ce qu'elle voulait. Elle lui avait montré des dessins faits au crayon et à la gouache et qui représentaient Bernadette Soubirous agenouillée près d'une source avec au-dessus d'elle la Sainte Vierge dans la grotte et, près d'elle, quelques moutons en train de paître une herbe verte.

— Pas mal, fit Carret. Et qui vous a dessiné ça ?

— Ah, ça ! Je le dirai pas, fit Valentine avec un sourire mystérieux. C'est mon secret.

— Bon, bon, fit Carret. Comme vous voudrez. En tout cas les images seront prêtes d'ici une huitaine.

Et, d'un geste tendre, il caressa la tête de Léa qui accompagnait sa mère. L'enfant trimballait toujours un ours en tricot très curieux et tout à fait unique.

— Et tu en as un joli ours. lui dit Carret pour lui faire plaisir.

— Oui. C'est mon secret, dit l'enfant qui voulait faire comme sa mère.

— Son secret ! Ça alors, comme elle est amusante ! sourit Carret qu'une pareille réponse étonna.

Puis il serra fortement la main de Valentine qui repartit vers le Tonkin reprendre sa place parmi les vendeuses de cierges et de chapelets. Valentine rêvait. Elle voulait faire une surprise à son Marcel et elle y pensait déjà depuis un bon moment. Des cris la ramenèrent sur terre. Les pèlerins couraient, affolés. Ils se dirigeaient en masse vers les sanctuaires et vers la grotte.

— Un miracle, disaient-ils, hagards, c'est un miracle.

Les vendeuses du Tonkin, telle une nuée d'abeilles, refermèrent précipitamment les parapluies, y enfermant leur sainte marchandise, et suivirent la foule pour tenter de voir ce « miracle » dont la ville bruissait. Mais quel miracle ? De quoi on parle ? Qui est guéri ? Les questions fusaient, personne n'avait de réponse mais tout le monde continuait de se précipiter.

Valentine ferma calmement son parapluie et descendit avec Léa. Quand elles arrivèrent sur l'esplanade, la foule était dans un état d'agitation extrême. Certains ne se contenaient plus, ils avaient attendu un miracle depuis si longtemps qu'ils relâchèrent d'un seul coup la tension due à une attente si souvent déçue. Ils n'avaient encore rien vu, ils ne savaient pas ce qui venait de se produire mais au seul mot de « miracle » ils s'étaient libérés d'un immense poids. Ils pleuraient, criaient, priaient. Valentine, elle, voulait comprendre. Elle tenta de s'approcher de la grotte, mais la masse des pèlerins était si dense qu'elle dut y renoncer. Instinctivement, la fillette serra son ours tout contre elle. Cette foule lui faisait peur. Valentine le sentit et elle se pencha à son oreille.

— Ne t'inquiète pas, ma Léa. Reste calme. Regarde les statues, elles ne bougent pas.

Et, ce disant, elle désignait les saints de pierre qui veillaient tout le long des rampes de la basilique du Rosaire.

— Tu vois celui-là avec l'oiseau, c'est Rémi. Le vieux monsieur à côté c'est Vincent, et celui-là qui a le livre à la main, c'est Jean.

Mais l'enfant ne l'écoutait plus. La foule s'était mise à chanter, des femmes pleuraient, d'autres étaient tombées à genoux. Voyant qu'elle ne pourrait pas accéder au lieu saint, Valentine décida de rentrer. Une religieuse en prière se tenait près du portail. Elle la reconnut. C'était sœur Cécile du couvent des clarisses. Elle s'arrêta pour l'interroger :

— Bonjour, ma sœur, vous savez ce qui s'est passé ? Ce miracle, c'est vrai ?

La sœur sortit de sa prière.

— Ah ! Bonjour, Valentine ! Oui, bien sûr que c'est vrai. Notre-Dame de Lourdes vient de guérir le petit Belge, vous savez, celui qui travaille au *Café de la Poste*, là-haut sur la place Marcadal.

Tout le monde connaissait le petit Belge. Même Valentine qui était là depuis peu de temps savait son histoire. Elle eut un sursaut :

— Non ! Ne me dites pas qu'il parle !

— Si, si, fit sœur Cécile rayonnante. Justement, il parle. Je l'ai su par le sacristain Léon qui était là quand ça s'est produit. Il remettait les cierges sur les portants après avoir enlevé ceux qui étaient déjà consumés et il se trouvait tout près de la jeune femme, vous savez, Sophie Claverie.

Valentine fit un signe de tête pour montrer qu'elle la connaissait et qu'elle suivait bien l'histoire. Sœur Cécile continua.

— ... Léon a vu le petit Belge prendre un cierge et le porter à Sophie en lui disant : « Je vais en mettre un pour vous à Notre-Dame. » Vous vous rendez compte, c'est incroyable ! En ce moment le gamin est entre les mains des docteurs du Bureau médical. Il est sous observation, mais il parle. Comme s'il avait toujours parlé.

Valentine écoutait sœur Cécile, un peu perplexe. Elle avait du mal à croire que, d'un seul coup, ce petit Belge qu'elle avait déjà rencontré et qui était sourd et muet comme une carpe, puisse « parler comme s'il avait toujours parlé ». Mais en même temps qu'elle restait sceptique, Valentine ne pouvait s'empêcher de se dire qu'après tout des miracles, à Lourdes, il s'en produisait tous les jours. Et le plus fréquent était aussi le plus simple mais le plus merveilleux des miracles humains qui soit : la rencontre. Lourdes était une ville de rencontres. Il s'y croisait tant et tant d'inconnus de toutes sortes et de tous horizons. Valentine en savait quelque chose, elle avait rencontré Lucile Davezac puis son Marcel, et sa vie en avait été complètement bouleversée. Elle revivait, elle était autre. Et son Marcel aussi en rencontrant Benoîte il avait eu son miracle. Alors pourquoi le petit Belge n'aurait-il pas eu le sien, lui aussi ? Heureuse de voir les choses sous cet angle qui lui permettait de prendre part à la liesse commune, elle sourit à sœur Cécile en disant :

— Quel bonheur pour lui ! Et pour les siens ! Mon Dieu, ma sœur, je dirai une prière à la Vierge ce soir pour la remercier de tout.

Et elle quitta les sanctuaires avec la petite Léa. Sœur Cécile entendit l'enfant qui chuchotait :

— Tu vois, mon nounours, je t'emmènerai à la grotte demain. Tu verras, la Sainte Vierge elle te fera parler.

Puis elle embrassa sa peluche bien fort et ajouta :

— Toi aussi tu auras le miracle, comme le petit Belge !

Sœur Cécile venait de saisir furtivement un peu de cette magie que les enfants procurent aux adultes dans leur tendre naïveté et leur confiance infinie. Elle qui n'aurait jamais d'enfant en fut douloureusement émue.

Sophie rentra chez elle en se demandant ce qu'elle faisait là, dans cette voiture tirée par un brancardier. Elle ne dit rien. Elle laissa l'homme la soulever et la porter dans le boudoir où il la déposa dans un fauteuil. Anne le remercia et l'homme s'en fut. Sa mère avait pleuré, Sophie le vit tout de suite. À la grotte il y avait un monde fou, des cris, une foule énorme qui pleurait et priait. La tension avait été énorme. La ferveur des pèlerins poussée à son paroxysme avait été si grande que Sophie s'était sentie comme happée hors d'elle-même. Elle n'avait opposé aucune résistance et commencé véritablement à sortir de son monde du silence dans ce brouhaha incroyable. Maintenant, dans le boudoir, elle retrouvait les signes de sa vie d'avant. La poupée sur le petit fauteuil face à elle la regardait de ses yeux insistants. Cela la fit rire.

Anne crut avoir mal entendu. Un rire !

Anne ne se trompait pas. Sophie sortit du silence ce jour-là. Elle revint dans le monde des vivants aussi vite qu'elle en était sortie. Ce fut aussi fort, aussi troublant. Elle parla, marcha, et, dès les jours suivants, sa mémoire revint, intacte. Sophie n'eut quasiment pas de convalescence. Dans la ville de Lourdes la fulgurante guérison de la fille Claverie fut connue comme une traînée de poudre. Tout le monde en parlait et le mot de « miracle » revint une fois encore dans toutes les bouches. Seuls Fernand et Anne ne se demandaient pas ce qui avait guéri leur fille. Quelle importance ! Les larmes aux yeux ils remerciaient tout ensemble et la science et le ciel.

Le plus difficile serait d'annoncer à Sophie qu'elle était enceinte. Il faudrait alors parler de l'Italien et de ce fameux mariage, et ni Fernand ni Anne n'y étaient prêts. Au contraire ils ne voulaient surtout pas risquer de créer d'autres complications peut-être même un autre choc. Benoîte leur sauva la mise.

Le Bel Italien était de retour. Il se présenta à l'*Hôtel Moderne* où Finotte lui donna la chambre 22, celle qui donnait sur le château ; il le souhaitait. Quand Benoîte consulta le cahier des réservations comme elle le faisait tous les soirs, elle manqua s'étrangler. Que faire ? Pourquoi le signor Di Verdi était-il revenu et que cherchait-il ? Il n'avait plus donné signe de vie et voilà qu'il revenait à Lourdes comme si de rien n'était. Voulait-il revoir sa femme ? À moins que quelqu'un ne l'en ait informé, il ne savait pas qu'elle attendait un enfant de lui, ce ne pouvait donc pas être la raison de son retour. Peut-être avait-il des remords ? Le mieux, se dit Benoîte, c'est que Giovanni aille le voir et lui parle. Elle alla chez Yvonne et Arlette au magasin et leur exposa posément la situation :

— Moi, dit-elle, je ne parle pas assez bien l'italien. D'homme à homme ce sera mieux, Giovanni peut lui parler franchement. Moi j'ai des réserves, c'est un client. Il pourrait me dire que ça ne me regarde pas. Or il faut savoir ce qu'il veut, on ne peut pas faire comme si de rien n'était et laisser les Claverie seuls avec cette histoire. Elle est compliquée et douloureuse, ils ont assez souffert. Quand ils sauront que l'Italien est là, je me demande ce qu'ils vont faire et surtout Sophie...

— Je préfère ne pas y penser, dit Yvonne. Depuis qu'elle est guérie elle n'a pas parlé une seule fois de lui, jamais. Ni à ses parents ni à Rose ni à moi. On n'ose rien dire, on ne sait pas si elle se souvient ou non de lui.

Benoîte s'énerva après l'Italien :

— Quand on sait ce qu'on veut, on fait pas tant de manières. Cet homme-là, il a l'âge de savoir ce qu'il fait non ! Moi je me méfie de ces grands romantiques. De grands mots et peu d'effets. Il faut savoir ce qu'il a dans le ventre et si tu veux mon avis, il n'y a pas grand-chose. Ah bon sang ! Je voudrais bien aller lui dire deux mots, moi ! Si je pouvais !

En écoutant Benoîte, Yvonne se prit à regretter que l'Italien n'ait pas directement affaire à elle.

Giovanni prit à cœur la mission qu'on lui confiait. Il était italien jusqu'au bout des ongles. Son amour pour Yvonne l'avait conduit à venir vivre à Lourdes en France mais son pays, ce serait toujours l'Italie. Il avait d'ailleurs très souvent la nostalgie de sa langue dont on disait ici à tout bout de champ qu'elle était si musicale. Il avait aussi le souvenir vibrant de la lumière de chez lui et des odeurs dans les rues. Un pays a une odeur bien à lui. C'est en venant ici, au pied des montagnes pyrénéennes où l'air est plus net et moins multiple que chez lui, qu'il l'avait découvert.

Giovanni fut le premier « gendre » de Lourdes. Du moins

il fut le premier qu'on appela ainsi tout simplement parce qu'il avait épousé une « héritière » et qu'ainsi sa vie matérielle était assurée. Dans la ville on avait assez vite compris que d'autres allaient suivre. Au début ils furent discrets et vinrent petit à petit, les uns après les autres, négligemment. Mais un jour, ce fameux jour de 1906, ils arrivèrent en groupe, sous la bannière Unitalsi, organisés, méthodiques comme on ne les imaginait pas. Avec l'idée qu'on se faisait d'eux on les voyait toujours mandoline à la main, œil de velours et séduction facile, mais on ne leur connaissait pas cette aptitude à la rigueur et, d'une certaine façon, on ne s'en méfia pas.

Mais pour l'heure, les Italiens d'Unitalsi faisaient encore dans la discrétion, et Giovanni, sentimental jusqu'au plus profond de son cœur, n'avait qu'un souci en tête : que l'Italien compliqué de Sophie ne vienne pas gâcher l'image si positive qu'il donnait des hommes de son pays. Car les Lourdais aimaient Giovanni et, du coup, ils aimaient l'Italie.

Il donna rendez-vous à Alessandro par l'intermédiaire de Marcel, et l'attendit au *Café de la Poste* où il se sentait bien. Il aimait le *Café Français* pour son élégance mais il trouvait l'ambiance un peu trop cérébrale. Au *Café de la Poste*, avec les sportifs et les rugbymen, c'était plus de tonique, un peu braillard parfois mais énergique. En plus, ils chantaient pour un oui pour un non, et ça, les chants de Bigorre, Giovanni adorait. Il les connaissait maintenant par cœur, le fier « Montagnes Pyrénées » ou la poignante « Avalanche de Barèges ». Il mêlait volontiers sa voix roucoulante aux rudes et subtiles vocalises des Pyrénéens et ceux-ci en étaient contents. Giovanni était devenu un des leurs.

Alessandro arriva presque à l'heure convenue. Avec juste ce qu'il faut de retard pour n'être pas à l'heure, et pas assez pour n'être qu'un goujat. Giovanni connaissait ce genre de subtilités mais il ne les pratiquait pas. Il les trouvait encombrantes et arrivait à ses rendez-vous en temps voulu, c'est-à-dire toujours à l'heure.

À ce moment de fin de journée, sur les six heures du soir, le café était bondé. Giovanni l'avait voulu ainsi car dans le bruit il se disait qu'ils pourraient parler et que l'ambiance chaleureuse des Bigourdans dédramatiserait une discussion dont il se demandait bien ce qu'elle allait donner. Il n'avait rien préparé. Il savait simplement qu'une jeune femme qui ne le méritait pas était malheureuse à cause d'un compatriote, et Giovanni n'aimait pas que les hommes fassent pleurer les femmes. Surtout pas les Italiens !

Quand Alessandro entra dans le café de Cantet, il y eut rapidement comme une suspension dans l'air. Un très léger parfum musqué se dispersa aux quatre coins de la salle, furtif mais perceptible, suffisant en tout cas pour que chacun comprenne que l'homme qui venait d'entrer n'avait pas l'habitude de ce genre de repaire. Sombre et raffiné, le Bel Italien traversa la salle avec assurance comme si de rien n'était. S'il avait l'art de la mise en scène, au fond de lui Alessandro n'était assuré de rien, mais ça, Giovanni et les autres ne le savaient pas.

Derrière son bar, Cantet posa la question que tous les Bigourdans présents avaient au bout des lèvres :

— Qu'est-ce que ces deux Italiens viennent foutre ici à discuter entre eux et de quoi parlent-ils ?

Car si les Lourdaises, qui étaient tous les jours au contact des pèlerins, comprenaient et parlaient plus ou moins l'italien, pour la plupart leurs hommes n'y comprenaient rien. Giovanni et Alessandro pouvaient être tranquilles. D'ailleurs ils l'étaient tellement que, pris par l'intensité de leur discussion, ils oublièrent très vite le lieu où ils se trouvaient et ils ne s'aperçurent même pas de la stupéfaction des Bigourdans à les voir ainsi venir débattre entre eux sur leur territoire. Ce ne fut que des préliminaires. Des Italiens à Lourdes il y en aurait de plus en plus et leur café en verrait beaucoup d'autres. Mais, là, c'était la toute première fois.

Inconscients de la curiosité qu'ils suscitaient, Giovanni et Alessandro étaient entrés dans le vif du sujet : les femmes.

— On ne fait pas pleurer une femme, disait Giovanni.

— En voilà une phrase inutile ! répliqua Alessandro. Depuis la nuit des temps les hommes mentent et font pleurer les femmes. Et, ajouta-t-il, je ne suis qu'un homme après tout. Ni plus, ni moins. Tout ça est très normal.

— Normal, d'épouser une femme, de la vouloir à tout prix ! D'arriver au clair de lune pour la faire rêver et de s'en aller après lui avoir passé la bague au doigt ! Normal ?

— Je fais ce qu'elles attendent de moi.

— Ah bon ! fit Giovanni avec malice, pas déstabilisé un seul instant par l'attitude désinvolte de l'Italien. Parce que toi tu sais ce que veulent les femmes. Eh ben tu as de la chance. T'es un sacré veinard parce que les hommes, qu'ils soient blancs, noirs ou jaunes, gros ou maigres, petits ou grands, qu'ils parlent italien, français ou chinois, d'un bout à l'autre du globe terrestre c'est justement la grande question qu'ils se posent en chœur : « Qu'est-ce qu'elles attendent de nous ? » Alors si tu as la réponse, donne-la vite, ne te retiens pas. Tu vas faire un tabac ! Tiens, rien qu'ici tu vas en épater plus d'un.

Et il accompagna sa phrase d'un large geste du bras. Il s'aperçut alors que tous les regards étaient tournés vers eux, interrogatifs. Giovanni les devina. Il sourit et lança à la cantonade :

— Excusez-nous, je sais que ça ne se fait pas mais si on parle en italien, c'est parce qu'on a un sujet capital en cours.

— Ah ! fit Cantet que ce mystère ne faisait pas rire. Et c'est quoi le sujet ?

— Les FEEEMMMEES, répondit alors Giovanni avec un chuintement dans la bouche ou plutôt, comme auraient dit les Lourdais, avec du sucre sur la langue.

Tout le café éclata d'un rire libérateur. Ah bon ! Ça n'était que ça ! Les femmes ! Ah ! là là !

— Tu vois, fit un grand gaillard à Cantet. Qu'est-ce qu'on te disait, les Italiens c'est toujours la chansonnette. Faut pas s'en faire avec eux et toi qui te faisais des idées ! Tu croyais qu'ils allaient te piquer le café ou quoi ?

Rien qu'à cette idée des Italiens piquant le café des Français, les rires redoublèrent, et plus d'un manqua s'en étouffer.

Alessandro s'assombrit. Il n'aimait pas le tour que Giovanni faisait prendre à leur entretien. Il avait prévu quelque chose de plus grave. À Biarritz, le jour du drame, il avait compris que l'Italien de Pau avec qui il avait lié connaissance au casino était en fait un ami de Sophie. Aussi quand Marcel était venu le trouver pour lui dire que Giovanni voulait lui parler, il savait quel serait le sujet de leur conversation et bien que n'en laissant rien paraître, il attendait.

— C'est tout ? fit-il à Giovanni d'un air détaché.

Ce fut au tour de Giovanni d'être surpris.

— Comment, « c'est tout ». Qu'est-ce que tu veux dire par là ?

— C'est pour faire rire les Français de ce café que tu m'as fait venir ici ?

— Non.

— Alors ? ajouta Alessandro tout en allumant délicatement une cigarette sur laquelle il tira une longue et voluptueuse bouffée.

Giovanni n'hésita qu'un quart de seconde :

— Je voulais te voir pour te demander ce que tu comptes faire avec ta femme ?

« Enfin, se dit Alessandro. Nous y sommes ! » Un léger sourire, qu'il ne contrôlait pas, naquit aux commissures de ses lèvres.

Giovanni le remarqua. Lui n'avait pas envie de rire. Il avait vécu la paralysie de Sophie au contact direct et il en avait éprouvé un choc qu'il n'imaginait pas possible auparavant. Voir cette fille si pleine de vie réduite à la paralysie, cela l'avait beaucoup meurtri et lui avait fait reconsidérer l'attitude de certains hommes, et la sienne. Giovanni avait été parfois un séducteur négligent. Une fois, il avait même été malhonnête en cultivant l'ambiguïté. Il se souvenait d'une jeune Napolitaine qui l'aimait beaucoup et avec laquelle il avait entretenu un jeu qui le flattait. Elle pleurait quand il la quittait, elle lui disait des mots tendres, ne lui faisait jamais de reproches et avait toujours pour lui des petites attentions. En un mot elle lui manifestait beaucoup de gentillesses et il sentait qu'elle se retenait, qu'elle aurait bien aimé en faire plus, qu'elle n'attendait qu'un mot de lui pour s'engouffrer dans l'amour et la tendresse. Il l'avait fait attendre, il allait la voir puis n'y allait plus, puis revenait si par hasard il la sentait moins fébrile. En y repensant il n'était pas très fier de son attitude. Cruellement il avait cultivé le lien et il savait aujourd'hui que ça n'avait rien eu d'un tour de force. Au contraire, il avait été lâche. Depuis, Giovanni entretenait avec la séduction un rapport vigilant, et sentir chez Alessandro ce sourire intérieur signifiait pour lui des choses insupportables.

— Ce que je compte faire avec ma femme ? Quelle femme ?

Giovanni ne put se contrôler. Il se leva d'un bond en hurlant :

— Comment quelle femme ! À quoi tu joues ! Je te parle de celle que tu as épousée ici cet hiver et à qui tu as certainement fait beaucoup de promesses pour qu'elle le fasse dans ces conditions !

Alessandro était resté assis, impavide. Il répondit d'une voix nette :

— Aucune.

Dans la salle tous s'étaient tus et s'attendaient, qui sait, peut-être à une bagarre ? Jamais ils n'avaient vu Giovanni s'énerver. Alors l'entendre crier c'était exceptionnel. Seulement les Lourdais étaient désorientés car ils ne comprenaient rien. Ils virent Giovanni se rasseoir et reprendre la conversation d'une voix plus calme :

— Et tu veux me faire croire que cette fille que je connais bien, et qui est loin d'être une fille facile, t'a épousé pour tes beaux yeux ?

— Je ne sais pas si c'est pour mes yeux ou pour autre chose, mais en tout cas ce que je peux te jurer c'est que je ne lui ai rien promis. Je ne lui ai même rien dit ou si peu. Je lui ai juste offert un parfum.

— Et tu épouses une fille comme ça toi ? Et tu t'imagines que quand tu épouses tu ne promets rien !

— Si. Je promets des choses classiques. « Protection, fidélité, amour. » Enfin, toute cette sorte de choses que les hommes promettent et ne tiennent pas...

Un sourire ironique naquit sur les lèvres de Giovanni :

— Décidément, dit-il, sur le terrain de la séduction, tu es sans surprise. Tous les clichés sont bons, surtout ceux qui t'arrangent. Ce que tu dis est faux. Tous les hommes ne mentent pas ! Tous les hommes ne trahissent pas leurs promesses !

— Ah bon, fit Alessandro, contrarié par la remarque de Giovanni. Trouve-m'en.

— À cinq mètres. Tu vois le grand gaillard au comptoir ?

Alessandro tombait mal. Giovanni tenait un spécimen magnifique d'homme fidèle et heureux. Un homme d'une quarantaine d'années, bien bâti, et qui aurait pu faire tourner les têtes d'un seul sourire, s'il l'avait voulu.

— Eh bien, continua-t-il, ce gars est marié depuis vingt ans. Il a quatre gosses. J'ai vu sa femme. Elle a dû avoir sa beauté de jeune fille, maintenant elle a celle de son âge. Un jour il m'a avoué qu'il n'avait jamais regardé ailleurs. Il en était fier : « Avec ma femme, m'a-t-il dit, je peux être ce que je suis, c'est doux. J'aime nos habitudes. Pour moi c'est pas de l'ennui, au contraire, c'est bon. Je me sens calme. »

Au fur et à mesure que Giovanni parlait, le visage d'Alessandro changeait. Il fixait le grand bonhomme au comptoir d'un regard dur. Giovanni devina que la vie de l'Italien avait dû couver quelque drame familial bien loin du climat de sérénité qui se dégageait de l'homme accoudé au comptoir.

Alessandro n'avait jamais connu le calme de cet homme dans la vie des siens. Son père était un être dur, impulsif, qui ne s'occupait pas de sa femme, et son grand-père, trop occupé par ses affaires, n'avait jamais existé dans leur vie. À aucun moment Alessandro n'avait eu l'exemple de l'amour conjugal tranquille et généreux. Il ressentit très douloureusement les paroles de Giovanni, qui réveillaient en lui un mal profond. Il aurait tant aimé une famille unie, il aurait tant aimé voir ses parents heureux et complices. Il aurait tant aimé les voir s'embrasser. Il en aurait éprouvé tant de paix dans son cœur. Même sa grand-mère n'embrassait jamais personne, à part lui. Et elle l'embrassait si fort ! Trop fort. Il l'aimait beaucoup mais parfois ces baisers étranges l'étouffaient. Comment faisaient-ils pour s'aimer normalement, tous ces gens qui avaient l'air si heureux d'être ensemble ?

Giovanni ne quittait pas Alessandro du regard. Il voyait s'opérer sur les traits de l'Italien une métamorphose inquiétante. Il comprit que le cœur du sujet était là, mais il sentit qu'il fallait parler autrement. Il prit un air détaché comme s'il faisait des considérations plus générales.

— Tu vois, on cherche midi à quatorze heures, on croit vouloir tout embrasser, tout connaître, et puis on a vite fait le tour de la question. Au final on rêve tous de la même chose, un amour unique. On voudrait tous être paisibles et fiers, comme ce type.

Alessandro écoutait. Très calme en apparence, il se leva, reboutonna tranquillement sa veste et, comme si la conversation était terminée, annonça :

— Bon, j'y vais.

Giovanni n'en croyait pas ses oreilles mais il n'était pas dupe. Si Alessandro fuyait, c'est qu'il avait visé juste. Le séducteur italien se réfugiait dans un discours de façade parce qu'il n'avait rien à dire. Intuitivement, Giovanni comprit qu'il y avait dans cet homme un vide immense qui le faisait terriblement souffrir. Sans doute se pensait-il incapable de le combler car Alessandro ne savait rien faire de précis. Il n'avait aucune passion véritable pour quoi que ce soit et il n'avait aucune compétence particulière car il n'avait fréquenté les écoles que de loin. Pire, Alessandro n'ayant jamais connu l'amour autour de lui dans son enfance, sauf celui si particulier de sa grand-mère pour lui, il n'avait jamais appris à aimer. Alors, il jouait à vivre. Qu'est-ce qui pouvait le lier à Sophie ? Giovanni n'en avait aucune idée, mais il joua une dernière carte pour surprendre l'Italien et créer au moins une fêlure dans la carapace qui le coupait du monde. Misant sur l'effet de surprise il se leva d'un bond, prit l'Italien au revers du col de son manteau d'un geste brusque et hurla :

— Mais qui es-tu toi ? Qu'est-ce que tu es venu faire ici ? Tu te trompes de ville, elle n'est pas faite pour les intrigants, le climat ne leur est pas favorable. Ils tiennent pas le coup longtemps, on les démasque vite. Alors avant qu'on t'y oblige, tu vas le cracher le morceau à la fin, tu vas le dire ce que t'as dans le ventre ? Ta femme a failli mourir de tes conneries ! Maintenant il va y avoir un enfant et toi tu joues les seigneurs ! Seigneur de merde oui ! On va lui dire quoi à ce gosse hein ? Il a rien demandé lui ! Tu vas l'ouvrir ta grande gueule ! Et pour dire autre chose que des romances à la con !

Alessandro était blême. De la violente colère de Giovanni il n'avait plus retenu qu'un mot dès qu'il avait été prononcé : « enfant ». À partir de là son cerveau n'avait plus rien perçu. Contrairement à ce que son allure indifférente laissait supposer, Alessandro réagissait vite. On l'imaginait sensuellement lymphatique, il était nerveux et à vif. D'une poigne de fer il prit les mains de Giovanni et les arracha du col de son manteau, ses mâchoires serrées contractaient son visage et d'une voix blanche il demanda :

— De quel enfant parles-tu ?

Subitement calmé par le visage nouveau qu'offrait le Bel Italien, Giovanni répondit, avec un dernier frémissement de colère dans la voix :

— Du tien, de celui que porte Sophie, ta femme.

Dire que l'esclandre de Giovanni avait secoué la salle serait un euphémisme. Les Lourdais et tous les clients présents regardaient les deux Italiens avec la perplexité ahurie de ceux qui ont vu entrer deux élégants inoffensifs et qui se retrouvent face à deux bêtes fauves. Dressés l'un face à l'autre dans le café, Giovanni et Alessandro semblaient prêts au combat. Ne comprenant toujours rien à rien à ce qui se disait, chacun se demandait ce qui avait bien pu se passer pour que le paisible Giovanni éructe comme il l'avait fait. La version acide de la langue italienne venait d'éclabousser les murs et la langue des séducteurs leur paraissait tout à coup beaucoup moins sucrée.

Pendant des minutes qui parurent des heures, plus personne ne prononça un seul mot. C'est Alessandro qui reprit la parole le premier dans un silence absolu.

— De quelle femme parles-tu, et de quel enfant ?

Giovanni n'était pas dupe. Il avait réussi à toucher l'Italien. Mais Alessandro ajouta alors ces mots effrayants :

— Je n'ai ni femme ni enfant !

Et sans attendre, il tourna les talons et sortit en laissant la porte grande ouverte derrière lui. Giovanni eut un léger sourire en coin : « Il va réfléchir », dit-il à haute voix et en italien.

Le chauffeur d'Alessandro, Luigi, était habitué aux multiples aventures de son maître mais, cette fois, il ne comprenait pas son patron. Il avait épousé cette jeune femme et il devait beaucoup y tenir parce qu'il avait eu un mal fou à organiser la cérémonie. Luigi en était témoin, son patron avait un acharnement particulier sur ce mariage, il s'était démené pour que le directeur de l'*Hôtel du Palais* à Biarritz lui procure un parfum précis, *L'Heure Bleue*, et il avait mis en scène un cérémonial d'approche tout à fait rocambolesque aux yeux de Luigi, mais qui, pourtant, avait fonctionné. À la grande stupéfaction du chauffeur. Et puis, du jour au lendemain, fini. Il ne l'avait plus jamais revue. Cette histoire entre eux, c'était à devenir fou. Jamais Luigi n'avait vu le patron dans l'état où le mettait celle qui était désormais sa femme.

À Vérone, Alessandro n'avait rien dit de son mariage et avait recommandé le silence le plus total à Luigi. Mais, contrairement à ses habitudes, il n'avait pratiquement pas bougé de la villa. Sombre, il passait ses journées entre la maison et les jardins. Et puis il avait voulu repartir à Lourdes. Son père l'avait laissé faire. Bien qu'Alessandro fût son unique héritier, il ne se souciait pas de savoir si son fils serait ou non capable de reprendre les affaires. On disait dans la société que le patron ne passerait la main qu'à un futur petit-fils :

— À force de courir les femmes il m'en fera bien un, avait-il dit à Luigi un jour où il était en mal de confidences.

Levant le nez vers son rétroviseur pour voir le grand patron à l'arrière, Luigi avait répondu :

— Oui, ou il vous en fera « une ».

Le père d'Alessandro n'avait pas cillé. Il était resté un moment silencieux puis il avait ajouté, comme se parlant à lui-même :

— Elle fera l'affaire aussi bien... et après tout... en y réfléchissant, ce sera peut-être mieux. Tu verras ce que je te dis, Luigi, les femmes se taisent depuis longtemps. Vois la mienne et souviens-toi de ma mère, de vraies tombes et pourtant ma femme était si gaie autrefois... Quant à ma mère, je l'ai toujours connue terriblement silencieuse... Mais demain, les femmes parleront et agiront et là, on pourrait avoir des surprises... des bonnes surprises. Oui, tu verras... J'aimerais bien vivre ce temps à venir, il sera plus doux pour nous les hommes, mais ça prendra un peu de temps. Le temps de réussir à bien se comprendre...

Dans son rétroviseur Luigi avait entrevu le visage fatigué du vieil homme qui s'éclairait à la seule pensée d'une petite-fille qui pourrait un jour reprendre le flambeau.

Luigi repassait tout cela dans sa tête quand Alessandro sortit du *Café de la Poste* et regagna la voiture garée près de la fontaine de la place Marcadal. Avec les années, et comme ils avaient quasiment grandi ensemble, Luigi étant le fils du chauffeur du père d'Alessandro, Luigi était capable de reconnaître l'état d'esprit de son patron rien qu'à son allure. Là, il sentit que l'heure était grave. Il descendit rapidement pour ouvrir la portière, vit les traits tendus d'Alessandro, puis reprit sa place au volant, attendant un ordre qui ne vint pas.

Alessandro regardait fixement les fenêtres du premier étage d'une maison aux encadrements de pierre. Derrière les vitres apparaissait nettement la silhouette arrondie de Sophie, ses mains posées sur son ventre comme pour protéger l'enfant à naître. Le chauffeur ne comprenait plus rien. Que se passait-il ? Mais il n'eut pas le temps d'aller plus loin dans ses pensées. Un groupe de jeunes garçons et filles d'environ une douzaine d'années se bousculaient autour de la voiture et vinrent s'asseoir sur le rebord de la fontaine. Visiblement c'était leur lieu de rendez-vous. Ils admiraient l'auto comme on sait encore le faire à cet âge, en se poussant du coude et en montrant du doigt les détails qui les fascinaient. Les chromes, les phares, les roues. Leurs sourires frais faisaient plaisir à voir et Luigi ne put s'empêcher d'en éprouver du plaisir. Il oublia un très court instant Sophie et Alessandro. C'est alors qu'une gamine se mit à fredonner des airs du temps, passant de l'un à l'autre. Elle chantonnait comme d'autres sourient ou comme d'autres parlent, avec aisance et sans autre but que celui d'avoir du chant au bout des lèvres. Sa voix juvénile avait une pureté de timbre exceptionnelle. Alessandro la regarda fixement. Elle était très jolie. Un visage allongé au teint mat encadré de lourds cheveux noirs mi-longs dans lequel deux yeux sombres brillaient intensément. Le Bel Italien tourna la poignée de sa vitre qu'il fit descendre doucement et il l'appela. Elle s'approcha, non sans retenue :

— Comment t'appelles-tu ? lui demanda-t-il.

— Aélie, répondit la gamine.

— Quel beau prénom ! lui dit Alessandro, surpris. Écoute, Aélie, je voudrais que tu fasses une chose pour moi, chante-moi cette vieille chanson de France qui s'appelle, je crois : *À la claire fontaine*. Tu veux bien ?

Surprise, la gamine accepta. Les autres autour avaient entendu. Il y eut bien quelques ricanements, mais quand la voix d'Aélie monta, pure et nette, ils se turent et l'écoutèrent, interrogatifs. Alessandro ferma les yeux. Les paroles françaises revinrent à sa mémoire au fur et à mesure que la gamine les prononçait. Sa grand-mère chantait souvent cette petite chanson. Les paroles lui rappelaient des moments très lointains : « ... il y a longtemps que je t'aime, jamais je ne t'oublierai... ».

Que voulait dire ce « longtemps » ? Alessandro confondit les paroles de la chanson avec celles de sa vie. Depuis quand aimait-il Sophie ?

Encore sous le choc de ce qu'il venait d'apprendre, affaibli, il se laissa envahir par une émotion profonde. Il renonça soudain à cette lutte qu'il menait contre lui-même depuis si longtemps. D'où lui venait cet amour et pourquoi avait-il fini par être plus fort que la haine qu'il avait en lui, il n'aurait su le dire mais c'était ainsi. Alessandro aimait Sophie. Et comme le disait la chanson il l'aimait depuis longtemps, depuis bien avant même qu'il ne vienne au monde. Il le sentait, il le savait, et désormais il l'acceptait. Tout simplement. Peut-être à cause de cette simple ritournelle dont les paroles pures montaient vers le ciel bleu et qui parlait avec des mots si clairs de la vie, de l'amour et de l'éternité du sentiment des hommes.

Il gardait en mémoire cette fameuse nuit de décembre où sa peau et celle de sa femme s'étaient trouvées à jamais, glissant l'une contre l'autre à s'en déchirer d'amour, se donnant des plaisirs infinis d'une douceur et d'une tendresse immenses. Oui, ils étaient faits l'un pour l'autre et cette communion totale était un vrai miracle. D'où venait ce miracle ? Étaient-ils prédestinés l'un à l'autre...

— Luigi ! Partons ! dit-il brusquement et sans réfléchir.

Luigi sursauta. Il rêvassait. Il se remit bien droit, prit son volant d'une main ferme et demanda :

— Où allons-nous patron ?

— Où tu veux, mais roule, roule, ne t'arrête pas.

Sophie regarda la voiture s'éloigner.

À ce moment précis, l'enfant bougea dans son ventre. Elle s'assit sur le bord de la méridienne en disant des mots doux pour le rassurer. Puis, sans prévenir, des flots de larmes la submergèrent. Elle pleura ainsi longtemps, seule dans le boudoir, libérant des mois, peut-être même des années de douleur. Lasse de tout, Sophie regarda ce boudoir qui vibrait autour d'elle de quelque chose de particulier qui était profondément lié à sa vie intime. Entre ces murs, reliée aux souvenirs de sa grand-mère par le moindre détail, elle avait toujours eu tendance à se sentir en marge du monde. Ce que sa mère et Catherine avaient très bien perçu et ce dont elles avaient peur.

Quelque chose était écrit pour elle et Alessandro, Sophie en était sûre. Dès le début rien n'avait été tout à fait normal. Alors que les autres, ses amies Rose et Yvonne les premières, vivaient les choses telles qu'elles se présentaient, Sophie avait toujours éprouvé le besoin puissant d'inventer sa vie. D'où cela venait-il ?

Dans la foule elle étouffait et rien que le souvenir des processions qu'elle faisait enfant avec sa mère et plus tard avec ses amies l'angoissa. Pourtant, plus que personne, elle adorait ces cortèges de lumières, de chants. Elle les aimait passionnément, bien plus que la plupart de ceux qui ne voyaient en elles qu'un rituel de prière comme un autre. Pour Sophie les processions c'était l'éternel cortège des humains apeurés cherchant une lumière qui les guiderait quelque part, vers un monde meilleur. Dans un univers qui apaiserait les tourments de leur cœur et qui les guérirait de tous leurs maux. Le monde du silence où Sophie était entrée l'avait rapprochée de ses semblables. Elle aimait les gens du fond du cœur. C'est pourquoi elle n'arrivait pas à comprendre ce besoin permanent qu'elle avait de s'extraire de leur compagnie.

Elle soupira, se demandant bien à quoi cela servait de penser à des choses pareilles et regarda autour d'elle. La poupée était là, immobile, toujours à la même place dans le fauteuil crapaud de chintz à fleurs. Du jour où, enfant, elle avait décidé que cette poupée était sa grand-mère la Belle Chocolatière, il y avait eu entre elle et le jouet un rapport ambigu. Elle réalisa en ce moment même que ça n'avait pas été pour le meilleur car c'était comme si elle avait toujours eu une morte près d'elle. Et cette morte avait influencé sa vie.

— Une poupée n'est qu'une poupée, se dit-elle, on joue avec, on l'habille, on la déshabille, on la fait manger, on la coiffe. Moi, je n'ai jamais rien fait avec la mienne.

Sophie détaillait maintenant la robe du jouet. C'était une merveilleuse création de dentelles et de tulles mauves et blancs, vaporeux à l'excès. Pourquoi cette robe qu'elle connaissait et qu'elle avait toujours vue lui fit-elle en cet instant précis un effet aussi fort ? Sophie n'aurait pu le dire, mais une violence soudaine monta en elle et, d'un geste fou, complètement inattendu, elle l'attrapa et l'envoya se fracasser contre le marbre noir de la petite cheminée. La tête de porcelaine fit en éclatant contre la pierre dure un bruit affreux. Les membres désarticulés s'écrasèrent au sol et se brisèrent en milles morceaux tant la force de l'impact avait été puissante.

Sophie regardait maintenant ces débris éparpillés, elle était à bout de souffle tant elle était allée chercher au plus profond d'elle la force de son geste.

— Voilà, tu n'existes plus. Rejoins les morts ! Laisse-moi, je veux vivre ! En paix, comme tout le monde.

Puis elle s'allongea sur la méridienne et regarda le plafond tout en continuant à parler doucement :

— .....je veux trouver charmant le premier venu, je veux trouver agréable la conversation la plus ordinaire. Je veux profiter de la vie. Je ne veux plus rêver qu'on puisse la vivre autrement. Je ne veux plus attendre je ne sais quoi !

Elle ferma les yeux.

La forte lumière de ce mois d'août faisait sous ses paupières une lueur claire et elle entendait les bruits de la place. Les Italiens étaient arrivés. Comment ne pas penser à lui ? Comment ne pas se remémorer sa voix chuchotante au moment où il lui avait offert ce parfum qu'elle ne portait plus car elle en avait inondé les étoffes de sa chambre et du boudoir, vidant son précieux flacon et rendant ces endroits pour un temps irrespirables. Aujourd'hui il traînait encore dans l'air un discret effluve de *L'Heure Bleue*, d'autant plus émouvante dans sa légèreté.

Entre Alessandro et elle rien n'avait été comme cela doit être. Pourquoi ?

On ne suit pas un inconnu la nuit pour se laisser embrasser fougueusement en haut d'un château fort, on ne l'épouse pas en cachette, on ne s'enfuit pas une nuit entière avec lui en laissant ses parents dans le plus grand désarroi.

Et pourtant tout cela Sophie l'avait fait. Pourquoi ? Et pourquoi cet amour et ce rejet aussi intimement liés pour elle dans le cœur de cet homme ? Sophie avait terriblement souffert. Personne n'avait pu imaginer ce qu'elle avait enduré de douleur dans le temps qu'avait duré sa paralysie. Mais elle y avait survécu et elle décida là qu'entre elle et Alessandro ce serait pour le meilleur. On ne se bat pas pour le pire !

— Nous renaîtrons de nos cendres, chuchota-t-elle. Nous renaîtrons de la nuit. Rien ne meurt jamais quand on aime !

Un rayon de soleil d'août se posa délicatement sur le parquet du boudoir où Sophie, allongée, regardait sans les voir les débris de sa poupée.

Il éclaira une enveloppe ivoire que la pénombre dissimulait dans le torse ouvert du jouet.

Sophie se leva d'un bond.

— Une lettre !

Elle saisit le jouet désarticulé et arracha la lettre qu'elle tourna et retourna entre ses mains nerveusement.

Une élégante écriture visiblement tracée à la plume avait écrit ces mots sur l'enveloppe jaunie :

Aux bons soins de Samson
... Pour ma Sophie,
Abel.

Vu l'état de l'enveloppe, la lettre avait été lue et relue. Sophie l'ouvrit avec précaution. Ses doigts touchèrent le papier d'une lettre soigneusement pliée et, comme s'il avait fallu ce contact pour la rétablir par d'invisibles fils, la mémoire des mots prononcés par sa grand-mère dans ce même boudoir un jour d'août 1906, revinrent à sa mémoire.

— ... Ma petite fille, je sais des choses, je les sens, j'ai attendu quelqu'un dans la solitude de cette pièce pendant tant d'années... aujourd'hui, même un papillon qui volerait sur cette place et qui viendrait de la route de Tarbes, je l'entendrais au milieu du bruit...

Sophie revoyait nettement l'élégante silhouette de la Belle Chocolatière qui lui parlait, ses fines mains agrippées au rideau de dentelle pour voir encore et encore l'horizon vers cette route de Tarbes. À la lecture de ce qu'il lui était arrivé depuis, elle réalisa que ces mots d'alors avaient quelque chose de prémonitoire : « Peut-être qu'un jour tu éprouveras pour un inconnu une passion violente. Je devrais te dire : "Fais attention", mais je te dis : "Aime-le." Qui sait, ce sera peut-être lui... »

La lettre sous les doigts de Sophie se déplia avec une facilité étonnante. L'écriture était élégante mais avec des irrégularités qui traduisaient une forme d'urgence. Visiblement elle n'avait pas été écrite dans le confort d'une écritoire. Il y avait sur le papier des traces, comme de terre, et même, au vu d'une curieuse couleur sombre, des traces de sang :

Campagne d'Italie, je ne sais plus quel jour...

... je ne sais pas non plus en quel endroit je suis...

Ma Sophie,

Je t'écris depuis le front de cette guerre qui ne me concerne pas.

Les jours sont effrayants et les nuits plus encore. Que fais-tu ? Où es-tu ? Est-ce que tu penses à moi ?

Tu reviens dans ma tête continuellement, je t'ai fuie, j'ai fui ce que je ne pouvais obtenir, mais en vain. Tu m'as toujours rattrapé. J'ai rencontré une Italienne à un bal. Je pensais t'oublier, je voulais croire que je pouvais aimer à nouveau, mais c'était une illusion de plus. Et je suis reparti. Me voilà maintenant sur ce front d'Italie. Au loin on entend le grondement sourd des canons. L'odeur de la poudre me rend fou. Sophie ! La violence des hommes aura toujours été au cœur de ma vie ! Heureusement, toi tu m'as donné l'amour. Mon cheval m'attend, mes cavaliers se préparent. Je suis leur capitaine. À quoi bon ! Nous préparons une charge et je vais mourir. Eux aussi peut-être. J'ai peur, ma Sophie et j'ai un besoin fou de te parler. Ces mots te parviendront, j'en suis sûr. Tu me liras. Nous étions faits l'un pour l'autre. Je vais mourir mais ne pleure pas ! Tant qu'il existera une goutte de notre sang quelque part, il suffira que ces deux gouttes se retrouvent pour que cette fois, la vie soit plus puissante que la mort.

Nous nous retrouverons mon amour ! Je te le jure ! On s'aimera encore et encore ! Toujours ! Pour l'éternité !

À bientôt mon amour !

Je t'aime et n'aimerai jamais que toi.

On revivra !

Abel.

Bouleversée, la lettre à sa main, Sophie ne savait plus ni vers qui ni vers quoi se tourner. Ainsi, sa grand-mère avait aimé et été passionnément aimée d'un homme qui s'appelait Abel et qui était en Italie ? Mais alors... que voulait dire cette promesse : « On se retrouvera. »

Et ces derniers mots si forts et si fous : « On revivra ! »

Sophie était stupéfaite.

La lettre avait été écrite à vif avec la fulgurance des mots purs qui ne trichent pas. Oui, juste avant de mourir, Abel avait compris qu'il retrouverait Sophie.

De son côté, dans la voiture qui roulait au hasard, Alessandro réfléchissait.

Mais il avait un mal fou à organiser les idées dans sa tête. Rien n'avait plus de sens. Il était venu à Lourdes pour vider sa souffrance et il pensait que sa haine l'y aiderait. Il se voulait dur. Il avait décidé de faire du mal à cette Sophie dont la grand-mère avait causé tant de souffrances à la sienne. Du moins c'est ce que lui avait toujours raconté Helena. Des phrases enfouies qu'elle avait prononcées à la fin de sa vie lorsqu'il était encore enfant ne l'avaient jamais quitté. Helena le conjurait de la venger, de prendre à son tour l'amour de Sophie et de la détruire. « Il faut tuer le mal, disait Helena, ces femmes sont mauvaises, je le sens. » Helena divaguait, elle n'avait plus toute sa tête mais l'enfant qu'il était alors ne le savait pas et les mots de la vieille femme malade s'étaient fortement imprimés en lui. Seulement les choses avaient pris un tour différent. Sophie n'était pas la femme insensible que sa grand-mère lui avait inlassablement décrite. Il l'avait très vite ressenti, et il comprit que sa haine n'avait aucun fondement véritable. Elle venait d'un passé mort.

Le soleil inondait les coteaux. Il faisait si beau.

— Luigi, dit Alessandro, pris soudain d'une terrible envie de respirer profondément. Arrête-toi.

Obéissant, Luigi ralentit et gara la voiture doucement, en léger surplomb d'un champ de blé qui s'étendait sur le versant d'un coteau au-dessus de Lourdes. On voyait la ville au loin.

La journée avait été étouffante mais, à cette heure, l'air s'était un peu rafraîchi. Il était devenu plus léger. La lumière se couchait sur les champs de blé d'or, on sentait de la plaine monter la paix du soir.

Alessandro contemplait le paysage quand un bruit lui fit tourner la tête. À la lisière du champ, à peine un peu plus haut, un couple de cagots était assis dans l'herbe. Alessandro avait entendu parler des cagots, il en avait croisé parfois dans les ruelles de Lourdes. Ils s'écartaient à son passage. Il avait entendu dire que ces petits êtres aimaient sortir les jours de pluie et qu'ils allaient souvent danser dans les cimetières où ils ne risquaient pas de croiser grand-monde. Mais on les voyait rarement par beau temps. Ces deux-là n'avaient pas entendu la voiture arriver, ils parlaient tranquillement, seuls au monde. Soudain, l'homme prit la femme par les épaules. Même de loin Alessandro devina sur son visage un sourire qui se voulait suave, mais qui ressemblait à un rictus tant les traits du petit homme étaient difformes. La femme-cagot, subjuguée, se dandinait d'une façon qu'Alessandro trouvait grotesque, mais visiblement le cagot était sous le charme. Il enlaça tendrement sa compagne, et, dans un geste d'une délicatesse infinie, l'embrassa. Ce baiser inattendu des deux petits gnomes dans la lumière de ce soir d'été remua Alessandro jusqu'au plus profond de son cœur.

Ça paraissait si simple l'amour de ces deux-là. Ça avait l'air si doux !

Alessandro ne put retenir ses larmes. Elles vinrent de loin, doucement d'abord, puis elles le submergèrent tant et tant, que Luigi n'osa rien dire ni rien faire. Il ne se souvenait pas d'avoir jamais vu Alessandro pleurer. Désemparé, il attendit. Les deux petits gnomes avaient fui. Il fallut du temps, mais quand Alessandro remonta dans la voiture son visage était sec et semblait apaisé. Dans le reflet de son rétroviseur Luigi le remarqua. Il se dit même qu'il ne lui avait jamais connu un pareil visage. Si calme.

— Où va-t-on, patron ? demanda-t-il tout en mettant le moteur en route.

— Où tu veux, Luigi, roule.

Alessandro se cala au fond de son siège. Deux hommes luttaient en lui. L'homme de volonté qui avait pris une décision et voulait s'y tenir, et l'homme de cœur, qui en voyant ces deux êtres à qui la vie avait donné si peu et qui s'aimaient autant, venait de comprendre une chose : plus grande que la volonté il y a la force d'aimer. Il en frissonnait encore.

À l'horizon le soleil rouge s'enfonçait doucement.

Alessandro poussa un long soupir. Il laissa sa tête reposer sur le haut de son siège, et, sur cette route où Luigi le conduisait au hasard, il regarda sans le voir le paysage dérouler ses beautés.

Il s'abandonnait enfin.

L'amour était là, il ne pouvait se le cacher indéfiniment. Il aimait sa femme. Leurs corps s'aimaient. Une harmonie miraculeuse ! Il frémissait en y pensant.

Et en plus maintenant, il y avait cet enfant.

En lui, doucement, le cœur du père se mit à rejoindre celui de l'homme.

Il était désormais mari et père.

Pourquoi repensa-t-il à la maison de son enfance, pourquoi revit-il défiler le visage des siens ?

Pourquoi cet amour était-il venu avec cette puissance dans sa vie et pourquoi au fond l'avait-il toujours attendu ?

Mais surtout, pourquoi y avait-il eu de la haine ?

À ces questions Alessandro ne trouva qu'une seule réponse : le destin.

Désormais, pour le meilleur de sa vie et de ceux qu'il aimait, il décida de l'accepter.

L'amour serait plus fort que la haine.

— Luigi, dit-il à son chauffeur, ramène-moi à Lourdes. Je vais chercher ma femme... si elle veut bien de moi.

Quand elle entendit sonner les cloches de l'angélus du soir, la vieille Anaïs Lacrampe eut un pressentiment.

Elle souleva les rideaux et regarda sur la place Marcadal.

L'élégant inconnu qui était arrivé à Lourdes un jour de décembre n'avait plus son long manteau noir mais elle le reconnut tout de suite. Il portait la même chemise blanche que ce jour lointain et il serrait Sophie Claverie entre ses bras.

C'est ainsi qu'Anaïs Lacrampe fut la première à connaître la nouvelle.

Le Bel Italien avait retrouvé sa femme.

Haut dans le ciel, l'étoile du berger brillait et la lune éclairait les remparts du château.

La Belle Chocolatière venait enfin de rejoindre Abel.

Mais ça, Anaïs Lacrampe ne le savait pas.

15 août 1920 – 3 mars 2003.

Impression réalisée sur CAMERON par

BUSSIÈRE CAMEDAN IMPRIMERIES

GROUPE CPI

à Saint-Amand-Montrond (Cher)
pour le compte des Éditions Flammarion
en avril 2003

N° d'édition : FF826901. — N° d'impression : 031677/1.
Dépôt légal : avril 2003.

Imprimé en France